한국현대시의 실체

한국현대시의 실체

— 한용운에서 이성복까지

이태동 지음

문예출판사

머리말

 이 책은 역사적인 퍼스펙티브 속에서 한국 현대시의 내면적 실체를 심층적으로 탐색한 비평서로서 필자의 《나목의 꿈 : 한국 현대소설의 지평》(민음사)과 쌍을 이루도록 씌어진 것이다.

 금년은 한국 현대시가 100년을 맞이하는 해이지만, 아직도 그 난해함으로 인해 작품과 일반 독자들 사이에는 적지 않는 장벽이 놓여 있다. 이 책은 이러한 장벽을 허무는 데 촉매제 역할을 할 것으로 믿는다. 비록 이 책이 현대시 전체의 시적 내용과 경향을 완전히 조감(鳥瞰)하지는 못하지만, "평론가의 문학적 해석이 훌륭한 것이라면, 그것이 문학사가 될 수 있다"는 폴 드 만의 주장에 바탕을 두고, 한국시의 풍경은 물론 지난 1세기 동안 이 땅에서 살아온 사람들이 직면해야 했던 인간성의 위기와 시대적인 흐름이 이들 작품에 어떻게 나타나고 있는가를 압축된 범위 내에서 밝히려고 했다. 다시 말해, 이 책은 한국 현대시를 평면적으로 서술한 시사(詩史)가 아니라, 수직적인 작품 분석을 통해 작품과 작품 사이에 구조적으로 연결된 문맥을 통해 그것의 실체를 규명하려고 했다. 그 결과, 한국 현대시의 전개과정은 물론 김수영의 〈孔子의 生活難〉의 경우처럼 지금까지 해결하지 못했던 작품의 구조와 의미를 분석해서 그것이 가진 다양한 문학적 의미와 진폭을 넓혀, 독자들로 하여금 시 예술에 나타난 인간적인 깨달음은 물론 미학적인 인식의 즐거움을 갖도록 했다.

시는 원래 희랍어로 인간의 영혼에서 발전해 나오거나 혹은 끌어내어 온 것(psychagoria)이란 의미를 지니고 있다. 시는 이러한 의미와 함께 도시적인 세련미와 규범적인 예법 그리고 보다 큰 이상적인 목적을 수행하기 위해 필요한 다른 여러 가지 가치를 복합적으로 수용하고 있기 때문에 그것의 의미를 정확히 포착하기란 결코 쉽지 않다. 그래서 시에 대한 정의 또한 분분하다. 어느 한쪽은 시는 반드시 구체적인 현실에 바탕을 두어야만 한다고 주장하는가 하면, 다른 한쪽에서는 시는 인간의 궁극적인 문제와 관련된 상상력에 뿌리를 두어야만 된다고 말한다. 또 다른 한쪽은 시는 진리와 도덕성을 나타내는 것이라고 말하고, 그와 다른 입장을 취하는 쪽은 시는 진리로 가는 과정에 있는 것이라고 주장한다. 이것뿐만 아니다. 한편에서는 시는 미(美)이고 즐거움이며 기쁨이라고 말하는가 하면, 다른 한편에서는 시는 진리를 미로 변형시키는 매체라고 정의한다.

시가 이렇게 그 정확한 의미를 포착하기 어려운 장르임에도 불구하고 여기서 논의한 한국 현대시는 19세기의 낭만적인 요소와 상징적인 요소를 함께 수용하면서도 모더니즘을 거쳐 포스트모더니즘으로 발전해왔었기 때문에, 이들 시편들을 올바르게 이해하기는 결코 쉬운 일이 아니다. 이 문제를 해결하기 위해 나는 그동안 문학을 공부하면서 연마해온 나름대로의 통찰력에 주로 의존했지만, 나의 전공이 영문학인 관계로 비교문학적인 방법도 은연중에 사용하게 되었다. 인문학적인 지식의 축적 결과는 교양과 취향의 경우처럼 시간을 두고 보이지 않게 나타나기 때문이다.

금년으로 나는 영문학을 공부하면서 한국문학에 관해 남다른 애정을 가지고 글을 쓰기 시작한 지 30여 년이 되었다. 시에 관한 평문으로 글쓰기를 시작을 했으니 현대시 전반에 관한 한 권의 책으로 그간의 결실을 정리할 수 있게 된 것은 행운이라 하지 않을 수 없다. 내가 이러한 작업을 지금까지 할 수 있기까지는 이어령 선생님을 포함해서 문단의 여러분들의 도움이 없었으면 불가능했을 것이다. 그러나 이것으로 나의 글쓰기를 마감할 생각은 없다. 시간과 지면 관계로 미처 취급하지 못한 몇몇 중요 시인들을 위한 작업은 내일도 계속할 것이다. 끝으로 경제적으로 어려운 여건에도 불구하고 기꺼이 이 책을 출판해준 문예출판사 전병석 사장에게 진심으로 감사한다.

2008년 3월

이 태 동

| 차례 |

만일 우리가 아놀드의 믿음의 상실에 공감한다면 다음 두 가지의 길을 택할 수 있다. 하나는 시를 암흑 속에서 만들어 낸 인간 승리, 즉 사라진 종교의 환상적인 대체물로 사용하기 위해 공허한 우주 공간 속에 언어의 의미를 창조하는 것이고, 다른 하나는 믿음의 상실이나 우주의 공허함을 시의 세계로 확산시키는 것이다. 원래 나는 고집이 있는 인문주의자이기 때문에 처음 것을 택해야만 했다.

— 머리 크리거, 《문학과 글쓰기》

독서의 결과로서 오는 반권위적인 제2의 진술은 텍스트적인 권위의 한계성에 대한 것이어야만 할 것이다.

— 폴 드 만, "니체의 《비극의 탄생》에서의 발생의 계보학"

슐라이어마흐가 일반적인 해석학의 원리를 도입하기 전에는 "해석학"이라는 용어는 거의 성서 해설자들에 의해서만 쓰여졌다. 실제로, 그 이름 자체는 신들의 사자(使者)와 같은 어원으로 성스러운 기원을 암시한다. 보에크에 의하면, 그리스어 "에르메니아"는 신의 사자나 해석의 과정보다 오래된 불확실한 어원에서 비롯되었다고 한다. 그렇다면 신이 먼저인지 해석학이 먼저인지도 확실하지 않다.

— E. D. 허쉬, 《해석의 목표들》

님과 소멸과 기다림의 미학
— 韓龍雲의 시

> 우리는 만날 때에 떠날 것을 염려하는 것과 같이
> 떠날 때에 다시 만날 것을 믿습니다.
> — 〈님의 沈默〉에서

1

데이비드 호이(David Courzens Hoy)는 《비평의 주기 : 현대 해석학에 있어서의 문학과 역사》라는 그의 저서에서 희랍신화에 나오는 헤르메스는 신들의 사자(使者)였지만, 그는 반드시 메시지를 분명히 전해주지 못함은 물론 그의 외모 역시 기쁨을 가져다주지 못한다고 지적했다. 그는 이것에 대한 하나의 예로 〈크라틸러스(Cratylus)〉에서 소크라테스가 헤르메스에 대해 한 말을 다음과 같이 적고 있다.

언어와 변설을 발견한 신인 헤르메스는 해설가 혹은 사자(使者)로서 불릴 수 있지만, 그는 또한 도적, 거짓말쟁이 혹은 계략자로 불릴 수 있는 인물이다. 소크라테스는 언어란 나타내는 힘을 지니고 있지만 아울러 숨기는 힘을 가지고 있다고 말한다. 즉 언어는 모든 것을 나타내고 있지만 그것은 또한 사물을 이런저런 방법으로 뒤집어 놓는다. 그래서 소크라테스는 헤르메스의 아들인 판(pan)이 윗부분은 부드럽고 성스러운 데 반해 밑 부분은 염소와 같다는 사실을 대단히 심각한 것으로 받아들였다. 왜냐하면 언어 그 자체는 진실한 것과 허위적인 것으로 나뉘어 있기 때문이다. 만일 언어가 신성한 것 쪽으로 접근한다면 진실된 것이고 또 그것이 인간의 비극적인 삶과 관련성을 맺으면 허위적인 것이 된다. 헤르메스 그 자신은 결코 이러한 갈등과의

놀음에서 벗어날 수 없다. 그러므로 神의 메시지는 가끔 수수께끼 같고 모호하다.[1]

동서양의 문화는 표면적으로는 다르지만, 인류학적인 측면에서 볼 때, 그 심층에는 공통분모가 흐르고 있다. 나는 근자에 불교를 많이 연구한 가톨릭 신부 한 사람으로부터 "불교와 기독교는 많은 부분에서 서로 일치한다"는 말을 들은 적이 있다. 그 신부의 이 말은 비록 피상적이기는 하지만, 신과 인간, 인간과 우주에 관한 진리는 동서양이 서로 다를 수 없다는 것을 나타내주고 있다.

"궁핍한 시대의 시인"인 한용운이 그의 시집《님의 沈默》에서 나타내고 있는 '님'이 무엇을 뜻하는지가 분명하지 않은 것은 그것이 신(神) 혹은 불타(佛陀)와 관련되어 있는 종교적인 의미와 또 일제 암흑기에 잃어버린 조국 및 그 시대에 빼앗긴 여러가지 민족적인 것에 대한 하나의 상징으로 사회언어학적인 의미를 함께 수용하고 있기 때문이다. 그래서 송욱 교수는 "존재는 空을, 표현은 표현할 수 없는 것을…… 떠나지 않는 것이 만해의 미학"이라 말하고 "그의 미학에서는 모두가 표현되어 있는 것처럼 보일수록 표현하지 않는 깊이, 즉 '空'을 지닌다"[2]고 설명하고 있다.

그리고 시인 조지훈에게 있어서 님은 "민족," 즉 한국의 중생 곧 우리민족이었고, 정태용에게 있어서 님은 불타도 이성(異性)도 아닌 바로 일제에 빼앗긴 조국이었다. 또 고은은 그것이 표징하고 있는 언어 그 자체의 의미를 감성적으로 파악해서 님을 "본질적으로 그리워하는 대상"으로 생각했다. 그리고 백낙청은 "님"이 지닌 의미를 불교적인 문맥

---

1 David Courzens Hoy, *The Critical Circle: Literature and History in Contemporary Hermaneutics* (Berkely: University of California Press, 1978), 1쪽.

에서보다 훨씬 더 포괄적으로 수용해서, "님"을 "한 여인이 사랑하는 남성이자 시인의 잃어버린 조국과 자유요 또 불교적 진리이자 중생이기도 하다는 것 ― 그것은 가장 이상적인 사고방식이며, 존재의 참모습에 대한 온당한 일컬음"이라고 했다.

그러나 김우창 교수는 그의 논문《궁핍한 시대의 詩人》에서 "님"의 의미를 단순한 비유나 탁의(託意)로 보지 않고, 시의 표면에 나타나고 있는 "남녀의 애정관계"로 파악해서 〈님의 침묵〉의 주제를 존재와 부재의 변증법의 문맥 속에서 발견하고 있다. 그는 사르트르적인 시점에서 "인간존재의 본질이 '결여(manque)'라는 사실에 그 존재론적 근거를 갖는다"고 말하고, 그것을 "욕정은 현존하지 않는 것, 부재 내지 無를 有"로 설정하고 있다. 다시 말하면, 그는 부재가 존재로 채워질 때 그것은 사라지고 만다고 하며 "욕정과 부재는 그 존재론적 형식을 공유한다"고 했다.[3] 그의 논리의 핵심은 한용운의 시에 나타난 존재의 기본 내용을 에로스에다 두고, 시인 한용운에게 있어서 사랑은 곧 그가 파악한 바의 "정치적 형이상학적 진리의 움직임이며 진리는 곧 사랑의 움직임"이라는 것이다. 김우창의 이러한 지적은 위대한 예술의 양 측면에 신성모독과 춘화도로 상징되는 암흑의 두 여신이 있다는 하트만(Geoffrey H. Hartman)의 말[4]과 그 의미를 어느 정도 같이하고 있다. 그들의 논리와 이유를 다시 예이츠의 말을 빌려 비유적으로 설명하면, "영혼은 마치 거울에 램프를 반사시키듯이 그 자체를 밖으로 표출시키기 위해 스스로 배신자가 된다"는 것이다. 이렇게 보면, 우주에 "숨어 있는 신"이자 진리의 빛을 표상하고 있는 "님"의 신화적인 위상은 분명히 성스러운 것

---

2 宋稶, 〈시인 韓龍雲의 세계〉, 《韓龍雲全集 1》(新丘文化社, 1973), 25쪽.
3 金禹昌, 《궁핍한 시대의 詩人》(民音社, 1977), 130~131쪽.
4 Geoffrey H. Hartman, *Beyond Formalism* (New Haven: Yale University Press, 1970), 22쪽.

을 세속적인 것으로 변형시키는 것이 아닌가 한다.

　그래서 우리는 서두에서 밝힌 것처럼 언어의 모호성, 특히 불교의 본질적인 진리를 말해주는 승려시인 한용운의 언어가 지니고 있는 모호성은 신성한 것과 에로틱한 것의 갈등관계 내지 교호작용에서 나타난 현상이라고 생각할 수 있다. 이러한 현상은 그의 대표작인 〈님의 침묵〉에 의해서도 충분히 증명될 수 있다. 지금까지 많은 비평가들은 〈님의 침묵〉에 나타난 소멸의 의미만을 파악하려 했기 때문에, 모든 가치와 윤리를 시간(혹은 역사)의 흐름과 함께 실어오는 에로스, 즉 생명력에 대한 공간적인 배경이 나타내고 있는 시적 의미를 놓치는 경향이 없지 않았다. 〈님의 침묵〉에 나타난 시간은 시 속에 나타난 사랑을 호소하는 여성이 "님"과 이별을 한 지 얼마 되지 않는다. 이 작품의 시적 배경에 나타난 시간은 봄에 찾아와 여름에 무성했던 생명력이 소멸되어가는 가을이다.

　　님은 갔습니다. 아아, 사랑하는 나의 님은 갔습니다.
　　푸른 산 빛을 깨치고 단풍나무숲을 향하여 난 적은 길을 차마 떨치고 갔습니다.

　이러한 시점에서 볼 때 〈님의 침묵〉은 한용운의 자전적이고 불교적인 여러 가지 의미를 예술로써 형상화한 것이지만, 또한 에로스로 구체화된 생명력이 왔다가 사라지는 모습과 그에 따르는 시인의 아쉬움과 기다림을 노래하고 있다. "푸른 산빛을 깨치고 단풍나무숲을 향하여 난 적은 길"은 분명히 뜨거웠던 생명력이 소멸되어가는 가을풍경임에 틀림이 없는 것 같다. 이것은 무성한 여름을 상징하는 "황금의 꽃"이 가을을 나타내는 듯한 "차디찬 티끌이 되어 한줌의 미풍이 되어 날아갔다"는 말로 뒷받침되고 있다. 가을은 이별의 계절이지만 남겨둔 씨앗들과 함께 미래의 만남을 약속하는 시간이다.

꽃은 떨어지는 향기가 아름답습니다.
해는 지는 빛이 곱습니다.
노래는 못 마친 가락이 묘합니다.
님은 떠날 때의 얼굴이 더욱 어여쁩니다.
떠나신 뒤에 나의 환상의 눈에 비치는 님의 얼굴은 눈물이 없는 눈으로는
바로 볼 수가 없을 만큼 어여쁠 것입니다.

"떨어지는 꽃", 지는 해의 낙조, "못 마친" 노랫가락의 미묘함, "떠
날 때의 아름다운 얼굴", 그리고 "떠나신 뒤의…… 눈물 없이 바라볼
수 없는 어여쁜 얼굴"은 모두 다 성숙의 계절이자 또한 소멸하는 생명
과 이별하는 시간인 가을의 애잔한 슬픔을 나타내고 있다.
그래서 한용운의 시에서 "님"은 "있다"는 의미를 함축하고 있는 그
말이 나타내고 있듯이 움직이는 존재의 생명력이며 또한 그리움의 대상
인 신과 불타(佛陀)가 될 수 있을 듯하다. 동양사상의 기저를 이루고 있
는 범신론적인 입장을 취하지 않고 불교적인 견해를 따르더라도, 신은
그의 피조물 가운데서 그의 모습을 불투명하게 나타내 보이고 있다. 그
러나 그의 모습을 가장 많이 드러낸 부분은 그의 중생인 인간이다. 다
시 말하면, 신은 "나그네"의 얼굴을 쓰고 생명이라는 이름의 배를 타고
역사 속에서의 존재의 강물을 건넌다.

나는 나룻배,
당신은 행인.

당신은 흙발로 나를 짓밟습니다.

나는 당신을 안고 물을 건너갑니다.

나는 당신을 안으면 깊으나 얕으나 급한 여울이나 건너갑니다.

〈나룻배와 행인〉은 일정한 시간과 공간 사이에서 신의 그림자를 담은 생명, 즉 영혼을 지닌 존재의 움직임과 그 진폭을 탁월한 이미지로 형상화하고 있다. 누가 흙발로 짓밟듯이 고통스러운 육신 속에서 시간의 강을 건널 때까지 잠시 머물렀다가 사라지는 생명력 속에 숨은 신이 "나그네"라면, 그를 싣고 강물을 건너는 "나"라는 나룻배는 생명력을 순간적으로 가진 인간임에 틀림없다. 그래서 "나"는 역사의 도구이자 생명을 안고 있는 흙과도 같은 육체라고 볼 수 있다. 그렇다면 "당신은 나를 흙발로 짓밟는다."라고 함은 앞에서 간접적으로 언급했던 것처럼 신의 뜻인 역사의 길을 걸어가는 과정에서 인간이 받아야만 하는 모멸과 체형을 의미한다고 할 수 있겠다. 그러나 인간은 주어진 운명의 물길인 강물을 신의 마스크인 존재라는 이름의 "나그네"를 안고 어김없이 건너가야만 한다.

그러나 생명력을 나타내는 나그네가 사라지고 없을 때 나룻배는 죽음과도 같은 상태에서 늙어가며 다음의 새 생명이 찾아올 때까지 어둡고 힘겨운 시간을 기다려야만 한다.

만일 당신이 아니 오시면 나는 바람을 쐬고 눈비를 맞으며 밤에서 낮까지 당신을 기다리고 있습니다.

당신은 물만 건너면 나를 돌아보지도 않고 가십니다그려.

시 속의 화자는 인간이 역사를 움직이는 신의 도구가 되고 있다는 사실을 고백하면서 야속하다고 생각하는 내용의 뜻을 담고 있다. 그러나 또 다른 한편, 인간은 신이 자기를 버리지 않고 역사의 수레바퀴와 함

16

께 다시 돌아오기를 기다리는 아름다움을 보이고 있다.

　　그러나 당신이 언제든지 오실 줄만은 알아요.
　　나는 당신을 기다리면서 날마다 낡아 갑니다.

　　나는 나룻배
　　당신은 행인.

　　2

　　그러나 이러한 한용운의 시편들이 만일 "님"과의 이별로 형상화된
존재의 소멸현상을 아쉬워하는 애환과 슬픔만을 노래하고 있다면, 이
작품들은 그렇게 성공한 것이 못됐을 것이다. 다시 말하면, 한용운의
시가 그의 예측과는 달리 예술로 성공해서 국화꽃처럼 남아 있는 것은
이미 여러 비평가들이 지적한 바 있는 〈님의 침묵〉과 같은, 부정적인
상황을 긍정적으로 수용해서 극복하고자 하는 처절한 과정에서 오는 변
증법적인 미학 때문이다. 시인 한용운에게 있어서 "미는 이별의 창조"
이고 또 그 역으로 "이별은 미의 창조"이다. 그는 〈님의 침묵〉을 님의
소멸 그 자체나 부재로만 생각하지 않고, 님에 대한 그리움으로, 또 생
성을 위한 미학으로 변용해서 수용하고 있다. 그래서 그는 "이별을 쓸
데없는 눈물의 원천으로 만들고 마는 것은, 스스로 사랑을 깨치는 것인
줄 아는 까닭에, 걷잡을 수 없는 슬픔의 힘을 옮겨서 새 희망의 정수배
기에 들어부었다"고 노래하고 있다.
　　시인 한용운은 이렇게 부정적인 것을 인내로 받아들이는 과정에서
오는 고뇌와 슬픔, 그리고 뼈저린 아픔 가운데서 역설적으로 느끼는 실
존적인 무아의 경지에서 그의 위대한 시가 탄생하고 탁월한 미학이 잉

태된다. 잃어버린 ‘님’을 기다리고 또 그것을 되찾으려는 갈망은 결국 소멸된 생명을 부활시키려는 의지와 함께 잃어버린 자유와 진리를 되찾으려는 역사적인 사명에 대한 책임의 인식이다.

　그러나 그의 시에 있어서 무엇보다 중요한 것은 “님”이란 존재 그 자체보다 “님”과 이별한 후, “님”을 기다리고 “님”에게 가까이 가려고 하는 과정에서 일어나는 고통스러운 욕망과 추억, 그리고 처절한 아픔에서 오는 미학적인 경험이다.

　　님이여, 이별이 아니면 나는 눈물에서 죽었다가 웃음에서 다시 살아날 수가 없습니다. 오오 이별이여.

　어느 평론가가 미해결의 시로서 “님”에 대한 의미를 흩트린다고 하는 〈군말〉에서 그가 “ ‘님’만 님이 아니라 기른 것은 다 님이다”라고 말한 것은 위에서 말한 미학적인 경험의 과정을 이야기하는 것 같다. 그의 시에 있어서 님은 믿음의 대상뿐만이 아니라, 그 대상에로 이르는 길인 동시에 그 대상에 대한 믿음과 신념을 가진 자도 님이 된다. 그래서 이별이 “미의 창조”이듯이 그의 시세계에 있어서 “중생이 석가의 님이라면, 철학은 칸트의 님”이 되고 “장미화”의 님이 “봄비”라면, 맛치니의 님은 “이탈리아”가 될 수 있다. 이러한 사실은 다음 구절에서 더욱 명확히 밝혀지고 있다.

　　……님은 내가 사랑할 뿐 아니라 나를 사랑하느니라.
　　연애가 자유라면 님도 자유일 것이다. 그러나 너희는 이름 좋은 자유의 알뜰한 구속을 받지 않느냐? 너에게도 님이 있느냐, 있다면 너의 그림자니라.

"님"이 자유이자 구속이고 실체가 아니고 구속이라는 것은 모두 다 절대적 진리 그 자체가 아니라 그 대상에 이르는 과정을 나타내는 것이다. 생명과 더불어 있는 존재란 것도 불교적인 우주관인 연기관(緣起觀)에서 보면, 신비스러운 역사를 형성하지만 그것과 더불어 소멸되는, 이른바 건너온 강물의 징검다리와도 같은 것이다.

이러한 문맥에서 볼 때 〈나룻배와 행인〉이라는 시는 앞에서 논의한 것과는 또 다른 차원의 의미를 지니고 있다.

> 나는 나룻배,
> 당신은 행인.
> ……
> 만일 당신이 아니 오시면 나는 바람을 쐬고 눈비를 맞으며 밤에서 낮까지 당신을 기다리고 있습니다.
> 당신은 물만 건너면 나를 돌아보지도 않고 가십니다그려.
>
> 그러나 당신이 언제든지 오실 줄만은 알아요.
> 나는 당신을 기다리면서 날마다 날마다 낡아 갑니다.
>
> 나는 나룻배,
> 당신은 행인.

이렇게 〈나룻배와 행인〉이 나타내고 있는 중심적인 주제는 "나"와 "당신"이라는 거리와 그 거리에서 생겨나는 처절한 기다림과도 같은 고통스러움과 역설적인 기쁨을 내용으로 한 미학이다. 그는 "떠날 때의 님의 얼굴" 역시 떠나버린 님과 "나" 사이에 놓여 있는 공간적이고 시간적인 거리에 깔려 있는 사랑의 미학이라고 생각하고 그것을 그의 독특한 언어로써 심화시키고 있다.

위에서 자세하게 살펴본 두 편의 시에서 볼 수 있듯이 특수한 시점에서 본 그의 시세계는 이별을 주제로 함은 물론 그것을 아름답게 그리고 진실되게 미화시키지 않을 수 없는 구조적인 문제를 지니고 있다. 그래서 한용운은 "님"과 "나" 사이의 거리를 두고, 그 거리에서 오는 실존적 경험을 토대로 해서 미학적인 창조를 이룩해야 하고 숨은 진리를 발견해야 하기 때문에 "님"을 "나"의 마음속에 어여쁜 인물로 새기게 된다.

떠나신 뒤에 나의 환상의 눈에 비치는 님의 얼굴은 눈물이 없는 눈으로는 바로 볼 수가 없을 만큼 어여쁠 것입니다.
님의 떠날 때의 어여쁜 얼굴을 나의 눈에 새기겠습니다.

위에서 인용한 〈떠날 때의 님의 얼굴〉의 일부분에서 "눈물"과 "어여쁜 얼굴"은 대립관계에 놓이면서 부정 속의 긍정이라는 변증법적인 결과를 예증해주고 있다. 아마 눈물의 고통 속에 즐거움, 아니 아름다운 표상인 "어여쁜 얼굴"이 나타나 보이리라. 그래서 "떠나는 님"의 얼굴이 너무나 아름다워 "나"를 울리기도 하고 너무나 야속한 듯하지만 "님을 사랑하기 위해서는 나의 마음을 즐겁게 할 수가 없다"고 시인이 말하는 것은 얼핏 모순되는 논리 같지만, 이별에서 오는 두 연인은 이러한 거리에서 생성되는 미를 생각할 때 충분히 이해 가능하다. 다시 말하면, 시인 한용운에게 있어서 사랑은 즐거운 마음에서 이루어지는 것이 아니라, 그리움과 쓰라린 고통 속에서 탄생하는 것이다. 그에게 있어서 사랑은 '님'과의 부정적인 거리에 있고 또 부정적인 거리 그 자체가 사랑이 된다. 그래서 한용운의 시세계에 있어서 '님'과 "나" 사이의 거리가 멀어지면 멀어질수록 부정에서 오는 변증법적인 사랑은 더욱 깊어지고 치열해지게 된다. 어떤 의미에 있어서 시인 한용운에게 있어 사랑의 미학이 지니는 밀도는 '님'과 "나" 사이에 존재하는 거리에 비례

한다. 그래서 그는 〈떠날 때의 님의 얼굴〉의 마지막 부분에서 다음과 같이 노래하고 있다.

만일 그 어여쁜 얼굴이 영원히 나의 눈을 떠난다면 그때의 슬픔은 우는 것보다도 아프겠습니다.

그에게 있어서 "님"에 대한 사랑이 부정적인 것에서 오는 생성이라고 하면, 슬픔보다 아픔에서 오는 사랑이 더욱 강렬하고 처절한 것이리라.

3

지금까지 만해 한용운의 시편, 〈나룻배와 행인〉과 〈떠날 때의 님의 얼굴〉을 그의 시세계의 전체적인 문맥 속에서 살펴보았다. 그러나 이들은 그의 다른 시편들이 그러하듯이 위에서 논의한 것 이외의 또 다른 의미구조를 가지고 있다. 이것은 필자가 서두에서 밝힌 것처럼, "언어" 특히 신의 사제인 한용운의 언어가 전해주는 뜻이 모호하고 다층적인 의미를 앞뒤로 다르게 지니고 있기 때문이다.

'님'을 앞에서 논의한 에로스나 혹은 절대적인 종교적 대상에 대한 상징체계로서가 아니라, 사회언어학적인 문맥에서 보면, 그것은 여러 비평가들이 지적한 바와 같이 "잃어버린 조선이라는 조국"의 의미로 나타날 수 있다. 그래서 〈나룻배와 행인〉은 정광호가 지적했듯이, "나룻배"로 상징되는 시인은 '님'으로 형상화된 잃어버린 조국이 다시 회복되기를 갈망하며 흙발로 짓밟히듯 온갖 고난 속에서도 죽을 때까지 님이 역사의 물결을 타고 와서 새로운 나라에 도달할 수 있도록 하기 위해 "날이면 날마다" 강변의 나루터에서 기다리고 있다.

그런데 중요한 것은 "떠날 때의 님의 얼굴"에서 한용운이 잃어버린 자유와 조국에 대한 그리움과 아픔을 별리한 연인이 노래한 사랑의 미학 속에 형상화해서 "빼앗긴 땅"에 대한 애절하고 처절한 그리움과 그것을 도로 찾으려는 간절한 욕망을 뜨거운 시정(詩情) 속에 밀도 짙게 구체화하고 있다는 것이다. 되풀이되는 말이지만 한용운의 이 두 편의 시에 나타난 "당신"과 '님'은 어떤 한 가지 대상만을 뚜렷하게 나타내 보이고 있지 않다. 그러나 그의 시에 나타난 부정을 주제로 한 변증법적인 사랑 때문에 그 모호성으로 인해 그의 예술은 한결 더 풍부하고 깊은 의미를 지닐 수 있게 되었다. 시는 보이지 않는 의미를 그 속에 담고 있기 때문에 예술로서 값진 것이 될 수 있다면, 한용운의 주제의식은 시가 지닌 숨은 의미와 일치되어 한국 시문학의 지평을 크게 확대시켰다고 하겠다.

낭만주의와 恨의 문제

― 金素月의 시

> 저 山에도 까마귀, 들에 까마귀,
> 西山에는 해 진다고
> 지저귑니다.
> ― 〈가는 길〉에서

한국 문학사(文學史)에서 1920년대는 감상주의에 빠진 낭만주의 경향의 문학이 퇴조하고 모더니즘이 등장한 시기였다. 김소월은 이 시대에 시를 썼으나 그는 낭만주의 시인으로 평가되고 있다. 그래서 우리는 왜 그가 20세기에 낭만주의적인 작품을 써야만 했을까 하는 문제에 대해 의구심을 갖지 않을 수 없다. 이 문제를 두고 우리는 두 가지 관점에서 생각해 볼 수 있다. 하나는 비록 그가 일본에 얼마동안 머물고 있으면서 서정주가 지적했듯이 "서양류 심미주의 맛"을 보았지만 "한(恨) 많은 유교류의 휴머니스트"로서 서구의 역사적 흐름을 체계적으로 접하지 못했기 때문이었을 것이고, 다른 하나는 그가 태어날 때부터 귀속된 전통적인 한국 정서와 조국을 일제에 빼앗긴 민족의 비극적 상황이 그의 시작(詩作)과정에 깊이 작용했을 것이라는 가정이다.

물론 낭만주의는 사랑보다 깊고 종교보다 오래된 인간의 보편적인 감정을 나타내기 때문에, 소월이 낭만주의 시를 쓴 것에는 아무런 잘못이 없다. 이것은 그의 몇몇 탁월한 시편들이 낭만적 색채 때문에 높이 평가받고 있다는 것으로 증명되고 있다. 좀더 구체적으로 말하면, 소박하고 단순한 미를 지니고 있는 그의 토착적인 언어는 워즈워드가 주장한 바와 같이 완전하고 "영원한" 자연의 아름다움과 선(善), 그리고 그것이 지닌 질서에 대한 한국인의 원시적 반응을 나타내고 있을 뿐만 아니라, 전통적인 민요의 음률과 합쳐져서 민족의 심층 심리를 표출하고 있기 때문에, 조국을 일제에 빼앗긴 비극적인 상황에서 민족혼을 불러일으키고 회복시키는 데 적지 않는 호소력을 지니고 있다.

그러나 다른 한편으로 그가 모더니즘 시대에 낭만주의 시를 썼기 때문인지 그의 시의 많은 부분은 낭만적으로도 성숙하지 못한 채, 김우창이 지적했던 것처럼 자기 탐닉과 자기 연민에 빠져 감정주의 내지 허무주의로 흐르는 경향을 보였다.

허무주의는 그로 하여금 보다 넓은 데로 향하는 生의 에너지를 상실케 하고 그의 시로 하여금 한낱 자기 탐닉의 도구로 떨어지게 한다. 소월의 슬픔은 말하자면 自足的인 것이다. …… 안으로 꼬여든 감정주의의 결과는 시적인 몽롱함이다. …… 한국의 낭만주의가 결(缺)하고 있는 것은 이 전율(形而上學的 전율 frisson metaphysique) 사물의 핵심까지 꿰뚫어 보고야 말겠다는 형이상학적 충동이었다.[1]

김우창의 이러한 비평적 시각에 대해 김윤식은 그의 주장은 "시나 동양적 질서, 내지 한국적 정서의 처리의 버릇이라는 에토스를 몰각하기 쉬운 한계를 지닌다"고 쓰고 있다.[2] 그러나 비록 한(恨)에 뿌리를 둔 슬픔이 한국인의 토착적인 민족정서라고 하더라도, 그것이 그의 시를 긍정적으로만 유도한 것은 아니다. 물론, 김소월의 시가 한계에 부닥치게 된 것은 바로 한(恨)에 뿌리를 둔 토착적인 민족정서와 식민지적인 상황 때문이라고 생각할 수 있다. 낭만주의는 초월적인 것을 무한히 추구

---

1 김우창, 《궁핍한 시대의 詩人》(민음사, 1997), 42~43쪽.
2 김윤식, 〈素月論의 行方〉, 《김소월》, 김학동 편 (서강대출판부, 1995), 221쪽.

하는 등, 무엇이라 쉽게 규정할 수 없는 천 개의 얼굴을 가지고 있기 때문에, 소월은 외로운 자신의 실존적인 아픔뿐만 아니라 조국을 빼앗긴 우리 민족의 한(恨)을 표현하는 데 그것이 필요했을 것이다.

그러나 그가 그의 시에서 집요하게 추구한 상실에 대한 슬픔의 덩어리와 그에 따른 한(恨)에 대한 감정은 19세기 서구의 시인들이 그들의 작품 속에서 구체화하려고 하던 낭만주의 형태와는 다른 면모를 보이고 있다는 것을 직시할 수 있다. 이를테면, 워즈워드, 콜리지, 릴케 그리고 휠덜린과 같은 낭만주의 시인들은 칸트와 쉘링이 말한 이데아와 같은 "절대적인 현실"에 바탕을 두고, 제한된 자아와 자연, 상상력과 현실, 그리고 주체와 객체가 조화로운 관계를 이루거나, 아니면 상반된 두 개의 명제가 서로 만나 창조적인 갈등관계를 맺는다는 믿음을 낭만주의적 원리로서 이해하고, 그것을 그들의 작품 속에 구체화했다. 그들은 감정주의에 빠지지 않고, 상상력의 힘으로 그들이 추구하는 시적인 대상(對象)이 자연이든, 혹은 초월적인 그 무엇이든, 그것과 만나고 또 만남을 통해 새로움을 얻는 변증법적인 발전을 이루었다.

물론 소월의 시에서도 화자(話者)가 대상과의 만남이 전혀 없는 것은 아니다.

잔디,
잔디,
금잔디,
深深山川에 붙은 불은
가신 님 무덤가에 금잔디.
봄이 왔네, 봄빛이 왔네.
버드나무 끝에도 실가지에.
봄빛이 왔네, 봄날이 왔네,

深深山川에도 금잔디.

— 〈금잔디〉 전문

이 작품의 화자는 계절의 변화와 더불어 "가신 님 무덤가"의 금잔디에 봄이 찾아온 것을 반기고 있다. 즉, 여기서 그는 금잔디가 새로운 생명을 가져오는 봄빛을 만나 죽음에서 잠을 깨는 것을 보고 크게 환희하고 있다. 화자는 무덤 속의 '가신 님'과 직접으로 만나지는 못하지만, 봄빛과 금잔디와의 만남을 통해서 간접적인 부활을 의미하는 듯한 낭만적인 기쁨을 누린다. 〈엄마야 누나야〉 역시 비록 짧은 소품이지만, 감상주의에 빠지지 않는 작품으로 성공한 것은 화자가 절절한 한(恨)을 가진 이별보다 아름다운 자연과의 만남을 조용히 바라고 기대하기 때문이다.

엄마야 누나야 강변 살자,
뜰에는 반짝이는 금모래빛,
뒷문 밖에는 갈잎의 노래
엄마야 누나야 강변 살자.

— 〈엄마야 누나야〉 전문

그런데 김소월의 화자는 애타게 기다리던 비오는 풍경을 노래한 〈往十里〉에서도 화자와 그가 노래한 대상인 비 사이에 즐겁고 반가운 만남이 있다. 그러나 여기서 "순수한 영원을 갈구"하는 화자는 그 만남을 통해 어떤 변증법적인 발전을 이루어 "형이상학적 전율"을 얻지 못하고, 곧바로 변화로 이어져 해체되는 것을 보게 된다.

비가 온다

오누나
오는 비는
올지라도 한 닷새 왔으면 좋지.

여드레 스무날엔
온다고 하고
초하루 삭망(朔望)이면 간다고 했지.
가도가도 왕십리(往十里) 비가 오네.

웬걸, 저 새야
울랴거든
왕십리 건너가서 울어나 다고,
비 맞아 나른해서 벌새가 운다.

천안(天安)에 삼거리 실버들도
촉촉히 젖어서 늘어졌다네.
비가 와도 한 닷새 왔으면 좋지.
구름도 산마루에 걸려서 운다.

— 〈往十里〉 전문

　위의 시에서 화자는 〈가는 길〉에서처럼 비와 만나는 순간에서조차
그것이 오래 머물지 못하고 그치는 것을 아쉬워하고 있다. 그는 비가
와서 '벌새'와 '실버들'이 촉촉히 젖는 것처럼, 시적인 대상인 비와 만
나는 즐거움을 누리고 있기 때문에 순간적으로는 만족한 듯한 모습을
보이고 있지만, 그것이 너무 짧다는 여운을 남긴다. 우리가 이 시에서
비를 생명의 상징으로 보면, 그것이 찾아온 것에 대해서는 기뻐하면서

도 그것이 곧 사라져 가는 것을 아쉬워한다는 뜻도 담겨 있다는 것을 발견하게 된다. 그러나 중요한 것은 앞에서 살펴본 두 편의 시 〈금잔디〉와 〈往十里〉에서 이별의 슬픔보다는 만남이 많은 부분을 차지하고 있기 때문에 한(恨)으로 인해서 오는 감정이 기쁨에 크게 묻어나지 않고 있다는 것이다.

그러나 소월 시의 많은 부분은 민족의 토착적인 정서인 한(恨)을 구체화하고 조국을 잃은 식민지적인 상황을 반영해야했기 때문인지, 만남을 통한 변증법적 즐거움이나 혹은 형이상학적 발전보다는 이별에 대한 슬픈 감정을 지배적으로 나타내고 있다. 그의 대표작인 〈진달래꽃〉의 경우를 살펴보자.

나 보기가 역겨워
가실 때에는
말없이 고이 보내드리우리다

영변(寧邊)에 약산(藥山)
진달래꽃
아름 따다 가실 길에 뿌리우리다

가시는 걸음걸음
놓인 그 꽃을
사뿐히 즈려밟고 가시옵소서

나 보기가 역겨워
가실 때에는
죽어도 아니 눈물 흘리우리다

― 〈진달래꽃〉 전문

많은 일반 독자들은 〈진달래꽃〉을 쉽게 읽고 즐기고 있지만, 이 시는 평면적으로 나타난 것보다 대단히 모호하고 복잡하다. 그래서 이 작품은 학자들 나름의 비평적 시각에 따라 다양하게 해석되어 왔다. 그러나한 가지 분명한 것은 이 시 속의 화자가 사랑하는 '임'과의 이별을 가정하고, 떠나게 될 '임'에게 자신의 간절한 사랑의 심정을 토로하고 있다는 것이다. 이 시의 내용은 유종호가 지적했듯이, 화자가 '임'에게 지금마음껏 사랑해 달라는 "사랑의 정략(政略)"이든 아니든, 또는 '임'이 가지 말라는 것을 반어적으로 나타낸 것이든, 아니면 '임'이 떠나가는 것을 전제로 하고, 떠나보내는 '임'의 마음을 아프게 하지 않겠다는 애절한 자기희생적인 사랑의 의지를 담고 있다. 그러나 또 다른 측면에서보면, 그의 말속에는 사랑하는 '임'이 자기를 버리고 떠날 것을 염려하는 애틋한 슬픔과 원망이 보이지 않게 숨어있다. 여기서 '임'이 화자를 "역겨워"하는 것은 버린다는 것과 같은 의미를 지니고 있기 때문에, '임'이 자신을 짓밟는다는 의미도 함께 담고 있다. 이러한 뜻은 자신의 열렬한 사랑에 대한 상징인 '진달래꽃'의 이미지와 연결되어, 화자가 떠나는 '임'이 자기에게 너무나 심한 상처를 남기지 말도록 "사뿐히 즈려밟고 가시옵소서"라고 조용히 말하는 것으로도 이해할 수 있다. 또 같은문맥에서 보면, '임'이 떠날 때 눈물을 보이지 않겠다는 것은 '임'이 자기를 버리는 것에 대한 침묵의 저항으로도 읽을 수 있다. '임'에 대한 화자의 말이 이렇게 모호한 이중구조를 지니고 있는 것은 이별이 가져올수 있는 지나친 감정을 크게 절제하는 효과를 가져다준다. 또 다른 한편, 여기서 '임'이 단순히 사랑하는 남성만을 나타내지 않고, 한용운의〈님의 침묵〉에서처럼 우주적인 차원에서 생명 내지 존재(存在)와 함께하는 신에 대한 상징이 될 수 있는 가능성 때문에,[3] 그것이 지닌 복합적

---

3 拙著, 〈님의 소멸과 기다림의 미학〉, 《우리 문학의 현실과 이상》(문예출판사, 1993), 56~57쪽.

인 상징성은 이 시에 나타난 감정을 적지 않게 여과시켜주고 있다. 그래서 〈진달래꽃〉은 별리(別離)를 주제로 한 작품이기 때문에 감상(感傷)에 빠질 위험성이 없지 않지만, 소월은 이렇게 '임'과 진달래꽃과 같은 탁월한 상징과, 부정을 통해 긍정을 유도하는 패러독스, 그리고 절제를 위한 "약속" 등과 같은 수사학을 사용해서 적절한 미학적인 거리를 두었기 때문에, 이 시에서 지나친 감정이 상당부분 승화되고 있다.

그러나 화자가 만남이 아닌 이별을 가정하고, 어디까지나 이별의 두려움을 노래하고 있기 때문에, 아무런 변증법적인 발전을 이룩하지 못한다. 그 결과 아직 자기 탐닉적인 농밀한 감정이 시의 밑바닥에 안개처럼 짙게 깔려있다는 것은 부인할 수 없다. 〈초혼(招魂)〉은 소월이 "상례(喪禮)의 한 절차인 고복의식(皐復儀式)을 빌려서 표현"[4]했다고 하더라도, 시속의 화자(話者)가 죽은 자의 혼을 부르는 절창(絶唱)에는 한(恨)이 맺힌 감정이 지나치게 분출되고 있다.

산산이 부서진 이름이어!
허공중에 헤어진 이름이어!
불러도 주인 없는 이름이어!
부르다가 내가 죽을 이름이어!

심중(心中)에 남아 있는 말 한 마디는
끝끝내 마자 하지 못하였구나.
사랑하던 그 사람이어!
사랑하던 그 사람이어!

---

4 성기옥, 소월시의 〈초혼〉 ─ 고복의식의 문학적 재현과 임의 확산적 지평, 《한국 현대시 작품론》(문장, 1981), 8쪽. 참조.

붉은 해는 서산(西山)마루에 걸리었다.
사슴의 무리도 슬피 운다.
떨어져 나가 앉은 산 위에서
나는 그대의 이름을 부르노라.

설움에 겹도록 부르노라.
설움에 겹도록 부르노라.
부르는 소리는 비껴가지만
하늘과 땅 사이가 너무 넓구나.

선 채로 이 자리에 돌이 되어도
부르다가 내가 죽을 이름이어!
사랑하던 그 사람이어!
사랑하던 그 사람이어!

— 〈초혼〉 전문

　　화자가 감정을 이렇게 통렬하게 표출하는 것은 주체와 객체 사이의 거리가 너무나 넓어서 도저히 만날 수 없는 절망적인 상황에 대한 인식 때문이다. 이 작품이 죽은 애인의 넋을 부르는 절창이든, 또는 일제에 조국을 빼앗긴 슬픔을 상징적으로 나타내고 있는 상징적 "절창"이든, 만남이 없기 때문에 슬픔은 그 거리에 비례해서 그만큼 더 크고 처절하게 나타나고 있다. 낭만주의는 시공(時空)의 한계를 초월해서 무한의 세계로 향하지만, 만남을 통한 "형이상학적 전율"이 없을 때, 거기에 따르는 비애(悲哀)는 그만큼 클 수밖에 없다. 그의 대표작 가운데 하나인 〈접동새〉의 경우도 마찬가지다.

접동

접동

아우래비접동

진두강(津頭江) 가람가에 살던 누나는

진두강 앞 마을에

와서 웁니다

옛날, 우리나라

먼 뒤쪽의

진두강 가람가에 살던 누나는

이붓어미 시샘에 죽었습니다

누나라고 불러보랴

오오 불설워

시새움에 몸이 죽은 우리 누나는

죽어서 접동새가 되었습니다

아홉이나 남아 되던 오랩 동생을

죽어서도 못 잊어 차마 못 잊어

야삼경(夜三更) 남 다 자는 밤이 깊으면

이 산 저 산 옮아가며 슬피 웁니다

— 〈접동새〉 전문

이 시는 죽은 '이붓어미 시샘'으로 죽은 '진두강 가람가에 살던 누나'가 이승에 두고 온 계모에게 학대받은 '오랩 동생'을 못 잊어 접동새

가 되어 남들이 다 자는 야삼경(夜三更)에 이 산 저 산으로 옮겨 다닌다
는 민담(民譚)을 소재로 한 것이다. 이 작품에 넘쳐 흐르는 슬픈 감정 역
시 서로가 만날 수 없는 이승과 저승의 거리 때문에, 그 진폭과 여운이
적지 않게 크고 길다. 그러나 이 시는 죽은 누나가 묵시(默示)적인 과정
을 통해 접동새로 변신(變身)하는 연기(緣起)와 같은 불교적인 상징체계
를 저승에서 이승으로 오는 "수레"로써 사용하고 있기 때문에 〈초혼〉
에서 만큼 슬픔이 그렇게 처절하지 않다. 그럼에도 불구하고 이 작품의
화자 역시 그 대상을 만나 변증법적 발전을 이룩하지 못하기 때문에 적
지 않은 슬픈 감정을 나타내고 있다. 낭만주의 시에서 주체와 객체가
서로 만나지 못하게 되면, 눈물을 흘리게 되어 도덕성과 관계되는 인간
적인 위엄을 잃는 결과를 초래할 위험이 크다는 것은 아무리 강조해도
잘못이 없다.

〈山有花〉가 소월 시편 가운데 미학적으로 가장 성공하게 된 것은 화
자가 그 시적 대상인 청산(靑山)을 만났기 때문이다. 이 작품에 미학적
거리를 나타낸 '저만치'는 만남의 의미를 내포하고 있다.

산에는 꽃 피네
꽃이 피네
갈 봄 여름 없이
꽃이 피네

산에
산에
피는 꽃은
저만치 혼자서 피어 있네

산에서 우는 작은 새요
꽃이 좋아
산에서
사노라네

산에는 꽃 지네
꽃이 지네
갈 봄 여름 없이
꽃이 지네

—〈山有花〉 전문

　김동리가 소월시란 "〈山有花〉 한편을 제하면 전부가 미완품이고 시
작(試作)"에 그쳤으나 〈山有花〉만 "기적적 완벽성"에 놓이는데, 그 이
유를 '저만치'라는 거리감의 해명에서 찾아내고 있는 것은 위에서 필자
가 역점적으로 누누이 밝히고 있는 "거리"와 문제가 깊은 관계가 있다.
김동리가 이 글에서 '저만치'라는 거리를 강조한 것은 화자가 그의 대
상인 산유화가 피어 있는 청산(靑山)을 눈으로 서로 만나 낭만적으로 영
적인 교감을 이루었다는 것을 의미하고 있다.

　素月은 玉女나 金女로써 메꾸워지지 않는 情恨의 究竟이 '自我' 혹은
'神'을 찾고 있다는 것을 스스로 생각할 수 없었던 것이다. "산에, 산에 피
는 꽃은 저만치 혼자서 피어있네"할 때 그는 그 산이 무엇인지를 몰랐으며
다만 그 靑山과 자기의 거리를 사무친 감정으로 '저만치'라고 손가락질로
가리킬 수 있었던 것뿐이다. 그리고 그가 청산과 자기와의 거리를 '저만치'
라고 손가락질로 가리킬 수 있는 순간은 그가 가장 그의 '임'의 품속에 깊이
안길 수 있는 순간이기도 했던 것이다. 이 순간 그의 체내의 맥박은 靑山의

그것에 가장 육박했을 때요, 이 순간 그의 맥박이 그의 詩魂을 불렀을 때 저 〈山有花〉의 기적적 諧調는 구성되었던 것이다.[5]

〈山有花〉에 나타난 '저만치'라는 거리에 대한 김동리의 해설을 두고 평론가들 사이에 찬반이 엇갈리고 있지만, 필자는 그의 의견에 전적으로 동의한다. 우리가 영국 낭만주의 시인들, 특히 윌리엄 워즈워드가 우주적인 차원에서 자연의 아름다움과 질서, 그리고 한 걸음 더 나아가서 자연 신(神)과의 교감을 통해서 인간의 선과 삶에 대한 지혜를 터득했다는 시적 경험을 그의 초기 시집 《서정적 민요(Lyrical Ballads)》를 통해 적극적으로 나타내었다는 사실을 기억하면, 김동리의 해석이 그 누구의 그것보다 설득력이 있다고 볼 수 있다. '저만치'라는 거리는 만남이 없는 거리가 아니라 만남이 있는 "미학적 거리"이다.

그런데 시속의 화자가 가까운 시각적 거리에서 만나는 것은 '산유화'가 피고 지는 산의 풍경이다. 그가 마음의 평정을 유지하고 꽃이 피고 지는 산을 보고 노래하는 것은 변화의 무상함만이 아니라 새의 이미지를 통해서 은유적으로 나타내고 있듯이, 꽃이 산에서 외로이 홀로 서서 피었다가 진다고 해도 아무런 불평을 하지 않고, 자연의 흐름인 계절의 변화에 말없이 순응하는 의연한 모습이 좋기 때문일 수도 있다. 여기서 화자가 평화로운 마음으로 초연한 입장을 취하고 있는 것은 그가 산과 형이상학적으로 영적인 교감을 이루고 있기 때문일지도 모른다. 그러나 소월이 〈山有花〉에서 스스로 추구하는 대상과의 만남을 이루어 시적인 성공을 거둔 것은 김동리가 앞에서 지적한 바와 같이 지극히 예외적이다.

김소월은 '임'을 잃고 그리워하는 초기의 여러 시편 이외에도 많은

---

5 김동리, 〈청산(靑山)과의 거리〉, 《김동리 대표작 선집 6》, (삼성출판사, 1978), 132~133쪽.

후기 작품들에서도 그가 추구하는 시적 대상과 격리된 자신의 감정 즉, '집'과 '고향'으로부터 추방된 실향민의 아픔과 망향(望鄕)의 그리움을 지속적으로 노래하고 있다. 물론 이것은 앞에서도 언급한 것처럼 일제 식민지 지배하에서 조국을 빼앗긴 민족의 저항의식을 한(恨)의 정서 속에 확대시켜 형상화하기 위해서일 것이다. 그러나 이 작품들은 고향으로 가는 길의 막힘 등과 같은 모티프를 넘을 수 없는 "벽"을 나타내는 산의 이미지와 함께 복합적으로 나타내기 때문에 이별한 임을 그리워하는 시편들에서보다 감정이 많이 절제되어 있다. 그러나 고향 상실과 "집 없음"을 주제로 한 작품들은 거의 "만남"의 즐거움이 없기 때문에, 애조(哀調)를 띤 감정을 절제하는 데 한계가 있는 것으로 나타나고 있다.

> 말 마소 내 집도
> 定洲 郭山
> 차 가고 배 가는 곳이라오.
> ......
> 갈래갈래 갈린 길
> 길이라도
> 내게 바이 갈 길은 하나 없소.
>
> — 〈길〉에서

그가 첩첩산중으로 이렇게 추방되어 고향에 대한 그리움으로 수심(愁心)에 싸여있기 때문에 상상력의 힘으로 속에서 '나의 집'을 짓고 '임'을 찾기 위해 능동적으로 움직인다 해도, 결코 '임'과 만나지 못하는 한(恨)을 나타내어야만 하는 것은 안타까운 일이라 아니할 수 없다.

들가에 떨어져 나가 앉은 메기슭의
넓은 바다의 물가 뒤에,
나는 지으리, 나의 집을,
다시금 큰 길을 앞에다 두고,
길로 지나가는 그 사람들은
제가끔 떨어져서 혼자 가는 길.
하이얀 여울턱에 날은 저물 때.
나는 문간에 서서 기다리리
새벽 새가 울며 지새는 그늘로
세상은 희게, 또는 고요하게,
번쩍이며 오는 아침부터,
지나가는 길손을 눈여겨보며,
그대인가고, 그대인가고.

— 〈나의 집〉 전문

그런데 소월이 처가가 있는 곳 귀성(龜城)에 9년 동안 머물면서 안서 (岸曙)가 번역한 〈망우초(忘憂草)〉를 읽고 자극을 받아 쓴 작품, 〈안서선 생 삼수갑산운(次岸曙先生 三水甲山韻)〉 역시 고향을 가지 못한 그의 한 (恨)을 나타내고 있다. 그러나 험난하고 폐쇄된 지형을 나타내는 독특 한 한자 형태와 절망적인 '벽'에 부딪힌 운명에 유자(儒者)의 해학적 음 성이 결합해 창조해 내는 "객관적 상관물"로 인해 감정에 물들지 않는 동양적인 미학을 보이고 있다는 것은 다행스러운 일이다.

三水甲山 내 왜 왔노,
三水甲山이 어듸뇨.
오고나니 崎險타

아마 물도 많고 산 疊疊이라 아하하

내 고향을 도로 가자
내 고향 내 못가네.
아마 蜀道之難이 예로구나 아하하

— 〈안서선생 삼수갑산운(次岸曙先生 三水甲山韻)〉에서

그러나 그가 절필 단계에서 두보(杜甫)의 춘망(春望)을 번안할 정도로 〈詩經〉에 접한 결과 동양적인 품위를 위에서 언급한 그의 시편에서 보였다고 하더라도, 그의 〈진달래꽃〉보다 더 훌륭한 시를 쓰지는 못했다. 비록 그는 죽기 전에 현실에 바탕을 둔 〈바라건대는 우리에게 우리의 보습 대일 땅이 있었다면〉, 〈건강한 잠〉, 〈상쾌한 아침〉 등과 같은 시를 쓰며, 감정의 늪에서 벗어나는 성숙한 면을 보였으나 시적인 성숙함을 이룩하지 못했음은 안타까운 일이 아닐 수 없다. 그러나 그는 토착적인 언어에 대해 남다른 관심과 천재적인 감수성을 보여 민족의 정서를 미학적으로 발전시켰음은 물론 그것과 함께 식민지 시대에 억압된 민족의 혼을 불러일으키는 데 크게 기여했다는 것은 높이 평가되고도 남음이 있다. 전통적인 민요의 음율과 한국어의 아름다움을 현대적으로 수용해서 발전시킨 그의 시적 재능은 물론 〈山有花〉에서 창조한 미학적 거리로 보아, 그가 식민지 시대의 한(恨)의 덫에 묶여 30여 세의 젊은 나이에 죽지 않았더라면 지금보다 위대한 시인이 되었을 것이다.

한(恨)이 토착적인 민족정서에서 왔든지, 혹은 식민지 시대에 조국 상실에서 왔든지 간에, 그것은 그를 몽롱한 낭만적인 감정주의에 빠뜨려 일생동안 슬픔 속에서 방황하게 만들었던 것은 실로 유감스러운 일이다.

낭만주의 세계에서는 시인이 그가 추구하는 대상과 만나서 사물의 핵심을 꿰뚫어 볼 수 있도록 변증법적인 발전을 이루지 못하면, 허무적인 감정의 깊은 계곡 때문에 인간의 위엄을 지킬 수 있는 도덕성을 잃을 수 있는 위험이 그만큼 크다. 한(恨)이 전통적인 민족정서라고 하더라도, 그것이 곧 예술이 될 수는 없는 것이다. 참된 예술은 한(恨)을 감정적으로 표출하는 것이 아니라, 그것을 극복해서 예술적으로 승화시키는 데서 얻을 수 있는 것이다.

悲劇的 崇高美와 표백된 언어

— 鄭芝溶의 시

눈보라는 꿀벌떼처럼 닝닝거리고 설레는데,
어느 마을에서는 紅疫이 蟠蟠처럼 爛漫하다.
— 〈紅疫〉에서

1

정지용은 1930년대에 우리 시단에서 눈부신 활약을 했다가 49세가
되던 해 6·25 동란이 일어나서 북으로 끌려가 평양감옥 어딘가에서 이
광수, 계순 등 납북문인들과 함께 수감되어 있다가 얼마 후 비행기 폭
격으로 폭사 당해 비극적인 일생을 마친 우리의 "천재시인"이다.

만일 지용이 식민지 시대의 시인이 아니었고, 또 외세에 의한 이데올
로기 전쟁의 희생물이 되지 않았더라면, 그가 지금쯤 우리들에게 얼마
나 더 훌륭한 많은 시를 남길 수 있었을 것인가는 가히 짐작하고도 남음
이 있다. 이러한 예측과 가정은 그가 우리들에게 남긴 두 권의 시집《白
鹿潭》과 《鄭芝溶 詩集》이 우리 현대시사(現代詩史)에 하나의 큰 장을
차지하고 있다는 것으로 충분히 증명이 되고 있다.

그의 시가 이렇게 훌륭했기 때문에 유종호는 정지용을 "한국 현대시
의 아버지"라고 했고, 오탁번은 그가 "이 땅의 현대시를 自主했던 未
堂, 靑馬, 斗鎭, 木月, 芝薰[1] 등의 정신적 배후에서 항상 대부 노릇을
했다"고 말했다. 어찌 그것뿐이랴. 그의 시적 영향은 김춘수, 박재삼,
황동규, 오세영, 조정권 등과 같은 우리 시대의 시인들 사이에서 아직

---

1 吳鐸藩, 〈現代詩史의 영광과 비극〉,《鄭芝溶 : 시와 산문》(깊은샘, 1987), 243쪽.

까지 깊게 숨쉬고 있다.

그러나 시 속에서 특별한 교훈적인 의미는 물론 감성주의적인 늪과 깊은 관계가 있는 '한'을 추구하는 사람들은 그의 시를 두고 "한낱 언어 유희"에 지나지 않는다고 탓한다. 이들과는 반대 입장에서 서 있는 최동호 역시 그의 주변환경을 의식한 듯 그의 논문 〈鄭芝溶의 長壽山과 白鹿潭〉에서 "그의 감각이나 언어가 참신한 것이기는 하였지만 그가 취하는 근원적인 자세가 전진적이었는가 하는 의문을 갖게 한다"고 주장하면서 "그의 시적 방법과 내용이 서로 엇갈린다"고 쓰고 있다.[2] 그래서 최동호는 결론적으로 "鄭芝溶의 시적 성공과 좌절에 대한 진정한 평가는 그의 날카로운 감각적 촉수와 엇갈리는 인간적인 번민을 함께 투시하는 전체적인 조망에 의거해야 가능한 것이다"라는 숙제를 우리에게 남기고 있다.

2

이 글에서는 정지용의 시적 내용이 무엇이며, 그것이 그의 시적 방법, 즉 그것을 표현하는 방법과 진정으로 엇갈리고 있는가 아니면, 서로 걸맞은 유기적인 관계가 있는가를 살펴보고, 그의 날카롭고 섬세한 언어감각이 지니고 있는 인간적인 의미가 무엇인가를 살펴보고자 한다.

지용의 시세계에 지배적으로 나타나는 풍경은 자연풍경이고, 그것은 산과 고원, 어둠과 별, 바람과 구름, 꽃과 고향, 시내와 바다 등과 같은 이미지들로 구성되어 있다. 그의 시를 읽는 사람들의 시각에 따라 다르겠지만, 필자에게 그것은 도륭(屠隆)의 말과는 달리 실제 경치보다 더욱 아름답고 격조 높게 느껴진다. 왜냐하면 거기에는 사물의 존재 의미와

2   崔東鎬, 〈鄭芝溶의 長壽山과 白鹿潭〉, 《鄭芝溶 : 시와 산문》(깊은샘, 1987), 286~287쪽.

아름다움을 관찰하는 시인의 직관적인 눈과 그것을 보다 확대시켜 완성시키려는 상상력이 깃들어 있기 때문이다.

시인 지용이 산을 비롯하여 꽃과 나무, 비와 구름, 눈과 얼음, 강과 바다 등을 노래한 것은 그것들에서 다른 어느 것에서도 찾아볼 수 없는 아름다운 조화의 도덕적 현상을 발견할 수 있었던 것은 위의 사실과 깊은 관계가 있다.

동양적인 우주관과 크게 유사한 자연관을 나타내고 있는 워즈워드 시학에서 볼 수 있는 것처럼, 그는 신이 자연의 아름다운 조화를 통해서 그 스스로를 나타내고 있기 때문에 인간은 이러한 자연의 조화에 적극적으로 참여하거나 자신의 의식을 그것에 투영시킴으로써 인간의 도덕적인 성격과 정서가 형성된다고 생각했을지도 모른다. 당시 영문학을 전공했던 지용이 연구한 바 있는[3] 워즈워드에 의하면, "인간에게 있어서 가장 근본적이고 특징적이며 값진 것은 자연세계에 구체화된 아름다움과 착함, 그리고 완벽한 질서에 대해 성숙한 반응을 보일 수 있는 본능적인 정서와 상상력"이다. 그래서 워즈워드 시의 목적은 이렇게 아름답고 조화로운 "자연형태"에 대해 능동적인 반응을 보이면서 말할 수 없는 기쁨을 느끼는 인간의 모습을 그리는 것이다. 또 가장 오랫동안 지속되는 구어체를 시어(詩語)로써 사용하는 것이 가장 바람직하다는 워즈워드의 언어이론은 위에서 말한 시적 주제와 깊은 관계가 있다. 왜냐하면 허영적인 도시생활 그리고 여러가지 특수한 직업에서 사용하는 기술들은 인간의 내면세계에 있는 가장 근본적이고 영원한 진실보다는 일시적이고 우발적으로 일어나는 현상에 대해 여러가지 연상작용을 일으키게 만들고, 또 이러한 연상작용이 우리의 순수한 언어를 어둡게 물들이기 때문이다.

---

3   鄭芝溶, 〈시와 언어〉, 《鄭芝溶 : 시와 산문》(깊은샘, 1987), 233쪽.

여기서 워즈워드가 말하는 "가장 오래 지속되어온 관용적인 언어"는 "자연의 영원한 형상"에 의해 연상작용을 일으키고 또 그것에 의해서 정서가 함양된 사람, 다시 말해서 자연 가운데 있는 가장 아름다운 대상과 끊임없이 대화를 나누는 사람들 사이에서 발견되는 언어이다.

　워즈워드에게 있어서 시의 주제는 자연이 지니고 있는 가장 영속적이고 기본적인 양상에 관한 것이고, 그것의 표현 방법은 위에서 말한 영원하고 조화로운 아름다운 자연 형태가 인간의 영원하고 본질적인 성격에 가장 효과적으로 영향력을 미칠 수 있는 언어를 사용하는 것이다.

　그에 의하면 시의 가치는 얼마만큼의 예리한 통찰력으로 진실된 인간과 아름다운 자연 사이에서 일어나는 이러한 신비스러운 현상을 정확히 직관적으로 포착해서 우리들에게 전달할 수 있는가의 여부에 달려 있다. 그래서 우리는 시를 인간정서에 가장 중요하고 의미 깊은 질적인 정수라고 말할 수 있다.[4]

　워즈워드가 말한 이러한 시적 현상은 정지용의 시 가운데 영원한 민족정서의 회복을 위한 숨은 의도와 함께 여기저기 나타나고 있다.

　우리들에게 가장 친숙하고 잘 알려진 고향을 주제로 한 두 편의 시를 읽고 한번 생각해보자.

　　넓은 벌 동쪽 끝으로
　　옛이야기 지즐대는 실개천이 회돌아 나가고,
　　얼룩백이 황소가
　　해설피 금빛 게으른 울음을 우는 곳,

　　─그 곳이 참하 꿈엔들 잊힐리야.

4　Walter Jackson. Bate, *Criticism: The Major Texts* (New York, 1970), 331~335쪽.

질화로에 재가 식어지면

뷔인 밭에 밤바람 소리 말을 달리고,

엷은 조름에 겨운 늙으신 아버지가

짚벼개를 돋아 고이시는 곳,

　　—그 곳이 참하 꿈엔들 잊힐리야.

흙에서 자란 내 마음

파아란 하늘 빛이 그립어

함부로 쏜 화살을 찾으려

풀섶 이슬에 함추름 휘적시든 곳,

　　—그 곳이 참하 꿈엔들 잊힐리야.

傳說바다에 춤추는 밤물결 같은

검은 귀밑머리 날리는 어린 누이와

아무렇지도 않고 여쁠 것도 없는

사철 발벗은 안해가

따가운 해ㅅ살을 등에 지고 이삭 줏던 곳,

　　—그 곳이 참하 꿈엔들 잊힐리야.

하늘에는 석근 별

알 수도 없는 모래성으로 발을 옮기고,

서리 까마귀 우지짖고 지나가는 초라한 지붕,

흐릿한 불빛에 돌아앉어 도란 도란거리는 곳,

　　—그 곳이 참하 꿈엔들 잊힐리야.

　　　　　　　　　　　　　　　　　　—〈鄕愁〉전문

넘쳐 흐를 듯이 풍요롭지만, 지극히 절제된 정서 속에서 원시적인 언어처럼 느껴지는 순박하고 자연스러운 "영속적인 관용"적 구어로써 그려진 이 작품 속의 자연풍경은 가난하고 소박한 전형적인 한국의 전원풍경이다. 이 시가 시인 자신은 물론 우리들에게 지울 수 없는 지문(指紋)과 정서적인 울림의 파문을 물밑에서 일으키는 것은 여기에 나타난 토속적인 이미지들로 이루어진 한국 특유의 전원적인 삶의 풍경이 모든 억압적인 힘을 해체시킨 후 보다 자유롭고 절박해진 상태의 시적 공간에서 우리 마음 가운데 있는 가장 본질적이고 영원한 부분에 조용한 영향을 끼치기 때문이다.

"옛이야기 지즐대는 실개천이 회돌아" 나가는 방죽가에 "해설피 금빛 게으른 울음 우는" 황소의 평화로운 모습과 식어가는 질화로 재와 더불어 "짚벼개를 돋아 고이시고" 태고의 바람소리를 듣는 아버지의 졸리운 모습은 모두 다 잃어버린 낙원의 평화로운 모습을 상징하고 있다. 그리고 검은 흙에서 파아란 하늘로 쏘아 올린 소년의 "화살"은 미래로 향한 원형적인 인간의 욕망의 표상이자 그 연결고리이다. 또 가을 들판 위에서 어린 누이의 귀밑머리가 바람에 날리는 모습을 "傳說바다에 춤추는 밤물결"의 이미지와 비유함은 추수한 들판 위에서 이삭을 줍는 누이와 "발벗은 안해"의 모습이 얼마나 순박하게 아름다우며, 원시적인 것인가를 나타내주고 있다. 마지막 연에서도 초가집에 비치는 불빛을 태고적에 만들어진 별들이 모래알처럼 흩어진 은하수와 비유함으로써, 그것을 원초적인 아름다움과 영원함을 지니게 하고 있다.

"서리 까마귀 우지짖고 지나가는 초라한 지붕"은 한국의 원형적인 겨울 풍경으로서 이것 역시 "고향"과 일치되는 듯한 원시적인 아름다움을 나타내고 있다. 특히 겨울하늘을 나는 까마귀는 그것이 지닌 검은 색과 함께 우리들을 그 옛날 원시시대의 순수함으로 되돌아가게 하고 있다. 여기에는 인위적으로 만든 도시적인 화려함이나 형이상학적인 위선이 없기 때문에, 우리는 전원적인 가난함이 지닌 질박하고 원시적인 아름다움 속에서 구원적인 자유와 귀속적인 안도감을 발견하고 흐뭇한 행복감마저 느끼게 된다. 그래서 도시를 떠돌아다니는 시인은 "고향", "그 곳이 참하 꿈엔들 잊힐리야" 하고 "향수" 어린 노래를 한다.

작품 〈향수〉와 동일한 계열에 속하는 〈고향〉 역시 위에서 살펴본 시의 내용과 언어와 많은 공통점을 지니고 있다.

고향에 고향에 돌아와도
그리던 고향은 아니러뇨.

산꽁이 알을 품고
뻐꾹이 제철에 울건만,

마음은 제고향 진히지 않고
머언 港口로 떠도는 구름.

오늘도 메끝에 홀로 오르니
한점 꽃이 인정스레 웃고,

어린 시절에 불던 풀피리 소리 아니 나고
메마른 입술에 쓰디 쓰다.

고향에 고향에 돌아와도
그리던 하늘만이 높푸르구나.

— 〈故鄕〉 전문

이 시 역시 워즈워드의 시처럼, 자연을 대상으로 해서 인간과 자연을 연결 짓는 신플라톤적인 영혼불멸사상을 노래하지 않고, 실향의식을 짙은 서정으로 노래하고 있지만, 김학동도 지적한 바와 같이 영원한 아름다움을 노래하고 있다. 이 시의 공간을 가득 채우고 있는 "산꿩"이나 "뻐꾹이" 그리고 "꽃"이나 "하늘"과 같은 자연의 이미지들은 불변의 영속적인 속성이다.[5]

시인의 마스크를 쓰고 있는 시 속의 화자는 이국땅 도시를 헤매는 동안 자신의 감수성이 무디어져서 자연과 일치되는 동질성을 자신 가운데서 찾지 못하고, 유동적인 상태에서 "머언 港口로 떠도는 구름" 같지만, 고향이 지니고 있는 영속적인 아름다움에 대한 애착을 버리지 못한다. 그래서 이 작품에 나타난 불변하는 고향의 아름다운 전원풍경은 흰구름처럼 떠도는 자신의 마음과 대조를 이루어 더욱더 영원한 아름다움을 창조하고 있다.

3

그러나 지용이 만일 〈향수〉나 〈고향〉 등과 같이 낭만적인 색채가 짙은 실향의식과 그것을 회복하기 위한 시적인 노력에만 머물렀다면, 그는 우리 문학사에서 그렇게 큰 자리를 차지할 수가 없었을 것이다.

다음 단계에서 그는 비록 자연의 영원성과 아름다움을 계속적으로 탐색하고 있지만, 〈蘭草〉 등에서 볼 수 있듯이 인간의 견인력과 지조를 자연적인 사물에다 투영시키고 있다.

蘭草닢은
차라리 水墨色

---

5   金澤東,《鄭芝溶 硏究》(민음사, 1987), 21쪽.

蘭草닢에
엷은 안개와 꿈이 오다.

蘭草닢은
한밤에 여는 담은 입술이 있다.

蘭草닢은
별빛에 눈떴다 돌아눕다.

蘭草닢은
드러난 팔구비를 어쨔지 못한다..

蘭草닢에
적은 바람이 오다.

蘭草닢은
칩다.

—〈蘭草〉 전문

　　그러나 《白鹿潭》에 와서 산정과 산정에 서 있는 나무 그리고 그곳에 피어 청초한 빛을 더해가고 있는 야생꽃, 고산식물, 그리고 그 속에 살고 있는 십장생 가운데 하나인 사슴 등과 같은 자연 이미지에다 삶의 의미와 그것이 지닌 도덕적인 가치를 투영시켜 명경지수(明鏡止水)와도 같이 맑고 투명한 시세계를 구축하고 있다. 이러한 탁월한 시세계는 인간의지, 즉 인간의 견인력과 깊은 관계가 있는 비극적인 숭고미를 나타내고 있다.

김학동은 이러한 시적인 현상을 "일체의 세속적인 비애나 고뇌 같은 감정의 속성을 금욕하는 단계"[6]라고 말하고, 김우창은 "주관이 해소되고 객관적인 세계에 대한 투명한 인식만이 있는 세계를 암시한다"[7]고 쓰고 있다.

이렇게 그가 산과 정상을 중심으로 한 자연의 아름다움을 묘사한 것이 《白鹿潭》의 시세계에서 절정을 이루고 있지만, 그가 여기서 인간의 지를 투영시킨 시세계가 비극적인 숭고미를 지니고 있다는 것은 그의 시론에 가까운 〈밤〉이라는 글에서 그가 "비극은 반드시 울어야 하지 않고 사연하거나 흐느껴야 하는 것이 아니라, 실로 묵하는 것"[8]이라고 쓴 것에서도 잘 나타나고 있다. 그래서 시집 《白鹿潭》의 여러 시편에서는 비극적인 숭고미가 꽃향기처럼 흐르거나 은빛 구름처럼 승화되지 않는 것이 없다.

그러면 송욱이 "내용이나 형식면에서 실패한 것"[9]으로 보았다고 말했지만, 최동호가 그것의 문학성을 탁월하게 분석해서 새로운 빛을 보게 된, 산을 주제로 한 그의 대표작 중의 〈長壽山〉을 다시 한 번 살펴보기로 하자.

伐木丁丁이랬거니 아람도리 큰솔이 베혀짐즉도 하이 골이 울어 멩아리 소리 쩌르렁 돌아옴즉도 하이 다람쥐도 좃지 않고 뫼ㅅ새도 울지 않어 깊은 산 고요가 차라리 뼈를 저리우는데 눈과 밤이 조히보담 희고녀! 달도 보름달 기달려 흰 뜻은 한밤 이골을 걸음이란다? 웃절 중이 여섯 판에 여섯 번 지고 울고 올라간 뒤 조찰히 늙은 사나히의 남긴 내음새를 줏는다? 시름은 바람

---

6 金澤東, 앞의 책, 54쪽.
7 金禹昌, 〈한국시의 形而上學〉, 《궁핍한 시대의 시인》(민음사, 1977), 52쪽.
8 鄭芝溶, 〈밤〉, 앞의 책, 125쪽.
9 宋稶, 〈정지용 즉 모더니즘의 자기 부정〉, 《시학평정》(일조각, 1963), 206쪽.

도 일지 않는 고요에 심히 흔들리우노니 오오 견듸란다 차고 凡然히 슬픔도
꿈도 없이 長壽山속 겨울 한 밤내—

                                           —〈長壽山 1〉 전문

　이 시에는 최동호가 지적한 입체적인 시적 공간을 "내적 울림으로 형
상화"하기 위한 "청각적 영상"[10]은 말할 것도 없고, 비극적인 숭고미를
나타내지 않는 이미지가 없다. 《詩經》에서 빌려왔다"[11]고 하는 "伐木丁
丁"은 청각적인 효과를 위해서 사용되었지만, 그것은 거대한 소나무로
상징되는 자연적인 힘과 대결하는 데서 오는 비극적인 숭고미를 경험하
는 인간적인 존재를 나타낸다. 또 역으로 수많은 시간 속에 온갖 시련
과 어려움을 견디고 서 있던 "아람도리 큰솔"이 톱날에 베여 쓰러질
때, "쩌르렁" 하고 산 속을 울리는 메아리 소리 또한 비극적인 장엄함
을 지니고 있다.
　또 산 속에 내린 눈으로 말미암아 "조히보담" 흰 밤과 "뼈를 저리우
는" 밤의 고요는 모두 다 어둠과 치열하게 싸우는 견인력에서 오는 비
극미를 형상화하고 있다. 이와 같은 미학적인 현상은 보름달이 "흰뜻"
을 가지고 어두운 밤을 밝힌다는 놀라운 표현에서도 훌륭하게 나타나고
있다. 이러한 사실은 "웃절 중이 여섯 판에 여섯 번을 지고 울고 올라간
뒤 조찰히 늙은 사나히"의 이미지와 겨울밤의 시름을 바람도 일지 않는
차가운 고요 속에 묻겠다는 인간의지를 상징하는 장수산의 이미지와 일
치된 시인의 말이 뒷받침되고 있다.
　이러한 비극적인 견인력으로 승화된 아름다움은 〈長壽山 2〉에 있는
돌산의 이미지에 더욱 견고하게 나타나고 있다. 시인이 바라본 산정은

10　崔東鎬, 앞의 책, 276쪽.
11　吳鐸藩, 〈지용시의 환경〉, 《현대문학 산책》(고대출판부, 1976), 117쪽.

풀도 떨지 않는 돌산으로 비바람 속에서 영겁의 세월을 두고 서 있지만, 얼음처럼 차갑고 말이 없어서 그 속을 흐르는 맑은 물소리만 귀또리처럼 "啷啷"하다. 그러나 무엇보다 중요한 것은 "한덩이" 돌처럼 서 있는 산정은 죽은 것이 아니라, 그 무서운 고독 속에서도 온갖 아픔과 시름을 이기면서 고요하고 고요한 숨결 속에 비극미를 형상화시킨 "흰시울"을 소리 없이 내리게 하고, 산허리에 있는 절벽을 "진달래꽃 그림자"로 붉게 물들인다.

이 시집 속에 견인력에서 오는 고요하고 투명한 아름다움을 형상화한 것은 이것만이 아니다. 인생이라는 이름의 산을 오르는 것과도 같은 견인력과 함께 오는 명징한 깨달음의 인식세계를 나타내는 백록담의 맑은 물은 말할 것도 없고, 산을 오를수록 꽃의 키가 점점 작아지는 "뻑국채꽃", "암고란, 환약 같이 어여쁜 열매", 훨훨 옷을 벗은 백화, 풍란이 풍기는 향기, 사람과 가까이 하는 "해발 육천척" 위의 말 망아지와 송아지, 그리고 착하디 착한 어미소의 모습, 또 이마를 시리게 한 면 산정의 "춘설", 눈 속에서 "忍冬茶"를 마시면서 겨울을 보내는 노인, 산을 찾아간 사람의 변신인 듯한 호랑나비 등은 모두 다 인간의지로서 승화된 비극적인 숭고미를 탁월하게 형상화해주고 있다.

정지용이 노래하고 있는 비극적인 숭고미는 서양의 그것과는 달리 어떤 대상과 처절한 대결적인 갈등 속에서 오는 것이 아니라, 견인력을 통해 그것을 수용하는 역설적인 희열에서 오는 것이다. 그래서 서양의 비극미는 연속적인 갈등에서 오는 순간적인 것의 연속이지만, 지용이 형상화하고 있는 그것은 산을 타는 사람이 산 위에 오르면 산 밑에 있는 사람에게는 보이지 않는 아름답고 청초한 야생화를 발견하고 그것들과 더불어 휴식을 취할 수 있듯이, 자아세계를 잃지 않고 자연과 친화하며 마치 노인이 꽃을 가꾸는 것과도 같이 평화로운 낙원의 세계와 함께하는 것이다.

골작에는 혼히
流星이 묻힌다.

黃昏에
누뤼가 소란히 싸히기도 하고,

꽃도 귀향 사는 곳,

절터ㅅ드렸는데
바람도 모히지 않고

山그림자 설핏하면
사슴이 일어나 등을 넘어간다.
　　　　　　　　　　　　　— 〈九城洞〉 전문

　지용이 비극적인 숭고미를 얼마나 심도 깊게 집요하게 추구했는가는
금강산 "舊萬物" 위에서 "禮裝"을 하고 아래로 뛰어내린 어느 신사가
비극적인 죽음을 한 후에도 흰눈의 이미지를 빌려와서 장엄한 "儀式"
까지 벌이면서 산정에 대해 겨우내 "부복"하며 경건함을 표시하도록
한 것으로도 알 수 있다.

　……한겨울 내—흰손바닥 같은 눈이 나려와 덮어 주곤 주곤 하였다. 壯
年이 생각하기를 '숨도 아이에 쉬지 않아야 춥지 않으리라'고 주검다운 儀式
을 가추어 三冬내—俯伏하였다. 눈도 희기가 겹겹이 禮裝같이 봄이 짙어서
사라지다.
　　　　　　　　　　　　　　　—〈禮裝〉에서

4

에즈라 파운드 시대에 중국문학을 오랫동안 연구한 어네스트 페놀로
사(Ernest Fenollosa)가 중국시에 관해서 강연하면서 언어란 "창조적인 메
타포에서 생겨나는데, 그 속에서 인간은 자연과 형제관계를 갖는다"[12]라
고 말했다. 이와 같은 현상 때문인지 지용에게 만일 산의 견인력과 닮
은 인간의지의 견인력을 치열한 의식 속에서 변형시켜 그의 "촉수"와
도 같은 독특하고 예리한 언어감각과 사물의 아름다움을 포착하려는 구
도자적인 집념과 정열이 없었더라면, 자연을 주제로 한 그의 시에 나타
난 이러한 비극적인 숭고미는 성공적으로 형상화될 수 없었을지도 모른
다. 지용의 시는 "언어와 '육화된' 일치"[13]라고 말한 것은 이러한 사실
을 뒷받침해준다.

그의 시를 읽는 독자는 누구나 그의 시적인 언어의 "촉수"가 플로베
르가 말한 외과의사의 메스처럼 날카롭기 때문에, 그가 시적인 대상의
미세한 부분을 현미경으로 들여다보듯 투명하고 절묘하게 정확히 표현
하고 있다고 느끼게 된다. 그러나 지용의 시적 언어는 너무나 예리하면
서도 부드럽고 온기가 있으면서도 차갑고 예리하다. 그러나 그의 언어
는 워즈워드의 그것처럼 때묻지 않아서 자연스럽고 소박한 순수함을 지
니고 있다. 그렇지만 또 다른 한편으로 그것은 투명한 지성의 빛을 발
하고 있기 때문에, 그것이 다른 어느 유명 시인의 언어 못지않게 치열
한 자기의식과 자기 절제의 용광로 속에 오랫동안 뜨겁게 달구어진 것
임을 우리는 곧 경험하게 된다.

실제로 지용은 "가장 정신적인 것의 하나인 시가 시어의 제약을 받는

---

12 Hugh Kenner, *The Pound Ezra* (Berkely, 1974), 289쪽.
13 鄭芝溶, 〈시와 언어〉, 앞의 책, 234쪽.

다는 것은 차라리 시의 부자유의 열락이요 시의 전면적인 것이요 결정적인 것으로 되고 만다"고 말하고 있다.[14] 다시 말하면, 그는 자연을 소재로 하고 시를 썼지만, 자연이 지닌 아름다움을 선택적으로 사용해서 그것이 지니고 있는 조화로운 신비에 시적으로 동참하면서도, 그 자신의 인간의지와 상상력이 짙게 담겨 있는 연금술적인 언어를 통해 거친 자연적인 요소를 인간적인 렌즈로 굴절시키고 변형시켜, 그것이 삶의 진실과 도덕성을 올바르게 육화시켜 비춰주는 거울이 되게끔 만들고 있다.

이러한 현상의 또 다른 한 몫은 그의 시적인 표현과 언어가 문학사 속에서 숨쉬고 있는 여러 대시인들에게서 영향을 받은 것이다. 이를테면, 오탁번과 문덕수가 지적한 바와 같이 그는 《詩經》을 포함해서 이백(李白)과 두보(杜甫)의 시는 물론 그가 영문학도로서 가르치고 공부했던 블레이크, 워즈워드, 그리고 20세기의 이미지스트들의 영향을 입었다.

그러면 이러한 "영향"이 시적 공간에서 어떠한 역할을 하는가? 휴 케너(Hugh Kenner)가 연구한 바와 같이 "영향이란 적절한 은유가 아니라 일치된 상호관계의 체계"이다.[15] 이러한 체계는 고정된 형태로 존재하는 것이 아니라, "상상적인 인간의 의미에서 생성적인 플롯의 문법"과도 같이 새로운 힘을 창조하는 바탕인 동시에 그 장(場)이 되고 있다. 이러한 문학적 현상은 《오레스테이아(Oresteia)》에 영향을 입은 《햄릿》, 호머의 《오디세이》에 바탕을 두고 있는 조이스의 《율리시즈》, 그리고 프레이저의 《황금가지》에 나오는 신화에 영향을 입은 T. S. 엘리엇의 〈황무지〉는 물론 중국시와 일본시에 영향을 입은 파운드 시의 경우도 마찬가지다. 다시 말하면, 영향은 과거를 단순히 모방하거나 복제하는

것이 아니라, 인간의 상상력을 통해서 그것을 새로운 것으로 창조하는 하나의 발전과정을 의미한다.

시인 지용이 보들레르와 같은 눈으로 하늘에 "백목단처럼 피어오르는 …… 흰 구름 송이"의 변화과정과 "하이릿 하게 …… 귀중한 靑石器의 육체에 유유한 세월이 흐르우고 간 고운 손때와 같은 한바람 실 오래기 구름"[16]의 아름다움을 사랑하고 노래한 것은 그가 변화하지 않는 것에서 변화하는 것을 발견하고, 그 속에서 자신의 상상력을 통한 변신의 꿈을 꿀 수 있었기 때문이리라.

시적인 공간에서 사물의 변신은 시인의 상상력과 섬광과도 같은 직관을 통한 치열한 의식의 확대로서만 가능하다. 치열한 의식의 확대는 비극적인 숭고미와 깊은 관계가 있다. 지용의 시가 항상 사물을 흰빛으로 표백해서 우아한 미를 나타내 보이는 것은 앞에서 누누이 말한 비극적인 숭고미 때문이 아닌가 한다.

실제로 비극미로 이루어진 시는 표면적인 현실세계를 초월해서 존재하는 영원하고 본질적인 어떤 아름다운 세계, 즉 "보다 깊은 진실의 세계"를 추구하며 상승하려는 순간에 나타난다. 이러한 시점에서 볼 때, 〈船醉〉와 〈바다〉 시리즈, 〈風浪夢〉 시리즈, 〈甲板우〉, 〈유리창〉 시리즈, 그리고 가톨릭에 귀의한 후에 쓴 몇 편의 훌륭한 시들은 산과 산정을 중심으로 한 《白鹿潭》의 여러 시편들과 심층적으로 그 맥과 뿌리를 같이하고 있다.

혹자는 정지용의 "날카로운 감각적 촉수"가 인간적인 번민과 엇갈린다고 말한다. 그러나 우리는 그의 날카로운 언어감각이 처절한 인간적인 번민과 견인력과의 싸움에서 얻어진 확대된 의식의 결과로써 얻어진 것이란 사실을 잊지 말아야 하겠다.

---

16 정지용, 앞의 책, 134~135쪽.

시는 산문과는 달리 현상적인 자연세계는 물론 내밀한 "사물의 꿈"과 자의식적인 인간의 비전을 투시하는 창이자 거울의 기능을 한다. 그가 그의 많은 부분의 시에서 동양정신에 바탕을 두고 자연의 숭고하고 신비스러운 아름다움을 노래한 것은 그것이 자연은 물론 시인 자신과 식민지시대에 그와 함께 억압받고 살아가는 백의민족의 정신적인 얼과 그 움직임을 들여다보는 창이고 또 그것을 비춰주는 거울이 되기 때문이다.

또 어떤 사람은 지용의 시는 눈으로 볼 수 있는 효용성이 결핍된 "한낱 언어유희"에 머문다고 말한다. 그러나 우리는 그의 시를 가리고 있는 아날로지적인 가면을 논외로 한다고 하더라도, 그의 시는 그의 독특한 언어감각의 힘을 통해 다른 어느 한국시인의 작품들보다 우리 마음에 조용한 충격의 물결을 일으켜, 우리들로 하여금 "착하고 선한 것"을 사랑하게끔 보이지 않는 "감정교육"을 시키고 있다.

그리고 그의 시에서 지배적으로 형상화되어 강조되고 있는 견인력은 이 어지러운 세상에서 인간이 인간의 존엄성을 유지하며, 사람다운 생활을 고고히 하며 살아가는 데 무엇보다도 필요하다고 하겠다.

"白樺 옆에서 白樺가 髑髏가 되기까지 산다. 내가 죽어 白樺처럼 흴 것이 숭없지 안타."

"生命元體로서의 창조"

— 李相和의 시

그러면 내 마음 기쁨으로 가득차고
수선화와 더불어 춤을 춘다.
— 워즈워드, 〈수선화〉에서

1

근래《韓國近代詩人研究》를 펴낸 김학동의 〈尙火 李相和論〉은, 〈나의 침실로〉와 〈빼앗긴 들에도 봄은 오는가〉 등 몇몇 시편으로 한정한 부분적인 논의로 일관¹되어 왔었던 종래의 비평작업과는 달리 폭 넓은 것으로서, 이상화 문학 연구에 새로운 이정표를 세웠다. 비록 그의 논문은 "근대시사(近代詩史)"정리라는 문제를 안고 있었기 때문에, 다소 수평적으로 씌어졌다는 아쉬움도 없지 않으나, 그에 대한 많은 연구 자료는 물론 그의 시에 대한 문제점을 제시해주고 있다.

그런데 김학동은 그의 글에서 상화시(尙火詩)의 특색을 감상적이고 퇴폐적인 경향과 민족적인 향토색이라고 말하고, 이것은 전부 식민지 시대의 "민족감정"과 "저항의식" 및 "프랑스의 세기말 사상과 러시아 근대문학의 우수성(憂愁性)"²에서 연유된 것이라고 지적했다. 그러나 그는 이러한 제요소들로 이루어진 그의 시세계의 내면구조와 시적 변모 및 그 형성과정을 밝히는 데는 여유를 보이지 못했다. 이를테면, 그는 대부분의 다른 평론가들과 마찬가지로 상화가 시를 쓰게 된 동기를 인

---

1 金澤東, 〈尙火 李相和 論〉,《韓國近代詩人研究》(一潮閣, 1974), 162쪽.
2 위의 책, 175쪽.

간과 생명의 내면적 갈구에서보다 저항의식과 외적인 요소에서만 찾으려고 했다. 그 결과 그는 아직 우리에게 그의 시세계를 연구할 수 있는 얼마간의 여지를 남겨두었다.

본고(本稿)에서 필자는 김학동이 다루지 않았던 상화의 내면적인 인간 경험을 바탕으로 해서, 시인 이상화가 표현하려고 했던 "인간의 근본문제"가 무엇인가를 탐색하고자 한다. 물론 이러한 노력은 상화가 부딪쳤던 인간의 궁극적인 존재문제의 탐색에만 그치는 것이 아니라, 그것이 어떻게 "저항의식" 및 "국토예찬"을 기조로 한 민족시로 연결되어 발전하였는가를 구조적으로 밝히는 데 있다.

2

시인 이상화는 그가 걸어간 생애를 보나, 가정적, 사회적 배경으로 보나 일제 식민지하에서 번민했던 지성적 민족주의자임에 틀림없다. 그러나 다른 한편으로 그는 부조리한 인간조건을 안고 태어난 인간으로서, 이 우주 가운데서 그의 위치가 무엇인가를 확인하기 위해서 끝없이 방황했던 한 사람의 자연인이었다. 물론 그의 시작(詩作)동기는 식민지하의 피압박민족이라는 외연적인 상황에서 비롯된 측면도 강했겠지만, 또한 그것은 존재하는 데서 절실하게 느끼는 궁극적인 인간의 갈구, 즉 닫힌 현실을 초월해서 영원의 바다에 도달하고자 하는 인간의 근본적인 욕망에서 연유된 것이라고도 볼 수 있으리라. 이것은 아래서 밝혀진 것과 같이 자신의 세계관을 나타내는 그의 아호(雅號)의 변천 과정뿐만 아니라 젊은 시절 그가 인생과 우주에 관한 철학적 물음 때문에 방황했던 편력 과정의 체험을 통해서 간접적으로 들여다볼 수 있다.

"尙火는 원래 아호를 중시하지 않았던 것으로 그의 작품을 대개 본명으로 발표하였다. 그러나 아호를 아주 무시한 것도 아니니 18세부터 21

세까지는 '無量'이란 號를 가진 일이 있고, 22세부터 25세까지는 본명에서 取音하여 '想華'라고 서명한 일이 있으며, 25세 이후로는 '想華'를 다시 '尙火'로 고쳐 행세하였으니, 말하자면 '無量'은 불교적인 냄새가 있고, '想華'는 탐미적이요 상아탑적인 것이며, '尙火'는 혁명가적인 것으로 그의 사상적 추이를 엿볼 수 있는 일이다. 그리고 '白啞'라는 號는 38세 이후로 鄕黨 교우 간에서만 行用한 것으로 尙火와 같이 공인할 만한 정도는 아니나, 그의 심경의 일단이 표현된 점에서는 중요한 사실인 것이다."[3]

백기만(白基萬)에 의하면, 이상화는 중앙학교 3학년 시절부터, "인생과 우주에 관한 철학적인 문제를 해결하려고 회의의 바다에서 번민하였다"고 한다.[4] 이러한 번민과 내면적인 갈구는 상화로 하여금 자기탐색의 길에 오르게 하였다. 학교를 수료한 후, 육체를 저미는 듯한 처절한 아픔을 겪으며, 금강산 일대를 방랑한 것은 "인생과 우주"에 대한 근본적인 문제를 파악하기 위한 철학적인 여정이었다. 상화가 몇 개월 동안의 슬픈 방랑 끝에 발견한 것은, 불완전한 현실세계의 배후에는 모든 것을 수용할 수 있는 전체적이고 완전한 어떤 제 2의 이상세계가 존재한다는 것이었다.

그가 금강산이란 이름으로 상징한 보다 큰 세계는 "나의 생명, 너의 생명, 조선의 생명이 서로 묶계되고" 있는 "자연의 성전"이다. 여기서 상화가 말한 금강산이라는 "자연의 성전"은 민족의 혼을 담는 신전이라고 할 수 있겠다. 왜냐하면 신화적인 구조에서 보면 민족의 혼 역시 "우주의 정신"에 그 뿌리를 두고 있기 때문이다. 더욱이 위에서 서술한 "자연의 성전"은 상화가 크게 영향을 입었다고 하는 프랑스 상징주의

---

3 〈尙火와 號〉, 백기만 編, 《尙火詩集》, 정음사, 156쪽.
4 위의 책, 134쪽.

시인 보들레르가 그의 유명한 시 〈만물조응(Correspondences)〉에서 말한 "자연의 신전"을 연상시키고 있는 점이 이를 뒷받침해주고 있다.

이러한 측면에서 보면, 상화가 금강산 일대를 유전하면서 썼다고 하는 명시 〈나의 침실로〉의 근본적인 주제는 "연인을 침실로 불러들이려는 염원"만이 아니라, 신비로운 "상징의 숲"을 지나 "생명과 영원의 고향"으로의 회귀에 관한 낭만적인 욕망과 깊은 관계가 있는 것으로 파악할 수 있을 듯하다.

'마돈나' 지금은 밤도, 모든 목거지에 다니노라. 疲困하여
돌아가련도다.
아, 너도, 먼동이 트기 전으로 水蜜桃의 네 가슴에 이슬이 맺도록
달려오너라.

'마돈나' 오려무나, 네 집에서 눈으로 遺傳하던 眞珠는 다 두고
몸만 오너라.
빨리 가자, 우리는 밝음이 오면 어딘지 모르게 숨는 두 별이어라.

'마돈나' 구석지고도 어둔 마음의 거리에서 나는 두려워 떨며
기다리노라.
아, 어느덧 첫닭이 울고 — 뭇 개가 짖도다. 나의 아씨여, 너도 듣느냐.

'마돈나' 지난밤이 새도록 내 손수 닦아둔 寢室로 가자, 寢室로 —
낡은 달은 빠지려는데, 내 귀가 듣는 발자국 — 오, 너의 것이냐?

'마돈나' 짧은 심지를 더우잡고 눈물도 없이 하소연하는 내 맘의
燭불을 봐라.

洋털 같은 바람결에도 질식이 되어 얄푸른 연기로 꺼지려는도다.

 '마돈나' 오너라, 가자, 앞산 그리메가 도깨비처럼, 발도 없이
이곳 가까이 오도다.
아, 행여나 누가 볼는지 — 가슴이 뛰누나, 나의 아씨여, 너를 부른다.

 '마돈나' 날이 새련다, 빨리 오려무나, 寺院의 쇠북이
우리를 비웃기 전에.
네 손이 내 목을 안아라. 우리도 이 밤과 함께 오랜 나라로 가고 말자.

 '마돈나' 뉘우침과 두려움의 외나무다리 건너 있는 내 寢室
열 이도 없으니.
아, 바람이 불도다. 그와 같이 가볍게 오려무나. 나의 아씨여,
네가 오느냐?

 '마돈나' 가엾어라, 나는 미치고 말았는가. 없는 소리를 내 귀가
들음은 — ,
내 몸에 피란 피 — 가슴의 샘이 말라버린 듯 마음과 목이 타려는도다.

 '마돈나' 언젠들 안 갈 수 있으랴, 갈 테면 우리가 가자,
끄을려 가지 말고!
너는 내 말을 믿는 "마리아" — 내 寢室이 復活의 洞窟임을
네야 알련만……

 '마돈나' 밤이 주는 꿈, 우리가 얽는 꿈, 사람이 안고 뒹구는 목숨의
꿈이 다르지 않으니.

아, 어린애 가슴처럼 歲月 모르는 나의 寢室로 가자,
아름답고 오랜 거기로.

'마돈나' 별들의 웃음도 흐려지려 하고 어둔 밤 물결도 잦아지려는도다.
아, 안개가 사라지기 전으로 네가 와야지. 나의 아씨여, 너를 부른다.
— 〈나의 침실로〉 전문

이 시에서 "나의 침실"이 "생명과 영원의 고향"이며 "부활의 동굴"을 상징한다면, 그것은 현실과 영원의 세계가 만나는 의식의 현장인 신전과 같은 곳이며, 또한 새로운 생명을 창조하는 곳이기도 하다. 그러면 "아씨", "마리아" 등으로 불리는 '마돈나'는 무엇인가? 김춘수는 '마돈나'에 대해서 다음과 같이 말하고 있다.[5]

⋯⋯ 그러니까 '마돈나'는 아씨이면서 절대적인 대상이 된다. "아씨", 즉 육체는 어느 순간 '마돈나'가 되는 동시에, 그것은 또 추상이 되어 사변의 대상이 된다. 그러니까 육체는 영원히 소유할 수 없다는 안타까움이 이 시의 사변과 음률을 이루고 있다. '마돈나'는 아씨의 미화이면서 그 이상이기도 하다. 尙火에게는 '마돈나' 외에 부를 수 있었던 적당한 이름이 없었다. 그것은 기독교도가 아닌 사람들의 안타까움이다.

실로 탁월한 분석이다. 그러나 김춘수 역시 '마돈나'가 육체인 "아씨"가 되며 또한 절대적인 추상의 대상이 되는가를 충분히 설명하지 못했을 뿐만 아니라, 그것이 이 전체와 어떠한 관계를 가지고 있는가에 대해서는 침묵을 지켰다.

---

5 金春洙,〈頹廢와 그 淸算(李相和 論)〉,《文學春秋》, 1권 9호(1964.12.1), 251쪽.

상화의 '마돈나'는 한용운의 '님'이나 서정주의 '님'과 같은 문맥에서 생각해 볼 수 있는 듯하다. 다만 상화의 '마돈나'는 그것을 육체로 형상화하였을 뿐이다. 시 속에서 화자가 '마돈나' 하고 부르며, "네 집에서 눈으로 유전하던 진주는 다 두고 몸만 오너라"라고 말한 것은 이것에 대한 단서가 될 수 있다. 그러면, 왜 '마돈나'가 절대적이고 추상적인 대상이 되며, 또 그것이 육체의 "아씨"로서 변신하는가? 이것에 대한 해답을 구하기 위하여 우리들은 낭만주의 및 상징주의 이론을 살펴 볼 필요가 있겠다. 콜리지와 프랑스 상징주의자들에 의하면, 우주의 만물은 외형적으로 보이는 것처럼, 기계적으로 굳어진 것이 아니라, 조형적이며 유기적이다. 그래서 만물은 추상적인 것과 구체적인 것, 순간적인 것과 영원한 것, 객관적인 것과 주관적인 것, 정신적인 것과 물질적인 것, 선한 것과 악한 것, 그리고 추한 것과 아름다운 것 등등 이원적으로 결합된 애매모호한 복합체로서 존재한다.[6] 이것에 대한 낭만주의적 표현론의 철학적 근거는 다음과 같다.

자연의 萬象 중에는 거울에 비치듯 의식에 선행하는, 따라서 지적행위의 완전한 전개에 선행하는, 모든 가능한 요소들이 나타나 있다. 사람의 정신은 자연 만상 가운데 흩어져 있는 지성의 모든 빛을 한데 모은 초점인 것이다. 이들 자연 만상을 인간 정신작용에 알맞도록 총괄하여 그들로부터 도덕적 상념을 추출하고 또한 그들에게 그러한 상념을 옷 입혀서, 외재적인 것을 내재적으로, 내재적인 것을 외재적인 것으로 만들고, 자연을 사상으로, 사상을 자연으로 만드는 것 이것이 예술에 있어 천재의 신비인 것이다. 여기에다 감히 덧붙인다면 천재는 감정에 작용하고 육체는 오직 정신이 되고 노력할 뿐이라는 것 …… 다시 말하면, 육체는 본질에 있어서 정신이라는 것이다.

6   Walter Jackson Bate, ed., *Criticism: The Major Text* (New York, 1952), 396쪽.

위에서 논의한 문제의 이원적인 상징적 구조와 "육체는 본질에 있어서 정신"이라는 이론적 기초를 가지면, 인간이 궁극적으로 포착하고자 하는 실체의 빛을 의인화한 '마돈나'가 왜 육체의 "아씨"가 되는가를 우리는 설명할 수 있겠다. "나의 침실"은 죽음만이 머무는 곳이 아니라, 생명을 부활시키는 "동굴"이 되기 때문에, "생명원체"로서의 육체가 필요했던 것이리라. 그러면 '마돈나'와 "나" 그리고 "나의 침실"이 구성하는 3차원 관계는 어떠한가? 이 시는 "나의 침실"을 축으로 해서 현실세계에 서 있는 "나"와 미지의 세계에 존재하는 '마돈나'가 양극 관계를 이루고 있다. 그런데 실제로 2차원적인 시적 공간에서는 "나"와 '마돈나'는 만나지 못하고 있지만, 정열의 불꽃을 튀기는 상호 간의 긴장관계와 숨 가쁜 호흡, 그리고 여러가지 밀집된 군소 상징들을 통해, 3차원적 입체적 공간에서 서로 만난다. "발자국 소리," 羊털 같은 "바람결"에서 느끼는 촉각, 도깨비처럼 발도 없이 가까이 오는 "앞산 그리메"에서 보는 시각, "얄프른 연기" 냄새에서 느끼는 후각, 그리고 초조한 가슴에서 느끼는 전율 등의 전이, 즉 공감각(synesthesia)은 보들레르가 말한 것과 같은 이른바 "수직조응(垂直照應)"을 형성한다. 그러나 만일 공감각이 형성하는 입체적인 효과가 없다 하더라도, "나"라는 시 속의 화자는 명암이 융화된 흐려진 별들의 웃음과 영원의 강을 건너 흐르는 "밤 물결"을 타고, 상상력의 세계에서 '마돈나'를 만났으리라. 그래서 김안서는 "여긔에 可見을 통하야 不可見의 세계를 볼 수가 잇습니다 하고 닑으면 닑을수록 그 세계는 더 넓어지며, 더 깁허집니다. 이것이 현실과 꿈이 서로 얽히어, 神秘로운 調合을 내이는 것입니다……."[7]라고 말했다.

3

상화가 "나의 침실"을 "부활의 동굴"이라 말한 사실을 기억한다면
〈緋音〉의 서문과 〈末世의 欷嘆〉 등과 같은 시들을 단순히 퇴폐성과 병
적 경향으로만 읽을 수 없다. 이들 시편에 보인 자기해체는 단순한 죽
음, 즉 해체를 위한 해체가 아니라, 새로운 생명을 창조하기 위한 해체
이다. 핏빛으로 붉게 물든 황혼 속으로 녹아 사라지는 석양이 없으면
황금빛 찬란한 아침의 태양은 있을 수 없으리라. 상화가 심연의 세계를
향해 시적인 자기 붕괴를 완전히 이루었을 때는 청춘의 빛이 그의 육신
에서 사라졌다고 느낄 때와 그가 죽음을 만났을 때이다.

죽음일다!
성낸 해가 이빨을 갈고
입술은 붉으락푸르락 소리없이 훌쩍이며
우린당한 계집같이 검은 무릎에 곤두치고 죽음일다.
......
죽음일다!
부드럽게 뛰노는 나의 가슴이
주린 牝狼의 미친 발톱에 찢어지고
아우성치는 거친 어금니에 깨물려 죽음일다!

— 〈二重의 死亡〉에서

〈가서 못오는 朴泰元의 애틋한 靈魂에 바츰〉이라는 부제의 이 추도
시(追悼詩)에서 볼 수 있듯이 그는 타인의 죽음을 통해 자신의 죽음을

7 《開闢》42호 (1923. 12), 0~51쪽.

체험하는 것이다. 그러나 중요한 것은 시인 자신이 서 있는 현실세계와 짙은 안개 속에 감추어진 제2의 세계가 서로 단절되어 있지 않고, 정한 (情恨)과 비애(悲哀)로 이루어진 "설움의 실패꾸리"가 "하늘 끝과 지평선이 어둔 비밀에서 입맞추다/ 죽은 듯한 그 벌판을 지나가듯" 서로 연결되어 있다는 것이다. 그러나 김학동이 지적했듯이, 우리는 이러한 내면적 심화현상을 다만 허무적인 것으로만 볼 수 없다. 왜냐하면 자학적으로 느끼는 아픔 속에서는 극한으로 느끼는 어떤 허무적인 희열도 있겠지만, 거기에는 역설적인 창조의 의지가 숨어있기 때문이다.

> 세상은 罪惡을 뉘우치는 마당이니
> 게서 얻은 모ー든 것은 목숨과 함께 던져버리라.
> 그때야, 우리를 기대리던 목숨이 참으로 오리라.
> ― 〈허무교도의 찬송가〉에서

그러나 패러독시컬하게도 초월적 낭만시인 상화에게 가장 무서웠던 것은 현실과 영원을 이어주는 형이상학적 죽음이 아니라, 현실과 영원을 단절시키는 행위였으리라. 그는 육체 가운데 와 있었던 찬란한 "妖精," 황금빛 물결이 소리도 없이 사라졌을 때다. 〈夢幻病〉은 유년시절에 있었던 "초원의 빛" 요정이 尙火의 내면으로부터 "顯現"해서 사라져버릴 때를 환상적으로 형상화한 것이다.

> 目的도 없는 憧憬에서 酩酊하던 하루이었다.
> 어느날 한낮에 나는 '에덴'이라는 솔숲 속에
> 그날도 고요히 생각에 까무러
> 지면서 누워 있었다.
> 잠도 아니요 죽음도 아닌 沈鬱이 쏟아지며 그 뒤를 이어선 신비로운 變化

가 나의 心靈 우으로 덮쳐왔다.

　　……

그리하자 보고저워 번개불같이 일어나는 생각으로 두 눈을

부비면서 그를 보려하였으나 아— 그는 누군지— 무엇인지

形跡조차 언제 있었더냐 하는 듯이 사라져 버렸다. 애닯게도 사라져 버렸다.

　　　　　　　　　　　　　　　　— 〈夢幻病〉에서

　상화가 찾고 있었던 것은 다름 아닌 잃어버린 빛이다. 그래서 그가
에덴에 비유되는 회귀라는 것은 존재하는 데서 오는 피할 수 없는 숙명
적인 결과이다. 〈그날이 그립다〉라는 시편은 햇빛으로 충만했던 잃어
버린 과거에 대한 슬픈 노스텔지어이다.

　내 生命의 새벽이 사라지도다

　그립다 내 生命의 새벽 — 설워라 나 어릴 그때도 지나간 검은 밤들과 같

이 사라지려는도다

　　……

　아 그날 그때에는 낮도 모르고 밤도 모르고 봄빛을 머금고 움 돋던 나의 靈이

　저녁의 여울 위로 곤두치는 고기가 되어

　술 취한 물결처럼 갈모로 춤을 추고 꽃심의 냄새를 뿜는 숨결로 아무 가림도

　없는 노래를 잇대어 불렀다

　　　　　　　　　　　　　　　　— 〈그날이 그립다〉에서

　자기 붕괴와 같은 처절한 아픔 뒤에 오는 향수는 언제나 보다 청징
(淸澄)한 정신세계를 열기 위한 서곡이다. 후기시에서 보여주는 여명
과 같이 밝은 색조는 상화의 시에 있어서 제 2의 창조적 변모를 말해
주고 있다.

4

　지금까지 논의해온 것은 상화의 시를 주로 표현론적인 관점에서 보고, 그의 예술을 움직이는 내면세계의 표백으로만 보았다. 이러한 접근법은 그의 예술의 나무가 자라온 토양을 간과하게 될 위험성을 안고 있다. 루카치가 말했듯이, 인간의 내면세계를 올바르게 묘사하는 일은 역사적, 사회적인 리얼리즘과 유기적으로 관계를 맺을 때만 가능한 것이다. 그러나 필자는 상화의 시를 낳은 역사적 배경과 풍토를 부정하려는 것은 아니다. 물론 그의 시 가운데는 역사와 사회 등과 같은 외재적인 요소를 주제로 해서 쓴 시가 많다. 그러나 결코 그것이 전부가 아니라는 것을 다시금 강조하고 싶다. 필자가 상화의 초기시를 민족의 역사와 관련지어 논의하지 않으려는 것은 그에 대한 글이 많이 씌어졌기 때문이다. 필자의 관심은 상화가 인간의 근본문제를 추구하면서 쓴 시가 어떻게 "저항의식"과 "국토예찬" 등을 기조로 하는 민족주의시가 될 수 있었는가를 구조적으로 밝히려는 것이다.

　이 문제를 해결하는 데 필요한 가장 기초적인 이론은 앞에서도 논의한 바 있는 우주의 "근본적 창조정신", "자연정신", "절대정신"이 만상(萬象)을 통해 유전 및 전이할 수 있다는 낭만적 초월주의 사상이다. 그다음으로 필요한 것은 시란 시인이란 개인을 통한 우주정신의 표현이란 콜리지의 주장과, 민족은 동일한 언어(詩)를 사용하고 있는 개인들이 모인 집단이란 사실이다. 상화가 인간의 궁극적인 문제를 해결하기 위해, 이상세계를 향한 심연의 바다를 헤맨 것은 실체의 빛, 즉 우주의 창조적인 정신을 포착해서 자기에로 통과시키기 위함이다. 시인 상화라는 독특한 개인을 통과한 우주정신은 곧 상화의 개인정신이 됨과 동시에 민족정신이 된다. 그렇다면 상화의 감각기관을 통과한 빛을 집합시킨 것이 상화의 시라고 하면, 그것은 또한 민족주의시가 된다. 슐레겔

이 민족문학이란 민족정신, 시대정신을 집단적으로 표현한 것이라고 생각한 것은 이러한 문맥에서였다.[8]

　그러면 우주정신이 만상을 통해서 전이(轉移)하는 것이 다음에 오는 상화의 시세계와 어떤 관계가 있는가? 김춘수는 〈퇴폐와 그 청산〉이란 이상화론에서 다음과 같이 말하고 있다.

　　월탄이 퇴폐로부터 回顧趣味의 세계로 고개를 돌렸듯이 1923년 이후 (1923년 9월에 일본관동대진화가 있어 한국인의 대량학살을 목격하였을 뿐만 아니라, 尙火 자신 위기일발의 사선을 넘었다……) 尙火의 詩에는 변화가 생기기 시작하였다. 24년에 된 시라고 하는 …… 〈金剛頌歌〉, 〈逆天〉 등이 그것을 증명한다. 이들 시의 주제, 소재, 어법 등은 이전과는 아주 다른 것이 되었다.[9]

　실로 〈金剛頌歌〉는 그의 시세계에 있어서 중요한 분기점이 될 뿐만 아니라, 이것은 또한 우리가 앞에서 논의한 상화의 시적 죽음과 "육체와 넋"의 단절상태에서의 충전의 부활을 의미하고 있는 듯하다. 그러면 시인이 어떻게 "금강산"이란 자연을 통해서 제 2의 형이상학적인 삶을 재생시켰는가를 낭만주의 문맥에서 탐색해보자.

　　金剛! 너는 보고 있도다— 너의 淨偉로운 목숨이 엎디어 있는 너의 가슴— 衆香城 품 속에서 생각의 용솟음에 끄을려 懺悔하는 벙어리처럼 침묵의 禮拜만 하는 나를!

　　金剛! 아, 朝鮮이란 이름과 얼마나 융화된 네 이름이냐. 이 표현의 배경

8　Fridrich von Suhlegel, *Lectures on the History of Literature* (London, 1962), 187쪽.
9　金春洙, 앞의 책, 253쪽.

의식은 오직 마음의 눈으로 읽을 수 있도다. 모—든 것이 어둠에 질식되었다가 웃으며 놀라 깨는 曙色의 영화와 麗日의 新粹를 묘사함에서 — 게서 비로소 열정과 美의 원천인 청춘 — 광명과 지혜의 慈母인 자유 — 생명과 영원의 고향인 默動을 볼 수 있으니 朝鮮이란 指奧義가 여기 숨었고 金剛이란 너는 이 奧義의 집중 統覺에서 상징화한 존재이어라.

(중략)

金剛! 너는 너의 寬美로운 미소로써 나를 보고 있는 듯 나의 가슴엔 말래야 말 수 없는 야릇한 親愛와 까닭도 모르는 경건한 감사로 언젠지 어느덧 채워지고 채워져 넘치도다. 어제까지 어둔 사리에 울음을 우노라 — 때아닌 늙음에 쭈그러진 나의 가슴이 너의 慈顔과 너의 애무로 다리미질한 듯 자그마한 주름조차 볼 수 없도다.

(중략)

金剛! 朝鮮이 너를 뫼신 자랑 — 네가 朝鮮에 있는 자랑 — 자연이 너를 낳은 자랑 — 이 모든 자랑을 속깊이 깨치고 그를 깨친 때의 경이 속에서 집을 얽매고 노래를 부를 보배로운 한 精靈이 미래의 朝鮮에서 나오리라, 나오리라.

— 〈金剛頌歌〉에서

김춘수는 이 시를 "단순한 심정의 토로에 지나지 않고 수사도 진부"한 것이라 하였지만, 이곳은 영혼, 즉 우주정신이 교감하는 현장인 듯하다. 김학동이 지적한 것처럼, "금강산과 마주선 이 시인은 금강산의 淨偉로운 가슴과 寬美로운 미소를 통하여 그 個我의 자각은 물론, 나아가서 민족적인 자아까지도 발견"[10]하게 된다. 여기서 금강산은 "자연의

---

10 金澤東, 앞의 책, 169쪽.

신전"이며, 또한 "부활의 동굴"과도 같은 것이다. 금강산은 죽은 것이 아니라, "우주생성의 노정"을 거듭하고 있는 "恒久한 청춘ー무한의 자유"의 표상으로 생명 그 자체이다. 시인이 이러한 금강산과 마주보는 순간 금강 속에 담겨 있는 "우주의 정신"이 그와의 교감 및 공감을 통해 그의 내면세계로 이입(移入)해 들어온다고 생각한다. 왜냐하면 자연은 우리와의 교감에 의하여 우리의 의식 속에 내재하기 때문이다.

"예술가는 먼저 자연에서 자기를 격리시켰다가 충실한 효과를 내면서 자연으로 돌아가야 한다. …… 그는 자연과 동일한 소지를 공유하고 있는 그의 정신이 자연의 근본적인 말없는 말을 배우기 위하여 자연에서 잠시 자기를 멀리하는 것이다"[11]

이러한 낭만주의 시학의 관점에서 보면, 〈金剛頌歌〉는 재생과 창조를 위해 시인이 "자연의 신전"에서 우주와 영적인 대화를 한 것이라 하겠다. 그의 부활에 필요했던 것은 육체가 없는 정신 또는 그와 반대로 정신이 없는 육체가 아니라, "物과 精의 渾融體"이다.

그래서 국토예찬을 통해 민족의 정기를 일깨운다 함은 언제나 부활과 재생의 의미에서만 가능하다. 상화의 이러한 재생과 창조의지는 그의 시 전반에 걸쳐 어디에서나 쉽게 찾아볼 수 있다. 그가 후기에 와서 "경향"적인 시를 쓰면서 노동자, 농민 등을 찬양하게 된 것도, 자연과 더불어 새로운 창조를 하는 인간의 힘에서 커다란 의미를 발견했기 때문이 아닌가 생각된다.

그러면 끝으로 우리들이 저항적인 민족주의 시로만 알고 있는 그의 대표작 〈빼앗긴 들에도 봄은 오는가〉에는 그의 창조적인 의지가 어떻

---

11 Water Jackson Bate, 앞의 책, 396쪽.

게 나타나 있으며 그 내면구조는 무엇인가 알아보자.

지금은 남의 땅— 빼앗긴 들에도 봄은 오는가?

나는 온몸에 햇살을 받고
푸른 하늘 푸른 들이 맞붙은 곳으로
가르마 같은 논길을 따라 꿈 속을 가듯 걸어만 간다.

입술을 다문 하늘아 들아
내 맘에는 나 혼자 온 것 같지를 않구나
네가 끄을었느냐 누가 부르더냐 답답워라 말을 해다오.

바람은 내 귀에 속삭이며
한 자욱도 섰지 마라 옷자락을 흔들고
종다리는 울타리 넘어 아가씨같이 구름 뒤에서 반갑다 웃네.

고맙게 잘 자란 보리밭아
간밤 자정이 넘어 내리던 고운 비로
너는 삼단 같은 머리를 감았구나 내 머리조차 가뿐하다.

혼자라도 갑부게나 가자
마른 논을 안고 도는 착한 도랑이
젖먹이 달래는 노래를 하고 제 혼자 어깨춤만 추고 가네.

나비 제비야 깝치지 마라.
맨드라미 들마 꽃에도 인사를 해야지

72

아주까리 기름을 바른 이가 지심매던 그들이라 다 보고 싶다.

내 손에 호미를 쥐어다오
살찐 젖가슴과 같은 부드러운 이 흙을
팔목이 시도록 매고 좋은 땀조차 흘리고 싶다.

강가에 나온 아이와 같이
짬도 모르고 끝도 없이 닫는 내 혼아
무엇을 찾느냐 어디로 가느냐 우스웁다 답을 하려무나.

나는 온몸에 풋내를 띠고
푸른 웃음 푸른 설움이 어우러진 사이로
다리를 절며 하루를 걷는다 아마도 봄 신령이 잡혔나보다.

그러나 지금은 들을 빼앗겨 봄조차 빼앗기겠네.

　　　　　　　　　　　　　— 〈빼앗긴 들에도 봄은 오는가〉 전문

이 시의 중심적인 주제는 많은 비평가들이 입을 모아 주장하는 표면적인 주제, 즉 저항의식과 향토예찬만이 아니다. 이 시를 올바르게 읽기 위해서 가장 중요한 것은 콜리지가 말한 낭만주의 근본이론 "양극의 조합(the reconciliation of opposites)"이다. 다시 말하면, 무엇보다 시 속의 주인공이 가고 있는 곳 즉 "푸른 하늘과 푸른 들이 맞붙은 곳"은 현실과 이상세계가 서로 만나는 곳을 나타낸다. 이러한 낭만적이고 상징적인 차원에서 볼 때 그가 가고 있는 곳도 중요하지만, 그쪽으로 가고 있을 때, 그는 벌써 자연 내지 우주와 하나가 된다. 하늘에서 쏟아져 내려와 그를 적시는 봄빛, 옷자락을 흔들고 지나가는 바람, 구름 뒤에서 반갑다 웃는 "종다리," 마른 논을 안고 돌며 어깨춤 추고 가는 "착한 도랑"의 물결이 합쳐진 대제전(大祭典)의 교향악 속에 융합, 승화되어 벌써 자연과 하나가 된다. 워즈워드가 말했듯이 숲과 강, 구름 그리고 들판이 영원의 세계와 이어지는 상징이 아니라도 좋다. 그는 음향과 색채, 향기와 촉감, 희열과 분노의 숲속에서 봄 신령에 잡혀, "푸른 웃음과 푸른 설움"이 어우러진 3차의 공간을 형성하고 있다. 시인과 자연이 우주정신을 통해서 유기적으로 조합하는 음악의 현장이다.

그러나 이러한 조합과 융합은 결코 결합을 위한 결합만이 아니다. 그것은 "자아의식을 바탕으로 하는 생명원체로서의 창조"[12]이다. 상화가 "한 篇의 詩 그것으로/ 새로운 세계 하나를 낳아야 할 줄 깨칠 그때라야/ 詩人아 너의 존재가/ 비로소 우주에게 없지 못할 너로 알려질 것이다"라고 노래한 것은 이러한 그의 창조적 의지를 두고 한 말이라 하겠다.

창조의 시인 상화가 "生命의 元體"인 조국의 "들을 빼앗겨," 새 희망을 가져다주는 "봄조차 빼앗"겼던 암흑의 시대를 살다갔다는 것은 실로 슬픈 일이 아닐 수 없다.

---

12 〈文藝의 時代的 變異와 作家의 意識的 態度〉, 李相和의 〈文藝運動〉 창간호(1926.1) 6쪽.

낭만적 이상과 청마 시의 실체

― 柳致環의 시

> 밤새 자애로운 봄비의 다스림에
> 태초의 첫날처럼 반짝 깨어난 아침.
> ― 조춘(早春)

청마(青馬) 유치환은 한국현대시사(韓國現代詩史)에서 이른바 정전(正典)의 반열에 오른 시인이다. 그러나 그의 위치는 김소월과 한용운 그리고 서정주의 그것과는 달리 적지 않게 비판의 대상이 되어왔다. 김윤식이나 오탁번과 같은 논자들은 식민지 시대의 그의 삶이 이육사처럼 치열하지 못하고 도피적이었을 뿐만 아니라, 산문으로 씌어진 그의 말이 시적인 내용은 물론 실제적인 삶과도 일치되지 않는 모순된 양상을 보인다는 비판을 했다.

청마의 시에 대해서 이러한 비판적인 시각을 보이는 것은 이들뿐만이 아니다. 그의 시가 발표되었을 때부터 그의 시에 대해 적지 않은 부정적인 시각이 존재하였던 것 같다. 이러한 사실은 그의 제1시집인《青馬詩抄》의 서문에 잘 나타나 있다.

이 詩는 나의 出血이요 發汗이옵니다. 그렇기에 뉘가 내 앞에서 나의 詩를 云謂함을 들을 적엔 衣服속의 皮膚를 들추어들 보고 말 성하듯 나는 不快함을 禁하지 못하옵니다.

그러므로 가다 오다 가난한 이 책을 보게 되시는 분은 어느 가장 무료한 마음과 일의 틈을 타셔서 가만히 읽으시고 가만히 덮으시고 가만히 느껴주시기를 바라옵니다.

유치환은 자기 시에 대한 비판 때문에 비록 이러한 말을 하였는지 모르지만, 모름지기 시인이 작품을 써서 발표했을 때, 그것은 독자를 전제로 한 것이다. 그러므로 시인의 손을 떠난 시를 독자들이 읽고 호흡을 하듯 그것에 반응을 보이는 것은 피할 수 없는 운명이다. 만일 독자들이 그의 시를 읽고 그 가치를 탐색하지 않았으면 그가 원하든지 원하지 않든지 간에 그는 지금과 같이 한국시사에 그의 자리매김을 할 수 없었을 것이다. 그래서 현 단계에서 우리들이 시대의 변화와 함께해야 할 일은 그의 시에 대해 몇몇 논자들이 지적해왔던 모순 내지는 문제점을 다시금 점검하는 것이 되겠다.

지금까지 지적된 유치환 시의 몇 가지 모순점을 요약하면 그 첫 번째가 유치환이 스스로 시를 쓰면서도 시인이 아니라고 말했던 점이고, 둘째는 애련에 물들지 않겠다고 하면서도 그의 삶과 시에 감정적인 부분이 지배적으로 나타나고 있다는 것이다.

먼저, 그가 시인이면서도 그가 쓴 산문 여기저기에서 심심치 않게 자신은 시인이 아니라고 말한 점은 겉으로 보기에는 분명히 모순이다. 그런데 유치환이 지적으로 높은 훈련을 받은 사람이라고 생각하면, "나는 시를 쓰면서도 시인이 아닙니다"라는 그의 말은 표면적으로 나타난 것과는 달리 분명히 언외(言外)에 뜻이 있을 것임에 틀림이 없다. 문덕수에 의하면 이러한 그의 주장을 타카무라 고타로(高村光太郎)의 견해에 영향을 받은 "무시론(無詩論)의 시론(詩論)"과 관계가 있는 듯하다.[2]

"그는 '人間과 人生을 第一義的으로 생각하고, 詩를 第二義的인 것으로 생각'했다. 인간이 없는 곳에 그 무엇도 있을 수 없고, 인간이 버림받은 곳에

---

1   유치환, 《生命의 書》(行文社, 1974), 序文.
2   문덕수, 〈유치환의 시연구〉, 《유치환》(서강대출판부, 1999), 20쪽.

詩고 藝術이고 아예 있을 理 없기 때문이다……. 참으로 詩란 인간 乃至 인생 속에 있는 것이요, 시 속에 시가 있는 것이며, 따라서 시는 시인이 발명하는 것이 아니라 인생과 인생 속에서 發見되는 것임을 나는 믿는다."[3]

문덕수의 이런 지적은 옳다. 유치환은 위에서 인용한 말보다도 훨씬 더 일찍 그의 제1시집 《청마시초》의 서문에서 다음과 같이 위의 사실을 간접적으로 밝히고 있다.

　항상 詩를 지니고 시를 앓고 시를 생각함은 얼마나 외로웁고 괴로운 노릇이오며 또한 얼마나 높은 자랑이오리까.
　이 자랑이 없고 시를 쓰고 지우고, 지우고 또 쓰는 동안에 절로 내 몸과 마음이 어질어지고 깨끗이 가지게 됨이 없었던들 어찌 나는 오늘까지 이를 받들어 왔사오리까.
　시인이 되기 전에 한 사람이 되리라는 이 쉬웁고 얼마 안 된 말이 내게는 갈수록 감당하기 어려움을 깊이 깊이 뉘우쳐 깨달으옵니다. 그러나 드디어 시 쓰기를 病인 양 벗어버려도 나를 자랑할 날이 앞으로도 반드시 있기를 기약하옵니다.

　　　　　　　　　　　　　　　　　　　　　　　　—《靑馬詩抄》 서문에서

그는 스스로 시인임에도 불구하고 시인임을 자랑하지 않고, 시를 쓰는 작업을 자신의 인격 수양 내지 완성을 위한 수단으로 생각하고 있음에 틀림이 없다. 그의 시의 내용과 소박하고 중후한 무기교에 가까운 남성적인 스타일 등은 그의 시가 완성된 것이 아니고, 참된 인간으로서의 인격 수양이라는 그의 목적을 달성하기 위한 수단 내지 고뇌의 움직

3　柳致環, 〈文學과 人生〉, 《現代文學》(96호, 1962. 12), 128~129쪽.

임을 형상화한 것이라고 볼 수 있다. 그의 시가 "인간 본연의 자세"에 깊이 뿌리를 박고 있으면서 낭만적인 경향을 나타내고 있는 것은 이러한 사실과도 밀접한 관계를 지니고 있다. 왜냐하면 낭만주의는 불완전한 것과 완전한 것, 즉 유한한 것과 무한한 것을 조합하려는 일종의 노력이기 때문이다.

실제로 낭만주의는 한마디로 정의를 내려 그 의미를 포착하기는 너무나 다양하고 복잡하다. 그러나 우리가 청마의 시를 언급할 때 피상적으로 말하는 도피적인 것은 결코 낭만적인 것이 아니다. 낭만주의 가운데 가장 주목할 만한 특징 중 하나는 인간의 잠재력을 바탕으로 이상적목표를 실현하고자 하는 욕망이다. 물론 여기서 말하는 이상적인 것은 현실 밖에 있는 것으로 이해될 수 있지만, 그것은 보편적인 것과 특수한 것과의 관계처럼 이상적인 것과 현실적인 것 간의 조합(調合)의 관계를 지니고 있다.

낭만주의 문학 이론을 정립한 콜리지의 플라토니즘을 중심으로 이 문제를 다시금 살펴보기로 하자. 물론 콜리지의 플라토니즘에 관한 전체적인 문제를 여기서 논하기에는 너무나 복잡하다. 그러나 그의 입장은 다음과 같이 요약할 수 있다.

보편적인 형식(universal forms) 혹은 '이데아'는 플라톤이 말한 것처럼 초월적인 것으로 존재하고 있어서 이성을 통해 알 수 있는 것이다. 그러나 이것들은 '리얼'한 것이다. 이것들은 더불어 과정을 겪으면서 작용할 어떤 대상을 가질 때에만—즉, 그것들이 창조적이고 지도적인 원리로서 기능할 때만—그것들의 잠재력을 완성해서 스스로 참된 것이 된다. 예를 들면, 통일성은 보편적인 형식으로 존재한다. 그러나 대립적인 것, 다시 말해, 다양한 것을 통합하는 과정이 없으면 그것 자체를 완전히 실현할 수 없는 것이다……. 자연 역시 〔굳어진〕 사물이나 혹은 물체라기보다는 보편적인 원칙에 따라 유기적으로 움직이는 구체적인 활동으로 보아야만 한다……. 때문에 자연을 모방한 예술은 그것의 모델로서 형식적인 것도 취하지 않고 개별적인 것만을 취하지도 않는다. 예술이 지향하는 초점은 각각이 타자(他者)를 실제적으로 만들거나 실현하도록 하는 데 있다. 예술은 어떤 '과정'을 모방하는 것이다. 즉, 그것은 보편적인 것이 사물 내에서 작용하는 것을 나타내려고 한다. 그래서 미(美)는 상상한 것이 구체적인 다양성과 복합성을 통해서 나타나는 보편적인 형태가 될 때에만 나타난다. 반면 키츠가 말하는 것처럼 미는 진리가 아니다. 미는 참된 것과 선한 것을 접근시키는 방법이다. 그래서 미는 진리와 감정, 그리고 머리와 가슴(이상과 감성) 사이의 매개체이다.[4]

콜리지의 주장처럼 청마의 시가 낭만주의 시라면 플라토니즘에 해당하는 이상세계에 대한 욕망과 그 욕망을 실현하려는 개체의 움직임에 해당하는 감정의 결합은 피할 수 없는 당위이다. 실제로 청마 시의 미는 보편적인 이성과 맥을 같이하는 진리와 감정이 결합할 때에만 나타나게 된다. 청마가 23세 때, 《문예월간》에 발표한 데뷔작이자 그의 시 세계의 구심점인 〈靜寂〉은 비록 낭만적인 색채를 지니고 있지만 진리를 찾기 위한 초월적인 수직적 상승이 개체를 통해서 극적으로 나타나 있지 않기 때문에 감정이 정적 속에서 최소한으로 절제된 상태에 머물고 있을 뿐이다. 청마가 감정을 억제하려는 것은 그의 인격 수양과 관계 있는 이성의 힘으로만 이상적인 상태에 접근하려는 욕망에서 비롯된 것이다. 그러나 이상적인 것을 실현하는 유일한 방법은 단순히 감정을 수반하는 개체적인 움직임을 통해서이다. 그럼에도 불구하고 그의 시에 나타난 감정을 센티멘털리즘으로 격하시키는 것은 지나친 것이다.

---

4 W. J. Bate, *Criticism: The Major Texts* (New York: Harcourt Brace Jovanovich, Inc., 1970), 360~361쪽.

이 문제를 논자들이 별로 관심을 가지지 않는 〈靜寂〉의 경우부터 다시 살펴보기로 하자.

불타는 듯한 精力에 넘치는 七月달 한낮에
가만히 흐르는 이 靜寂이여.

마당가에 굴러 있는 한 작다란 存在 —
내려쪼이는 단양 아래 點點이 쪼그린 작은 돌멩이여.
끝내 말없는 내 넋의 말과 또 그의 하이얌을
나는 네게서 보노니

해가 西쪽으로 기울어짐에 따라
그림자 알폿이 자라나서
아아 드디어 온누리를 둘러싸고
내 넋의 그림자만의 밤이 되리라.

그러나 지금은 한낮, 그림자도 없이
불타는 단양 아래 쪼그려
하이얀 하이얀 꿈에 싸였나니
작은 돌멩이여, 오오 나의 넋이여.

— 〈靜寂〉 전문

이 시는 시인이 칠월의 뙤약볕이 내려쪼이는 곳에 쪼그리고 앉아 있듯이 놓인 작은 돌멩이 속에 자신의 넋을 투영시켜 인간의 존재론적인 운명을 읽어내고 있다. 비록 결코 움직일 수 없는 돌멩이는 얼마 동안의 시간이 지나면 죽음을 의미하는 어둠의 그림자에 휩싸이게 될 운명에 놓여 있지만 붉은 햇빛이 있을 동안은 높은 곳으로 날고자 하는 하얀 꿈을 꾼다. 그러나 이 시에 있어서 감정이 거의 보이지 않는 것은 정적에서처럼 이상세계로의 상승을 위한 움직임이 없기 때문이다.

그런데 그의 대표작에 해당하는 〈박쥐〉와 〈깃발〉 등에 와서 적지 않은 감정이 나타나는 것은 그것들이 낮은 현실세계에서 플라토니즘의 세계로 상승하려는 움직임의 진폭이 한결 크고 강렬하기 때문이다.

너는 本來 기는 짐승.
무엇이 싫어서
땅과 낮을 피하여
음습한 廢家의 지붕 밑에 숨어
파리한 幻想과 怪夢에
몸을 야위고
날개를 길러
저 달빛 푸른 밤 몰래 나와서
홀로 서러운 춤을 추려느뇨.

― 〈박쥐〉 전문

위의 시에서 박쥐는 돌멩이와는 달리 땅을 기는 짐승이었지만 어둠 속을 벗어나기 위해 초월적인 이상세계를 상징하는 하늘을 날려고 하기 때문에, "홀로 서러운 춤"을 추는 것으로 나타나 보인다. 여기에 나타나고 있는 얼마간의 감정은 박쥐가 목표로 하는 이상적인 세계에 도달하지 못하는 좌절의 과정에서 비롯되는 필연적인 결과인 동시에 수단이라고 받아들여야만 하겠다. 그런데 이상적인 것을 향해 수직으로 상승하고자 하는 박쥐의 욕망이 낭만주의에 있어서 플라토니즘의 통합 내지 통제원리 같으면, 그것의 실현은 박쥐가 어둠 속에서 슬픈 춤을 추며 나는 것처럼 개체적인 것의 움직임을 통해서 이루어진다.

이 시에 있어서의 예술적인 미는 상승을 위한 추상적인 욕망에 의해서 생겨나는 것이 아니고 개체를 통해서 그것이 실현되는 과정에서 일어나는 것이다. 다시 말해, 이상세계를 지향하는 의지를 실현하는 데는 개체의 움직임이 따르기 때문에 감정이 일어나지 않을 수가 없다.

그런데 청마가 낭만적인 시를 쓰려고 했던 것은 서두에서 언급한 것처럼 그것을 수단으로 해서 의지력을 가진 완전한 인격을 갖춘 사람이 되기를 희망했기 때문이 아닐까. 물론 누구든지 센티멘털리즘의 늪에 빠지면 완전한 인격의 실현은 불가능하다. 그러나 실제로 낭만주의 시를 쓸 경우에는 감정을 완전히 배제하는 것은 불가능하다. 왜냐하면 낭만적인 시를 쓰는 시인에게 감정을 완전히 배제해야만 한다고 강요하는 것은 시쓰기를 포기하라는 말과도 같기 때문이다. 그의 시에 나타나는 감정은 센티멘털리즘이 아니고 상반된 위치에서 이상적인 것을 실현하기 위한 움직임의 결과에서 나온 최소한의 자연스러운 감정의 움직임으로 보아야 한다. 앞에서도 누누이 밝혔듯이 낭만주의적 시에 있어서 감정은 미를 형성하는 조건이기 때문에 그것을 완전히 배제할 수가 없다. 이것은 〈깃발〉의 경우에도 마찬가지이다.

이것은 소리 없는 아우성
저 푸른 海原을 向하여 흔드는
永遠한 노스탤지어의 손수건

純情은 물결같이 바람에 나부끼고
오로지 맑고 곧은 理念의 標ㅅ대 끝에
哀愁는 白鷺처럼 날개를 펴다
아아 누구던가

82

이렇게 슬프고도 애달픈 마음을

맨 처음 공중에 달 줄을 안 그는.

— 〈깃발〉 전문

　김윤식은 청마의 삶을 이육사와 비교한 후, 이 시가 식민지 상황 속
에서 그의 나약한 태도를 나타내고 있다고 말하면서 센티멘털리즘 이상
일 수 없다고 했다.[5] 이러한 말은 문학작품을 보편적인 시각의 퍼스펙
티브로 보지 않고 저항적인 시각에서만 읽으려는 데에서 비롯된 결과이
다. 식민지 시대에 쓰여진 모든 작품이 반드시 저항시가 되어야만 한다
는 주장은 지극히 독선적이라고 하지 않을 수 없다. 〈깃발〉은 저항시로
읽기보다는 존재론적인 차원에서 읽을 때 그 풍부한 의미와 낭만적인
아름다움을 발견할 수 있다. "맑고 곧은 이념의 標ㅅ대 끝에" 매달린
기폭은 이상세계로 향한 초월의지에 대한 상징적 은유이다. 기폭이 푸
른 하늘을 향해 펄럭이는 것을 보고 "영원한 노스탤지어의 손수건"으
로 표현한 것은 그것이 인간이 희구하는 추방된 세계를 이념이라는 의
지의 "標ㅅ대" 끝에서의 갈망을 나타내고 있기 때문이다. 바람에 휘날
리는 기폭에서 소리 없는 아우성을 치는 것은 모두 다 영원의 세계를 향
한 개체의 처절한 움직임의 소리이다. 바람에 나부끼는 깃발을 순정의
물결이라고 말함은 깃발로 의인화된 퍼소나의 마음이 다른 무엇보다 하
늘이 상징하는 이상세계에만 기울고 있다는 것을 뜻한다. 깃발의 휘날
림 속에 날개를 펴는 백로의 애수가 깃들여 있는 것 또한 인간이 태어날
때 추방당한 플라톤적인 세계로 회귀하고자 하는 순결한 의지와 감정을
나타내고 있다.
　그런데 여기서 퍼소나가 깃발에서 슬프고 애달픔을 느끼는 것은 물

5　김윤식, 〈허무의지와 수사학〉, 《유치환》(서강대학교출판부, 1999), 85~86쪽.

론 그것이 이상세계에 도달하지 못하고 있기 때문이다. 그러나 "標ㅅ대 끝"과 같은 진실로 보편적인 상승의지와 그것을 실현하려는 깃발이 상 징하는 개체의 좌절감과의 갈등에서 일어나는 감정이 결합되었을 때, 우리들은 두 가지 양극적인 세계, 하늘과 땅의 세계를 조합하는 낭만적 인 미를 발견하게 된다. 〈깃발〉의 시적 구조는 창공을 높이 나는 것을 노래한 〈소리개〉, 〈지연(紙鳶)〉, 〈청조(靑鳥)여〉와 같은 시편과, 깃발을 손에 들고 반향도 없는 허공에 나팔을 불고가는 인생의 행렬을 묘사한 〈악대〉, 그리고 묵묵히 하늘을 등에 엎고 서 있는 〈산(山)〉 시리즈 시편 등에서 지속적으로 나타나고 있다. 소리개와 지연(紙鳶), 그리고 창공 을 나는 여류 비행사를 형상화한 〈청조(靑鳥)여〉 및 영겁의 세월을 두고 하늘을 등지고 기다리며 서 있는 산들은 "標ㅅ대"에서 하늘을 상징하 는 "해원"을 향해 펄럭이는 깃발의 또 다른 변이라고 할 수 있다.

그런데 중요한 것은 청마 시의 초점이 상승의지에만 있는 것이 아니 라, 상승의지를 실현하는 개체적인 존재에 그 뿌리를 두고 있다는 것이 다. 왜냐하면 상반되는 양극을 결합하는 매체가 취약하거나 해체되어 버리면 상승의지의 실현은 불가능하기 때문일 것이다.

오오 山이여
앓는 듯 大地에 엎드린 채로
그 孤獨한 등을 萬里虛空에 들내여
默然히 瞑目하고 自慰하는 너
─ 山이여

─〈山〉에서

飄飄이 휘파람을 불어라.
지낸 길도 뵈이잖는 茫茫한 虛漠의 眞空 가온대

오직 自己에게 自己를 떠매낀

그 絶對한 孤獨의 즐거움은 뉘가 알리오.

— 〈靑鳥여〉에서

그래서 위에서 인용한 부분에서 읽을 수 있듯이 청마는 상승의지를
실현하려는 존재가 지닌 고독의 아픔과 즐거움마저 실존적인 차원에서
탐색하고 있다. 그가 《생명(生命)의 서(書)》라는 제2시집을 쓸 만큼 인
간과 생명에 대해 깊이 천착하게 된 것은 이러한 이유 때문인 듯하다.
그가 한국전쟁시에 조국이나 이데올로기보다도 인간을 옹호하는 태도
를 나타내게 된 것도 이와 같은 철학에서 연유한 것인 듯하다.

또 다른 낭만주의적 차원에서 보면 상승의지는 공간적으로 이루어지
지만, 실존적이거나 심리적인 차원에서 볼 때 그것은 내면적 공간에서
실현될 수 있을 것이다. 청마가 만주 탈출 후에 썼다고 하는 제2시집에
자학적인 현상이 나타나게 된 것은 그가 상승의지를 내면적으로 실현하
려 했기 때문인 듯하다. 그가 외부적으로 상승의지를 보였다가 내부적
으로 옮긴 것은 밤과 낮의 교차와 같은 신화적인 순환원리에 의한 것이
아닐까. 그러나 여기서 보여주고 있는 내면적인 상승의지의 실현 역시
개체의 원초적인 생명을 확인하는 데에서 출발할 수 있다고 생각한 것
같다.

나의 知識이 毒한 懷疑를 구하지 못하고

내 또한 삶의 愛憎을 다 짐지지 못하여

病든 나무처럼 生命이 부대낄 때

저 머나먼 아라비아의 沙漠으로 나는 가자

거기는 한번 뜬 白日이 不死身같이 灼熱하고

一切가 모래 속에 死滅한 永劫의 虛寂에

오직 아라―의 神만이

밤마다 苦悶하고 彷徨하는 熱沙의 끝

그 烈烈한 孤獨 가운데

옷자락을 나부끼고 호올로 서면

運命처럼 반드시 '나'와 對面케 될지니

하여 '나'란 나의 生命이란

그 原始의 本然한 姿態를 다시 배우지 못하거든

차라리 나는 어느 砂丘에 悔恨 없는 白骨을 쪼이리라.

―〈生命의 書(1章)〉 전문

논자에 따라 이 시를 식민지 시대의 적들과 적극적인 자세로서 싸우지 못한 것에 대한 청마의 변명으로 자학적인 행위를 수사학적으로 묘사한 것으로 읽기도 하지만, 황폐해진 인간의 본성을 되찾기 위한 노력, 즉 자기 시련을 통한 인간성 회복으로 읽을 수도 있다. 다시 말해, 우리는 이 시를 퍼소나가 처절한 현실과의 대결에서 오는 실존적인 감정을 통해서 그의 상승의지를 내면적으로 확대할 수 있는 현실을 형상화한 것으로 이해할 수 있다.

이러한 그의 시적 노력은 그의 인간성 회복 내지 인격 완성의 과정과도 깊은 관계가 있을 뿐만 아니라, 그 중요한 일부분이 되고 있다. 어려운 현실과의 대결을 통해 인격을 완성하며 내면적으로 상승하려는 의지를 실현하는 데 그 절정을 이룬 시는 〈바위〉이다.

내 죽으면 한 개 바위가 되리라

아예 愛憐에 물들지 않고

喜怒에 움직이지 않고

비와 바람에 깎이는 대로

億年 非情의 緘默에

안으로 안으로만 채찍질하여

드디어 生命도 忘却하고

흐르는 구름

머언 遠雷

꿈꾸어도 노래하지 않고

두 쪽으로 깨뜨려져도

소리하지 않는 바위가 되리라

― 〈바위〉 전문

　많은 사람들이 즐겨 읽는 이 시는 죽음과 비유할 수 있는 바윗돌과도 같은 견인력을 통해 내면적으로 상승의지를 실현해서 개체의 생명마저 초월하고 있는 것을 나타내고 있다. 이러한 사실은 "억년비정(億年非情)의 함묵(緘默)에/ 안으로 안으로만 채찍질하여/ 드디어 생명(生命)도 망각(忘却)하고/ 흐르는 구름/ 머언 원뢰(遠雷)"를 꿈꿀 수 있다는 표현으로 증명이 되겠다. 내면 세계로 향한 움직임이 〈바위〉에서 극에 달했을 때, 시인은 다시 외부 세계로 그의 시적인 방향을 돌리지 않을 수 없다. 지금까지 그는 외부 세계, 즉 이상적인 세계에 끝까지 도달하지 못하고 긴장된 갈등 관계에서 좌절만을 해왔지만, 현 단계에 와서는 허무와 순순히 교감을 하는 낭만적인 세계로 옮아가고 있는 것이다. 김현과 문덕수가 지적한 바와 같이, 여기서 그는 허무의 세계를 범신론의 세계로 생각하고 그것과 친화하는 모습을 보여주고 있다. 퍼소나는 이상세계로 향한 상승의지를 실현하지 못한 좌절감에서 벗어나서 범신론적인 허무의 공간은 물론 범신론적 자연과의 친화를 통해 마음을 자유롭게 함

으로써 인간으로서 그의 인격을 완성하면서 갈등이 없는 낭만적인 시
세계를 구축하고 있다.

> 深深 산골에는 산울림 영감이
> 바위에 앉아
> 나같이 이나 잡고
> 홀로 살더라.
>
> — 〈深山〉 전문

> 인제는 영이 갈 수 없는 인생의
> 배를 놓친 나는
> 그러나 하나도 슬프잖이
> 하늘에 구름도 바라고
> 사람들의 사는 양도 보고
>
> — 〈無爲〉 전문

> 人間의 須臾한 營爲에
> 宇宙의 無窮함이 이렇듯 맑게 因緣되어 있었나니
>
> — 〈驚異는 이렇게 나의 身邊에 있었도다〉에서

> 하나 모래알에
> 三千世界가 잠기어 있고
>
> — 〈목숨〉에서

그러나 앞에서 살펴보았던 것처럼 감정이 없는 시 세계가 감정이 있
는 〈깃발〉과 같은 초기의 시 세계보다 우위에 있는 것은 아니다. 이미

지적한 바와 같이 미는 이상과 같은 위치에 놓을 수 있는 진리와 그것에 도달하는 과정에서 비롯되는 감정, 즉 머리와 가슴 사이의 매개체로 존재하기 때문이다. 예술은 벽과의 싸움이 있는 땅 위에서 이루어지는 것이지 완전한 존재들이 살고 있는 천국에서 이루어지는 것은 아니다. 만약 청마 시에서 묻어 나오는 감정이 센티멘털리즘의 늪을 이룬다면 문제가 있겠지만, 한자(漢字)를 많이 사용한 남성적인 스타일로 많은 부분이 여과된 그의 감정은 감정을 위한 감정이 아니라, 자신의 한계를 극복하고 진실에 접근하고자 하는 인간의 고뇌에 찬 호흡과도 같은 것이다.

일찍이 유치환의 시 세계를 구조적으로 투명하게 밝힌 김현이 지적한 바와 같이 그의 감정, 즉 "그의 시에 나오는 외로움, 쓸쓸함"은 이상과 현실의 "대립을 뛰어넘으려는 외로운 싸움의 기록"이기에 "그 부정적인 성격을 지우고 긍정적인 성격"을 띠게 된다. 감정이 혼합적으로 묻어 있는 "그의 무수한 외로움은 현실 밖을 바라보는 사람은 외롭다는, 자존적(自尊的) 외로움"이다.[6]

---

6 김현, 〈'깃발'의 시학〉, 《유치환》(서강대학교출판부, 1999), 230쪽.

신화와 지성

― 李箱의 시

굳 빠이. 그대는 이따금 그대가 제일 싫
어하는 飮食을 貪食하는 아이로니를 實
踐해 보는 것도 좋을 것 같소. 윗트와 파
라독스와……

―《날개》에서

이상은 분명히 우리 문학사에서 지울 수 없는 신화를 남긴 사람이다.
그가 죽은 지 70년이 지난 지금도 그에 대한 많은 연구가 이루어지고
있을 뿐만 아니라, 우리 문학사를 들여다보거나 혹은 그 문을 두드리는
사람이면 누구나 그의 삶과 예술에 대해 관심을 갖게 마련이다. 그러나
문학에 뜻을 두고 그것을 전공하는 사람들에게도 그의 작품은 이해하지
못할 정도로 신비에 싸여 있다.

이상이 이렇게 우리 문학사에서 신화적인 존재가 된 것은 무엇보다
그가 요절한 지극히 지성적인 천재였기 때문이다. 시각에 따라 차이가
있겠지만, 그는 불과 28세의 젊은 나이로 세상을 떠났지만, 보통사람이
면 채 느끼지도 못할 생의 모순된 구조를 발견하고 자연인이 아닌 한 사
람의 순수한 인간으로서뿐만 아니라 예술가로서 그것에 저항했다. 그
의 자서전을 읽은 사람은 그가 존재의 모순된 구조에 대해서 이렇게 일
찍이 눈을 뜨게 된 것은 그가 식민지 시대에 살고 있었고 젊은 나이에
폐병을 앓았기 때문이라고 말할 수 있겠다. 아무튼 그가 나이 22세 때
부조리한 존재의 구조 문제에 대해 회의적인 시선을 던지며 〈異常한 可
逆反應〉과 같은 전위적인 작품을 쓴 것을 보면, 그의 지적인 능력과 예
술적 감수성이 실로 놀라운 것이라 하지 않을 수 없다. 다음 몇 편의 시

를 분석해서 그의 세계를 알아보자.

任意의半徑의圓(過去分詞의時勢)

圓內의一點과圓外의一點을結付한直線

二種類의存在의時間的影響性
(우리들은이것에관하여무관심하다)

直線은圓을殺害하였는가

顯微鏡
그밑에있어서는人工도자연과다름없이現象되었다.

같은날의午後
勿論太陽이存在하여있지아니하면아니될處所에존재하여있었을뿐만아니라
그렇게하지아니하면아니될步調를美化하는일까지도하지아니하고있었다.

發達하지도아니하고發展하지도아니하고
이것은憤怒이다.

鐵柵밖의白大理石建築物이雄壯하게서있던
眞眞5″의角바아의羅列에서
肉體에對한處分法을센티멘탈리즘하였다.

目的이있지아니하였더니만큼冷靜하였다.

太陽이땀에젖은잔등을내려쬐였을때
그림자는잔등前方에있었다.

사람은말하였다.
"저便秘症患者는富者집으로食鹽을얻으려들어가고자
希望하고있는것이다"라고
……

─〈異常한 可逆反應〉전문

   감정을 끝까지 차단해버리는 기하학적인 메타포를 사용하고 있는 이 시의 첫 부분에 나타난 반경의 원이 원외의 공간과 대조되는 것으로서 제한된 인간 존재의 공간을 의미한다면, 이것과 "圓外의 一點과 결부한 直線"은 인간의 삶과 죽음으로 이어지는 시간을 나타낸다고 하겠다. 우리는 제한된 공간의 시간과 영원의 세계로 이어지는 시간이 우리의 삶에 가하는 무게와 영향력에 대해서 무관심하나, 그는 위에서 언급한 시 속의 기하학적 구도에서 "直線이 圓을 殺害"하는 것처럼 시간이 인간을 살해하고 있다는 사실에 눈 뜨고 있었다. 그는 현미경을 들여다볼 때에도 자연의 경이에 대해서 놀라움을 표시하기보다 인공적 현상이 결국 무서운 자연현상 앞에 얼마나 무력한 것인가를 발견하고 크게 놀랐다. 그는 한 걸음 더 나아가서 인공적인 것 또한 자연으로부터 나온 사실이란 것을 발견하고 무서워함은 물론, 하오의 태양이 비치는 곳과 비치지 않는 곳을 바라보며, 발달하지도 않고 발전하지도 않는 "可逆反應"과 같은 자연현상이 일어나는 데 대해서 분노한다. 그리고 그는 거대한 신전(神殿)과도 같은 자연이 발전적으로 움직이지 않음에 대해서 분노하고, 그것이 목적 없이 냉정하게 인간의 육체를 살해함에 대해서 눈물겹다고 생각한다. 이를테면, 하느님의 은총을 나타내는 듯한 햇빛이 아무리 우리들 위에 내려쪼이더라도, 그것이 우리들 앞에 그림자를 만들어야만 하듯이 태양은 우리들의 가슴에 그림자만을 드리워서, 우리를 "변비증으로 괴로워하는 사람으로" 만들고 있다는 현실에 대해 그는 우울한 시선을 던졌다. 이렇게 사물과 우주의 모순된 구조(적어도 그에게는)를 현미경과도 같은 밝은 눈으로 바라보게 된 이상의 의식은 아름다운 꽃을 피우는 꽃나무에서조차 무서움을 발견한다.

> 벌판한복판에 꽃나무하나가있소. 近處에는 꽃나무가
> 하나도없소. 꽃나무는제가생각하는 꽃나무를 熱心으로
> 생각하는 것처럼熱心으로 꽃을피워가지고 섰소 꽃나무는
> 제가생각하는꽃나무에갈수없소 나는 막달아났소
> 한꽃나무를爲하여 그러는것처럼 나는참그런이상스러운
> 흉내를내었소.
> ─ 〈꽃나무〉 전문

여기서 꽃나무는 한 사람의 일생에서처럼 그것이 목표로 하는 이상 (理想)을 생각하고 벌판에서 비바람을 맞으며 온갖 어려움을 무릅쓰고 꽃을 피웠으나, 결국 그것은 꽃을 피게 하는 점에서 끝나고 다시 겨울을 맞아야만 하듯이 결코 그것이 "생각한 꽃나무," 즉 이상적인 목표에 달성할 수 없다는 사실을 발견한다. 그래서 그는 그 꽃나무를 대신해서, "발전과 발달"이 눈으로 보이지 않고, 무서운 고역만을 강요하는 현상으로부터 달아나고 싶어한다. 그는 이러한 현상을 우주에 있는 온갖 사물에 편재되어 있다는 것으로 보고 그것을 난해한 시로 형상화하였는데, 《烏瞰圖》의 〈詩 第十二號〉는 이것에 대한 가장 밀도 짙은 표현의 하나의 예다.

때묻은빨래조각이한뭉텅이空中으로날라떨어진다. 그것은흰비둘기의떼
다. 이손바닥만한한조각하늘저편에戰爭이끝나고平和가왔다는宣傳이다. 한
무더기비둘기의떼가깃에묻은때를씻는다. 이손바닥만한하늘이편에방망이로
흰비둘기의떼를때려죽이는不潔한戰爭이始作된다. 空氣에숯검정이가지저
분하게묻으면흰비둘기의떼는또한번이손바닥만한하늘저편으로날아간다..

—〈詩 第十二號〉전문

여기서 독자들은 "공중으로 날라떨어"지는 때 묻은 빨래조각 한 뭉
치를 평화를 상징하는 비둘기라고 표현한 이상의 의도에 대해서 많은
오해를 하고 있지만, 때묻은 빨래조각뭉치는 시간 속에서 쌓인 많은 어
려움과 시련의 앙금이고, 그 앙금은 실존적인 차원에서 순간적으로 비
둘기와 같은 흰빛의 기쁨, 즉 전쟁과도 같은 고역이 순간적으로 끝나고
흰 깃발이 나부끼는 것처럼 희열감에 대한 이미지로 변형된다. 만일 우
리가 펜듈럼 같은 존재의 움직임이 결코 한 번으로 끝나지 않는다는 사
실을 알면, 여기서 하나의 개체는 한 번의 어려움으로 때가 깨끗이 씻
겨진 완전한 상태의 비둘기를 맞이할 수 없다는 현실을 인식하게 된다.
그래서 또 우리가 다시 방망이로 빨래 옷을 치듯이 비둘기 떼의 실체에
다 죽음과도 같은 시련을 가한다는 뜻을 알게 되면, 존재의 실체인 듯
한 비둘기는 다시금 때묻은 빨래처럼, 온갖 어둠과 가혹한 시련을 나타
내는 검정을 지니게 되어, 아이러니컬한 실존적인 흰빛을 띤 흰 비둘기
로 변신해서 손바닥만 한 삶의 공간을 순간적으로 벗어나기 위한 날개
를 펴게 된다는 존재의 현상에 대해서 이상이 슬퍼하고 무서워하고 있
다는 사실을 발견하게 된다.

〈詩 第十三號〉는 이상이 이러한 〈異常한 可逆反應〉으로 되돌아보는 현
실에 대해 반항하면서 방망이로 흰 비둘기 떼를 때려죽이는 것과 같은 행
위에 대해 거부하는 자세를 보인다는 사실을 또 한 번 확인해 주고 있다.

내팔이면도칼을든채로끊어떨어졌다. 자세히보면무엇에몹시威脅당하는
것처럼새파랗다. 이렇게하여잃어버린내두개팔을나는燭臺세움으로내방안에
裝飾하여놓았다. 팔은죽어서도오히려나에게怯을내이는것만같다. 나는이런
얇다란禮儀를花草盆보다도사랑스레여긴다.

— 〈詩 第十三號〉 전문

여기서 이상은 면도를 든 팔이 〈詩 第十二號〉의 "빨래 방망이"처럼
자라난 털을 살해하는 기능을 하고 있기 때문에, 비록 그것이 자기 팔
이지만 그의 상상력 속에서 끊어버린 후 그것에 위협마저 가해 정복하
고자 하는 뜻을 입체적으로 나타내고 있다. 그가 끊어진 팔이 그에게
보이고 있는 "얇다란 禮儀를 花草盆보다도 사랑"스럽게 생각하는 것은
결과적으로 허무로 돌아가는 존재의 부조리한 현실을 상상력 속에서나
마 극복한 만족감의 표시인 것 같다.

그런데 이상이 무서워하는 것은 〈詩 第十二號〉와 〈詩 第十三號〉에
서 차갑게 형상화한 이상적인 현실에 도달하지 못하고 기계적으로만 움
직이는 존재의 비극적인 운명만이 아니라, 이것과 관련이 있는 유전적
혈연관계에 나타난 자연주의적인 현실이다.

나의아버지가나의곁에서조을적에나는나의아버지가되고또나는나의아버
지의아버지가되고그런데도나의아버지는나의아버지대로나의아버지인데어
쩌자고나는자꾸나의아버지의아버지의아버지의……아버지가되니나는왜나
의아버지를껑충뛰어넘어야하는지나는왜드디어나와나의아버지와나의아버
지의아버지와나의아버지의아버지의아버지노릇을한꺼번에하면서살아야하
는것이냐

— 〈詩 第二號〉 전문

〈詩 第四號〉에서 숫자를 뒤집어놓고 "患者의 容態"라고 진단한 것과 거울을 소재로 한 시에서 사물과 반대방향에 서 있는 형상에 대해서 남다른 관심을 보이고 거울 속까지 해부하는 시적인 작업을 벌이고 있는 것은 자연적인 현상에 반항해서 인간의 자아를 주장하는 주제와 깊은 관계를 지니고 있다.

　또 이상이 위에서 말한 발전이 없는 가역반응적인 존재의 슬픈 현실 못지않게 무서워하는 것은 인간의 존재가 선과 악이 뒤섞여서 만들어진 보호색과도 같이 그 정체를 알아보기 힘든 마스크를 쓰고 있는 현상이다. 많은 비평적인 논란이 되고 있는 《烏瞰圖》의 〈詩 第一號〉는 이러한 현상을 내용과 형식이 일치된 기하학적인 미학을 통해 성공적으로 나타내고 있다.

　　十三人의 兒孩가 道路로疾走하오.
　　(길은막다른골목이適當하오.)

　　第一의兒孩가무섭다고그리오.
　　第二의兒孩도무섭다고그리오.
　　第三의兒孩도무섭다고그리오.
　　第四의兒孩도무섭다고그리오.
　　第五의兒孩도무섭다고그리오.
　　第六의兒孩도무섭다고그리오.
　　第七의兒孩도무섭다고그리오.
　　第八의兒孩도무섭다고그리오.
　　第九의兒孩도무섭다고그리오.
　　第十의兒孩도무섭다고그리오.

第十一의兒孩도무섭다고그리오.

第十二의兒孩도무섭다고그리오.

第十三의兒孩도무섭다고그리오.

十三人의兒孩는무서운兒孩와무서워하는兒孩와그렇게뿐이모였소.

(다른事情은없는것이차라리나았소)

그中에一人의兒孩가무서운兒孩라도좋소.

그中에二人의兒孩가무서워하는兒孩라도좋소.

그中에三人의兒孩가무서워하는兒孩라도좋소.

그中에一人의兒孩가무서워하는兒孩라도좋소.

(길은뚫린골목이라도適當하오.)

十三人의兒孩가道路로疾走하지아니하여도좋소.

—〈詩 第一號〉 전문

인간 존재의 삶과 그 역사가 닫혀 있든지 혹은 열려 있든지 간에, 시속의 화자에게 인생의 행렬은 악과 선이 구별되지 않고 서로 혼합되어 있는 것으로 보였던 것 같다. 여기서 무서운 아이는, 골목길처럼 닫혀 있거나 열려 있어도, 아무도 질주하지 않는 길처럼, 모든 결과가 원점으로 돌아오는 부조리한 존재의 현실에서 무서운 아픔과 시련을 가져다주는 능동적인 실체이고, 무서워하는 아이는 그것의 대상이 되는 수동적인 존재를 의미한다고 볼 수 있겠다.

이 밖에 이 시는 선과 악의 문제 이외에도 앞에서 논의해 온 사물의 반어적인 의미와 능동적인 삶의 결과가 이상한 가역반응의 현상처럼 허무로 환원해 버리는 것을 묘사하고 있다. 골목길을 질주하는 것이 뚫린 길을 질주하지 않는 것과 같다는 것은 이러한 사실을 뒷받침해주고 있다. 이것에 대한 보다 자세한 표현은 〈詩 第三號〉에 나타나 있다.

　싸움하는사람은즉싸움하지아니하던사람이고또싸움하는사람은싸움하지
아니하는사람이었기도하니까싸움하는사람이싸움하는구경을하고싶거든싸
움하지아니하던사람이싸움하는것을구경하든지싸움하지아니하는사람이싸
움하는구경을하든지싸움하지아니하던사람이나싸움하지아니하는사람이싸
움하지아니하는것을구경하든지하였으면그만이다.

—〈詩 第三號〉전문

　이상이 소가 반추작용을 하는 것을 보고 권태를 느낀 것도 변화가 없
는 되풀이 때문이었다.

　그러나 따지고 보면 사물이 역사적인 과정에서 변하지 않는 것은 아
니다. 문제는 이상이 역사적 과정에서 불확실하게 그리고 눈에 보이지
않게 일어나는 변화, 즉 "否定的 生成"을 인식하지 못한 것이 아니라
그와 같은 모순된 인간 현실을 그의 지성과 자의식이 수용할 수 없었다
는 것이다. 그는 자기 자신을 스스로 "剝製된 天才"라고 말한 〈날개〉에
서 "肉身이 흐느적 흐느적하도록 피로했을 때만 정신이 銀貨처럼 맑
소"라고 말했으며, 빈대에 물린 자리를 피가 나도록 긁어서 "그윽한 쾌
감"을 느낄 줄도 알았다. 또 아내와의 교접을 통해서 순간적으로 느끼
는 쾌감이 무엇인 줄도 그는 알았다. 그러나 이와 같은 동물적인 인간
조건을 충족시켜서 순간적인 쾌감을 얻기 위해 자신을 죽음과 비슷한
상태로 몰아넣어야만 하는 것이 싫었다.

　女王蜂과 未亡人―世上의 하고많은 女人이 本質的으로 이미 未亡人 아
닌 이가 있으리까? 아니! 여인의 全部가 그 日常에 있어서 대개 '未亡人'이
라는 내 論理가 뜻밖에도 女性에 對한 冒瀆이 되오? 굳 빠이.

또 그는 그렇게 힘겹게 얻은 쾌감이란 순간적이고 곧 모든 것이 원점으로 돌아가는 부조리한 현상이 싫어서 체념의 분노를 하지 않을 수 없었다.

도스토예프스키, 精神이란 자칫하면 낭비인 것 같소. 유고를 佛蘭西의 빵한 조각이라고는 누가 그랬는지 至言인 듯싶소. 그러나 人生 或은 그 模型에 있어서 디테일 때문에 속는다거나 해서야 되겠소? 禍를 보지 마오. 부디 그대께 告하는 것이니……(테입이 끊어지면 피가 나오. 償채기도 머지않아 완쾌될 줄 믿소. 굳 빠이.)

결론적으로 그는 이른바 "生成"이라 하는 역사적 발전을 위한 변증법의 모순된 구조와 생명이 있는 개체를 잔인하게 살해하는 자연법칙을 자신에게 허용하기에는 너무나 자의식이 강했고 지성적이었다. 다시 말하면, 그의 권태와 반어적인 부정적 태도는 인간 조건과 인간이 지니고 있는 자연적 요소, 즉 비순수 자아가 일으키는 역학작용에 대한 분노의 간접적인 표현이 아닌가 한다. 자신이 "거미처럼 獸性에 매달려 살아야만 하는 운명"에 얼마나 분노했는가는 〈지주회시(蜘蛛會豕)〉에서 처절하게 나타나고 있다. 또 그가 "19세기를 봉쇄해버리오"라고 말한 것은 자신을 거미줄처럼 얽어매고 있는 비순수(非純粹) 자아인 자연적이고 유전적인 수성(獸性)에 대한 법칙이 발견된 19세기 과학에 대한 분노인 자의식인 듯하다. 이러한 의미에서 여자의 정조에 대해서 준엄하다는 것은 순수한 자아 내지 인간 가치를 비순수 자아인 수성의 가치와 대비시켜 그것을 보존하고자 하는 뜻으로 해석할 수가 있겠다.

그러나 이상의 비극은 그 자신이 순수 자아와 비순수 자아 간에 이루어진 조화를 발견하지 못하고 인간의 반쪽인 육체적인 면을 참된 인간적인 요소가 아닌 것으로 부정하는 데 있다. 그래서 "20세기를 생활하는 데 19세기밖에는 없는 그 자신을 영원한 절름발이"라고 말해야만 했다. 그러나 삶에 대한 그의 부정적인 태도는 단순히 부정으로만 끝나는 부정이 "知性의 極致"임을 보여주는 일종의 냉소적이고 반어적인 침묵 속의 분노이다.

이상이 죽은 지 벌써 70년이 넘었지만 아직도 그가 20대의 침묵 속에 쓴 이러한 분노의 숨은 의미를 완전히 읽어내는 사람이 없다. 그의 작품이 위에서 살펴본 것처럼 많은 부정적인 요소를 담아 우울한 그림자를 드리우고 있지만, 그것은 감상적인 눈물이라고는 조금도 보이지 않는 여물고 단단한 차가운 지성을 지니고 있다. 그의 신화가 우리문학사에 남아 있는 것은 그의 작품에 나타난 이렇게 범속하지 않은 천재적인 지성 때문이다. 많은 독자들이 그의 작품의 난해성을 비난하고 있지만, 난해성 바로 그 자체가 그의 예술이고 그것이 그의 신화와 격조 높은 지성을 창조한다. 우리가 오늘날 이상 문학을 평가하기에 앞서서 그의 작품의 의미를 깨치는 것이 더욱 중요하다. 그것 없이 그의 작품을 논의하는 것은 그의 천재성과 그가 말한 "인도주의적인 승리"의 참된 뜻을 모르는 것이 된다.

현실과 영원의 善美한 조합

─ 徐廷柱의 시

> 내 마음속 우리 님의 고운 눈썹을 즈믄
> 밤의 꿈으로 맑게 씻어서 하늘에다 옮기
> 어 심어 놨더니 동지섣달 날으는 매서운
> 새가 그걸 알고 시늉하며 비끼어 가네.
>
> ─〈冬天〉에서

1

서정주는 한국 문학사(文學史)에서 스스로 그의 시대를 창조해 갔던 시인이다. 그래서 시인 고은(高銀)은 "徐廷柱 時代 報告"를 했었는가 하면 많은 사람들이 그의 깊은 시세계를 이해하기 위해 적지 않은 비평 작업을 벌여 왔다.

그러나 대부분의 비평은 아직 그의 예술의 내면구조와 그 질서를 이해하려고 하기보다는 오히려 토속적인 언어와 샤머니즘, 그리고 불교라는 입장에서 그의 시에 접근하려는 경향을 크게 넘지 못했다. 그러나 그의 시는 어디까지나 하나의 예술이기 때문에, 그것이 인간 경험에다 바탕을 두고 이루어진 것이라고 보아야 한다는 것은 새삼스레 여기서 말할 필요도 없겠다. 그래서 T. S. 엘리엇이 말한 것처럼, 우리는 그의 예술 역시 생명이 있는 전체적인 하나의 유기체로 보고, 그것의 생성과 정과 그 속에 내재해 있는 운동질서를 밝히는 일이 무엇보다 중요한 일이라 생각된다. 이것은 또한 "비평의 기능"이 "질서의 문제"에 있다고 하는 입장에서 볼 때에도 그것이 가지는 의미가 적지 않다고 하겠다.

본고(本稿)에서는 이와 같은 접근방법을 가지고 서정주의 시세계를 탐색해서, 그 속에 숨어 있는 질서를 밝혀 미궁의 길을 거듭하고 있는 서정주 연구에 대한 길을 열고자 한다. "문학작품 상호간에 형성하고 있는 이상적인 질서"를 찾아 그의 시 전체를 이해하려는 노력은 곧 주관적인 인상주의 비평을 피하고, 감수성을 통해, 인상의 "객관적인 타당성"을 유지하려고 하는 것이다. 그래서 이 글에서는 될 수 있는 대로 주관적 인상을 지양하기 위해, 작품 그 자체와 시인 자신의 진술이 스스로 그의 시세계를 논의하는 방향을 취했다.

서정주는 그의 논문 〈新羅精神의 現代的 受容〉에서, "鄕愁라는 것도 향수를 자아낼 만한 이미지가 마음속에 있어야 한다"고 하고 "마음의 고향을 그리워할 만한 이미지를 재생시켜 가지지 못한 사람"은 우리의 옛 고향, 신라란 것도 "결국 달려가는 개 눈 옆의 바위 같을 따름"이며 또한 "그냥 깜하고 아득한 잿더미"이기도 하다고 설명하고 이어서 "영원과 현실의 善美한 調合의 敎師로서 영원이라는 것을…… 그저 한낱 아스라키만한 추상관념으로서만" 보지 말아야 한다고 말했다.

우리들이 그의 마음에는 향수를 자아낼 만한 이미지가 서려 있다면, 그것을 재생시킨 것이 그의 시라고 말할 수 있겠다. 그래서 우리들이 그의 시를 "영원"의 세계에서 오는 광원(光源)의 피사물이라고 하면, 그의 시의 주제와 질서는 그가 위에서 말한 "영원과 현실"을 선미(善美)하게 조합(調合)시키려는 인식론적인 추구에 있다고 하겠다. 그래서 그의 시적인 감정의 발생은 그가 다섯 살 때부터 몸에 젖어 왔다고 한, 영원의 세계에 뿌리를 둔 고독에서 비롯했다. 다시 말하면 그의 시는 현실 세계의 벽을 뚫고 영원의 세계에 도달하려는 원형적이고 본원적인 인간 경험의 호흡의 기록이다.

2

그래서 그의 시가 〈벽〉에서 출발한 것은 인간으로서 그가 피할 수 없
는 당위이었다. 고은은 〈벽〉을 "일상 암흑에 대한 뜨거운 분노와 당위
가 응결되어 있는 절망을 노래한 시편"이라 했고, "그는 그때부터 그의
시의 전통의 문맥을 의식한 것이 아니다"라고 말하고 있으나, 우리들이
이러한 존재론적인 관점에서 볼 때, 그의 시세계의 구심(求心)은 〈벽〉에
서부터 비롯하였다고 할 수 있다. 물론 〈벽〉은 당시 민족적 상황을 상
징적으로 나타낸 것이라고 할 수 있겠지만, "일제 암흑의 민족적 상황"
을 현실과 영원을 가로막고 있는 벽에 대한 시적인 상징으로 승화한 것
이라고도 할 수 있겠다. 또한 《花蛇集》은 서정주의 암흑 속에 신음하는
민족의 슬픔과 괴로움에 대한 상징적 표현이라고도 할 수 있겠지만, 육
체를 가진 자의 유형당한 슬픔과 괴로움의 호흡이며 디오니소스적인 비
극과 한(恨)의 육성(肉聲)이기도 하다. 그가 이렇게 뜨거운 호흡을 하게
된 것은 현실 세계의 벽을 뚫고 영원의 바다에 도달할 수 있는 단서를
육체의 감각세계와 디오니소스적인 아픔에 스민 내면적인 빛에서 찾을
수 있을 것 같았기 때문이다. 이렇게 해서 그는 뜨거운 육체 속에 사랑
처럼 깊이 묻혀 있는 "실체"를 향해 "황금맥(黃金脈)"의 길을 찾게 되
고, 그의 육성의 몸부림은 지극히 낭만적이 된다.

《花蛇集》은 이러한 마취적인 감각세계의 인식과정에서 얻은 뜨거운
미학의 승리이며, "피가 섞인 땀방울"처럼 밀도 짙은 인상의 집합이다.

麝香 薄荷의 뒤안길이다.
아름다운 배암…….
얼마나 커다란 슬픔으로 태어났기에
저리도 징그러운 몸뚱어리냐.

꽃대님 같다.
너의 할아버지가 이브를 꼬여 내던
達辯의 혓바닥이
소리 잃은 채 날름거리는 붉은 아가리로
푸른 하늘이다. ……물어 뜯어라, 원통히 물어 뜯어,

달아나거라, 저놈의 대가리!

돌팔매를 쏘면서, 쏘면서, 麝香 芳草ㅅ길
저놈의 뒤를 따르는 것은
우리 할아버지의 아내가 이브라서
그러는 게 아니라
石油 먹은 듯…… 石油 먹은 듯…… 가쁜 숨결이야.

바늘에 꼬여 두를까 부다. 꽃대님보다도 아름다운 빛……
클레오파트라의 피 먹은 양 붉게 타오르는
고운 입술이다……. 스며라, 배암!

우리 순네는 스물난 색시, 고양이같이 고운
입술…… 스며라, 배암!

—〈花蛇〉전문

    그는 감각세계의 "뒤안길"로 "사향 박하(麝香 薄荷)"처럼 화사하게, 그리고 "배암"처럼 스며드는 전율이 아득히 먼 "푸른 하늘"로 향하고 있음을 느낀다. "원통히 물어 뜯는" 살의 아픔 속에 푸른 하늘이 상징하는 영원의 빛이 와 있음을 느낀다. 그러나 이와 같은 표면적인 운동은 "화사(花蛇)" 내부에 2중 구조가 있음을 시사해주고 있다. 속세적 인간의 육신을 상징하는 "화사"는 그것이 지닌 음향 속에 양면세계를 연결시켜주고 있지만, 그것은 또 "꽃"과 "뱀"이라는 두 가지 구조 요소의 결합체로서 존재한다. 그래서 서정주는 그의 시 가운데서 "화사"를 보고 징그럽다고 말하고, 그 다음에 와서는 "꽃대님"같이 아름답다고 말한다. 우리가 "꽃"을 영원의 빛, 광원(光源)의 피사물(被寫物)이라고 하면, 그의 "화사"는 이러한 영원의 빛이 서리어 있는 인간의 육체를 상징하고 있음에 틀림없다. 그가 "돌팔매를 쏘면서, 쏘면서 麝香 芳草ㅅ길/ 저놈의 뒤를 따르는 것은", "石油 먹은 듯…… 石油 먹은 듯…… 가쁜 숨결" 속에서, "피 먹은 양 붉게 타오르는 고운 입술"로 배암처럼 스미는 전율 속에서 볼 수 있는 "꽃대님보다도 아름다운 빛"을 포착하기 위함이다.

이러한 〈화사〉의 문맥 속에서 보면 "해와 하늘빛이" 서럽도록 그리운 〈문둥이〉, 〈대낮〉, 〈麥夏〉, 〈桃花 桃花〉 등은 생명의 아픔 속에 스민 영원의 빛을 잡으려는 처절한 인간의 갈구와 몸부림을 담은 시편들로서 수직적인 깊이를 가지고 있다고 볼 수 있겠다.

3

그러나 흐르는 세월에 씻기고 쌓이는 연륜과 함께 굳어져 가는 감각은 "거북이 甲옷"처럼 무디어져 가고, 피부 끝까지 와 있던 향기 짙은 피 속에 충만했던 황금빛 숨결이 호수처럼 밀려가, 영원으로 향한 "문"이 닫혀 버림을 느낀다.

눈물로 적시고 또 적시어도
속절없이 식어 가는 네 핀 가슴이

저 꽃으로 문지르면 더워오리야.
덧없이 스러지는 푸른 숨결이
저 꽃으로 문지르면 돌아오리야.
……
……
門 열어라 門 열어라
鄭 도령님아,

님은 "九空中天 위에, 은하수(銀河水) 위에""파촉(巴蜀)"으로 얼굴
을 감춘 "실체"의 빛이다. 그래서 그는《화사집(花蛇集)》세계에 스민 영
원으로 향한 빛을 포착하기 위해 사랑을 다하지 못하고 육신의 살을 다
저미지 못함에 대한 후회와 아쉬움을 이별한 "님"에 대한 한(恨)으로
《귀촉도(歸蜀途)》에 새겼다.

눈물 아롱아롱
피리 불고 가신 님의 밟으신 길은
진달래 꽃비 오는 西域 三萬里.
흰 옷깃 여며 여며 가옵신 님의
다시 오진 못하는 巴蜀 三萬里.

신이나 삼아 줄걸, 슬픈 사연의
올올이 아로새긴 육날메투리.
은장도 푸른 날로 이냥 베어서
부질없는 이 머리털 엮어 드릴걸.

― 〈歸蜀途〉에서

106

이렇게 그는 뜨거운 생명 속에 담겼던 "아름다운 빛"에 대한 애착과
황금빛 고향에 대한 향수를 〈누님의 집〉, 〈고향에 살자〉 등과 같은 향
기 짙은 시편 속에서 노래하고 있으나, 그것이 밀물처럼 "혁명"을 일으
켜 다시 회귀해 돌아오기를 기다리는 마음을 그는 식어가는 생명의 힘
으로 〈密語〉, 〈거북이에게〉, 〈牽牛의 노래〉, 〈革命〉 등에 나타내었다.
그러나 〈石窟庵觀世音의 노래〉에서 사라져 버린 "빛"이 다시 살아나기
를 기다리는 소망을 형상화한 것은 말없는 바윗돌처럼 처절하고 깊다.

　　　그리움으로 여기 섰노라
　　　潮水와 같은 그리움으로,

　　　이 싸늘한 돌과 돌 사이
　　　얼크러지는 칡넝쿨 밑에
　　　푸른 숨결은 내 것이로다.

　　　세월이 아주 나를 못 쓰는 티끌로서
　　　허공에, 허공에, 돌리기까지는
　　　부풀어 오르는 가슴속에 波濤와
　　　이 사랑은 내 것이로다
　　　……
　　　……
　　　오— 생겨났으면, 생겨났으면,
　　　나보다도 더 '나'를 사랑하는 이
　　　千年을, 千年을, 사랑하는 이
　　　새로 햇볕에 생겨났으면

새로 햇볕에 생겨 나와서
어둠 속에 날 가게 했으면,

사랑한다고…… 사랑한다고……
이 한마디 말 님께 아뢰고, 나도,
이제는 바다에 돌아갔으면!

허나 나는 여기 섰노라.
앉아 계시는 釋迦의 곁에
허리에 쬐그만 香囊을 차고,

이 싸늘한 바윗속에서
날이 날마다 들이쉬고 내쉬이는
푸른 숨결은
아, 아직도 내것이로다.

— 〈石窟庵 觀世音의 노래〉에서

　석굴암 관세음 돌부처는 여기에서 피가 식어가는 싸늘한 인간의 상
징인 동시에, 사라져버린 빛이 다시 회귀해 돌아오기를 기다리는 인간
의 간절한 소망이 돌처럼 굳은 모습이다. 그는 아직까지 돌처럼 차갑게
굳어져 간 피부 아래 "쬐그만 香囊"처럼 작은 열량(熱量)을 가지고 "날
이 날마다" 영원으로 향해 "푸른 숨결"의 호흡을 멈추지 않는다.

　　　4

　그러나 "이 싸늘한 돌과 돌 사이 / 얼크러지는 칡넝쿨 밑에 / 푸른 숨

결"을 내쉬며, 처절한 고뇌와 번민을 '산'처럼 견디어 온 그는 어느덧 자신의 의식이 푸른 하늘 위로 밝아 옴을 느낀다. 이것은 "모든 땅 위의 더러운 싸움의 찌꺼기들을 맑힐 대로 맑히어 날아올라서…… 玉色의 터전을 영원히 흐를 뿐인" 구름이 "늙은 山" 둘레로 "몰려와서 몸을 대고 지나가"듯이, 그의 내면세계에 제 2의 형이상학적 세계가 창조되는 경지이다. 이렇게 땅에서 승화된 구름이 푸른 하늘로 흐르는 것을 자신의 의식 속에 느낀 다음 순간, 그는 또한 제 2의 생명을 탄생시키고 있음을 발견한다.

그러자 나는 바로 그날 밤, 그 山이 낭랑한 唱으로 노래하는 소리를 들었다. 千길 바닷물 속에나 가라앉은 듯한 멍멍한 어둠 속에서 그 山이 노래하는 것을 분명히 들었다. 三更이나 되었을까.

그것은 마치 시집와서 스무 날쯤 되는 新婦가 처음으로 목청이 열려서 혼자 나직이 불러 보는 노래와도 흡사하였다. 그러헌 노래에서는 먼 處女 시절에 본 꽃밭들이 보이기도 하고, 그런 내음새가 나기도 하는 것이다. ─그런 꽃들, 아니 그 뿌리까지를 불러일으키려는 듯한 나직하고도 깊은 음성으로 山은 노래를 불렀다.

─〈山下日誌抄〉에서

이렇게 그의 시가 그리는 제 2의 원의 원점인 "三更"에서, 그는 잃어 버렸던 영원의 빛을 다시 창조할 수 있는 듯이 느낀다. 또한 그는 이러한 과정을 통해 창조되는 제 2의 생명을 "늙은 山"에 깃드는 "綠陰"에 비유하며, 그것의 힘으로 영원의 세계에 접근하는 길을 발견한다.

이튿날.

밝은 날빛 속에서 오랫동안 내 눈을 이끌게 한 것은 필연코 무슨 사연이 깃들인 듯한 그곳 綠陰이었다. 뜯기어 드문드문한 대로나마 그 속에선 무엇들이 새파랗게 어리어 소곤거리고 있는 듯하더니, 문득, 한 크나큰 향기의 가리마와 같이 그것을 가르고, 한 소슬한 젊은이를 실은 金빛 그네를 나를 향해 내어밀었다.

마치 山 바로 그 自己 아니면 그 아들딸이나 들날리는 것처럼…….

— 〈山下日誌抄〉에서

이러한 새로운 세계에 눈을 뜬 그는 자신의 피가 산 속에 맑게 흐르는 물과 같이 명징(淸澄)해 옴을 느끼고, 그의 인식세계는 玉빛 하늘을 나는 학(鶴)처럼 조용히 흐른다. 이것은 다시 밝아오는 날에 핀 "도라지꽃" 같이 푸른 그의 의식세계이며, 또한 "먹구름"과 "천둥" 그리고 "소쩍새의 울음" 속에서 핀 "국화"의 세계이다.

그런데 그가 이러한 "제 2의 원"의 세계를 "꽃"과 "구름", "학"과 "수(繡)" 그리고 "동아줄"과 "아지랑이" 같은 등등의 이미지를 사용해서 표현한 것은 그의 시정신의 발전과정과 대단히 중요한 유기적이고 구조적인 관계를 맺고 있다. 왜냐하면 이러한 이미지들은 변화한 그의 인식세계를 나타내는 것 이외에, 시인 자신이 젊음을 보내면서 잉태한 "아들 딸" 처럼, 생명의 하나의 창조물로서 현실과 영원을 이어주는 끈이 되기 때문이다. 분명히 "국화"는 "머언 먼 젊음의 뒤안길에서……돌아와 거울 앞에 선 누님"을 닮은 광원의 피사물(被寫物)이기 때문에, 〈추천사(鞦韆詞)〉에는 향단(香丹)이가 "서(西)로" 향해 미는 그네 줄처럼, 그는 광원의 빛이 어린 이러한 이미지(다시 말하면 면면히 이어지는 生命과 전통)의 힘을 수레로 해서 "현실(現實)의 입구(入口)"에 도달하려 한다. 이것은 또한 그가 자기의 시를 전진시키기 위해 "인연(因緣)"이란 민간전승(傳承)의 지혜와 불교에서 말하는 연기관(緣起觀)의 진리를 형상화해서 그의 시에 변용시켜 수용한 문맥이기도 하다. 그래서 밝아오

는 의식세계를 노래한 〈풀리는 漢江가에서〉에서 그는 江물이 풀리는
이유를 새로운 죽음을 싣고 가는 "黃土 언덕, / 꽃 喪輿"를 바라보기 위
한 것이라 말하고 있지만, 죽음의 시간이 〈내리는 눈발 속에서는〉에서
는 새로운 생명들이 "깃들이어 오는 소리"를 들을 수 있기에 "괜, 찬,
타. …… 괜, 찬, 타. …… 괜, 찬, 타. ……" 하고 자위를 한다. 〈푸르
른 날〉과 〈無等을 보며〉는 체념과 희망, 죽음과 삶이 교차하는 이러한
그의 의식 세계를 더 없이 맑은 격조로써 형상화했다.

　　가난이야 한낱 襤褸에 지나지 않는다.
　　저 눈부신 햇빛 속에 갈매빛의 등성이를 드러내고 서 있는
　　여름 山 같은
　　우리들의 타고난 살결, 타고난 마음씨까지야 다 가릴 수 있으랴.

　　靑山이 그 무릎 아래 芝蘭을 기르듯
　　우리는 우리 새끼들을 기를 수밖엔 없다.
　　목숨이 가다 가다 농울쳐 휘어드는
　　午後의 때가 오거든
　　內外들이여 그대들도
　　더러는 앉고
　　더러는 차라리 그 곁에 누워라.
　　지어미는 지아비를 물끄러미 우러러보고
　　지아비는 지어미의 이마라도 짚어라.

　　어느 가시덤불 쑥굴헝에 놓일지라도
　　우리는 늘 玉돌같이 호젓이 묻혔다고 생각할 일이요
　　靑苔라도 자욱이 끼일 일인 것이다.
　　　　　　　　　　　　　　　　　　— 〈無等을 보며〉 전문

"눈부신 햇빛", "갈매 빛" 등성이, "새끼들"과 "지란(芝蘭)" 그리고 "목숨이…… 농울쳐 휘어드는 오후", 묻혀 있는 "玉돌과 靑苔"는 다시 되풀이해서 설명하지 않아도 끊으려야 끊을 수 없는 그의 시의 인식론적이고 신화적인 질서이다.

5

이러한 그의 시정신의 추구와 그것에 따른 질서가 보다 큰 다른 하나의 상징적 체계를 역사 속에서 발견한 것이 그가 말한 "토착적인 아름다움"이고 이것이 한 걸음 더 확대된 것이 우리들 마음의 고향이라고 하는 "신라 정신"의 전통이다. 이와 같은 그의 시적인 발전을 그는 신구문화사간(新兵文化社刊) 《한국시인전집》 후기에서 다음과 같이 말하고 있다.

그동안 하늘로 나는 얘기 속의 天使처럼 많이 날아다녔다. 그래, 그것이 학질 나은 뒤의 어느 날, 흰 모시 두루마기를 걸치고 市內로 나와 헷전 헷전 걸어가다가 南大門 近處 어떤 골동품 가게 앞에 멎었다. 그래 그 속에 상투를 하고 앉은 主人을 에워싸고 널려 있는 이 나라의 옛 그릇의 빛깔들에 눈을 빠뜨렸다. …… 그 우리 白磁의 빛깔 말이다. 이 무렵에 난 것이 詩集 《歸蜀途》 속에 있는 〈꽃〉이란 거다. 그 뒤 나는 사실은 그때와 별로 달라져 있지 않다. 그리고 이렇게 된 걸 나는 現實逃避라고 안 생각하고, 史的 意味를 겨우 띤 現實의 깊이의 入口에까지 到達한 것이라고 생각한다.

한편 그는 1972년 《문학사상(文學思想)》과의 대담에서 이것을 또 다음과 같이 표현하고 있다.

112

漢藥의 經驗力과 같은 토착적인 아름다움과 사물에 내 시의 상상력이 활발한 작용을 하고 관심을 갖게 했던 것 같아요.

이렇게 분명히 그는 "토착적인 아름다움과 사물"을 거울로 해서 이 것을 통해 영원으로 뻗어 있는 "황금맥"의 줄기를 소급해 가려고 한 것 같다. 이러한 이미지의 거울은 "현상을 현상대로만 비치는 거울이 아니라 그 거울 앞에 선 자를 현상의 海面에서 깊이깊이 세월을 遡及해 들어가게 해서 그 해저에선 완전한 新羅的〔原型的〕인 얼굴로 변모 투영케 하는 거츤 鏡面의 거울"이다. 그래서 다시 토착적인 아름다움과 사물보다 높은 우주적인 차원에서 보면 이것은 하나의 신화와도 같은 것이리라. 왜냐하면 이것은 집단무의식(集團無意識)의 조각품(彫刻品)으로서 존재의 원점에 뿌리박고 있는 것인 동시에 우리 조상들의 수없이 많은 공통된 경험들이 형상화된 동일한 심리의 잔영이기 때문이다.

이렇게 그가 "영원의 제부분(諸部分)"을 개발하기 위해 그의 상징주의 체계를 확대해서 신라 정신에 귀착하려는 것은 "자기의 죽음을 민족과 역사 속에 분명히 하려는" 역사적 의미를 가진 하나의 의지로서, 현실과 영원의 세계를 이으려는 그의 시적 추구의 연속과정이다. 이 지점에서 그의 시가 현실과 먼 신라의 전설 및 신화를 이야기하고 있지만, 그것이 그의 감각을 통해서 다시 이야기할 때, 그것은 옛날의 것으로 존재하는 것이 아니고, 현재의 것으로 존재한다.

왜냐하면 필자가 항상 되풀이해서 이야기하듯이, 신라정신이라고 하는 원형적인 민족정신은 별개(別個)를 초월한 공동적인 것이며 또한 시간을 초월한 영속적인 생명의 바탕이기 때문이다. 즉 그것은 우리들이 자신 가운데 알게 모르게 안고서 모방하거나 연출해 가는 신화적인 도식이며 유전적인 법칙이다.

그래서 그는 이러한 고대 신화라는 역사적인 상징 체계와 자신의 경험 및 그에 따르는 시 정신을 일치시켜 영원의 세계에 이르는 "문"을 발견했다. 《新羅抄》의 난숙한 경지는 이러한 그의 시적 발견이 구체화된 것이다. 그는 〈善德女王의 말씀〉에서 다시금 "살[肉體]의 일로써 미친 사나이"와 황금 팔찌가 상징하는 영원의 세계에 묻혀 있는 금광맥으로 연결지으며, 영원을 사랑의 "극한(極限)"으로 이으려 한다.

이러한 그의 형이상학적, 시적 추구는 〈꽃밭의 獨白〉에서 절정을 이루고 있다. 그는 여기서 박혁거세로 하여금 두 개의 서로 다른 세계를 가로막고 있는 어떤 벽을 "통과"해서 현실세계에 탄생하게끔 한 "파소(婆蘇)"를 수레로 해서 그 자신이 지속적으로 추구해 왔던 영원의 세계로 들어가는 "문" 가까이 간다. 처녀로 잉태한 파소는 영원의 세계와 영교(靈交)하는 인간정신의 상징적 구체화다. 신라 시조(始祖) 박혁거세를 파소가 처녀로 잉태했다 함은 성모 마리아의 경우와 동일한 신화적인 현상으로서, 현실과 영원을 이어주는 힘을 그녀가 가지고 있다는 것에 대한 시적인 표현이라 할 수 있겠다. 그래서 파소가 박혁거세를 낳게 되는 순간 그녀는 영원의 세계의 "문"을 연다고 상상할 수 있다. "婆蘇가 박혁거세를 잉태하여 산으로 神仙 修行을 간 일이 있는데⋯⋯ 그 떠나기 전"에 쓴 그의 〈꽃밭의 獨白〉은 이러한 원점의 신화를 그의 시의 힘으로 현실화하고 있다.

꽃아. 아침마다 開闢하는 꽃아.
네가 좋기는 제일 좋아도,
물 낯바닥에 얼굴이나 비취는
헤엄도 모르는 아이와 같이
나는 네 닫힌 門에 기대 섰을 뿐이다.
門 열어라 꽃아. 門 열어라 꽃아.
벼락과 海溢만이 길일지라도

114

門 열어라 꽃아. 門 열어라 꽃아.

— 〈꽃밭의 獨白〉에서

이러한 독백을 한 후 그 "문"을 열었기에 박혁거세를 낳을 수 있었으리라. 그래서 파소는 자신의 편지에서 꽃이 문을 열었을 때 본 영원의 길이 어떠하다는 것을 우리들에게 나타내 주고 있다.

보아, 보아, 와 살며 보아,
門을 밀고서 房으로 들어가듯
門을 열고 나와서 여기 좀 보아.

예서부터 핏줄이 綠金으로 뻗치는 것을!
사람과 짐승이 맨 뒤로 連하는 것을!

— 〈꽃밭의 獨白〉에서

영원의 세계로 통하는 문을 열기 위해 "神仙 修行"을 하던 파소는 이렇게 영원의 길이 "사람과 짐승이 맨 뒤로 연하는 것"을 알게 된다. 그 결과 그녀는 수행을 통해 "피가 잉잉거리는 병을 다 낳게" 하고 "진 葛梅의 香水의 강물과 같은/ 한 섬지기 남짓한" "山氣 淸蒸한 하늘의 特殊한 기운"인 "이내〔嵐〕의 밭을 찾아내서" "싸리의 수풀마냥" 서걱이는 피를 대여섯 달 가꾸어 "翠의 별빛 불들을 켜고" 생명의 광맥을 그녀의 어린 불거내(弗居內)〔박혁거세〕와 "숨은 弗居內 애비"가 사는 영원의 나라인 하늘로 편다.

이러한 과정을 거치며 변신하는 자신의 모습을 그의 시는 고대 샤머니즘의 범신론(汎神論)적인 유전사상(流轉思想)을 통해 계속 표현된다. 그래서 〈古調〉와 〈因緣說話調〉에 속하는 여러 시편은 영원의 세계를 지향하는 이러한 그의 노력을 신비롭게 나타내 주고 있다. 그러나 〈旅愁〉는 이러한 그의 변천과정을 도식적으로 설명해 주고 있다.

첫 窓門 아래 와 섰을 때에는
피 어린 牡丹의 꽃밭이었지만

둘째 窓 아래 당도했을 땐
피가 아니라 피가 아니라
흘러내리는 물줄기더니,
바다가 되었다.

별아, 별아, 해, 달아, 별아, 별들아,
바다들이 닳아서 하늘 가면은
차돌같이 닳아서 하늘로 가면은
해와 달이 되는가, 별이 되는가.

셋째 窓門 영창에 어리는 것은
바닷물이 닳아서 하늘 가는
차돌같이 닳는 소리, 자지른 소리.

여기 이 지점에서부터 자신의 의식세계가 변해 가는 것을 발견한 그는 점차 생명의 조건이 현실과 영원의 세계를 가로막는 비현실[非實體]적인 벽이란 것을 경험으로 느끼게 된다. 이래서 그는 "피는 결국 느글거려서 못 견딜 노릇"이라고 하면서 그의 "사랑은 이젠…… 허이옇고도 푸르스러한" 님의 "후광을 채색하는 물감이나 될 수밖엔" 없다고 한다.
메마르고 여물어 가는 그는 이제 그 자신의 가슴 가운데서 영원으로 이어진 그 금광맥의 소리 또한 들으려고 한다.

　　두 香나무 사이 걸린 해마냥
　　지, 징, 지, 따, 찡,
　　가슴아
　　인젠 무슨 金銀의 소리라도 해 보려무나.
　　……
　　……
　　가슴아, 가슴아.
　　너같이 말라 말라 鑛脈 앙상한
　　메마른 閣氏를 오늘 아침엔 데리고
　　지, 징, 지, 따, 찡
　　무슨 金銀의 소리를 해 보려무나.

　　　　　　　　　　　　— 〈두 香나무 사이〉에서

　"단식후(斷食後)"에 오는 경험이 어떠하다는 것을 안 그는 이제 영원으로 향한 "문"이 열릴 때를 "가을"이라 하고, 40대의 늦가을을 맞이하는 그의 의식세계는 "十月 상달" 맑은 하늘에 "北으로" 열린 "새 雁旅의 길"을 발견한다. 그래서 그는 "다 닳은 신발 같은 모양을 한 의지"로 영원으로 가는 "앞길의 石壁"을 닦는다.

　　　　6

　이와 같이 그는 비실체적인 허위적 肉의 세계를 그의 정신세계에서 풀어내면서 삶을 계속한다. 시집 《冬天》은 이러한 경험으로부터 느끼는 의식세계와 그 뒤를 이어 올 영적인 죽음, 그리고 영원의 세계를 보다 높은 차원에서 나타낸 것이다. 앞서 "신라의 내부"를 모색하며, 현실과 영원이 이어지는 신화적인 길을 발견한 그는 남아 있는 육신의 아픔을 《冬天》의 세계에서 풀며, 영적인 인식세계를 계속 추구해간다. 그는 이러한 경지에까지 가는 과정에서 경험하는 인식과정을 〈旅行歌〉라는 제하 속에 모아 둔 시편 속에 조용히 노래하고 있다. 창공을 조용히 나는 학 두루미 옷은 어떠한 과정을 거친 뒤에 오는 것이며, 또 하늘에 보이는 청증(清蒸)한 우주적인 기운과 어떻게 투합(投合)할 수 있는가를 진화과정과도 같은 윤회(輪回)의 원을 무수히 그리면서 그는 계속 이야기해주고 있다.

〈내가 또 유랑해 가게 하는 것은〉, 〈나는 잠도 깨어 자도다〉 〈日曜日이 오면〉 그리고 〈나그네의 꽃다발〉 등의 시는 이러한 그의 자아완성과정이 하나의 "원"이라는 것을 나타내는 동시에, 그 하나하나의 원이 어떻게 다음 세계의 원과 어떠한 질서를 가지며 이어지는가를 상징적으로 나타내주고 있다.

그러나 그는 아직도 목숨이 살아 있기에, 육신(肉身)을 가진 자로서의 그 아픔을 깨끗이 다 풀어내지 못했기에, 그의 시는 아직도 분홍빛으로 채색되어 있다.

우리 님의
손톱의
분홍 속에는
내가 아직 못다 부른
노래가 살고 있어요.
……
……
우리 님의

손톱의

분홍 속에는

이승의 비바람 휘모는 날에

꾸다 꾸다 못다 꾼

내 꿈이 어리어 살고 있어요.

　　　　　　　　　— 〈우리 님의 손톱의 분홍 속에는〉에서

　손톱처럼 메마르고 여물어 가는 그의 피부와 살, 그리고 그 속에 아직도 스민 피의 아픔을 "여자의 손톱의 분홍"과 같은 향기 짙은 이미지 속에 상징적으로 나타내고 있지만, 〈禪雲寺 洞口〉는 속세적인 풍경을 곁들여 풍자하면서 더욱 생생하게 부각하고 있다.

禪雲寺 고랑으로

禪雲寺 동백꽃을 보러 갔더니

동백꽃은 아직 일러 피지 않았고

막걸릿집 여자의 육자배기 가락에

작년 것만 시방도 남았읍디다.

그것도 목이 쉬어 남았읍디다.

　　　　　　　　　— 〈禪雲寺 洞口〉 전문

　"禪雲寺 고랑"에서 겨울에 피는 동백꽃은 육체의 고통이 지르는 비명이 다 끝난 후 열리는 선(禪)의 세계에 도달한 영(靈)적인 경지를 말한다.

　시인 자신이 이와 같은 영적이며 시적인 경지에 도달했다고 생각했으나 "막걸릿집 여자"가 부르는 쉰 목소리의 육자배기처럼, 아직도 자신의 살은 들끓고 있음을 느낀다. 그러나 "바람도 없는 어두운" 삼경(三

更)에 "벼랑 아래로 흐르는…… 깊은 강물 위"로 "이슬 머금은 무수한 동백꽃"이 떨어지는 것을 본 그는 마침내 피가 메마르고 육신의 살이 다 저미어진 뒤에야 오는 "마른 여울목"의 시를 창조할 수 있었다.

실로 얼마만큼 처절했던 피의 소원이 맺혔다 사라진 뒤에 오는 세계인가.

말라붙은 여울 바닥에는 돌자갈들이 드러나고
그 위에 늙은 무당이 또 포개어 앉아
바른 손바닥의 금을 펴어 보고 있었다.

이 여울을 끼고는
한 켠에는 少年이, 한 켠에서는 少女가
두 눈에 초롱불을 밝혀 가지고 눈을 처음 맞추고 있던 곳이다.

少年은 山에 올라
맨 높은 데 낭떠러지에 절을 지어
지성을 들이다 돌아가고,
少女는 할 수 없이 여러 군데 후살이가
되었다가 돌아간 뒤……

그들의 피의 소원을 따라 그 피의
분꽃 같은 빛깔은 다 없어지고
맑은 빗낱이 구름에서 흘러내려
이 앉은 자갈들 위에 여울을 짓더니
그것도 하릴없어선지 자취를 감춘 뒤

말라붙은 여울 바닥에는 돌자갈들이 드러나고

그 위에 늙은 무당이 또 포개어 앉아

바른 손바닥의 금을 펴어 보고 있었다.

— 〈마른 여울목〉 전문

여울은 현실과 영원을 가로지르는 시간의 강이라면, 그것을 건널 수 있을 때는 피의 상징이기도 한 물이 다 마른 뒤에 여울이 메말랐을 때이다. "말라붙은 여울 바닥" 돌자갈 위에 앉아 손의 금을 펴 보고 있는 무당은 육신의 살을 다 저미고 희비애락의 한을 다 삼킨 뒤에 변신한 신령(神靈)과도 같은 경지에 도달한 인간정신의 상징이다. 그러나 아직까지 그는 생명이 남아 있기에 육신의 아픔이 가끔 찾아옴을 느낀다. 그의 "永遠은 물빛/ 라일락의/ 빛과 香의 길"이지만 아직도 "가다 가단/ 후미진 굴헝이 있어……/ 내려가선 혼자 호젓이 앉아/ 이마에 솟은 땀도 들이는/ 물빛" 라일락 香의 길이다.

그러나 다음 순간 이윽고 그의 의식세계는 주무시는 '님'의 "베갯모에 하이얗게 繡놓여 날으는 한 마리의 鶴"과 같이 된다.

이렇게 "鶴"이 된 그는 '님'의 곁에 도달하는 과정을, "하늘을 둘러 끼우고" 있는 님의 순금반지가 상징하는 하나의 원과 같다고 생각한다.

그가 이렇게 하나의 존재의 원을 완성했을 때마다, 그것은 '님'의 "꿈속의 바닷속으로…… 떨어져 내리어" 가라앉는, "붉은 보석"처럼 영원의 무(無)의 바다로 사라진다.

즉 다시금 하나의 새로운 "보석"을 창조하기 위해 또 하나의 이별을 가져야 함은 또 다른 원을 그리기 위해 새로운 출발을 해야 하는 뜻이다. 왜냐하면 그가 수(繡) 놓으며 그리는 존재의 궤도와 "금반지"가 그리는 공간은 원의 모양이기 때문이다. 그래서 그는 이러한 원을 그리는 과정을 수없이 되풀이하는 것만이 '님'에게 가까이 갈 수 있는 길이란 것을 인식한다.

> 님은
> 주무시고,
> 나는
> 그의 베갯모에
> 하이얗게 繡놓여 날으는
> 한 마리의 鶴이다.
> ……
> ……
> 님이 자며 벗어 놓은 純金의 반지
> 그 가느다란 반지는
> 이미 내 하늘을 둘러 끼우고,
>
> 그의 꿈을 고이는
> 그의 베갯모의 금실의 테두리 안으로
> 돌아오기 위해
> 나는 또 한 이별을 갖는다.

— 〈님은 주무시고〉에서

그는 이렇게 시를 쓰며 "금실의 테두리"를 수없이 수(繡)놓은 뒤, 자신의 의식세계도 이젠 그림자가 없어져 감을 느낀다.

그래서 그의 마음은 "아주 엷은 구름하고도 이별해" 버리고 이제 차가운 겨울 하늘을 빗기며 나른다.

> 내 마음 속 우리 님의 고운 눈썹을

즈믄 밤의 꿈으로 맑게 씻어서
하늘에다 옮기어 심어 놨더니
동지 섣달 날으는 매서운 새가
그걸 알고 시늉하며 비끼어 가네.

—〈冬天〉 전문

　마음속에 서리어 있던 광원의 그림자인 영원의 빛을 포착하려는 꿈을 안고, 길고도 먼 밤의 여로를 지나오며, 갈고 닦은 그의 마음은 이제 〈冬天〉이 상징하는 영원의 세계로 흐르는 영적인 기운과 투합 영교(投合 靈交)해서 끝없이 선유(仙遊)함을 느낀다.

　다시 말하면 영원의 세계에서 어둠의 세계로 태어났던 영혼을 담은 하나의 생명이 육체의 살을 다 저미며, "신선 수행(神仙 修行)"을 한 후, 맑고 차가운 의식의 힘으로써 그는 다시 영적인 세계로 회귀할 수 있음을 느낀다.

　이렇게 해서 그는 인생의 《花蛇集》 지점에서 "석유 먹은 듯" 가쁜 푸른 숨결을 마시며, 갈망하던 "푸른 하늘"의 아름다운 세계에 도달한다.

　그러나 이것은 그의 詩마다 서리어 있는 수없이 많은 아픔과 "꽃대님보다도 아름다운 빛"을 찾아 "징그러운 몸뚱어리"를 슬프게 "물어뜯으며" 시정신의 힘으로 도달한 차갑고 푸른 겨울하늘이 상징하는 세계이다. 그리고 또한 이것은 무덥고 긴 여름밤을 보내면서 슬픔과 아픔으로써 온 그의 詩들이 "선미"하게 "조합"해서 수(繡)놓아 이룩한 다리로 건너온 영원한 세계이다.

서정주　123

통합적 구조시학

— 趙芝薰의 시

> 푸른 자기 아득한 살결에서
> 슬픔의 역사를 읽어본다
> — 〈線〉에서

1

조지훈은 시인이지만 한국현대사의 격변기에 대표적인 지사(志士)이자 학자로서 명망이 높은 인물이었다. 그는 48세의 짧은 생을 살면서 '청록파' 시인의 한 사람으로 문학사에 큰 획을 그을 정도로 큰 발자취를 남기면서도 "역사 앞에서" 능동적으로 행동하는 지식인의 기품을 보였다. 그는 일제(日帝)의 정규교육을 받지 않고 조부 밑에서 "선비정신"을 몸에 익히면서 한학(漢學)을 공부하다가, 서울로 올라와서 1936년 16세의 나이로 한글학회에 드나들기 시작했고, 이듬해 1937년에는 서대문형무소에서 옥사한 독립투사 김동삼(金東三) 선생의 시신(屍身)을 모시고 있는 한용운 선생의 심우장(尋牛莊)으로 가서 장례식에 참석하는 등 민족주의적인 저항의식을 키웠다. 그리고 그는 20세에 정지용의 추천으로 《문장(文章)》을 통해 시단(詩壇)에 나온 후에도 고향과 오대산 월정사에서 반항적인 은둔생활을 했다.

그러나 해방이 되자 그는 어릴 때부터 그의 의식 속에서 키워온 지사(志士) 정신의 활로를 찾았다. 그는 좌익에 대항하는 민족진영 지식인 대열의 선두에 섰을 뿐만 아니라, 자유당 말기는 물론 5·16 군사쿠데타 이후에도 사회의 부조리(不條理)를 보았을 때 비판적인 목소리를 높였다. 그러나 그는 처음부터 이념적으로 우익의 입장을 대변하는 지도

124

급 인사로서 문단활동을 해왔기 때문에, 리얼리즘이 지배해온 해방 이후의 시대적 상황이 그의 시를 제대로 높이 평가하는 데 인색한 면이 없지 않았다.

조지훈은 동족상잔의 비극을 증언하기 위해 한국전쟁에 종군기자로 참가한 경험으로 쓴 참여시집 《역사 앞에서》와 《여운》을 발표하기 전 그의 시선집 후기에서 밝힌 것처럼 그의 시세계의 진폭은 적지않게 넓다. 그래서 대부분의 학자와 비평가들은 조지훈의 시를 두고 "두 얼굴"이니, 또는 "두 목소리"니 하며 양시대(兩時代)에 걸친 지훈의 시를 이질적으로 보는 경향이 없지 않았다. 그래서 홍일식 교수는 이러한 피상적인 인식이 잘못된 것으로 보고 다음과 같이 주장했다.

그의 시적 정서의 본질에는 아무런 차이가 없는 것으로 안다. 다만 시대적인 상황으로 인하여 표현 기법에 있어서 다소의 변화가 있을 뿐이다. 어쨌든 지훈은 전통적인 동양시의 두 큰 주류인 두보(杜甫)와 이백(李白)의 시풍(詩風)을 한 몸에 아울러 극복하고 이를 다시 우리의 민족혼과 시대정신에 투영하여, 한국 현대시사에 신기원을 수립한 대민족시인(大民族詩人)이었다.[1]

그러나 그는 정서적인 본질에는 차이가 없다고 하지만, 표면적으로 양분된 듯이 보이는 그의 시세계가 어떻게 통일성을 이루고 있는가를 구조적으로 밝혀주지 못하고 있다. 그래서 이 글에서 필자는 해방이전에 쓴 "은둔 시"라고 하는 순수시와 해방 후에 현실을 비판하는 "참여시"의 내면구조가 조지훈이 말한 이른바 "패자의 영광"에서 오는 비장미(悲壯美)와 같은 하나의 미학에 다같이 뿌리를 두고 있다는 것을 밝히고자 한다.

---

1 洪一植,〈芝薰의 人品과 香薰〉,《趙芝薰 硏究》(金宗吉 外) (고려대학교 출판부, 1978), 445쪽.

2

　조지훈 시의 구심은 〈고풍의상(古風衣裳)〉, 〈승무(僧舞)〉, 〈봉황수(鳳
凰愁)〉, 〈향문(香紋)〉 그리고 〈고사(古寺)〉 등과 같은 탁월한 시편들이 실
려있는 《청록집(靑鹿集)》과 《풀잎단장(斷章)》에 있다. 그래서 이념적인
입장에서 "참여 시"만을 주장하는 사람들은 그의 시를 현실세계와 유
리된 은둔세계를 묘사한 작품으로만 보려 했다. 그러나 그의 초기시가
외형적으로 어떠한 형태를 취하고 있든, 그것이 인간의 궁극적인 문제
를 탐구하고 접근하고 있기 때문에 보편적인 측면에서 예술적으로 높이
평가하지 않을 수 없다. 이러한 주장은 조지훈의 시세계에 있어서 존재
의 궁극적인 문제의 탐구와 깊은 관계가 있는 선(禪)적인 시가 "정치성"
을 띤 시보다 높다고 평가하는 김동리에 의해서도 크게 뒷받침되고 있
다. 그는 《文學과 人間》의 〈自然의 發見〉에서 다음과 같이 쓰고 있다.

　조지훈의 시세계에는 민족적인 것과 선적(禪的)인 것의 두 가지 경향이 흐
르고 있다. 전자는 해방 전에는 〈봉황수(鳳凰愁)〉, 〈고풍의상(古風衣裳)〉,
〈승무(僧舞)〉 등에서와 같이 회고취미(懷古趣味)를 띠고 나타났고, 해방 후
에는 정치적 색채를 띠고 나타났다. 그리고 시 자체의 가치로서는 이 '정치
성'의 것이 가장 낮고 그 다음이 회고물(懷古物), 가장 우수한 것인 선적(禪
的)인 것들이다.
　회고란 것이 물론 인사(人事)를 위주하는 것이되, 경개(景槪)는 풍경이므
로 인생과 자연이 한 시경(詩境) 속에서 충분히 교섭될 수 있는 경우다. 그리
고 '민족적인 것' 중에서도 '정치성의 것'에서처럼 자연풍경과 인연이 멀면
멀수록 시 자체는 졸렬해진다―는 말은, 즉 이 시인의 본령이 자연탐구에
있다는 것을 증명함에 불과한 것이다.
　그리고 그가 '자연탐구'에서 가장 그것의 심장에 육박한 경지가 선감각

126

(禪感覺)의 세계요, 그러므로 이 계열의 그의 시가, 가장 우수함도 당연한 일이 아닐 수 없다.[2]

그런데 김동리가 지적한 것처럼 조지훈의 시세계가 예술적으로 높낮이가 다른 세 가지 특징을 표면적으로 나타내고 있다 하더라도, 그것의 심층적 구조는 동일한 미학과 주제에 그 바탕을 두고 있다. 실제로 선(禪)적인 색채를 띠고 있는 시는 난해할 정도로 풍부한 상징성을 지니고 있기 때문에 쉽게 접근할 수 없지만, 그의 주제는 인간이 영겁의 세월 속에서 어떤 궁극적인 경계에 도달하기 위해 초극적인 수행과정을 통해 얻은 영육(靈肉)의 조화라는 승화된 아름다움에 초점을 두고 있다. 그런데 중요한 것은 전통적인 한국미를 지닌 "회고 취미"의 작품에서도 이와 유사한 주제가 짙게 나타나 있다는 것이다.

　　하늘로 날을 듯이 길게 뽑은 부연 끝 풍경이 운다.
　　처마끝 곱게 늘이운 주렴에 半月이 숨어
　　아른아른 봄밤이 두견이 소리처럼 깊어가는 밤
　　곱아라 고아라 진정 아름다운지고
　　파르란 구슬빛 바탕에
　　자지빛 호장을 받친 호장저고리
　　호장저고리 하얀 동정이 환하니 밝도소이다.
　　살살이 펴져나린 곧은 선이
　　스스로 돌아 曲線을 이루는 곳
　　열두 폭 기인 치마가 사르르 물결을 친다.
　　초마 끝에 곱게 감춘 雲鞋 唐鞋

2　김동리, 《金東里 代表作選集 6》(삼성출판사, 1978), 138~139쪽.

발자취 소리도 없이 대청을 건너 살며시 문을 열고

그대는 어느 나라의 古典을 말하는 한 마리 蝴蝶

蝴蝶인 양 사푸시 춤을 추라 蛾眉을 숙이고……

나는 이 밤에 옛날에 살아

눈감고 거문고줄 골라보니

가는 버들인 양 가락에 맞추어

흰 손을 흔들어지이다.

　　　　　　　　　　　　　　　　— 〈古風衣裳〉 전문

　이 시는 누구나 쉽게 알 수 있듯이 어두운 봄밤에 아름다운 한국 여
인이 한복을 입고 대청마루를 건너 방으로 들어와 거문고를 켜는 모습
을 그린 것이다. 그러나 시인은 여기서 단순히 한복의 아름다움을 묘사
하고 있는 것에 그치지 않고 한국의 전통적인 아름다움이 생성하는 과
정을 그리고 있다. 밤과 주렴에 숨어있는 "半月," "자지빛 호장"과 "하
얀 동정", 그리고 "古典을 말하는 ……蝴蝶"은 상호간에 명암의 대조
를 이루는 이미지로서 한복을 입은 아름다운 한국 여인의 전통미가 어
둠속에서 피어난 꽃처럼 원시적인 자연과의 싸움에서 얻어진 승화된 결
과를 상징적으로 나타내주고 있다. 이것은 마치 어두운 밤에 거문고의
가는 줄 위에 흰 손을 흔들어 조화롭고 아름다운 음악이라는 미를 창조
하는 것에 비유된다고 하겠다. 또 우리가 여기서 옷을 육체의 상징이라
고 생각하면, 그것은 "하늘을 날을 듯이 길게 뽑은 부연 끝"처럼 이상
적인 세계를 추구하기 위해 육체가 초극적인 수련과정을 거쳐 정신세계
와 조화를 이루어 내는 아름다움을 담고 있는 것으로 볼 수 있다. 지훈
의 대표작으로 평가받고 있는 〈僧舞〉 역시 이와 유사한 문맥으로 읽을
수 있다.

얇은 紗 하이얀 고깔은
고이 접어서 나빌레라.

파르라니 깎은 머리
薄紗 고깔에 감추오고

두 볼에 흐르는 빛이
정작으로 고아서 서러워라.

빈 臺에 黃燭불이 말없이 녹는 밤에
오동잎 잎새마다 달이 지는데

소매는 길어서 하늘은 넓고
돌아설 듯 날아가며 사뿐이 접어올린 외씨보선이여.

까만 눈동자 살포시 들어
먼 하늘 한 개 별빛에 모도우고

복사꽃 고운 뺨에 아롱질 듯 두 방울이야
세사에 시달려도 번뇌는 별빛이라.

휘어져 감기우고 다시 접어 뻗는 손이
깊은 마음속 거룩한 合掌인 양하고

이밤사 귀또리도 지새는 三更인데
얇은 紗 하이얀 고깔은 고이 접어서 나빌레라.

—〈僧舞〉전문

조지훈 129

이 시는 구도자(求道者)인 여승이 열반의 경지에 도달하기 위해 육체적인 아픔을 극복하는 과정에서 춤이라는 영(靈)과 육(肉)의 조화를 통해 선적(禪的)인 아름다움을 창조하는 모습을 상징적으로 그린 것이다. 보다 구체적으로 말하면, 옷이 육체를 상징한다면 "고이 접어서 나빌네"나 "얇은 紗 하이얀 고깔"은 육체의 아픔과 고뇌를 저미어 투명하리만큼 얇고 아름답게 접어놓은 비단과 같이 만들어 놓은 현상을 나타내주고 있다. 이러한 사실은 승무(僧舞)를 추는 여승의 박사(薄紗) 고깔에 감추인 머리가 파르라니 깎았다는 것으로 증명이 되겠다. 또 "두 볼에 흐르는 빛이/ 정작으로 고아서 서러워라"라는 표현도 슬픈 육체가 춤을 통해서 "얇은 사(紗) 하이얀 고깔"처럼 표백된 미학을 나타내고 있다. 여기 열반의 세계를 나타내는 빛을 얻기 위한 춤으로 상징되는 영과 육의 변증법은 "빈 臺" 위에서 "말없이 녹는" "黃燭불"이 나타내는 시적 배경은 물론 주인공의 "까만 눈동자를 살포시 들어/ 먼 하늘 한 개 별빛에 모두오고/ 복사꽃 고운 뺨에 아롱질 듯 두 방울이야/ 세사에 시달려도 번뇌는 별빛이라"는 말로 탁월하게 형상화되고 있다. 이 시에서 중요한 것은 승무(僧舞)라는 춤이 육체와 정신의 변증법적인 갈등만을 나타낸 것이 아니라, 어둠속의 빛과 다름없는 "깊은 마음속 거룩한 合掌"이 상징하는 변증법적인 조화라는 선적인 미학의 결과를 얻어내고 있다는 것이다. 이것뿐만 아니다. 조지훈은 구도를 위한 기다림과 구도의 즐거움에 담긴 선적(禪的)인 미학을 "종소리"와 "꽃"의 이미지 등을 통해서 성공적으로 나타내고 있다.

木魚를 두드리다
졸음에 겨워

고오운 상좌아이도

잠이 들었다.

부처님은 말이 없이
웃으시는데

西域 萬里길

눈부신 노을 아래
모란이 진다.

—〈古寺 1〉전문

선적(禪的) 문맥에서 보면 위의 시에서 "고오운 상좌아이"가 중생(衆生)을 잠 깨우기 위해 목어(木魚)를 두드리다 졸음에 겨워 잠이 드는 것은 어머니의 자장가 소리를 듣고 아이가 잠이 들듯이 자기가 치는 "목어"소리에 의해 선(禪)의 경지와도 같은 마음의 평화를 누린다는 뜻으로 해석할 수 있다. 이것은 부처님의 말없는 웃음과 "西域 萬里길/ 눈부신 노을 아래/ 모란이"지는 황홀경이 선(禪)의 경지를 나타내고 있기 때문이다. 그러나 또 다른 시각에서 보면, 이 시는 젊은 구도자를 포함한 모든 순례자(巡禮者)들이 짧은 생애동안 열반의 세계에 도달하는 길이 얼마나 멀고 긴 것인가를 형상화한 것 같다. 즉, 이 시는 "고오운 상좌아이"가 중생을 불교의 세계로 이끌기 위해 목어(木魚)를 치는 일이 끝이 없는 것처럼, 낙원인 정토(淨土)는 "西域 萬里길"인데, "눈부신 노을 아래 모란이"지듯 개체적인 인간은 죽음이란 종말을 맞이해야만 하는 운명에 놓이게 된다는 것을 나타낸 것인 듯하다.

그러나 조지훈이 찾고 있는 영육(靈肉)의 조화 내지 치열한 변증법적인 갈등에서 얻을 수 있는 비장미(悲壯美)와도 같은 고전적(古典的) 울림의 미학은 불교적인 풍경에만 있는 것이 아니다. 그는 아름다운 자연 풍경 가운데서도 이와 같은 현상을 발견하고 있다.

외로이 흘러간 한 송이 구름
이 밤을 어디메서 쉬리라던고.

성긴 빗방울
파초잎에 후두기는 저녁 어스름

창 열고 푸른 산과
마주앉아라.

들어도 싫지 않은 물소리기에
날마다 바라도 그리운 산아

온 아침 나의 꿈을 스쳐간 구름
이 밤을 어디메서 쉬리라던고.

　　　　　　　　　　　　　　　　　　─〈芭蕉雨〉전문

　이 시에서 그린 자연 풍경이 지닌 핵심적인 의미는 파초잎 위에 떨어지는 빗방울 소리 가운데 내포되어 있다. 시 속에의 화자(話者)는 파초에 떨어지는 물소리가 들리는 푸른 산을 바라보기를 즐거워하고 또 그 산을 그리워하는 것은 "성긴 빗방울이 파초잎에" 떨어지며 나타나는 아름다운 소리 때문이다. 개체적인 인간의 삶에 대한 상징적인 이미지가 되고 있는 물방울이 파초잎에 떨어져 스스로 부서지면서 아름다운 광경을 만들어내는 것은 비장미(悲壯美)와도 같은 승화된 우아한 아름다움을 불러일으킨다. 화자가 정처 없이 떠도는 구름을 자기 자신과 일치시키고 구름이 머물 곳을 물방울의 비극미를 수용한 푸른 산으로 생각하는 것은 "파초우(芭蕉雨)"로 표상된 시적인 의미가 어디에 있는가를 침묵으로 인식하기 때문이다.

이러한 시적 현상은 아름다운 자연풍경을 그린 여러 시편에서 찾아볼 수 있지만 〈落花〉에서 가장 뚜렷이 나타나고 있다.

꽃이 지기로소니
바람을 탓하랴.

주렴 밖에 성긴 별이
하나 둘 스러지고

귀촉도 울음 뒤에
머언 산이 다가서다.

촛불을 꺼야 하리
꽃이 지는데

꽃 지는 그림자
뜰에 어리어

하이얀 미닫이가
우련 붉어라.

— 〈落花〉에서

하늘에서 "성긴 별이/ 하나 둘 스러지고" 방안의 촛불을 끈 방의 미
닫이가 붉게 물들 정도로 꽃이 떨어지는 풍경은 "귀촉도 울음 뒤에" 다
가선 "머언 산"처럼 적지않은 비장미(悲壯美)를 지니고 있다.

비장미를 느낄 수 있을 만큼 어둠과의 치열한 싸움을 하는 것은 〈낙
화(落花)〉에서만 볼 수 있는 것은 아니라 〈화체개현(花體開顯)〉에서도 나
타나고 있다. 왜냐하면 꽃을 피우는 일은 인고의 세월 속에서 어둠을
뚫고 나타난 현실로서 상징적으로 선(禪)의 세계와 같은 문맥에 있기
때문이다. 이것은 시인이 꽃에서 "우주가 열리는 파동(波動)"을 느끼고,
시간의 벽을 넘어선 공시적인 세계를 발견하고, 그 꽃을 통해서 영원의
세계를 경험할 수 있기 때문이다.

실눈을 뜨고 벽에 기대인다 아무것도 생각할 수가 없다.

짧은 여름밤은 촛불 한 자루도 못다 녹인 채 사라지기 때문에 섬돌 우에
문득 석류꽃이 터진다

꽃망울 속에 새로운 우주가 열리는 파동(波動)! 아 여기 태고(太古)적 바
다의 소리 없는 물보래가 꽃잎을 적신다

방안 하나 가득 석류꽃이 물들어온다 내가 석류꽃 속으로 들어가 앉는다
아무것도 생각할 수가 없다

— 〈花體開顯〉 전문

치열한 견인력으로 승화된 비장미(悲壯美)에서 오는 시적 발견은 위
에서 언급한 꽃이 피고 지는 현상에서만 있는 것이 아니라, 비바람을
맞으면서도 이끼가 낄 정도로 오랜 세월 동안 위엄을 지키며 묵묵히 서

있는 "바위"와 새삼스레 추위를 느끼게 하는 "난초 잎"은 물론, 폐허 속의 바람에 흔들리면서도 시간의 흐름을 초월해서 우주의 영혼에 뿌리를 묻고 서 있는, 연약하지만 쓰러지지 않는 "풀잎"의 이미지 속에서도 나타나고 있다.

그의 제2시집의 제목으로 선택된 〈풀잎 단장(斷章)〉은 위에서 언급한 견인력의 미학을 탁월하게 형상화한 풍경을 우리들에게 의미 깊게 전해 주고 있다.

> 무너진 城터 아래 오랜 세월을 風雪에 깎여온 바위가 있다.
> 아득히 손짓하며 구름이 떠가는 언덕에 말없이 올라서서
> 한 줄기 바람에 조찰히 씻기우는 풀잎을 바라보며
> 나의 몸가짐도 실오리 같은 바람결에 흔들리노라.
> 아 우리들 太初의 生命의 아름다운 分身으로 여기 태어나
> 고달픈 얼굴을 마주대고 나직히 웃으며 얘기하노니
> 때의 흐름이 조용히 물결치는 곳에 그윽히 피어오르는 한 떨기 영혼이여.
> ― 〈풀잎 단장(斷章)〉 전문

인간이 비록 풀잎과 같은 존재이지만 〈완화삼(玩花衫)〉과 〈율객(律客)〉과 같은 시편들에서 볼 수 있듯이 시간 속에서 마멸되어 가면서 좌절하거나 쓰러지지 않고 고행(苦行) 속의 견인력을 통해 성숙해지는 모습에서 조지훈이 앞에서 언급한 주제와 그것과 관계가 있는 전통적인 고전미(古典美)를 찾은 것은 주목할 만한 일이다.

3

해방 후 작고하기 전까지의 격동기를 보내면서 조지훈이 쓴 시집 《역

사 앞에서》는 그 정치성 때문에 시적인 가치가 낮아졌다고 하더라도, 그의 시적인 주제는 여기서도 단절되지 않고 계속 이어지고 있다. 여기에 실려 있는 여러 편의 혁명적인 시들은 어둠을 밝히려는 저항적인 태도를 나타내고 있기 때문이다.

그렇게 안타깝던 전쟁도
지나고 보면 일진(一陣)의 풍우(風雨)보다 가볍다.

불타버린 초가집과
주저앉은 오막살이 ―

이 붕괴와 회신(灰燼)의 마을을
내 오늘 초연(悄然)히 지나가노니

하늘이 은혜하여 와전(瓦全)을 이룬 자는
오직 낡은 장독이 있을 뿐

아 나의 목숨도 이렇게 질그릇처럼
오늘에 남아 있음을 다시금 깨우쳐준다.

흩어진 마을 사람들 하나 둘 돌아와
빈터에 서서 먼 산을 보는데

하늘이사 푸르기도 하다.
도리원(桃李院) 가을 볕에

애처로운 코스모스가

피어서 칩다.

―〈桃李院에서〉 전문

  조지훈의 시세계에서 중요한 작품으로 기록되고 있는 〈전선(戰線)의
서(書)〉, 〈절망의 일기〉, 〈다부원(多富院)에서〉 등과 함께 전쟁시의 명
편으로 평가받는 〈도리원(桃李院)에서〉는 어둠과의 처절한 싸움이나 다
름없는 전장(戰場)에서 장렬하게 산화한 병사들과 함께 폐허가 된 마을
의 풍경 가운데서 그가 일생을 두고 추구했던 비극의 미(美)를 밀도 짙
은 서정으로 노래하고 있다. 전쟁이 휩쓸고 간 붕괴된 마을에 "애처로
운 코스모스가/ 피어서 칩다"는 것은 슬픔 속에 나타난 비장미(悲壯美)
를 지니고 있음에 틀림이 없다.

  조지훈이 시에서뿐만 아니라 그의 학문 연구에 있어서 한국의 전통
미에 남다른 관심을 가지고 일생을 두고 그것을 추구한 것은 "성터를
거닐다 줏어 온 깨진 질그릇" 조각의 옛 향기를 담고 있는 〈향문(香紋)〉
에서 가장 잘 나타나 있다. 왜냐하면 그것은 어둠과 치열하게 싸우면서
온갖 시련을 겪으며 장렬한 죽음 속에서나 혹은 살아남은 존재 가운데
서 선(禪)적 세계의 즐거운 빛과 같이 고전적인 울림이 있는 비극미(悲
劇美)를 지니고 있기 때문이다. 그래서 그에게 있어서 오랜 역사의 어둠
속에서 면면히 이어온 한국의 전통문화에 나타난 "선(線)"의 미학이 그
의 시적 탐구의 대상이 되었다는 것은 아무리 강조해도 잘못이 없다.
김동리는 그의 언어가 "너무나 세공(細工)에 기울어져 있다"고 불만스
러워 했지만, 그것은 어둠 속에서 빛을 찾는 그의 시 정신은 물론 모국
어의 완성을 위한 노력과 밀접한 관계가 있기 때문에 피할 수 없는 시인
으로서의 운명이었다.

부조리 상황 극복의지
— 金洙暎의 시

> 눈은 살아 있다
> 떨어진 눈은 살아 있다
> 마당 위에 떨어진 눈은 살아 있다
> — 〈눈〉에서

김수영은 식민지 시대와 해방공간, 한국전쟁 그리고 4·19 등과 같은 역사적 수난시대를 온몸으로 체험하며 온갖 질곡 속에서 비극적 삶을 살다간 시인이었다. 그러나 사후의 그의 명성은 같은 시대를 살았던 어느 그 시인보다 찬란히 빛나고 있다. 앞으로 더 많은 시간이 지나면 어떻게 평가될지 모르지만, 그는 이미 한국 시사(詩史)에서 정전(正典)의 반열에 올라 있을 뿐만 아니라 과거 군사독재와 이념적인 갈등의 시대를 지나오면서 참여적인 젊은 시인들의 우상(偶像)이 되었다.

물론 아직까지 그의 반시(反詩)적인 업적이 침묵을 지키고 있는 일부 비평가들 사이에 논란의 대상이 되고 있지만, 전위적인 자세로써 전통을 파괴하고 새로운 시의 방향을 제시하는 데 성공한 것은 틀림없는 사실이다. 물론, 그의 이러한 움직임은 그가 처해 있던 문학적 환경은 물론 시대적 상황과 밀접한 관계가 있다. 좀더 구체적으로 말하면, 그는 일본 유학생활을 하다가 조선 학병징집을 피해 만주를 거쳐, 해방 후 귀국해서 연희전문 영문과 4년에 편입했으니 당시 영미문학의 흐름이었던 모더니즘을 접하지 않을 수 없었을 것이다. 실제로 그는 어느 인터뷰에서 모더니즘과 관계가 없지 않은 미국 시인 월터 휘트먼(Walt Whitman)에게 영향을 받았다고 말했다.

그가 관심을 보였던 모더니즘의 특색은 이미지즘과 리얼리즘, 상징
주의와 형식주의 등 여러가지 특수한 경향들이 복합적으로 어우러져 탄
생한 예술 형태이다. 물론 이것은 개인적이고 명상적인 내용이 담긴 대
중예술이 아니라, "감정상태의 묘사보다"는 이미지와 은유, 위트와 아
이러니는 물론 형식적 언어와 대화체를 병치시키거나 혹은 복합적으로
사용해서 시를 난해하게 만들어 감정의 절제를 위해 몰개성(deper-
sonalization)의 효과를 가져왔다. 실제로 모더니스트들에게 예술은 커뮤
니케이션이 아니라 "수사학"이었고, 오르테가 이 가세트(Ortega y Gasset)
가 지적했던 것처럼 고급한 모더니스트 예술은 단순히 "비대중적"이 아
니라 "반대중적"인 것이 되었다.

그런데 김수영이 모더니스트적인 시를 쓰게 된 것은 위에서 언급한
전위적인 예술형태의 영향 때문만이 아니라, 그것이 극도로 피폐한 삶
을 살아야 했던 그의 "비애"를 지적인 현대감각으로 표현하기에 적합
했을지도 모른다. 김경린, 임호근 , 박인환, 그리고 양병식과 함께 낸
시화집《새로운 都市와 市民들의 合唱》(1949년)에 발표해서 난해한 시
로 알려져 있는〈孔子의 生活難〉은 이러한 그의 초기시의 특징을 잘 나
타내주고 있다.

　꽃이 열매의 上部에 피었을 때
　너는 줄넘기 作亂을 한다

　나는 發散한 形象을 求하였으나
　그것은 作戰 같은 것이기에 어려웁다

　국수―伊太利語로는 마카로니라고
　먹기 쉬운 것은 나의 反亂性일까

동무여 이제 나는 바로 보마

事物과 事物의 生理와

事物의 數量과 限度와

事物의 愚昧와 事物의 명석성을

그리고 나는 죽을 것이다

— 〈孔子의 生活難〉 전문

　김수영은 이 작품을 두고 뒷날 "詩畵集에 수록하기 위하여 급작스럽게 調製濫造한 히야까시 같은 작품이었다"고 말하며 "나의 마음속 작품 목록으로부터 깨끗이 지워버렸다"고 술회하였다고 한다. 그러나 그가 시작(詩作)과정에서 이 작품을 아무리 급조해서 장난기가 가득 차 있도록 만들었다고 하더라도, "글은 사람"이기 때문에 그 속에 그의 시학과 주제의식이 전혀 깃들어 있지 않다고는 단언할 수 없을 것 같다.

　물론 이 작품은 너무나 난해해서 그것의 의미를 분석하려는 많은 학자와 비평가들을 좌절시켰다. 그러나 이 시가 아무런 의미 없는 난해함으로 끝나는 작품으로 씌어진 것 같지 않아서 다시 한 번 그 의미를 탐색하고자 한다. 1연에서 "꽃이 열매의 上部에 피었다"는 것은 모든 것의 끝, 즉 사물의 정상의 화려함이 무수한 시간속의 피나는 노력의 결과로서 나타난 것을 상징한다고 할 수 있겠다. 그래서 T. S. 엘리엇(Eliot)의 "알프레드 프루프록의 연가"의 경우처럼, 이 작품의 "너"는 화자(話者) 자신인 "나"로서 위에서 언급한 아름다운 광경을 부러워한 나머지 그와 같은 높은 경지에 이르기를 원한다. 그러나 그와 같은 상태에 도달하기에는 너무나 오랜 시간과 고된 노역(勞役)이 요구된다는 사실과, 또 비록 열매 위에 피어있는 꽃의 지점에 올라갔다 하더라도 급속도로 하강해야만 되는 모순된 존재의 구조를 "줄넘기"의 은유로써 패러디한 것인 듯하다. 왜냐하면 "장난"은 흉내 내는 것과 동시에 패러디의 의미를 지니고 있기 때문이다. 이러한 해석은 "나는 發散한 形象을 求하였으나/ 그것은 作戰 같은 것이기에 어렵다"라는 2연이 위의 사실을 뒷받침해주고 있다. 다시 말해, 화자가 심리적 분열을 일으키듯 독백처럼 자문자답을 하고 있는 것으로 보면, "발산의 형상"은 꽃이 피어 있는 지점에 이르고자 하는 "줄넘기 장난"을 의미한다고 볼 수 있다. 그렇다면, 왜 "작전"이란 말이 나왔을까. 그것은 "줄넘기"가 실제로 꽃이 피어 있는 성숙한 정점에 순간적으로 다다르자마자 머물지 못하고 급속히 내려와야 하기 때문에 열매의 끝에 핀 꽃의 경지에 이르는 "작전"의 역할밖에 하지 못한다는 것이다. 3연인 "국수 — 伊太利語로 마카로니라고/ 먹기 쉬운 것은 나의 反亂性일까" 역시 얼핏 보기에 1·2연과 아무런 의미가 없는 것 같지만 실제로 깊은 관계가 있다. "공자의 생활난"과 같은 어려움을 겪고 있는 시인에게 "국수"는 "꽃이 열매의 상부에 피어 있는" 곳에 모방적으로나마 도달하고자 하는 "줄넘기"의 줄에 상응하는 역설적인 이미지이다. "먹기 쉬운 반란성"은 식물이 열매 위에 꽃을 피우기 위해 수많은 잎들을 떨어뜨리고 비바람 속의 온갖 고통과 질곡에서 긴 세월을 보내야만 하는 존재 내지 사물의 부조리한 생리적 구조에 대한 반항을 역설적이면서도 반어적으로 나타낸 것이다. 이러한 사실은 이 시의 후반부에 웅변적이라고 할 만큼 분명히 알기 쉽게 나타나고 있다. 그래서 김수영이 복잡한 이미지와 은유 그리고 아이러니와 패러독스로 구성된 소피스티케이트한 앞부분을, 읽기 쉬운 언어로 씌어진 결론 부분과 병치시킨 것은 염무웅 교수가 지적한 "혼란과 단절, 돌연한 전환"에만 그치는 것이 아니라, 두 개의 다른 종류의 언어를 혼합해서 특수한 효과를 거두려는 미학적인 의도와 함께 시인 나름으로의 의미 전달에 변화를 주면서도 그것을 분명히 하기 위함이다.

모더니스트들이 자연을 거부하듯이 한국 현대시 가운데서 초기 모더
니스트 시의 전형을 보여주고 있는 〈孔子의 生活難〉은 앞에도 언급했
듯이 부조리한 모순된 현실을 감상에 빠지지 않고 고발하고 있다. 그러
나 그의 시의 많은 부분은 비록 그가 낭만적 시에 대해 반기를 들고, 그
것과 단절된 모습을 보이고 있음에도 불구하고, 그 저변에는 서정적인
색채가 묻어나고 있다. 이것은 그가 사용하고 있는 이미지들이 "비애"
라는 말로 되풀이해서 표현되는 리얼리즘에 속하는 비극적인 체험을 간
접적으로 나타내거나 암시하고 있기 때문이다.

　　　아버지의 寫眞을 보지 않아도
　　　悲慘은 일찌기 있었던 것

　　　돌아가신 아버지의 寫眞에는
　　　眼鏡이 걸려 있고
　　　내가 떳떳이 내다볼 수 없는 現實처럼
　　　그의 눈은 깊이 파지어서
　　　그래도 그것은
　　　돌아가신 그날의 푸른 눈은 아니오
　　　나의 飢餓처럼 그는 서서 나를 보고
　　　나는 모오든 사람을 또한
　　　나의 妻를 避하여
　　　그의 얼굴을 숨어 보는 것이오

　　　詠嘆이 아닌 그의 키와
　　　咀呪가 아닌 나의 얼굴에서
　　　오오 나는 그의 얼굴을 따라

왜 이리 조바심하는 것이오

조바심도 습관이 되고
그의 얼굴도 습관이 되며
나의 無理하는 生에서
그의 寫眞도 無理가 아닐 수 없이

그의 寫眞은 이 맑고 넓은 아침에서
또 하나 나의 팔이 될 수 없는 悲慘이오
행길에 얼어붙은 유리창들같이
時計의 열두 시같이
再次는 다시 보지 않을 遍歷의 歷史……

나는 모든 사람을 避하여
그의 얼굴을 숨어 보는 버릇이 있소

— 〈아버지의 寫眞〉 전문

위에서 인용한 시는 모더니스트적인 작품에 속하지만 앞에서 살펴본
작품과는 달리 그렇게 난해하지 않다. 그러나 벽에 걸려 있는 안경 쓴
아버지의 사진 한 장의 이미지를 통해서 시인의 마스크인 화자의 과거,
즉 비참하게 살다가 죽은 아버지의 모습을 눈물 없이 압축해서 회상하
고 있다. 그가 사람들의 눈을 피하여 아버지의 흑백사진을 숨어서 훔쳐
본다는 것은 가난한 지식인이었던 아버지에게 죽음을 가져왔던 우울한
현실을 직접적으로 표현하는 데서 오는 감정을 여과하기 위해서이다.
비록 그가 아버지의 사진을 숨어서 보아야 하지만, 습관처럼 집요하게
그것에 이끌림을 느끼는 것은 혈연적인 당김 때문도 있겠지만, "행길에

얼어붙은 유리창들" 같은 생의 비참한 현실에 대한 인간적인 "설움"과 연민 때문이다.

김수영이 모더니즘 시를 썼지만, 그의 작품에 낭만적인 서정이 담겨 있는 것은 그의 삶이 너무나 처절하고 비극적이었기 때문이기도 하다. 그에게 견디기 어려운 시련을 가져다준 시대적인 상황이 그의 예술을 탄생시키는 바탕이 되었다는 것은 그의 작품 여기저기에 나타나 있다. 비평가들은 김수영이 다양한 변모를 보이는 시인이었다고 지적했듯이, 그의 시세계는 그의 삶의 편력에 나타난 현실이 던지는 빛과 그림자와 도 같은 것이다.

그가 포로수용소에서 나온 1953년에 발표한 〈달나라의 장난〉 역시 부조리한 인간 현실과 그것에 대한 극복의지를 "팽이 돌리기"의 이미 지를 통해서 탁월하게 형상화하고 있다. 이 작품의 화자가 "소설보다 신기로운 생활"을 하던 중 어느 집을 방문해서, 날고 싶은 욕망을 상징 하는 "제트기 벽화 밑의 나보다 더 뚱뚱한 주인 앞에서" 어린이가 팽이 를 돌리는 모습을 보고 그것과 순간적으로 일체감을 느낀다. 그의 눈에 밑바닥에 끈을 돌려 잡아당기는 힘으로 돌아가는 팽이는, 숨어 있는 누 구의 힘에 의해 끝없이 열심히 움직여야만 즐거움과 평화를 느낄 수 있 고 발전할 수 있는 실존적 인간의 부조리한 운명을 나타내는 상징적 이 미지로 나타나고 있다. 비록 그는 팽이 돌리기를 "달나라의 장난"이라 는 말로 부조리한 인간 조건을 만들어낸 신의 짓궂은 장난을 나타내고 있는 듯하지만, 아이러니컬하게도 그는 그것의 치열한 움직임을 부러 워한다. "팽이가 돌면서 나를 울린다"고 그가 말한 것은 신에 의해서 끝없이 움직이어야만 하는 인간, 즉 자신의 비극적인 운명을 슬퍼하면 서도, 다른 한편으로 방황하며 쫓겨 다녀야만 하는 자신의 비참한 상황 을 개탄하며, 신이 부여한 제한된 범위 내에서도 발전된 방향으로 현실 을 극복하지 못함이 안타깝기 때문이다.

144

팽이가 돌면서 나를 울린다

제트기 壁畵 밑의 나보다 더 뚱뚱한 주인 앞에서

나는 결코 울어야 할 사람이 아니며

영원히 나 자신을 고쳐가야 할 運命과 使命에 놓여 있는 이 밤에

나는 한사코 방심조차 하여서는 아니 될 터인데

팽이는 나를 비웃는 듯이 돌고 있다

……

팽이는 지금 수천 년 전의 성인과 같이

내 앞에서 돈다

생각하면 서러운 것인데

너도 나도 스스로 도는 힘을 위하여

공통된 그 무엇을 위하여 울어서는 아니 된다는 듯이

서서 돌고 있는 것인가

팽이가 돈다

팽이가 돈다

— 〈달나라의 장난〉에서

이렇게 팽이가 돌아가는 것을 보고 "설움"을 느끼지만 모순되고 억압적인 현실을 극복하기 위해 몸부림치는 시인의 의지는 진화를 하지 못한 힘없는 날개를 갖고 있는 〈풍뎅이〉, 〈九羅重花〉, 〈陶醉의 彼岸〉 그리고 〈거미〉 등의 시편에서 처절한 모습으로 나타나고 있으나, 이카로스처럼 인간이 만든 날개를 가진 〈헬리콥터〉에서 보다 선명히 나타나 있다. 풍뎅이는 작은 날개를 갖고 있지만 멀리 날지 못하고 추하고 우둔한 얼굴을 하고 있기 때문에 화자는 그것에서 자화상을 발견한 듯 그것과 동질감을 느끼고 교감까지 한다.

내가 醜惡하고 愚鈍한 얼굴을 하고 있으면

너도 우둔한 얼굴을 만들 줄 안다

너의 이름과 너와 나와의 관계가 무엇인지 알아질 때까지

소금 같은 이 世界가 存續할 것이며

의심할 것인데

등 등판 光澤 巨大한 여울

미끄러져가는 나의 의지

나의 의지보다 더 빠른 너의 노래

너의 노래보다 더한층 伸縮性 있는

너의 사랑

— 〈풍뎅이〉에서

물이 아닌 꽃

물같이 엷은 날개를 펴며

너의 무게를 안고 날아가려는 듯

……

사실은 벌써 멸하여 있을 너의 꽃잎 위에

이중의 봉오리를 맺고 날개를 펴고

죽음 위에 죽음 위에 죽음을 거듭하리

九羅重花

— 〈九羅重花〉에서

내가 으스러지게 설움에 몸을 태우는 것은 내가 바라는 것이 있기

때문이다.

— 〈거미〉에서

내가 사는 지붕 위를 흘러가는 날짐승들이

울고 가는 울음소리에도

나는 醉하지 않으련다

······

나의 초라한 검은 지붕에

너의 날개 소리를 남기지 말고

네가 던지는 조그마한 그림자가 무서워

벌벌 떨고 있는

나의 귀에다 너의 엷은 울음소리를 남기지 말아라

— 〈陶醉의 彼岸〉에서

悲哀의 垂直線을 그리면서 날아가는 그의 설운 모양을

우리는 좁은 뜰 안에서뿐만 아니라

심지어는 항아리 속에서부터라도 내어다볼 수 있고

이러한 우리의 純粹한 痴情을

헬리콥터에서도 내려다볼 수 있을 것을 짐작하기 때문에

「〈헬리콥터〉여 너는 설운 動物이다」

— 自由

— 悲哀

— 〈헬리콥터〉에서

2

그런데 김수영이 억압적인 현실과 싸우며 시인으로서 더욱 풍요로운
경험을 쌓고 미학적인 안목을 넓혀감에 따라 초기시에서 보여주었던

"설움"과 같은 감정마저 완전히 제거하고 더욱 결연한 시적인 면모를 보여주었다. 그는 〈孔子의 生活難〉 이후 시가 난해함을 얼마간 벗어나는 듯했으나, 다시금 난해함을 통해서 더욱 성숙하고 단단한 시적 면모를 보여준다. 그러면 그의 대표작 중의 하나라고 거론되는 "屛風"이란 작품을 살펴보기로 하자.

屛風은 무엇으로부터라도 나를 끊어준다
등지고 있는 얼굴이여
주검에 醉한 사람처럼 멋없이 서서
屛風은 무엇을 向하여서도 無關心하다
주검에 前面같은 너의 얼굴 우에
龍이 있고 落日이 있다
무엇보다도 먼저 끊어야 할 것이 설움이라고 하면서
屛風은 허위의 높이보다도 더 높은 곳에
飛瀑을 놓고 幽島를 점지한다
가장 어려운 곳에 놓여 있는 병풍은
내 앞에 서서 주검을 가지고 주검을 막고 있다
나는 屛風을 바라보고
달은 나의 등뒤에서 병풍의 주인 六七翁海士의 印章을 비추어주는 것
이었다

— 〈屛風〉 전문

김수영 자신이 이 작품을 "죽음을 노래"한 것이라고 말했던 것처럼, 병풍은 시신(屍身)을 넣은 관(棺) 앞에 세워져서 두 세계를 갈라놓듯이 "무엇으로부터라도 나를 끊어"주고 그 뒤에 있는 것을 숨기거나 감추는 기능을 하기 때문에, 그것은 인간의 시간과 공간을 끊어버리는 죽음

에 대한 탁월한 이미지가 될 수 있다. 이러한 시각에서 볼 때, 죽음은 그 것이 파괴한 생명체의 "설움"은 물론 주변의 모든 것에 대해 무감각한 침묵만을 지키고 있듯, 병풍도 "주검에 醉한 사람처럼 멋없이 서서/ ……무엇을 向하여서도 無關心하다." 병풍의 전면에 그려져 있는 용 (龍)과 낙일(落日)은 죽음의 세계를 상징하는 저승의 풍경을 나타내고 있는 듯하다. 또 죽음은 힘겨운 삶이지만, 내일을 믿고 오늘을 사는 인 간의 희망을 단절하기 때문에 "설움"을 나타낸다. 그러나 다른 한편, 죽음은 단절과 중단을 의미하는 것을 막기 위해 초월적인 내세(來世)의 그림을 제공한다. 이것은 병풍에 그려져 있는 "비폭(飛瀑)"과 "유도(幽 島)"가 슬픔이 없는 다음 세계의 장대한 비경(秘境)을 나타내 주고 있기 때문이다. 그래서 "가장 어려운 곳에 놓여 있는" 병풍이 "내 앞에 주검 을 가지고 주검을 막고 있다"는 것은 병풍이 상징하고 있는 "설움"이 없는 죽음이 "설움"이 있는 현실적인 죽음을 막고 있다는 것을 의미하 는 듯하다. 이것은 또한 죽음과도 같은 모든 "설움"을 견디며 이길 수 있는 인내와 용기, 그리고 그것을 실존적으로 초월할 수 있는 견고한 의지가 인간으로 하여금 실제적인 죽음을 넘어서 있을 것으로 상상되는 세계에 도달하게 한다는 의미도 함께 포함하고 있는 듯하다. 오랜 시간 동안 험난한 생의 바다를 건너 육지에 도달한 높은 경지에 있는 노 수부 (老水夫)처럼 "六七翁海士"가 남긴 그림이 유현한 죽음의 세계를 상징 하는 달빛을 받는다는 표현이 이러한 사실을 또다시 뒷받침하고 있다.

이렇게 죽음의 상태에서 극한적으로 일깨워진 인간 의식은 그의 또 하나의 대표적 수작인 〈눈〉에서도 잘 나타나 있다. 이 작품에서 시인은 죽음을 상징하는 "눈"은 사람의 깨어있는 의식을 나타내는 "눈"과 언 어적으로 일치시킴으로써 하얗게 내린 눈이 죽어 있지 않고 초절(超絶) 상태에서 살아 있도록 만들어 놓고 있다.

눈은 살아 있다
죽음을 잊어버린 靈魂과 肉體를 위하여
눈은 새벽이 지나도록 살아 있다

기침을 하자
젊은 시인이여 기침을 하자
눈을 바라보며
밤새도록 고인 가슴의 가래라도
마음껏 뱉자

—〈눈〉에서

　　여기서 화자가 기침을 하고 가래를 뱉는 것은 눈이 살아 있다는 것을
암시하고 있을 뿐만 아니라, 밤새 내리는 눈이 살아서 세상의 더러움을
청결하게 만드는 것을 의미한다는 것은 새삼스레 밝힐 필요도 없겠다.
이미지를 복합적으로 사용해서 시를 이렇게 난해하게 만들어, 감정을
철저하게 배제시키고 있는 것은 그의 모더니즘 시가 크게 성숙한 단계
에 이르렀음을 나타내고 있다. 물론, 이러한 시들은 서정성이 없기 때
문에 너무나 건조하다는 불만의 소리를 듣는다. 그러나 이 작품과 같은
수작들은 낭만적인 정서가 묻어 있는 시정적인 느낌은 없지만 지적인
자극을 가져다주는 격조 높은 미학을 제공해주고 있음에 틀림이 없다.
　　그런데 무엇보다 중요한 것은 이러한 그의 시적 태도가 사회적으로
또는 존재론적으로 부조리하고 억압적인 현실에 저항하는 주제를 다루
는 데 있어서 적합할 수 있다는 것이다. 다시 말하면, 눈물과 감상이 없
는 메마른 시의 언어와 구조 그 자체는 곧 굴복하지 않는 치열한 저항적
인 자세를 그 속에 담고 있기 때문이다. 〈屛風〉처럼 난해하지 않지만
그의 대표작으로 거론되는 〈瀑布〉가 "설움"과 같은 감정을 나타내지

않고 혁명적인 역사의 움직임을 폭포의 이미지를 통해서 성공적으로 형
상화해서 정화된 미학적 효과를 만들어 내고 있는 것은 이러한 사실을
분명히 말해주고 있다.

瀑布는 곧은 絶壁을 무서운 기색도 없이 떨어진다

規定할 수 없는 물결이
무엇을 向하여 떨어진다는 의미도 없이
季節과 晝夜를 가리지 않고
고매한 정신처럼 쉴 사이 없이 떨어진다

금잔화도 인가도 보이지 않는 밤이 되면
폭포는 곧은 소리를 내며 떨어진다

곧은 소리는 소리이다
곧은 소리는 곧은
소리를 부른다

번개와 같이 떨어지는 물방울은
醉할 瞬間조차 마음에 주지 않고
懶惰와 安定을 뒤집어놓은 듯이
높이도 폭도 없이
떨어진다

— 〈폭포〉 전문

3

그러나 김수영은 후기에 와서 부조리 상황에 대한 그의 시적인 저항과 투쟁의 방향을 바꾸었다. 즉 그는 사회가 정치적으로 부패한 현실을 직시하고 참여적인 문학 활동을 하기 위해 모더니즘에서 완전히 벗어난 후, 사회정의는 물론 자신의 정직한 가치를 지키기 위해서는 혁명전선에서 적들과 싸우는 것 못지않게 인간을 하나로 묶는 사랑을 노래했다. 사랑을 통한 결속과 새로운 생명의 탄생은 부조리한 존재 현상과 사회악을 구원하는 최선의 방법이 된다는 것을 그는 믿었기 때문인 듯하다. 이즈음 그가 사랑과 끝없이 이어지는 생명의 모태인 "거대한 뿌리"가 심어져 있는 형이상학적 대지(大地)인 "죽음"을 "구원"이란 말과 함께 빈번히 언급한 것은 이러한 측면에서 시사하는 바가 크다. 우리가 〈사랑의 變奏曲〉에 대해 특별한 관심을 보이는 것은 위에서 살펴본 것과 같이 사랑이 모든 억압을 이겨 내고 우리를 자유로운 인간으로 해방시킬 수 있는 근본이라고 믿었기 때문이다.

아들아 너에게 狂信을 가르치기 위한 것이 아니다
사랑을 알 때까지 자라라
……
배울 거다
이 단단한 고요함을 배울 거다
복사씨가 사랑으로 만들어진 것이 아닌가 하고
의심할 거다!
복사씨와 살구씨가
한번은 이렇게

152

사랑에 미쳐 날뛸 날이 올 거다!

— 〈사랑의 變奏曲〉에서

이 작품뿐만 아니다. 그가 생의 마지막 지점에서 그의 다른 어느 작품보다 높이 평가되는 〈풀〉이라는 훌륭한 균형미 있는 탁월한 작품을 쓸 수 있었던 것도 모더니즘의 억압에서 벗어나서 집단적인 사랑의 결속과 끈질긴 생명력에 대해 남다른 애정의 눈을 보였기 때문이다.

풀이 눕는다
비를 몰아오는 동풍에 나부껴
풀은 눕고
드디어 울었다
날이 흐려서 더 울다가
다시 누웠다

풀이 눕는다
바람보다도 더 빨리 눕는다
바람보다도 더 빨리 울고
바람보다 먼저 일어난다

날이 흐리고 풀이 눕는다
발목까지
발밑까지 눕는다
바람보다 늦게 누워도
바람보다 먼저 일어나고
바람보다 늦게 울어도

바람보다 먼저 웃는다

날이 흐리고 풀뿌리가 눕는다

— 〈풀〉 전문

위의 작품에서 "날이 흐리고" 비를 몰고 오는 바람이 외부에서 오는 억압적인 힘을 상징하고, 바람이 불어올 때 풀이 울고 눕지만 다시 일어난다는 것은 민족적인 민중이 외세의 폭력적인 힘 앞에 머리를 숙이지만 결코 죽지 않는다는 것을 새삼스럽게 밝힐 필요가 없다. 그런데 이 시가 이렇게 크게 성공한 것은 비록 바람과 풀과 같은 이미지가 여기에 사용되고 있으나, 모더니스트 시편들이 보여주고 있는 도시적인 난해성을 벗어나 자연과의 친화를 나타내고 있음은 물론 "울음"과 같은 서정성을 지니고 있기 때문이다.

김수영은 이렇게 한국시사(韓國詩史)에서 지성적인 모더니스트로서 선구자적인 역할을 했고 앞에서 논의한 바와 같이 한국시의 고전(古典)으로 남을 수 있는 몇몇 작품을 썼다. 그러나 유감스럽게도 그의 시를 정전(正典)에 올리는 문제를 두고 일부 시인들과 평론가들 사이에 논란이 일고 있다. 이것은 그의 〈반시론(反詩論)〉과 〈詩여! 침을 뱉으라〉 등에 나타나 있는 것처럼 4·19를 전후로 한 역사적 격동기에 표출했어야만 했던 치열한 사회의식은 물론, 형식보다 정직한 내용을 위한 산문적인 요소를 너무나 강조한 나머지 그의 시대를 살아가지 않는 독자들에게는 큰 미학적인 울림을 주지 못하기 때문이다. 시각에 따라 다르겠지만, 아이러니하게도 그를 우리 문학사에서 "거목(巨木)"으로서 자리매김 한 것은 그의 열정적인 참여시가 아니라, 참여시도 순수시도 아닌, 내용과 형식을 함께 갖춘 제한된 수의 탁월한 예술작품이다.

"비극적 황홀"과 견인력의 미학
— 金宗吉의 시

> 무수히 스스로의 이름을 부르며
> 창연한 노을 속에
> 내 다시 거리로 나선다.
> — 〈酒店日暮〉에서

1

김종길은 1946년부터 1986년까지 쓴 75편의 시를 엮은 《황사 현상》이란 한 권의 시집을 전집의 이름으로 출간했을 정도로 과작(寡作)의 시인이다. 그가 많은 양의 작품을 쓸 수 없었던 것은 그가 전업 시인이 아니고 대학에서 영문학을 전공하고 가르치는 시학 교수였기 때문만이 아니라 언어의 절제를 매우 중요하게 생각했었기 때문이다. 물론 전집을 발간한 후 그는 기회가 있을 때마다 여러 문예지에 적지 않는 시를 발표하였지만 대부분의 중요한 작품들은 위에서 언급한 시집에 모두 다 포함되어 있다. 그러나 비록 그의 작품의 수가 이렇게 많지 않더라도 여러 평론가들이 빈번히 언급할 정도로 그는 이미 우리 시단(詩壇)에서 중요한 시인들 가운데 한 사람으로 자리매김을 하고 있다.

유종호는 "점잖음의 美學"이란 글에서 말을 하지 않는 그의 유교적인 배경을 통해 그의 시의 특징을 분석했고, 김우창은 "感覺과 그 紀律"이란 글에서 그의 시에 나타난 공간의 이미지즘을 "감각적 지각 작용"과 결부시켜 그의 시가 이룩한 예술적 성취를 밝혀내었다. 또 다른 한편, 김흥규는 주제적인 측면에서 그의 시를 구조적으로 접근하고 있다. 그는 "세계 내적 초월과 비전의 절제"라는 글에서 김종길을 영국시인 A. E. 하우스만에 비유하면서 다음과 같이 쓰고 있다.

　詩人 金宗吉에게는 여러 모로 영국의 A. E. 하우스만을 연상하게 하는 데
가 있다. 이들이 모두 학자이면서 또한 시인이라는 외관상의 흡사함 때문만
은 아니다. 그들의 시론이 지닌 고전적 안전성과 섬세한 균형의 감각에서 두
사람은 한 시대의 대표적 인물이라 할 수 있다. 또한 시세계의 바탕에 절제
된 페시미즘이 깔려 있다는 점에서도 그들은 우연의 일치만은 아닌 친근성
을 가진 시인들로 생각된다. 조만간 부서져야 할 유한한 것들의 아름다움이
구성하는 세계, 이 세계 속에 이루어지는 과도의 한 순간으로서의 자아 — 그
들의 시를 지탱하는 서정시적 상황은 대체로 이렇게 요약할 수 있을 것 같
다. 물론 이러한 구조 설정이 그들만의 것이라고는 할 수 없다. 많은 서정시
가 비슷한 구조와 주제를 특유한 목소리들로 변주해 온 것을 우리는 안다.[1]

　김홍규의 이러한 분석은 너무나 도식적이기는 하지만, 나름대로 탁
월하고 명쾌하다. 그러나 그의 해석의 저변에는 김종길의 시세계를 "페
시미즘"으로 보려는 시각이 짙게 드리워져 있음은 부인할 수 없다. 그
래서 그의 분석은 그의 시를 "페시미즘"이 아닌 비극성이 담긴 견인력
의 미학으로 볼 수 있는 관점을 유보하고 있다. 페시미즘은 절망의 늪
인 비탄에 빠져 감상(感傷)에 젖는 것을 의미하지만, 비극은 인간이 이
길 수 없는 상황에 부딪치더라도 인내와 용기로 그것과 대결해서 패배
하지만 역설적으로 이기는 장렬함을 의미한다. 그래서 김종길의 시에
지배적으로 나타난 주제의식은 페시미즘이라기보다 절제된 언어구조와
감각에서도 느낄 수 있는 바와 같이 그것을 침묵의 견인력으로 극복하
는 과정에 나타난 현상학에 관한 것이다. 이러한 측면에서 보면, Y. B.

1　김홍규, 〈세계 내적 초월과 비전의 절제〉, 《河回에서》 해설 (민음사, 1977), 8쪽.

예이츠가 그의 탁월한 시편인 〈옥돌(Lapis Lazuli)〉의 주제를 설명하는 과정에서 "동양은 서양의 비극과는 달리 절망 가운데서 영웅적인 고함 소리를 내는 것이 아니라, 그들 나름대로의 해결책을 갖고 있다.[2] 영웅적인 고함 소리를 내는 것은 우리들이지 그들은 아니다."라고 말한 것은 김종길의 시의 주제를 이해하는 데 시사하는 바가 크다. 김흥규가 하우스만의 시를 한 시대를 대표하는 작품이라고 하지만, 그의 시는 80년대 초부터 그것이 지니고 있는 허무주의적 페시미즘 때문에 현대 영문학사의 정전(正典)에서 탈락되었을 뿐만 아니라 20세기 영국 시인의 반열에서 빠져 대학 교과서에서도 삭제되었다.

　김종길의 시가 한국시사(詩史)의 반열에 오를 수 있는 것은 이미 여러 평론가들이 지적한 바와 같이 여백의 미학을 지닌 안정되고 절제된 언어가 나타내고 있듯이 인간의 비극적인 상황을 침묵 속의 견인력으로 극복해서 승화시켜 내면적 초월의 아름다움을 조용히 성취하고 있기 때문이다. 그의 시세계의 구심이자 데뷔작인 두 편의 시, 〈소〉와 〈門〉의 경우부터 살펴보기로 하자.

　네 커다란 검은 눈에는
　슬픈 하늘이 비치고

　그 하늘 속에 내가 있고나.

　어리석음이 어찌하여
　어진 것이 되느냐?

　M. H. Abrams. ed., *The Norton Anthology of English Literature*, volume 2 (New York · London: W · W · Norton & Company, 2000), 2,217쪽에서 재수록.

때로 지긋이 눈을 감는 버릇을,

너와 더불어
오래 익히었고나.

— 〈소〉 전문

　이 시편은 시적 화자(話者)가 우직하고 인내의 덩어리인 소를 보고 내면적으로 대화를 하는 것으로 되어 있다. 소의 "검은 눈"에 하늘이 비치는 것은 형이상학적으로 생각해 보면, "지긋이 눈을 감는" 행위는 인내와 "어진" 것이 합쳐진 것으로 해석될 수 있는 "어리석음"이라는 견인력에서 오는 초월적인 빛의 상징이다. 소의 눈에 비친 하늘이 "슬프"다고 표현한 것은 그것이 너무나 멀리서 순간적으로 다가올 뿐 아니라 너무나 무서운 견인력을 요구하기 때문인 듯하다. 화자가, 우직하지만 어질게만 보이는 소가 "눈을 지긋이 감는 버릇을" 익히는 것은 그것에서 초연한 견인력이 가져다주는 신비스럽고 역설적인 삶의 비밀과 진실을 침묵으로 느끼며 배울 수 있기 때문이다. 인간의 위엄을 지킬 수 있는 견인력이 가져다주는 초월적인 아름다움을 보다 크고 장대하게 형상화시켜주고 있는 것은 유교적 기품과 미학을 보여주고 있는 수작(秀作) 〈문(門)〉이다.

　　흰 壁에는—
　　어련히 해들 적마다 나뭇가지가 그림자 되어 떠오를 뿐이었다.
　　그러한 靜謐이 千年이나 머물었다 한다.

　　丹靑은 年年이 빛을 잃어 두리기둥에는 틈이 생기고, 볕과 바람이
　　쓰라리게 스며들었다. 그러나 험상궂어 가는 것이 서럽지 않았다.

158

기왓장마다 푸른 이끼가 앉고 歲月은 소리 없이 쌓였으나 門은 상기
닫혀진 채 멀리 지나가는 바람 소리에 귀를 기울이는 밤이 있었다.

주춧돌 놓인 자리에 가을 풀은 우거졌어도 봄이면 돋아나는 푸른
싹이 살고, 그리고 한 그루 진분홍 꽃이 피는 나무가 자랐다.

유달리도 푸른 하늘을 눈물과 함께 아득히 흘러간 별들이 총총히
돌아오고 사납던 비바람이 걷힌 낡은 처마 끝에 燦爛히 빛이
쏟아지는 새벽, 오래 닫혀진 門은 山川을 울리며 열려 있다.
― 그립던 旗ㅅ발이 눈뿌리에 사무치는 푸른 하늘이었다.

―〈門〉 전문

이 작품은 한국 미(美)의 표상인 크고 우람한 둥근 기둥 위에 유현한
위엄을 보이고 서 있는 오래된 기와집과 그것을 둘러싸고 있는 벽과 문
을 묘사하고 있다. 여기서 묘사되고 있는 큰 한옥집의 접근을 막고 있
는 벽과 문이 닫혀져 있는 것은 인간 존재의 벽에 대한 상징적 이미지가
되고 있다. 그러나 중요한 것은 천년을 두고서도 열리지 않을 것만 같
은 문도 비바람과 같은 시련을 이기고 어두운 밤, 별이 돋아날 때까지
기다리는 사람에게는 무겁게 열리고 "사무치게 푸른 하늘"이 눈앞에
다가올 수 있다는 것을 나타내고 있다는 것이다. 그런데 또 다른 측면
에서 보면, 영겁의 세월같이 오랜 세월의 기다림 뒤에 발견할 수 있는
"그립던 기ㅅ발"을 보는 것과도 같은 초월적인 이상적 비전이 나타난
다는 것을 가슴 설레게 하는 충격적인 이미지로 보여주고 있다. 그래서
여기에는 견인력의 결과만 있을 뿐, 그 어떤 페시미즘이 스며들어갈 틈
이 없다. 인간이 힘겨운 시간의 무게와 함께하는 견인력이 가져오는 결
과의 무엇인가를 나타내주는 이러한 주제는 그 뒤에 쓰어진 여러 시편,

즉 〈滿發〉, 〈雪夜〉, 그리고 물결이 높은 삶의 행로를 은유적으로 묘사한 〈바다에서〉와, 물론 인고의 세월 속에 내면적 깨달음을 영겁으로 기다리는 석상(石像)이 앉아 있는 석굴암 풍경을 담은 〈戀慕〉, 〈노을〉 등과 같은 작품에서 약간의 변주를 보이면서 다양한 시적 풍경 속에 밀도 짙게 형상화되어 나타나고 있다.

2

그런데 견인력에서 역설적으로 느껴지는 순간적 환희를 발견한 김종길은 쌓이는 연륜과 함께 어둠과의 싸움에서 느끼는 "비극적 황홀"에 대해 시적인 관심을 보였다. 즉 그는 "리얼리스트"로서 추상적인 것에는 관심을 보이지 않았으나, 어둠의 벽과 부딪치는 비극적 체험에서 제한된 범위 내에서 초월적인 황홀감을 발견한다. 〈酒店日暮〉와 〈酒店序章〉은 이러한 경험을 지극히 명암이 교차하는 빛의 스펙트럼과 절제된 언어로써 나타내고 있다. 이들 시편들의 화자는 땅거미가 끼이는 저녁에 생활에 지친 몸으로 술을 마신 후 얼얼하게 취한 상태에서 황홀감을 느낀다. 이것은 화자가 노을 속에서처럼 자신의 주변에 몰려오는 어둠과 싸우면서 느끼는 역설적인 기쁨에 대한 상징적 표현이다. 이러한 경험을 보다 선명하게 비극적인 모드로 나타낸 작품이 그의 대표작으로 평가되고 있는 〈聖誕祭〉이다.

어두운 방 안엔
바알간 숯불이 피고,

외로이 늙으신 할머니가
애처로이 잦아드는 어린 목숨을 지키고 계시었다.

이윽고 눈 속을
아버지가 藥을 가지고 돌아오시었다.

아 아버지가 눈을 헤치고 따 오신
그 붉은 山茱萸 열매 —

나는 한 마리 어린 짐생,
젊은 아버지의 서느런 옷자락에
熱로 상기한 볼을 말없이 부비는 것이었다.

이따금 뒷문을 눈이 치고 있었다.
그날밤이 어쩌면 聖誕祭의 밤이었을지도 모른다.

— 〈聖誕祭〉에서

  김홍규는 그의 탁월한 해설에서 이 작품을 유한한 것들의 "과도(過
渡) 속의 아름다움에 대한 애착을 노래한 것"이라고 했다. 그러나 그는
이 시편에 나타나고 있는 비극적인 의미에 대해서는 아무 말도 하지 않
았다. 이 시에는 죽음을 상징하는 어둠과 그것과 싸우는 숯불이 상징하
고 있는 어린 생명과의 조용한 대결이 있다. 어린 화자는 늙으신 할머
니와의 도움으로 어둠을 이길 수가 없었으나 "젊은 아버지의 서느런 옷
자락에" 볼을 부비는 것이 상징하듯 아버지와 아버지가 가져온 약, 즉
죽음을 상징하는 눈 속에서 붉은 빛을 발하는 인간 정신을 상징하는 산
수유 열매의 도움으로 죽음의 아픔을 이겨내려는 모습을 보이고 있다.
그래서 이 작품에서 표상한 기억 속의 비극적 탄생은 그 계절이 말해주
듯 성탄제의 의미와 포개어져 있을 뿐만 아니라 그것을 현실 속에서 재
현하는 축하의 의미를 지니고 있다.

그런데 이 작품은 어둠과 싸움의 종말만을 노래한 것이 아니라, 그것을 극복하려는 역사적인 인간의 모습을 담담하게 그리고 있다.

어느새 나도
그때의 아버지만큼 나이를 먹었다.

옛것이라곤 찾아볼 길 없는
聖誕祭 가까운 都市에는
이제 반가운 그 옛날의 것이 내리는데,

서러운 서른 살 나의 이마에
불현듯 아버지의 서느런 옷자락을 느끼는 것은,

눈 속에 따 오신 山茱萸 붉은 알알이
아직도 내 血液 속에 녹아흐르는 까닭일까.

— 〈聖誕祭〉에서

이 작품의 후반부에서 읽을 수 있는 바와 같이 옛날의 전원적인 풍경이 삭막한 도시의 풍경으로 바뀌었다고 하더라도 위에서 언급한 주제의 신화는 계속되고 있다. 이 작품의 전체적인 문맥에서 볼 때 화자가 죽음을 상징하는 눈을 반기는 것은 얼핏 보면 모순일 수도 있다. 그러나 T. S. 엘리엇의 〈황무지〉의 경우처럼 그가 죽음에 대해 유혹을 느낄 수 있다는 가능성을 생각해 보면 이 대목은 충분히 이해될 수 있다. 그래서 화자가 "서러운 서른 살"이라고 표현했듯이 그는 힘겨운 세월을 살면서 싸움을 포기하고 죽음에 안주하고자 하는 유혹도 느끼지만, 그것을 극복하기 위한 싸움을 역사적인 의미를 갖고 계속해야 한다는 것을 깨닫게 된다. 그가 "아버지가 눈 속에 따 오신 산수유 붉은 알알이" 그의 피 속에 흐르고 있다고 노래한 것은 이러한 사실을 뒷받침하고 있다.

시인 김종길이 험난한 역사의 길 위에 핀 연약한 꽃들이 속절없이 져 버릴 애처로운 운명에 놓여 있지만, 그것들이 꽃밭에서 단정한 모습으로 아름다운 승리의 모습을 찬연히 보이는 것에 존경을 표하는 것도 위에서 언급한 사실과 깊은 관계가 있다.

시새우듯,
겨루듯 피었다가 눈물도 없이 가 버릴 것들, 꽃, 꽃, 꽃들.

잠시 못견딜 부러움으로
황홀히 바라다본

아 그것은 눈부신 交響樂, 그 한 分節에,
사실은 허잘것없는 나의 觀照의 한 分節에,

外出하기 전 짐짓 웃음 지우며,
너에게 흰 帽子를 벗는다.

꽃밭.

— 〈꽃밭〉에서

이 시편의 끝부분에서 김홍규는 곧 져야 할 꽃의 운명에 나타난 페시미즘에 대해 감정적인 절제만을 언급하고 있지만, 화자는 꽃밭에 서 있는 꽃이 모든 어려움을 이기고 만발해 있는 모습에 존경심을 보이고 있다. 모자를 벗는 것은 다른 무엇보다 정중한 존경의 표시 이외의 다름 아닌 것을 아무리 강조해도 잘못이 없겠다. 어둠과 같은 어려움을 극복한 결과를 축하하는 환희에 대한 주제는 〈春泥〉, 〈原州近方〉, 〈설날 아침에〉 그리고 〈金浦空港에서〉 등과 같은 시편에서 계속적으로 구체화되어 나타나고 있다. 〈김포공항에서〉라는 작품을 두고 유종호는 "점잖음을 기반으로서의 儒家적인 가족주의 모티프"[3]를 강조하고 김우창은 "'核物理學의 한 分野에서/ 국제적으로 이름이 있는 아들'의 명성과 교육상의 차이도 원초적인 부모자식 간의 사랑에 의해 초월할 수 있다고 보았다."[4] 그러나 위에서 살펴본 시각에서 보면 노부모와 아들이 모두다 8년이란 긴 세월의 무게와 어려움을 극복하고 높은 학문적 성취는 물론 명성을 얻은 것에 대한 기쁨으로 이루어진 눈물의 의식(儀式)으로도 볼 수 있다. 또 간결한 언어와 투명한 이미지들로 공감각(共感覺)의 시적 효과마저 일으키는 〈여울〉의 주제 역시 이러한 주제와 무관하지 않다.

여울을 건넌다.

풀잎에 아침이 켜드는
開學 날 오르는 길.

여울물 한 번
몸에 닿아 보지도 못한
여름을 보내고,

모래밭처럼 찌던

---

3 유종호, 〈점잖음의 美學〉, 《동시대의 시와 진실》(민음사, 19982), 92쪽.
4 김우창, 〈感覺과 그 紀律〉, 《地上의 尺度》, (민음사, 1981), 295쪽.

市街를 벗어나,

桔梗꽃 빛 九月의 氣流를 건너면,

은피라미떼
은피라미떼처럼 반짝이는

아침 풀벌레 소리.

이 작품에서 보여주고 있는 맑고 투명한 가을 풍경을 담은 삽화는 어둠이 아니더라도 정체된 시간을 뚫고 맞이한 개학의 의미를 시적으로 표현하고 있다. 시 속의 화자가 여울이 상징하는 시간의 강을 건너면서도, 물에 한 번 몸 담그지 않고 "모래밭처럼 찌던/ 市街를"인내의 힘으로 벗어났기 때문에, 투명한 가을 햇살에 반짝이는 "은피라미떼"와 청아한 "풀벌레 소리"를 들을 수 있다는 것은 의미 깊다 하지 않을 수 없다.

김종길의 시가 시간의 흐름 속에 모든 것이 마멸되고 파괴되는 현상에 대해 페시미즘에 젖지 않고 건강한 인간 정신을 찾아서 노래한 것은 이들 시편에만 한정되어 있지 않다. 그는 위대한 인간정신의 위엄은 순환적인 궤도를 돌며 흐르는 시간 속에서도 죽지 않고 그것을 초월해서 역사적 재산으로 살아남을 수 있음을 〈河回에서〉라는 시편에서 탁월하게 증언하는데 성공하고 있다.

냇물이 마을을 돌아 흐른다고 河回,
오늘도 그 냇물은 흐르고 있다.

歲月도 냇물처럼 흘러만 갔는가?

아니다. 그것은 古家의 이끼 낀 기왓장에 쌓여
오늘도 장마 뒤 따가운 볕에 마르고 있다.

그것은 또 헐리운 집터에 심은
어린 뽕나무 환한 잎새 속에 자라고,
養眞堂 늙은 宗孫의 기침 소리 속에서 되살아난다.

西厓大監 舊宅 忠孝堂 뒤뜰,
몇 그루 木瓜 나무 푸른 열매 속에서,

文化財管理局 豫算으로 진행중인
遺物展示館 建築工事場에서
그것은 재구성된다.

— 〈河回에서〉 전문

　"황사현상(黃紗現象)"이 일어나는 자욱한 불모(不毛) 땅에서도 "발열 (發熱)처럼 복사꽃"이 피는 것을 바라볼 수 있는 시인 김종길은 어둠의 벽 앞에서도 절망의 페시미즘에 물든 흔적은 전혀 보이지 않는다. 모든 시련과 어려움을 극복하고 유교적인 이상(理想)을 지향하는 숭고한 인 간정신과 그것을 실현하려는 욕망을 가장 잘 표현한 작품, 〈孤高〉가 지 금까지 논의해온 그의 주제의 정점을 이루고 있음은 이것을 말해주고도 남음이 있다.

　北漢山이
다시 그 높이를 회복하려면
다음 겨울까지는 기다려야만 한다.

밤 사이 눈이 내린,
그것도 白雲臺나 仁壽峰 같은
높은 봉우리만이 옅은 화장을 하듯
가볍게 눈을 쓰고

왼 산은 차가운 水墨으로 젖어 있는,
어느 겨울날 이른 아침까지는 기다려야만 한다.

新綠이나 丹楓,
골짜기를 피어오르는 안개로는,
눈이래도 왼 산을 뒤덮는 積雪로는 드러나지 않는,

심지어는 薔薇빛 햇살이 와 닿기만 해도 變質하는,
그 孤高한 높이를 회복하려면

白雲臺와 仁壽峰만이 가볍게 눈을 쓰는
어느 겨울날 이른 아침까지는
기다려야만 한다.

　겨울날 "가볍게 눈"을 쓰고 "차가운 수묵(水墨)"과도 같이 고고한 모습을 드러내고 있는 북한산 높은 봉우리는 누구나 쉽게 오를 수도 없고 아무 때나 볼 수도 없는 "신의 집"과도 같은 산의 풍경이다. 그러나 그것은 눈을 뜨고 있는 사람이면 누구나 오르고 싶을 뿐만 아니라 보고 싶어 하는 대상(對象)으로서 지고한 인간정신의 상징이 되고 있다. 그러나 이 작품 속의 화자는 겨울 동안 휘날리는 눈 속에 잠시 보였다가 보이지 않는 눈 덮인 산봉우리를 변하거나 사라지는 것에 대해서 절망하거나

김종길 167

비관주의에 빠지지 않는다. 그는 현실주의자이면서도 이상주의자로서 그것을 다시 보기 위해 "다음해 겨울까지" 기다릴 줄 아는 견인력을 보이고 있다. 다시 말하면, 그는 견인력과 비극적 비전에서만 고고함의 빛이 나타난다는 진리를 안다. 눈 덮인 산이 그렇게 고고하고 아름답게 보이는 것은 깎아지른 듯한 높은 산봉우리가 죽음의 상징인 눈의 무게를 이기고 서 있기 때문일 것이다.

그러므로 김종길의 시는 하우스만의 도덕적으로 취약한 허무주의적 시와는 비유될 수 없고 비교할 수도 없다. 하우스만 시에 나타난 안정감은 서양의 고전문학의 전통에서 얻은 것이라고 하지만, 김종길의 시가 보여주고 있는 절제의 미학은 그 자신이 밝힌 것처럼 영시의 연구에서뿐만 아니라 한시(漢詩)를 공부하면서 익힌 유교적인 전통에 힘입은 바가 크다. 하우스만은 영시의 정전(正典)에서 누락되었지만, 김종길이 한국시사(詩史)에서 지울 수 없는 자리를 구축할 수 있는 것은 흔들림 없는 인간 의지와 함께 보여준 그의 도덕적인 견인력 때문이다.

인식론적 추구의 시적 전개
— 金春洙의 시

내가 그의 이름을 불러주었을 때
그는 나에게로 와서
꽃이 되었다.
— 〈꽃〉에서

1

김춘수는 우리 문단에서 미당(未堂) 서정주와 더불어 예술적으로는 크게 성공을 거두었으나, 만해(滿海) 한용운과는 달리 억압적인 현실과의 싸움에서 지조를 지키지 못해 시인으로서 적지 않은 부침의 시련을 겪었다. 그럼에도 불구하고 그가 시인으로 살아 남을 수 있었던 것은 그의 예술이 그만큼 큰 것이었기 때문이다.

사실, 그에게 한용운과 같은 완전함을 기대하는 것은 잘못일지도 모른다. 왜냐하면 W. B. 예이츠가 말한 것처럼 성인(聖人)의 목표와 예술가의 목표 사이에는 양립할 수 없는 어려움이 있기 때문이다.

예술가는 완전한 작품을 만들려고 하는 반면, 성인은 자기 자신의 완성을 모색하며 종이와 양피지가 아닌 자신의 피와 살로 작품을 만들려고 한다.[1]

물론 김춘수는 성인처럼 완전하지는 못했지만, 그가 시를 쓰게 된 것은 억압적인 식민지적 상황에서 자신을 구원하는 길을 찾으려는 과정에서 얻어진 결과였다. 그는 경기중학 5학년 때 졸업을 불과 몇 달 남기지

---

[1] W. B. Yeats, *Mythologies* (New York: Macmillan Company, 1959), 333쪽.

않고 단순히 일본인 담임교사가 싫다는 이유로 학교를 자퇴하고 일본 도쿄로 건너갔다. 그는 선친의 희망에 따라 법과대학 진학을 꿈꾸어왔는데 곰팡내 나는 어느 낡은 고서점에서 우연히 발견한 일역판 릴케 시집의 시 한 편이 그의 운명을 바꾸어 놓았다.

> 사랑은 어떻게 너에게로 왔던가
> 햇살이 빛나듯이
> 혹은 눈보라처럼 왔던가
> 기도처럼 왔던가
> ― 말하렴!
>
> 사랑이 커다랗게 날개를 접고
> 내 꽃 피어 있는 영혼에 걸렸습니다.[2]

그가 이 시를 읽고 "존재"의 의미를 깨달으며 시인이 되겠다고 결심한 것은 시를 쓰는 것이 구원의 길이란 것을 깨달았기 때문이었다. 그는 시인이 되기 위해 일본대학 창작과에 입학했다. 하지만 그는 릴케처럼 시를 쓰는 작업을 통해서 구원에 이를 운명에 놓여 있지 못했다.

김춘수는 일본대학에 다닐 때 이웃에 사는 한국인 고학생을 따라 호기심에서 어느 저탄장에 가서 하역작업을 하다가 일본의 식민지 정책을 비난하는 발언을 한 것이 빌미가 되어 스무 살 젊은 나이에 반년 남짓 요코하마 헌병대 감방과 세타가야(世田谷) 경찰서 감방 등을 전전하게 되었다. 그는 감옥 생활을 하며 습작을 했지만, 출감 후 일본 경찰의 감시 대상이 되어 일제 말의 숨막히는 억압적인 상황에서 3년 동안이나

---

2 金春洙,《意味와 無意味》(문학과지성사, 1978). 24~25쪽에서 재인용.

올빼미처럼 숨어 사는 생활을 해야만 했다.

그가 해방 후 다시 시를 쓰기 시작했을 때, 그의 초기시가 낭만적인 색채를 띠고 있으면서도 우울하고 실존적인 그림자를 드리우고 있는 것은 보통사람보다 그에게 일찍이 찾아온 지식인의 자의식 때문이기도 하겠지만, 식민지 시대에 입었던 외상(外傷)과 결코 무관하지 않은 듯하다.

누가 죽어 가나 보다
차마 다 감을 수 없는 눈
반만 뜬 채
이 저녁
누가 죽어 가는가 보다.
……
풀과 나무 그리고 산과 언덕
온 누리 위에 스며 번진
가을의 저 슬픈 눈을 보아라.

정녕코 오늘 저녁은
비길 수 없이 정한 목숨이 하나
어디로 물같이 흘러가 버리는가 보다.

—〈가을 저녁의 詩〉에서

김춘수가 부조리한 사회적 현실을 고발하는 저항시를 쓰지 않고 순수문학을 지향하며 이른바 무의미시(無意味詩)를 쓰게 된 것은 그의 기질과 더불어 젊은 시절부터 좋아했던 릴케와 같은 상징주의 시인들의 작품들과 시론에 영향을 입었기 때문인 듯하다. 여기서 말하는 "무의미시"라는 것은 그가 스스로 밝힌 것처럼 몰개성주의 내지 상징주의 시학에서 찾아볼 수 있는 관념을 배제한 언어의 독자성으로 만들어진 작품, 즉 컨텍추얼리즘(contexualism) 등에서 발견할 수 있는 시적 효과와 같은 "기교"로써 이루어진 시를 말하는 듯하다.

모차르트의 "C단조 교향곡"을 들을 때 생기는 의문은, 그는 그의 자유를 어찌하여 이렇게 다스릴 수 있었을까 하는 그것이다. 시는 음악보다는 훨씬 방종하다는 증거를 그에게서 보곤 한다. 그에게도 대상이 없다는 것은 분명한데 그의 음악은 너무나 음악적이다. 음의 메커니즘에 통달해 있었기 때문일까? 그러나 한편 생각하면 우리는 언어의 속성에 너무나 오래도록 길이 들어 있어 그것으로부터 벗어나지 못하고 있기 때문이 아닌가 한다. 시는 진보하는 것이 아니라 진화한다는 가설이 성립된다고 한다면, 어떤 시는 언어의 속성을 아주 바꾸어 놓을 수도 있지 않을까? 언어에서 의미를 배제하고 언어와 언어의 배합, 또는 충돌에서 빚어지는 음색이나 의미의 그림자나 그것들이 암시하는 제2의 자연 같은 것으로 말이다(이런 시도를 상징파의 유수한 시인들이 조금씩은 하고 있었다). 이런 일들은 대상과 의미를 잃음으로써 가능하다고 한다면, "무의미시"는 가장 순수한 예술이 되려는 본능에서였다고도 할 수 있을지도 모른다.[3]

초기 시집《구름과 장미》이래 김춘수는 그의 시에서 주관적인 감정이 거의 드러나 보이지 않도록 하기 위해 세련된 이미지와 지극히 가라앉은 음악적인 톤을 가진 언어를 사용해서 위에서 릴케가 말한 이른바 "제2의 자연"이라고 말하는 시적인 효과를 창조하는 기교를 보이고 있다. 그의 시를 두고 김종길 교수가 "무의미시"라고 한 이래, 시인 자신도 "무의미시"라 부르는 것은 그의 시가 다른 시인의 시와는 달리, 앞

---

3 金春洙,《意味와 無意味》(문학과지성사, 1978), 54쪽.

의 인용에서 보았듯이 남다른 언어적인 효과로 이루어진 미학적인 측면
을 강조하기 위함인 듯하다. 그러나 모차르트 교향곡의 음률이 아무리
훌륭하더라도, 그 음악은 어떤 내용을 전달하는 주제가 있기 마련이다.
다만 음악을 전공하지 않은 이방인이 그것을 모르고 있을 뿐이다.

2

이러한 측면에서 볼 때, 비록 그의 시가 "무의미시"라고 불리고 있지
만 결코 의미 없는 것은 아니다. 비록 그의 시는 표면적으로 모순된 사
회적인 현실을 비판적으로 나타내고 있지는 않지만, 여러가지 상징적
이미지를 통해서 삶의 비극적인 현실을 시적으로 묘사하고 있다. 나이
테와 같은 생의 계단을 굽돌면서 존재의 근원적인 문제를 인식론적으로
탐색하는 궤적을 언어를 통해 그리고 있는, 그의 시적 전개 역시 이러
한 사실을 잘 보여주고 있는 것이다.

그의 시는 인간 존재의 궁극적인 문제인 인간의 길이 어디에 있는가
를 조용하지만 인식론적으로 탐색하고 있다. 이러한 사실은 그의 시세
계의 구심(求心)에 해당되는 《구름과 장미》에서부터 상징적으로 나타나
고 있다. 그 자신이 밝혔듯이 구름은 "우리의 고전 시가에서도 많이 등
장하는" 이미지이다. 만약 그것이 인간이 영겁의 시간 속에서 포착하려
고 하는 궁극적인 현실, 즉 존재 밖에 있으면서 존재 안에 나타나고 있
는 초자연적인 현상의 그림자를 상징한다면, "장미"의 이미지는 구름
과 비교되는 서양에서 말하는 플라토닉한 이데아와 관련이 있는 것으로
설명할 수 있겠다. 《구름과 장미》에 실려 있는 〈소년〉은 위에서 언급한
구름의 의미를 탁월한 시적 기교를 통해서 나타내고 있다.

희맑은

희맑은 하늘이었다.

(소년은 졸고 있었다.)

열린 책장 위를
구름이 지나고 자꾸 지나가곤 하였다.

바람이 일다 사라지고
다시 일곤 하였다.

희맑은
희맑은 하늘이었다.

소년의 숨소리가
들리는 듯하였다.

— 〈소년〉 전문

　위의 시에서 소년이 맑은 구름이 흐르고 있는 하늘을 바라보며 누워
서 졸고 있는 모습은 시인 자신이 집 안의 "우물 속에 떨어진 하늘을
보고 그리움을 배웠다"고 하듯 "희맑은 하늘"이 상징하는 이데아의 세
계를 꿈꾸고 있음을 나타내고 있는 듯하다. 이것은 신(神)의 뜻이 담겨
있는 듯한 바람이 상징하는 시간의 흐름 속이지만, 책을 통해 이데아의
세계를 인식할 수 있다는 것을 나타내는 "열린 책장 위를 지나가는 구
름"의 이미지로 뒷받침되고 있다. 소년이 책 속에서 추구하는 궁극적
인 현실은 결코 구름처럼 잡을 수 없는 것이지만, 김춘수는 인간이 그
것을 포착하기 위해 흐르는 시간 속에서 끊임없이 노력하다가 비극적

174

인 죽음을 맞게 되는 슬픈 운명을 지니고 있다는 사실을 〈가을 저녁의 시〉는 물론 〈늪〉, 〈길바닥〉, 〈不在〉 등과 같은 시편에서 탁월하게 형상화하고 있다. 비록 위에서 언급한 시편들은 궁극적인 현실을 추구하려는 인간의 모습을 직접적으로 부각시키고 있지는 않지만, 자연 가운데 존재하는 모든 것, 즉 어떤 목적을 달성하기 위해 태어났다가 시들거나 파괴되어 숨겨간 우주의 모든 미물들의 고통과 울음을 나타내고 있다.

그런데 중요한 것은 〈늪〉에서 볼 수 있는 것과 같이 자연의 모든 생명체들이 우는 것이 단순히 울음을 위한 울음이 아니라, 김춘수 자신이 말한 "오직 한 사람"으로 상징되는 절대적 존재인 신 내지는 완전한 이상세계를 갈망하는 기도 소리와 같은 대합창을 실존적인 아픔의 소리와 함께 나타낸 것이라는 데에 있는 것 같다. 이러한 사실은 길 위에서 하늘을 향해 피었다가 지고 마는 패랭이꽃과 먼지를 날리는 돌망치들의 이미지로 육화시킨 〈길바닥〉의 시편에서 볼 수 있는 것과 같이, 영혼을 나타내는 새의 이미지는 항상 높은 곳에 나타나서 울고 있는 것으로 설명이 되겠다.

패랭이 꽃은
숨어서
포오란 꿈이나 꾸고

돌멩이 같은 것 돌멩이 같은 것
돌멩이 같은 것은
폴 폴
먼지나 날리고

언덕에는 전봇대가 있고
전봇대 위에는
내 혼령의 까마귀가 한 마리
종일을 울고 있다.

—〈길바닥〉전문

　　인간은 절대적인 이데아의 세계를 갈구하며 고통 속에서 죽어가고
태어나지만 신은 인간의 이러한 갈망에 대해 아무런 관심을 보이지 않
는다. 이 사실을 침묵 속에 영겁을 두고 기다리는 "산"과 "물"을 통해
노래한 것은 시인 김춘수만의 몫이다. 물론 인간의 욕망과 운명을 자연
풍경이나 식물의 이미지로 묘사하는 것은 한시(漢詩)를 비롯한 전통적
인 한국시에서 영향을 입은 것이지만, 김춘수는 그것을 서양에서 말하
는 이른바 상징적 이미지 속에 융화시켜 독특한 미학을 창조하고 있다.

산은 모른다고 한다.
물은
모른다 모른다고 한다.

속잎 파릇파릇 돋아나는 날
모른다고 한다.
내가 기다리고 있는 것을
내가 이처럼 너를 기다리고 있는 것을

산은 모른다고 한다.
물은
모른다 모른다고 한다.

—〈모른다고 한다〉전문

176

그런데 만일 시인이 추구하는 궁극적이고 절대적인 현실 즉, 이데아의 세계에서 오는 빛이나 단서가 없으면 그의 시적인 추구는 중단되고 말 것이다. 그러나 그는 낭만적인 색채가 짙은 〈서풍부(西風賦)〉에서 영원으로 흐르는 시간을 상징하는 바람과 함께 피었다가 지는 봄꽃의 슬픈 얼굴들이 움직이는 행렬이 형이상학적인 피안(彼岸)의 세계에서 오는 빛의 상징적 이미지로 나타나고 있는 것을 발견하고 있기 때문에, 그것을 인식론적 차원에서 지속적으로 추구한 결과를 언어 속에 담고 있다. 시인이 여기서 나타내고 있는 꽃의 이미지를 구원의 세계와 관련시킨 것은 서두에서 인용한 릴케의 시에서 크게 영향을 입은 것으로 이해될 수 있겠지만, 그것은 또한 김춘수만의 독특한 형이상학을 나타내고 있는 부분이기도 하다.

> 너도 아니고 그도 아니고, 아무것도 아니고 아무것도 아니라는데…… 꽃인 듯 눈물인 듯 어쩌면 이야기인 듯 누가 그런 얼굴을 하고,
> 간다 지나간다. 환한 햇빛 속을 손을 흔들며……
> 아무것도 아니고 아무것도 아니고 아무것도 아니라는데, 왼통 풀냄새를 넣어 놓고 복사꽃을 울려 놓고 복사꽃을 울려만 놓고,
> 환한 햇빛 속을 꽃인 듯 눈물인 듯 어쩌면 이야기인 듯 누가 그런 얼굴을 하고……
>
> ― 〈西風賦〉 전문

이것뿐이 아니다. 그는 〈곤충(昆蟲)의 눈〉에서처럼 꽃다운 소녀들의 맑은 눈망울을 통해서 절대적인 낭만적 세계를 들여다보기도 하고, 〈눈짓〉에서처럼 계절의 변화와 함께 바람의 시간이 지나간 자리에서 그가 추구하고자 하는 이데아적인 세계에서 오는 빛의 흔적을 발견하기도 한다.

꽃이 지면
餘韻은 그득히
뜰에 남는데
어디로 그들은
가 버렸을까,

그들은 그때
돌의 그 深夜의 가슴 속에
잊지 못할 하나의 눈짓을
두고 갔을까,

— 〈눈짓〉에서

3

그런데 중요한 것은 시인은 그의 시력(詩歷) 다음 단계에 와서 바람과
더불어 변화하는 자연 세계에서 초월적 세계의 빛에 대한 아쉬움과 그
빛이 남기고 간 흔적을 발견하고 상실의 슬픔을 나타내는 데 그치는 것
이 아니라, 그것을 능동적으로 추구하는 자세를 보이고 있다는 사실이
다. 많은 비평가들에게 그의 대표적인 걸작으로 회자되고 있는 〈꽃〉은
꽃이 상징하고 있는 초월적인 현실 세계를 인간 의지를 통해 인식론적
으로 추구하는 모습을 무수히 담고 있기 때문에 그것이 지니고 있는 도
덕적인 의미는 자못 크다고 하겠다.

내가 그의 이름을 불러주기 전에는
그는 다만
하나의 몸짓에 지나지 않았다.

내가 그의 이름을 불러주었을 때
그는 나에게로 와서
꽃이 되었다.

— 〈꽃〉에서

이렇게 꽃이 상징하는 절대적인 세계를 능동적인 자세로 인식하고
포착하려는 그의 노력은 〈분수(噴水)〉에서처럼 지하에서 솟아오르는 샘
물의 이미지에서 뒷받침되고 있다.

발돋움하는 발돋움하는 너의 姿勢는
왜 이렇게
두 쪽으로 갈라져서 떨어져야 하는가,

그리움으로 하여
왜 너는 이렇게
산산히 부서져서 흩어져야 하는가,

……
떨어져서 부서진 무수한 네가
왜 이런
선연한 무지개로
다시 솟아야만 하는가,

— 〈噴水〉에서

비록 〈분수〉에는 꽃의 이미지가 나타나 있지는 않지만, 여기에서 나
타난 무지개 이미지는 꽃이 상징하고 있는 이데아적인 세계에 대한 상

김춘수 179

징적 이미지가 될 수 있겠다. 그가 시적 화폭에 입체적으로 그리고 있는 분수의 물줄기는 땅에서 하늘로 솟구쳤다가 다시 땅에 떨어져 파괴되는 비극적인 순간, 햇빛과 어우러져 아름다운 무지개를 그린다. 이것은 현실 세계에서 "먼 추억"의 힘으로 존재의 벽을 넘어온 현현(顯現)의 미학적 세계를 상징하는 〈꽃〉의 그것과 다르게 나타나고 있지만, 심층적인 시적 구조에서는 그것과 같은 컨텍스트 속에 있다고 하겠다. 다른 것이 있다면 〈분수〉는 물의 이미지로 되어 있는 것이고, "먼 추억"은 꽃의 이미지로 이루어져 있다는 것 정도일 것이다.

꽃이여, 네가 입김으로
대낮에 불을 밝히면
환한 금빛으로 열리는 가장자리,
빛깔이며 향기며
花粉이며…… 나비며 나비며
祝祭의 날은 그러나
먼 追憶으로서만 온다.

나의 추억 위에는 꽃이여,
네가 머금은 이슬의 한 방울이
떨어진다.

— 〈꽃의 素描〉에서

〈꽃의 소묘〉에서 꽃이 "머금은 이슬"을 현현이 나타내는 존재의 슬픈 눈물에 대한 이미지로 보게 될 것 같으면, 현현의 세계를 추구하려는 비극적인 운명과 포개진 그의 인식적인 노력이 얼마나 처절한 것인가를 쉽게 알 수 있다. 그는 감정을 가능한 한 끝까지 절제하기 위해 언어의 톤을 고요한 저음으로 낮추었기 때문에, 침묵의 소리에도 귀를 기울일 수 있는 사람만이 그곳에 실존적인 슬픔과 환희가 교차해서 나타나고 있다는 것을 알게 될 것이다. 이러한 그의 시적 노력은 〈나목(裸木)과 시(詩)〉에 와서는 실존주의적인 비극적 색채를 밀도 짙게 나타내고 있다. 그가 인식론적 추구의 결과를 나타내는 언어를 "꽃"에 대한 창(窓) 내지는 그것과 일치시키는 것은 이러한 노력의 결과를 나타낸 현상이다.

나는 시방 위험한 짐승이다.
나의 손이 닿으면 너는
未知의 까마득한 어둠이 된다.

存在의 흔들리는 가지 끝에서
너는 이름도 없이 피었다 진다.
눈시울에 젖어드는 이 無名의 어둠에
追憶의 한 접시 불을 밝히고
나는 한밤내 운다.

나의 울음은 차츰 아닌 밤 돌개바람이 되어
탑을 흔들다가
돌에까지 스미면 金이 될 것이다.

……얼굴을 가리운 나의 新婦여,

　　　　　　　　　　　　　　—〈꽃을 위한 序詩〉 전문

4

그는 자신이 추구하는 관념, 즉 이데아의 세계는 현실적으로 불가능한 것이라는 사실을 깨닫게 되었을 때, 상징으로서의 꽃을 추구하는 노력을 중단해야 할 시점에 다다르게 된다. 물론 이것은 그가 부닥친 현실과 나이테에서 오는 현상학적인 판단중지와도 깊은 관계가 있겠다.

나는 나의 관념을 담은 類推를 찾아야 했다. 그것은 장미다. 이국취미가 철학하는 모습을 하고 부활한 셈이다. 나의 발상은 서구 관념철학을 닮으려고 하고 있었다. 나도 모르는 사이 나는 플라토니즘에 접근해 간 모양이다. 이데아라고 하는 存在가 앞을 가로막기도 하고 지평선 저쪽으로까지 넓혀주기도 하였다……

세상 모든 것을 환원과 第一因으로 파악해야 하는 집념의 포로가 되고 말았다. 그것이 實在를 놓치고, 감각을 놓치고, 지적으로는 不可知論에 빠져들어 끝내는 허무를 안고 뒹굴 수밖에 없다는 것을 안 것은 50년대도 다 가려고 할 때였다. 30대의 10년 가까이를 나는 그런 모양으로 보내고 있었다. 어떻게 보면 하나의 사치요 허영이었을지도 모른다……[4]

그래서 그는 "꽃"이 놓여 있는 자리에 시를 위치시키면서 언어가 지니고 있는 힘을 통해 현실을 묘사하고 있다. 이러한 그의 노력은 이데아에 대한 꽃의 이미지를 황량한 상황 속에서 견인적인 삶을 상징하는 겨울 나무에 피는 인식론적 결실, 즉 언어로 대체시키고 있음을 나타내고 있다. 그런데 여기서 중요한 것은 김춘수가 꽃과 일치되는 듯한 시적인 언어의 탄생을 나무가 상징하는 진화론의 패러다임과 연계시키면

---

4 앞 책, 62~63쪽.

서 무한한 역사 속에서 각 개체의 삶과 죽음의 언저리에서 발견할 수 있는 현현의 순간과 일치시키고 있다는 사실이다.

> 겨울하늘은 어떤 不可思議의 깊이에로 사라져 가고,
> 있는 듯 없는 듯 無限은
> 무성하던 잎과 열매를 떨어뜨리고
> 無花果 나무를 裸體로 서게 하였는데,
> 그 예민한 가지 끝에
> 닿을 듯 닿을 듯하는 것이
> 詩일까,
> 言語는 말을 잃고
> 잠자는 순간,
> 無限은 미소하며 오는데
> 무성하던 잎과 열매는 歷史의 사건으로 떨어져 가고,
> 그 예민한 가지 끝에
> 명멸하는 그것이
> 詩일까,
>
> ─ 〈裸木과 詩 序章〉 전문

비록 김춘수는 이러한 시적 상황에 놓여 있지만, 영겁으로 흐르는 시간 속에 인간이 절대적인 세계에 도달하고자 하는 욕망을 형상화하려는 그의 노력은 〈꽃밭에 든 거북〉이나 〈바위〉 등과 같은 시편에서도 멈추지 않고 계속해서 나타나고 있다.

십장생에 속하지만 날지 못하고 꽃 그늘에 엎드리고 있다가 하늘을 향해 수직으로 고개를 들고 있는 거북은 물론, 시간의 흐름을 상징하는 "물살"에 의해 희열감 속에서 자신의 몸체에 스스로 무늬를 새기는 "바

위"의 신화는 모두 다 절대적인 세계를 희구하지만 도달하지 못하는, 실존적인 인간의 비극적인 운명에 대한 상징적 이미지이다.

이처럼 우리가 김춘수의 시를 인식론적 추구의 지속적인 결과라고 본다면, 그의 시적 궤적은 사계(四季)의 변천과정 속에서 명멸하는 생명의 그것과 유사함을 지니고 있다. 다시 말해, 생명체의 성장과정이 주변 환경의 영향으로 굴절되는 모습을 보이듯이 그의 인식론적인 추구 역시 외부적인 상황과 깊은 관계를 지니고 있는 것이다.

그 결과 《꽃의 소묘》의 여러 시편들은 시인이 처해 있는 상황을 죽음을 상징하는 비가 내리는 계절처럼 이데아적인 세계로 열린 창이 닫혀지거나 파괴되는 모습으로 보여주고 있다. 이러한 사실은 〈우계(雨季)〉에서 볼 수 있듯이, 죽음을 상징하는 겨울의 눈 속에서 재생을 가져올수 있는 봄을 상징하는 구원의 소녀인 뉴우케아의 비극적인 죽음을 통해 짙은 페이소스로 탁월하게 형상화하고 있다.

> 눈에 봄을 담은 소녀여 뉴우케아여, 너는 죽고
> 너를 노래한 희랍의 시인도 죽고
> 지금은 비가 내린다.
> 젖빛 구름
> 地中海
> 거기서 나는 포도의 많은 송이를
> 흙탕물에 우리들의 발이 짓밟는다.
> ……
> 눈에 봄을 담은 소녀여,
> 뉴우케아여,
> 너는 죽고
> 희망도 없이 기다리는 사람들의 마음에

지금은 비가 내린다.

— 〈雨季〉에서

산발치의 붉은 열매,
붉은 열매를 따먹는 산토끼의 눈에는
지금은
엷은 연두색의 하늘이 떨어져 있지만,
산토끼야 산토끼야,
너는 보았겠지,
무덤 속
조상들의 혼령까지 짓밟고 간
그 사나이의 거대한 軍靴를
산토끼야,
바람은 陰유월에는
무화과나무에
맛있는 무화과도 익게 하겠지만,
이 고장의 젊은이들은 마음이 시들하다.

— 〈歸鄕〉에서

그 다음 시집 《우계》에 속하는 〈귀향〉과 〈부다페스트에서의 소녀의 죽음〉은 위에서 살펴본 시편들과 별개의 것으로 보이지만, 이미지 중심의 시작(詩作)을 벗어나 "제한된 한계"의 범위 내에서 말의 기능을 회복하여 한국전쟁과 같은 이념적인 전쟁이 가져온 처절하리만큼 잔혹한 민족의 비극적인 현실을 헝가리의 비극을 통해 고발하고 있다. 그래서 그는 위에서 언급한 시편들에서도 우울하고 절망적인 현실과 그것에 따르는 비극적인 운명을 실존적으로 묘사하면서도 자신이 초기시에서 추구해왔던 절대적이고 형이상학적인 세계에 대한 희망의 단서를 좇는 시적 노력을 결코 멈추지 않고 있다.

> 부다페스트의 소녀여,
> 내던진 네 죽음은
> 죽음에 떠는 동포의 치욕에서 역으로 싹튼 것일까,
> 싹은 비정의 樹木들에서보다
> 치욕의 푸른 멍으로부터
> 자유를 찾는 네 뜨거운 핏속에서 움튼다.
> 싹은 또한 인간의 비굴 속에 생생한 이마아쥬로 움트며 위협하고
> 한밤에 불면의 炎炎한 꽃을 피운다.
> 부다페스트의 소녀여,
>
> ― 〈부다페스트에서의 少女의 죽음〉에서

이국적인 이름을 통해 이상향인 절대적 세계를 상징하는 "뉴우케아 소녀"는 비록 비에 젖어서 죽고, "부다페스트 소녀"는 붉은군대가 쏜 총탄에 피를 흘리고 죽었지만, 그 소녀의 죽음에서 느끼는 역설적인 자유를 표상하고 있는 "염염(炎炎)"한 꽃의 이미지는 그가 희구하고 있는 절대적인 세계에 대한 현현의 빛과 깊은 관계가 있다.

5

그래서 그는 관념을 멀리하고 실존적인 현실을 묘사하기 위한 시를 쓰기 시작했다. 타령조(打令調)의 시편들은 이러한 전환기에 쓰여진 것들이다. 이들 시편에서 그는 인간의 초월적인 욕망을 완전히 버리지는 못하지만 감각적이고 현실적인 욕망 속에서 그것의 흔적을 찾으려고 했

다. 그러나 그것은 이전과는 달리 실존적인 수준에 머물렀다.

등골뼈와 등골뼈를 맞대고
당신과 내가 돌아누우면
아데넷 사람 플라톤이 생각난다.
잃어버린 幼年, 잃어버린 사금파리 한 쪽을 찾아서
당신과 나는 어느 이데아 어느 에로스의 들창문을
기웃거려야 하나,
보이지 않는 것의 깊이와 함께
보이지 않는 것의 무게와 함께
肉身의 밤과 精神의 밤을 허위적거리다가
결국은 돌아와서 당신과 나는
한 시간이나 두 시간 피곤한 잠이나마
잠을 자야 하지 않을까,
당신과 내가 돌아누우면
등골뼈와 등골뼈를 가르는
오열과도 같고, 잃어버린 하늘
잃어버린 바다와 잃어버린 昨年의 여름과도 같은
용기가 있다면 그것을 참고 견뎌야 하나
참고 견뎌야 하나, 결국은 돌아와서
한 시간이나 두 시간 내 품에
꾸겨져서 부끄러운 얼굴을 묻고
피곤한 잠을 당신이 잠들 때,

—〈打令調 · 8〉 전문

위에서 인용한 〈타령조 · 8〉은 플라톤의 이데아의 세계를 유년 시절에 잃어버렸던 사금파리의 이미지와 비유하면서 에로스의 세계에서도 그것을 찾을 수 없다는 것을 "언롱(言弄)"으로 이야기하고 있다. 그것은 지금까지 그가 추구해왔던 관념적인 추구를 패러디하면서 데생 형식으로 현실을 리얼리스틱하게 묘사하고 있음을 의미하는 것이다. 에로스에 묻혀 있는 사랑의 그림자를 좇아 이데아의 세계를 추구하려는 듯한 자세를 보인 지귀(志鬼)로 하여금 정신적인 시련과 수신의 길을 걷도록 풍자적으로 권유하는 것 또한 그가 관념의 세계에서 벗어나고 있다는 것을 나타내주고 있다. 그래서 그는 〈타령조〉의 시기를 지나서 쓴 시편들에서는 서정성을 지니고 있으면서도 〈샤갈의 마을에 내리는 눈〉에서처럼 실존적인 현실에 더욱 깊이 천착하고 있는 모습을 보여준다.

> 샤갈의 마을에는 三月에 눈이 온다.
> 봄을 바라고 섰는 사나이의 관자놀이에
> 새로 돋은 靜脈이
> 바르르 떤다.
> 바르르 떠는 사나이의 관자놀이에
> 새로 돋은 靜脈을 어루만지며
> 눈은 數千數萬의 날개를 달고
> 하늘에서 내려와 샤갈의 마을의
> 지붕과 굴뚝을 덮는다.
> 三月에 눈이 오면
> 샤갈의 마을의 쥐똥만한 겨울열매들은
> 다시 올리브빛으로 물이 들고
> 밤에 아낙들은
> 그 해의 제일 아름다운 불을

아궁이에 지핀다.

— 〈샤갈의 마을에 내리는 눈〉 전문

이 시는 환상적이고 신화적인 샤갈의 그림을 연상하게 한다. 그러나 삼월에 내리는 눈은 "수천 수만의 날개"를 달고 하늘에서 내려와 샤갈의 마을을 포근히 감싸고 있지만 남아 있는 겨울이 지니고 있는 죽음의 이미지임에는 틀림이 없다. 그런데도 하늘에서 내리는 눈은 "봄을 바라보고 섰는/ 사나이의 관자놀이에 새로 돋은 정맥"을 바르르 떨게 할 정도로 생명력을 불어넣고, 겨울열매들을 다시 올리브빛으로 물들이게 하고 있다. 또한 "그 해의 제일 아름다운 불"을 아궁이에 지피게 하는 것은 차가운 죽음의 현실과의 싸움에서 이기려는 실존적인 생명의 불꽃을 회화적인 이미지로 표현한 것인 듯하다.

이것은 작은 언덕 위에서 내장(內臟)을 드러내고 참혹하게 죽은 한 마리 쥐의 주변에 원을 지어 피어 있는 "금잔화의 노란 꽃잎"과 마취에서 깨어나지 않은 한쪽 젖을 잘린 "아내의 머리맡에 놓인 仙人掌에서 피어나는 싸늘한 꽃망울"의 상징 등과 같은 의미를 지니고서 죽음의 상황과 대결해서 피어나는 실존적이고 아름다운 불꽃과도 같은 것이다.

그러나 김춘수가 짧은 시적 공간에서 인간의 견인적인 실존적 상황을 보다 리얼하고 탁월하게 형상화해서 시적인 성공을 거둔 것은 〈인동(忍冬) 잎〉이다.

눈 속에서 초겨울의
붉은 열매가 익고 있다.
서울 近郊에서는 보지 못한
꽁지가 하얀 작은 새가
그것을 쪼아먹고 있다.

越冬하는 忍冬잎의 빛깔이
이루지 못한 인간의 꿈보다도
더욱 슬프다.

— 〈忍冬 잎〉 전문

〈인동 잎〉과 같은 시기에 씌어진 〈겨울밤의 꿈〉은 시인이 의미를 빼버리고 데생으로만 시를 썼다고 말하기 때문에 여기서 의미를 찾는다는 것은 지극히 난해할 뿐만 아니라, 아이러니다. 그러나 시가 아무리 데생으로 이루어진 것이라고 하더라도 언어는 의미를 배제할 수 없기 때문에 언어로 이루어진 그 데생의 의미를 찾아야만 하는 것이 비평가의 의무이다.

〈겨울밤의 꿈〉은 비록 〈샤갈의 마을에 내리는 눈〉처럼 겨울 풍경을 데생 형식으로 그리고 있지만, 후자와 유사한 실존적인 의미를 나타내고 있다. 비록 연탄은 검은색을 가지고 있지만, 그 자신을 불태우는 과정에서 인간에게 행복의 열량을 제공해주는 것은 다분히 실존적인 의미를 지니고 있다. 이러한 사실은 연탄가스가 단순히 어두운 죽음의 사자로 그려지지 않고, "순금(純金)의 손을 달고" 있는 Archacopteryx라는 쥬라기(紀)의 새가 그것으로부터 비상한다는 꿈으로써 뒷받침되고 있다.

〈서촌(西村) 마을의 서부인(徐夫人)〉 역시 해가 지는 서쪽에 위치한 마을 이름과 시 속 화자의 이름이 나타내는 음(音)이 서촌 마을의 그것과 두운법칙으로 유사하기 때문에 성숙된 비극적인 삶의 아름다움과 그것이 지니고 있는 실존적인 의미를 한결 깊고 세련되게 나타내고 있다. "서부인(徐夫人)이 봄나들이를 가면/ 맥엽(麥葉)에도 하늘이 그득히 고이고/ …… / 바다가 수심(水深)을 드러내고/ 그 많은 사과알이/ 하늘로 깊숙이 떨어지는 것을 본다"에서, 서부인이 나타내고 있는 성숙한 인간과 자연과의 만남은 단순한 교감만으로 끝나는 것이 아니라, 인간

의지가 자연에 대해 행사하는 과정에서 일어나는 역동적인 움직임과 그 성숙한 결과를 나타내는 것이라고 설명할 수 있겠다.

비록 김춘수는 〈인동 잎〉의 마지막 행이 관념을 설명하고 있는 것으로 나타나기 때문에 실패작이라고 후회하고 있지만, "초겨울 속의 열매"와 "꽁지가 하얀 작은 새"와의 관계는 실존적인 초극현상을 나타내는 뛰어난 상징적 이미지가 되고 있다. 겨울 속의 붉은 열매가 그 자체를 비극적으로 파괴하는 과정에서 하얀 새의 비상을 볼 수 있다는 의미는 위에서 논의한 시의 컨텍스트와 크게 다를 것이 없다. 시인이 겨울을 이기는 "인동 잎" 빛깔을 슬프다고 말한 것은 푸른 빛이 붉은 빛과는 달리 성숙하지 못함을 나타내고 있기 때문이다.

아무튼 《동국(冬菊)》에 실려 있는 시편들은 실존적인 상황 속에서 우리가 발견할 수 있는 인간 승리 내지는 비극미를 〈국화〉, 〈낙엽〉, 〈동맥(冬麥)〉, 〈산다화(山茶花)〉, 〈바다〉 그리고 〈새〉 등 다양한 이미지를 통해 형상화하여 김춘수 특유의 언어적인 세련미를 보이고 있다.

6

그러나 그는 초극적인 현실을 구체화한 실존적 현상을 자연적인 이미지들 속에서만 찾는 것이 아니라, 고호나 예수와 같이 인간 승리를 거둔 비극적인 초상 가운데에서도 찾고 있다.

天使는 프라하로 가서
詩人과 함께 즐거운 食事를 하고,
반 고흐는
面刀날로 제 한쪽 귀를 베고 있었다.
누가 가만 가만히

디딤돌을 하나하나 밟고 간다.

— 〈디딤돌 · 2〉 전문

男子와 女子의
아랫도리가 젖어 있다.
밤에 보는 오갈피나무,
오갈피나무의 아랫도리가 젖어 있다.
맨발로 바다를 밟고 간 사람은
새가 되었다고 한다.
발바닥만 젖어 있었다고 한다.

— 〈눈물〉 전문

　고흐가 면도날로 제 한 쪽 귀를 자를 때 느끼는 치열한 아픔이 "시인과 식사"를 하는 천사를 만나는 디딤돌이 되는 것은, 육신의 아픔을 상징하는 "눈물"을 밟고 그것을 새처럼 초극하는 예수의 발걸음과 유사한 문맥을 지니고 있다. 김춘수가 그의 나이테와 함께 찾아오는 인식과정의 변화와 낭만적인 세계에서 벗어나 상징주의적 세계를 거쳐 인간의 이미지와 깊은 관계가 있는 실존적인 시세계를 탐색하게 된 것은 위에서 이미 지적한 바 있다. 상징주의 세계와 혼합된 그가 낭만적인 세계를 벗어나서 실존적인 세계를 탐색하게 될 때, 피할 수 없었던 것은 인간적인 상황에 대한 관심인 듯하다. 그래서 그는 그가 태어난 고향인 바다를 노래하며 시적인 주제로 취급했지만, 그것과 연결된 인간의 원형적인 모습을 실존적인 차원에서 예술로 승화시키는 노력을 보이고 있다. 그가 예수와 처용, 그리고 이중섭에 대해 남다른 관심을 보이고, 그들을 그의 시적 주제로 삼은 것은 이것에 대한 실제적인 예라 할 수 있겠다. 우리가 앞에서 인용한 〈눈물〉이란 시편에서 김춘수가 밝힌 바와 같이 바다를 밟고 간 사람이 예수란 사실을 이해할 때, 그는 물이 상징하고 있는 육신의 모든 것을 극복한 인물로 그려지고 있다. 김춘수는 예수의 행적과 부활 등에 관련하여 그의 후기시에서 많은 시적인 관심을 보였다는 것을 기억하면, 처용에 대한 그의 관심을 쉽게 이해할 수 있을 것이다.

김춘수가 처용에 대해 관심을 보인 것을 몇몇 평론가들은 프로이트적인 것에만 한정시키고 있다. 물론, 처용에는 성적 욕망을 나타내는 이미지가 적지 않게 나타나고 있다. 그러나 그 이미지 자체는 악을 의미하는 것이 아니라, 육체 내지 삶 그 자체를 의미하고 있는 듯하다. 그래서 그것은 처용이 역신에게 상처 입은 아내에 해당한다고 할 수 있겠다. 그러나 중요한 것은 성적인 이미지가 나타내는 상처 입은 처용의 아내가 아니라, 아내를 빼앗긴 아픔을 춤과 노래로 달랬다는 그 자신의 인고행(忍苦行)에 나타난 실존적인 미학이다.

1
그대는 발을 좀 삐었지만
하이힐의 뒷굽이 비칠하는 순간
그대 순결은
型이 좀 틀어지긴 하였지만
그러나 그래도
그대는 나의 노래 나의 춤이다.

2
유월에 실종한 그대
칠월에 山茶花가 피고 눈이 내리고,
난로 위에서

주전자의 물이 끓고 있다.
西村마을의 바람받이 서북쪽 늙은 홰나무,
맨발로 달려간 그날로부터 그대는
내 발가락의 티눈이다.

3
바람이 인다. 나뭇잎이 흔들린다.
바람은 바다에서 온다.
생선 가게의 납새미 도다리도
시원한 눈을 뜬다.
그대는 나의 지느러미 나의 바다다.
바다에 물구나무 선 아침하늘,
아직은 나의 순결이다.

— 〈處容三章〉 전문

　〈처용 3장〉이란 시적 제목을 가진 위의 시편에서 각 장이 취급하고
있는 소재는 별개의 것이다. 그러나 이 시가 취급하고 있는 주제는 시
적인 대상들이 비록 상처를 입거나 파괴되거나 혹은 바람이 상징하는
변화 때문에 하늘이 상징하는 이상세계가 바다 속으로 뒤집어진다고 하
더라도 거기에서 오는 아픔을 뿌리 깊은 "늙은 홰나무"처럼 의연히 참
으면서, 춤과 노래로써 승화시킴은 물론 그것을 그대로 감내하는 문제
에 관한 것이다. 장시인 〈처용단장(處容斷章)〉 역시 바닷가에서 유년 시
절을 보낸 시인의 자전적인 풍경을 회화적으로 그린 것이지만, 여기에
는 낮과 밤, 아침과 저녁은 물론 사계의 변화가 시간의 무게와 함께 가
져온 삶의 신비와 비극적인 아픔을 우아한 이미지들을 통해서 탁월하게
형상화되고 있다.

13장으로 되어 있는 이 시는 모든 것을 품속에 안고 있는 어머니와 비유할 수 있는 바다를 배경으로 시인이 유년 시절을 보내면서 경험하고 관찰했던 서정적인 해변의 풍경을 담고 있다. 그러나 여기서 시인이 묘사하고 있는 바다 풍경은 단순히 자연 풍경처럼 보이지만, 그것은 독특한 상징적인 의미를 지니고서 신화적인 존재의 구도를 형성하고 있다. 바다가 날이 새면 해변 풍경이 열리고, 저녁이 되면 그것을 품속으로 거두어들이는 눈비 오는 시간 속에서, 연약하고 고독한 이미지를 지닌 산다화(山茶花)가 꽃을 피웠다가 지운 후, "명주실 같은 늑골(肋骨)이 수없이 드러나 있는" 앙상한 모습으로 겨울을 나는 모습은 실존적인 인간의 견인적인 모습을 성공적으로 형상화하고 있다. 그래서 서정적인 해변 풍경에는 석양에 울리는 뱃고동 소리처럼 모든 것이 바다의 어둠 속으로 사라지는 슬픔과 잔혹한 아픔이 있지만, 불타는 석양과 같은 낭만적인 아름다움이 외로움과 견인력으로 표백된 침묵 속의 아름다움과 교차되고 있다.

　　울지 말자,
　　山茶花가 바다로 지고 있었다.
　　꽃잎 하나로 바다는 가리워지고
　　바다는 비로소
　　밝은 날의 제 살을 드러내고 있었다.
　　발가벗은 바다를 바라보면
　　겨울도 아니고 봄도 아닌
　　雪晴의 하늘 깊이
　　울지 말자,
　　山茶花가 바다로 지고 있었다.

　　　　　　　　　　　　　　　　　　—〈處容斷章〉에서

7

그러나 김춘수의 인식 세계가 나이테와 더불어 생의 다음 단계에 들어서야만 하는 것은 그의 운명인 동시에 우리들 모두의 운명이다. 그래서 그는 자전적인 경험을 형상화하고 있다고 말하는 〈들리는 소리(처용단장 제2부)〉에 와서는 고통 속에서 느낄 수 있는 실존적인 환희의 바탕이 되고 있는 물이 상징하고 있는 육신이 메말라가고 있는 것에 대한 인식을 그의 독특한 이미지를 통해서 나타내고 있다.

> 울고 간 새와
> 울지 않는 새가
> 만나고 있다.
> 구름 위 어디선가 만나고 있다.
> 기쁜 노래 부르던
> 눈물 한 방울,
> 모든 새의 혓바닥을 적시고 있다.
>
> ─〈序詩〉 전문

여기서 영혼의 세계를 상징하는 새는 눈물 방울과도 같은 육신의 아픔에서 오는 역설적인 기쁨을 먹고사는 것이란 사실을 나타내고 있는 듯하다. 그래서 그는 시간 속에서 무수히 불태워버린 열정적인 젊음을 그리워하며 절망의 벼랑에 서 있는 듯한 심정을 나타내고 있다.

그가 "북 치는 어린 곰을 살려다오. / 북을 살려다오. / 오늘 하루만이라도 살려다오."라고 절규하며, 시간속에서 마멸된 육체를 상징하는 "애꾸눈이는 울어다오. / 성한 한 눈으로 울어다오."라고 소리치는 것은 이 시점에서 그의 심정을 형상화한 것이다. 이것뿐만 아니다. 시간과 더불어 상실되어가는 생물학적인 현상을 그가 즐겨 쓰는 모발이 아닌 음모(陰毛)의 이미지를 통해 회화적으로 묘사한 일련의 시편들과 〈대지진〉은 모든 생명이 부서지는 것에 대한 안타까움과 분노를 해학적인 풍자로써 고발하고 있다.

8

그러나 시인 김춘수는 어느덧 육체가 부서지고 실존적인 현현(顯現)의 빛이 사라져가는 것을 울분과 분노로써 대결하지 않고, 자연적인 현상으로 수용하듯, 《남천(南天)》의 세계에 와서는 아만다꽃처럼 우아한 빛을 담아 동양적인 관조의 색채가 짙은 언어의 수채화를 그리고 있다. 여기서 그는 생의 반복적인 흐름을 〈리듬〉의 시로 나타내면서 안으로 침잠하는 침묵의 미학을 창조하고 있다. 〈리듬〉의 시에서 나타나는 주제 역시 바닷물이 해안으로 밀려왔다 밀려가는 리듬의 운동 과정 속에, 밀물과 썰물이 부딪쳐 일어나는 은빛 물보라 속에서 발견할 수 있을 것 같은 "죽으면 꽁지가 하얀 새"를 인식론적인 깨달음과 기쁨의 이미지로 형상화해서, 부드럽게 흐르는 음률에 실어 저물어가는 삶의 아름다움과 슬픔을 격조 높게 노래하고 있다.

> 하늘 가득히
> 자작나무꽃 피고 있다.
> 바다는 南太平洋에서 오고 있다.
> 언젠가 아라비아 사람이 흘린 눈물,
> 죽으면 꽁지가 하얀 새가 되어
> 날아간다고 한다.
>
> — 〈리듬 · I〉 전문

〈처용단장 제1부〉에서 보듯 바다는 모든 것을 품에 안고 있는 어머니의 이미지인 동시에 죽음의 이미지이다. 〈리듬·I〉에 나타난 남태평양의 이미지가 〈물또래〉 시편을 거쳐 〈낙일(落日)〉과 〈잠자는 처용〉 등에 나타나는 것은 결코 우연이 아니다. 즉, 그는 죽음에 대한 관념을 이미지를 통해서 완전히 해체시키면서 짐스러운 감정을 영점으로 억눌러 차단해버리고 있는 것이다.

> 둑이 하나 무너지고 있다.
> 날마다 무너지고 있다.
> 무너져도 무너져도 다 무너지지 않는다.
> 나일강변이나 한강변에서
> 女子들은 따로따로 떨어져서 울고 있다.
> 어떤 눈물은
> 樺榴나무 아랫도리까지 적시고
> 어딘가 둑의 무너지는 부분으로 스민다.
>
> ― 〈落日〉 전문

둑이 무너져 바닷물이 스며들어 오는 것은 죽음의 시간이 찾아오는 것을 형상화하고 있다. 김춘수가 여기서 "三月에 하얗게 눈"이 내리듯이 바닷물이 찾아오는 죽음의 시간만을 노래하고 있다면, 우리는 그의 시에서 도덕성의 빈곤을 찾을 수 있을 것이다. 그러나 청춘의 젊음을 상징하는 여름에만 볼 수 있는 싱그럽고 풍요로운 삶과 그 이상을 상징하는 하늘수박의 이미지를 나타내고 있는 시인의 의지는 우리의 염려스러움을 충분히 거두어들이게 하고 있다.

바보야, 우찌 살꼬

바보야,
　하늘수박은 올리브빛이다 바보야,
　바람이 자는가 자는가 하더니
　눈이 내린다 바보야,

　우찌 살꼬 바보야,
　하늘수박은 한여름이다 바보야,
　올리브 열매는 내년 가을이다 바보야,
　우찌 살꼬 바보야,
　이 바보야,

— 〈하늘수박〉에서

　여기서 "바보"가 하늘수박과 올리브 열매를 구별하지 못하면서도 그
것을 다시 기다려야만 하는 것은 역사적 시간 속에 사는 인간의 운명을
나타내는 듯하다. 그러나 나이를 먹은 그의 욕망은 태양처럼 치열하지
않은 것만은 틀림없다. 그래서 그는 빛 바랜 "낮달"처럼 표백된 그의
인식 세계에 걸맞은 조용하고 우아한 자연적인 이미지 속에서 존재의
신화적인 구도를 발견하고 있다. 그는 생명의 순환 과정을 노래하면서,
꽃은 저승인 형이상학적 세계에서 오고 있는 빛의 피사체(被寫體)라는
것을 고적하고 애잔한 리듬 속에서 들꽃과 붕어와 같은 목가적인 이미
지 등을 통해서 격조 높게 나타내고 있다.

　저승은 南望山 저쪽
　閑麗水道 저쪽에 있다.
　해 저무는 까치 소리를 낸다.
　올해 여름은

김춘수　199

北新里 어귀에서
노을이 제 이마에 분꽃 하나를 받들고 있다.
후 후 입으로 불면
서쪽으로 쏠리는
분꽃도 저승도 어쩌면
해 저무는 서쪽 하늘에 있다.

　　　　　　　　　　　—〈靑馬 가시고, 忠武에서〉 전문

　그래서 그는 자신이 젊은 시절에 형이상학적으로 발견했던 〈꽃〉에서
노래했던 경지와 일치되는 듯한 죽음의 세계가 멀지 않음을 인식하면
서, 그것을 분꽃과 세브린느 그리고 아만드꽃과 죽도화가 피고, 어린이
처럼 순진하기만 했던 김종삼 시인이 넙치 눈을 하고 별을 찾기 위해 찾
아간 낙원으로 묘사하고 있다. 그러나 이 시가 하늘수박의 색채를 통해
올리브 열매의 이미지와 결합시킨 것은 모순된 것처럼 보이지만 성숙한
삶의 경지가 청춘을 상징하는 여름을 지나 가을에 있다는 것을 암시하
고 있다고 하겠다. 그래서 생의 가을을 맞고 있는 시인의 희망은 "낮
달"처럼 빛이 바래지고 있다는 것을 나타낸다. 그러나 우리는 그의 의
식세계가 해마다 다시 피는 배꽃처럼 밝아지고 있다는 것을 그것에 걸
맞은 조용하고 우아한 자연의 이미지 속에서 발견할 수 있다. 다시 말
해, 그는 생명의 순환 과정을 노래하면서, 생명의 근원은 저승과 일치
되는 형이상학적 세계이고, 그것을 상징하는 꽃을 피우기 위해서 우주
가 사계(四季) 속에서 움직인다는 것을 식물처럼 고적하고 애잔한 리듬
속에 남천(南天)과 붕어와 같은 원정(園庭)의 이미지 등을 통해서 격조
높게 나타내고 있다.

　南天과 南天 사이 여름이 와서

붕어가 알을 깐다.

南天은 막 지고

내년 봄까지

눈이 아마 두 번을 내릴 거야 내릴 거야.

─〈南天〉 전문

앞에서 살펴본 것과 같이 그의 시적 구조는 우주의 근원을 나타내는 바다를 배경으로 한 꽃과 죽음 그리고 재생으로 이루어져서 순환적인 리듬으로 움직이는 신화로 이루어져 있다. 그런데 이러한 시적 구조는 또한 처절한 인간 경험과 비유될 뿐만 아니라 평행관계를 이루는 차별화된 시적 언어를 중심으로 가진 꽃과 꽃나무가 피고 지는 생성과 소멸 과정을 번갈아가며 엮어가고 있다. 변화하는 인간 경험들을 굴절시켜 투영시킨 시편들이 꽃과 나무 그리고 바다 풍경을 담은 서정적인 시편들로 대체시키고 있다. 그러나 그의 관심은 장 폴 사르트르에게 〈당초문(唐草紋)〉과 〈고뿔〉과 같은 두 편의 시를 썼듯이 어디까지나 현현(顯顯)의 꽃을 피우고 있기 때문에, 그것들은 실존적인 인간 경험을 육화시킨 것이지 자연현상을 나타낸 것만은 아닌 것 같다. 그가 죽음이나 다름없는 어려운 상황 속에서 치열한 예술의 혼을 발휘한 이중섭의 9편 연작과 죽음으로부터 부활한 예수를 위한 6편의 소묘(素描)를 그린 것도 이와 같은 이유 때문인 듯하다.

9

그러나 불행히도 시인 김춘수는 〈처용단장 제3부를 위한 서시〉에 와서는 바다가 상징하는 형이상학적인 세계에서 현실세계로 힘겹게 와서 잠시 동안 피었다가 밀려가는 썰물처럼 사라지는 "꽃, 순수한 거짓"이

김춘수 201

라고 말하며 안타까워하기까지 한다.

바다는 이쪽 기슭까지 와서
숨을 죽이고 또 한 번 잠이 든다.
바라보면, 西天은 피어나고
보리밭 너머 雜木林 저쪽
그대는 가고 있다.

너무 일찍 떠나는 그대
돌아오라 돌아오라고
어리디어린, 대낮에
갓 태어난 별 하나가
나를 슬프게 한다.

그대 두고 가는 하늘 아래 거기
오늘은 그늘이 나고 바람이 일고
햇살이 스미는데
이제 내 눈에는 잘 보이지 않는다.
……언제나 나를 앞질러 나보다 먼저 떠나는 그대,

— 〈꽃, 순수한 거짓〉 전문

　　지금까지 살펴보았듯 이전까지의 김춘수는 초월적인 세계에서 오는
빛을 꽃의 이미지로 형상화한 워즈워드와 릴케의 세계와 밀접한 관계에
있음을 그의 시 속에서 나타내 왔다. 그러나 이 시점에 와서 김춘수는
그들과는 다른 시세계를 보이고 있다. 다시 말해, 그는 격동기에 기계
적으로 움직이는 역사적인 힘에 이끌린 것이 원인이 되어 오랫동안 격

리된 상황 속에서 정신적 시련을 겪고 난 후 세월의 무게에 억눌려 해체되어가는 저문 날의 인식 세계를 회색빛 이미지들로 보여주고 있다고 할 수 있다.

이러한 사실은 그가 근년에 발표한 《들림, 도스토예프스키》의 시세계가 꽃을 능동적으로 찾아 인식하는 실존적인 세계와는 달리, 변화하는 자신의 모습을 자연의 질서에 따라 순응하듯 그것에 저항하는 도스토예프스키의 인물들을 희화적으로 패러디하는 모습에서 증명되고 있다. 여기서 그는 일찍부터 그에게 깊은 인상을 주었다는 도스토예프스키 문학에 패러디를 깔고, 그의 과거 시들을 다시금 조립해서 저문 날의 삶이 터득한 인식을 통해 시인 나름대로 인생에 대한 독특한 해석을 내리고 있다. 즉 그는 도스토예프스키의 걸작품인 《악령》에서 분리된 〈스타브로긴의 고백〉을 도스토예프스키와는 다른 각도에서 조명하고 있다고 말한다.

스타브로긴은 원래 신약성서 〈마가복음〉 5장에서 악령들이 정신병을 앓는 자들에게서 나와 돼지 무리와 함께 절벽에서 호수로 떨어져 죽는 자들과 비유되는 인물이다. 그런데 도스토예프스키는 《악령》의 텍스트에서 그를 "신이 사라진 세계"에서 절대적인 것을 추구하는 허무주의적인 인간으로 묘사하고 있다. 그래서 그는 인간을 절대적인 존재로 믿었기 때문에 이 세상에서 무엇을 행하든 아무것도 문제가 되지 않는다는 무정부 상태의 비인간적인 존재로 나타나고 있다. 다시 말해, 도스토예프스키는 스타브로긴을 신이 숨어버린 세계에서 이데올로기와 역사는 인간이 믿을 수 있는 유일한 것이라고 믿는 존재로 설정하는 한편, 인간이 죽음과 싸워서 이길 수 있는 존재라는 것을 키릴로프와 샤토프, 그리고 베르호벤스키 등과 같은 인물을 통해 구체화하고 있다.

그런데 여기서 김춘수는 악령의 화신인 극단적인 인물, 베르호벤스키의 무정부적이고 반인간적인 삶을, 생의 끝자락에 서서 저물녘의 자신의 모습 및 발 아래서 또다시 지고 있는 분꽃의 이미지와 대조시켜 극악한 악령으로 패러디하고 있다.

> 얼룩,
> 세상은 하얗게 얼룩이 지고
> 무릎이 시다.
> 발 아래 올해의 분꽃은 지고
> 소리도 없다.
> 꿀밤 먹은 멧돼지처럼
> 너는 너 혼자 너무 멀리 달아났구나.
> 베르호벤스키, 너
> 넙치눈이,
>
> ─ 〈革命〉 전문

다시 말해, 그는 신이 사라진 세계에서 죽음마저 인간이 좌우할 수 있다고 믿은 악령 스타브로긴이 해마다 피었다가 지고 만 분꽃보다 먼저 죽고 없다는 것을 패러디하고 있다. 〈스타브로긴의 넋〉이라는 제목 아래 쓰여진 〈역사〉, 〈발톱〉, 〈수라(修羅)〉 그리고 〈악령〉 등과 같은 난해한 시편들도 위에서 언급한 악령들이 나타내고 있는 반인간적인 행위를 패러디하고 있는 것으로 볼 수 있다. 가령, 〈역사〉라는 시는 실질적으로 아무런 이상을 실현하지 못하고 아름다운 생명체를 파괴하는 과정을 인간이 신을 믿고 무릎을 꿇는 것으로 패러디하고 있다. 〈발톱〉의 경우, 육신이 죽어도 자란다는 발톱의 이미지를 통해 초월적인 세계로 비상하려는 인간의 욕망과 좌절을 무섭게 그리고 있다. 〈수라〉와 〈악령〉 역시, 인간이 싸움을 잘하는 용맹스러운 귀신인 수라와 키릴로프처럼 싸움과 투쟁을 통해서 시간을 초월해서 영원히 존재할 수 있는 신과 같은 존재로 만들 수 없다는 것을 패러디 형식을 통해 아이러니컬하게 나타내고 있다.

이렇게 김춘수가 도스토예프스키 문학을 패러디하면서 과거의 자기 시를 재조명하는 것은 그가 살아온 모순된 역사적 전개 과정과 저문 강에 이른 자신의 경험적인 상황과 결코 무관하지 않다고 할 수 있겠다. 회색빛이 가득한 현 단계의 그의 시세계에는 그가 처음 시를 쓰기 시작했던 때에 발견했던 꽃의 이미지들마저 사라지고 있다. 경험을 바탕으로 한 인식론적인 차원에서 볼 때, 이러한 현상은 그의 내면적인 느낌을 진솔하고 리얼하게 담은 것이 분명하다.

그러나 그의 시의 매력이자 핵심이라고 할 수 있는 "꽃"은 사라지고, 도스토예프스키 문학의 패러디를 통해 부조리한 역사와 비극적인 삶의 현실에 저항하는 모습을 보이는 것은 새로우면서도 허무적인 일면을 나타내고 있는 것임에 틀림이 없다. 이것은 김춘수가 결코 무의미하지 않은 자신의 시를 "무의미시"라고 말한 것과 깊은 관계가 있는 것 같다. 왜냐하면 위에서 언급한 그의 후기시에서 꽃의 이미지가 "훤한 어둠"의 인식 세계를 시적으로 형상화한 것으로 대체되고 있지만, 장인(匠人)의 솜씨에서만 볼 수 있는 치열한 의식의 끝질로 갈고 닦은 언어의 미학과 관념을 배제한 탁월한 이미지들이 어우러져 만들어 내는 아름다움은, 젊은 시절 그가 발견한 형이상학적 세계에서 오는 "꽃"의 이미지와 그것의 연장선상에서 나타나는 현현의 빛무리 못지않은 시적인 가치를 지니고 있기 때문이다.

詩의 궤적

—申瞳集의 시

描寫는 啓示이다.
— 월리스 스티븐스

1

일찍이 신동집 씨는 그의 시집《第二의 序詩》후기에서, "시인에게 있어서 시란 시행위의 내밀적 과정 그 자체이며" 그것은 또한 하나의 "지속적 정신"이라고 했다. 이 "지속적 정신"의 보다 빛나는 정착을 위한 치열한 작업이 그의 시의 내용인 듯하다. 다시 말하면, 근원적인 존재의식을 탐구하기 위한 "自己崩壞"와 "自己再組織"이라는 함수관계의 운동 가운데서 그의 주제를 모색해볼 수 있다. 본고(本稿)에서는 이와 같은 주제에 역점을 두고, 그의 세계를 탐색하여 그 속에 내재해 있는 운동질서를 밝힘으로써 그의 시를 보다 효과적으로 이해해보고자 한다.

모든 시인이나 작가들과 마찬가지로, 그의 예술 역시 경험이라는 토대 위에서 이루어지고 있다. 그러나 그의 내면세계의 움직임을 주로 표현하고 있는 작품들에서 볼 수 있듯이, 인간 본연의 경험에다 그의 시학(詩學)이자 미학(美學)인 원의 도식(圖式)과 같은 질서와 의미를 부여하고 있다는 점이 그의 특색이라 할 수 있겠다.

사람은 언제까지
소용도는 스스로의 重心을 凝視할 수 있을까.
그 소용돌이의 眩氣를

무엇으로 견딜 수 있을까.

—〈眩暈〉에서

이와 같이 그는 원의 테두리 속에서 조형적으로 움직이는 순간적 경험을 나타내고 있으며, 그의 시 전체가 그리는 궤적이 또한 원의 구도를 이루고 있다. 그의 습작적인《대낮》은 제외하더라도,《抒情의 流刑》(1954),《第二의 序詩》(1958),《矛盾의 물》(1963),《들끓는 母音》(1965),《빈 콜라병》(1968) 그리고《새벽녘의 사랑》(1970)들의 작품 순서는 다소 연륜적인 변용은 있다 해도, 하나의 원을 완성하는 과정이라 하겠다. 번민기의 그의 인생기록인 "抒情의 流刑"을 거쳐, "光源의 被寫物"인 "빈 콜라병"이 상징하는 시적 죽음에서 다시 소생한 "새벽녘의 사람"이 되는 사이클은 원이라는 신화적 도식임에 틀림이 없다.

2

이와 같은 반복의 연속인 원의 궤도를 부단히 회전하는 시인의 "시적 경험의 인식론적 추구"는 김우창 교수가 지적했듯이 "존재의 원형적인 상태나 질서에 대한 아날로지의 역할을 하고 있다."[1] 시적인 인식론적 추구는 내면세계와 외면세계의 부단한 접촉을 통해서 이루어진다고 볼 수 있다. 그래서 그의 시는 그의 끊임없는 현실과의 접촉으로써 이루어지고 있으며, 그의 상상력과 실제 사물과의 융합작용에 의해서 산출된 다른 하나의 현실이 되어 있다.

그러나 너와 나의 두 개

---

1 金禹昌,〈申瞳集의 詩的 世界〉,《현대문학》(1967, 12), 212쪽.

웃음을 합치면 무엇이 되나.

거울 속의 너는 무엇이 되나.

　　　　　　　　　　　　　　　　　— 〈像〉에서

　이 작품에서 보듯이 외적인 사물은 아날로지의 힘에 의해서 내적인
것으로 변형되어 있다. 이로 말미암아 그의 시작의 세계의 범위는 외면
세계에 존재하는 여러 가지 현상적인 심상의 추구 여하에 따라 결정지
어진다고 하겠다.

　신동집은 그의 시 가운데서 지극히 우주의 기본적인 부분, 즉 해와
달·강물과 바다·비와 바람·나무와 꽃 그리고 계절의 순환 같은 현실
을 통해서 그의 시적 인식론적 경험을 나타내고 있다. 그래서 이와 같
은 외적 사물·현상들은 그의 시 속에서 상징적인 요소를 내포하게 된
다. 위의 진술은 그의 시론(詩論)에서 말하고 있는 그의 시작경험(詩作經
驗)을 읽을 때 더욱 명백해진다.

　물 자체의 실질과 그 실질의 표현, 이 양자는 결코 합치될 수 없다. 표현
앞에는 언제나 넘을 수 없는 벽이 놓여 있다. 표현에 대한 절망. 그러면 표현
이란 무엇인가? 시는 표현할 대상이 미리 있는 것이 아니라 표현이 바로 대
상을 창조하는 일이다. 표현 이전엔 아무런 대상이 없다. 있다 해도 그것은
다만 無의 對象일 뿐이다. 표현 이후의 대상물 자체는 결코 표현 이전의 대
상은 아니다. 시인의 정신이 대상에 부딪쳤을 때 그 대상은 이미 변형되어
있는 것이다. 표현 이전의 대상(A)과 표현 이후의 대상, 즉 시인에 의하여
변형된 대상(B)은 전연 개별의 것이다. 이 양자의 對位法的인 갈등 충돌이,
그리고 그 전개가 비로소 시의 시간을 낳는다.[2]

2　申瞳集, 〈나의 팡세·나의 詩論〉, 《詩文學》 (1966, 1), 22쪽.

그러면 이와 같은 그의 시론(詩論)에다 기초를 두고 그의 시의 주제가 어떠한 과정을 밟고 전개되어갔는가를 살펴보기로 하자.

3

만일 그의 의식세계를 원이라고 가정한다면, 그 원점은 《대낮》의 습작기를 통과한 인간경험을 그 내용으로 한다고 생각할 수 있다. 《抒情의 流刑》은 이러한 점에서 볼 때, 그의 눈높이에서 그린 그의 궤적의 일부다.

그는 이 작품집 속에서 우주적인 메커니즘의 잔혹성으로 말미암아 외상을 입은 순수한 생명의 향수 어린 페이소스와 일그러진 생명에 대한 아쉬움을 노래하고 있다. 그는 〈목숨〉이란 작품에서 외상 입은 상처를 괴로운 독백으로 고발하면서 "億萬光年의 玄暗을 거쳐"온 생명에 대한 애착을 처절하게 노래하고 있다.

> 나는 무한히 살고 싶더라.
> 너랑 살아 보고 싶더라.
> 살아서 죽음보다 그리운 것이 되고 싶더라.
>
> ─〈목숨〉에서

잔혹한 시간의 에너지가 인간을 살해함을 고발하고, 어제 만난 얼굴을 오늘 다시 만나지 못하게 하는 우주적인 힘에 항거할 수 없음을 비탄하지만, 또한 "메커니즘과 휴머니즘 간의 高壓的인 대결"이 거기에는 깔려 있다고 할 수 있겠다.

> 나의 抗拒의 意志가 內出血을 始作한 후

어제 만난 얼굴은 오늘의 얼굴이 아니올시다.

어제 握手한 손은 지금쯤 썩어 있을 겁니다.

― 〈얼굴〉에서

작품 〈風景〉에서 볼 수 있듯이 유형당한 "휴머니즘"을 그는 밀도 짙은 색조 가운데 "잊었던 눈물과 피의 重量"이라고 노래하고 있다. 분노와 공포 속에서도 "휴머니즘"을 찾는 그의 지속적인 추구의 정신은 〈鐘〉과 같은 시에서 다시 찾아볼 수가 있다.

아름다운 體溫에 비치는

목숨의 鐘이 웁니다.

― 〈鐘〉에서

그러나 이 가운데서도 〈깃폭과 날개〉에서 볼 수 있듯이 그의 인간추구의 호흡은 더욱 심화해간다. 내적세계에서 맥박과도 같이 쉴 사이 없이 움직이는 신비적인 인간요소, 즉 지속적인 추구의 직감과 영감이 "흰 날개"처럼 "하늘의 마음으로" 난다. 그래서 그는 비록 "보이지 않는 道標에 眼球가 모여 탈 焦點"이 멀어져 간다고 하였지만, 끝내는 중력을 상실한 진공상태를 헤쳐나갈 휴머니즘의 이정표를 상실하지는 않았다.

갈피없이 기우는 마음을 헤쳐가면

어느 앞 어느 地點에서

나의 道標는 나를 기다리고 있으리라.

― 〈보이지 않는 道標〉에서

그는 "목숨의 조건"이 고독함을 고발했지만 이 고독 속에서 "한 번은 황홀히 시작할 시간을 걸어갈 수 있는" 제2의 생명이 나타날 것이라고 생각한다.

어느 하 많은 時空이 지나
모양할 수 없이 지워질 숨 자리에
나의 白鳥는 살아서 돌아오라.

— 〈목숨〉에서

구심력의 자기 재조직은 제2의 원을 그리기 위한 《第二의 序詩》에서 볼 수 있다 하겠다. 다시 말하면, 파문의 운동방향이 원심에 있다면 시심(詩心)의 진폭 또한 이와 같은 원심방향으로 넓어져 갈 수 있다고 할 수 있다.

4

그의 제3시집 《第二의 序詩》는 이와 같은 의미에서 볼 때 "抒情의 流刑"을 거친 뒤에 오는 그의 인생 과정을 제2의 원에다 담은 것이라 하겠다. 우리들이 파문의 형태에서 볼 수 있듯이 개개의 원은 보다 큰 원의 내적 구성요소가 되는 것이며 또한 그 진폭이 된다. 다시 말하면, 이차원의 원심력은 일차원의 경험 전체를 조건으로 한다.

별의 運命은 그 때
깊은 나의 核속에 맺을 것이다.
조그만히 떠는 나뭇잎에도
파도의 豫感은 충만하다

— 〈蘇生〉에서

《第二의 序詩》는 제1원의 진공상태에서 쓰라린 진통을 겪은 20대가 지속적인 추구정신으로 30대의 세계를 향하여 눈을 뜨는 순간의 경험이라고 하겠다. 무겁고 긴 밤을 지나온 후에 발견된 그의 세계는 어느 정도 가라앉은 인식세계이다. 뿌옇게 열리는 듯한 의식의 문턱에서 자기가 변해가고 있음을 그는 느끼고 있다.

> 닫히인 창문 안에서 가난한 혼이여
> 밤내 얼마나 떨었을까.
> 세계는 아직도 薄明에 덮이여 있고
> 나의 꿈은 조용히 눈을 뜨고 있다.
>
> ― 〈薄明〉에서

번민기를 지나서 오는 희열감 속에 얼마만큼 자기 침묵을 발견한 그는 시원(始原)의 침묵에 잠기어 "꽃의 무게"가 밤내 진해가듯이 자기의 꿈이 더 여물었다고 생각한다.

> 단 한번 있을
> 너의 祝祭의 날을 향하여
> 나에게도 가슴을 열 때가 왔나 보다.
>
> ― 〈薄明〉에서

밝아져가는 톤으로 그는 세계에도 신설(新雪)이 나리듯이 개운함을 느낀다. 그의 "이데아"는 찬바람에 씻기우고 정신은 보다 명철해짐을 느낀다. 마치 어두운 숲속을 지나 한 개의 인생 산맥을 넘어가고 있음을 느낀다. 번민기를 지나오면서 입은 상흔은 아직도 쓰라리리라. 〈샌드위치〉에서 보듯이 지나온 세계와 다시 오는 세계 사이에서 그는 "앞

뒤로 수없이 흐르는" 무엇인가를 느낀다. 즉 자칫하면 젖어드는 과거의
의식과 현재와 미래에 대한 의식이 수없이 엇갈리고 있음을 알게 된다.

> 나로부터 저리 사라지고 만 저들과
> 아직도 생겨나지 않고
> 머뭇거리는 모든 이들이
> 나의 圓周가에서 열리어 속삭이고 있다.
>
> ― 〈나의 圓周가에서〉에서

　그러나 이와 같은 과정에서 전쟁처럼 뜨거웠던 과거의 경험은 무수
한 새로운 경험을 낳게 한다. 그는 무수히 살아났다 사라지는 경험들을
"白血球"라 했다. 이와 같이 무수히 엇갈리는 경험을 되풀이한다는 것
은 하나의 지속적 정신을 이어가는 데 필요한 백혈구와도 같은 기능이
다. 그는 생명의 호흡작용을 정신의 은령(銀嶺)에 도달하기 위한 지속적
인 추진력의 수레바퀴로 본 듯하다. 그는 이와 같은 그의 태도를 〈午前
8時〉에서 압축하고 있다.

> 심장에다 잔뜩 태엽을 감는다.
> 뇌 속에다 골고루 기름을 친다.
> 위 주머니엔 한 사발의 냉수
> 쭐어든 목줄기를 통해 내린다.
> 純色으로 돌아가는 血液
> 증가하는 白血球
> 가뜬한 하수도, 달아나는 도깨비
> "푸우가"는 뒤를 따른다.
> 시간 밖으로 확대하는 이마아쥬

造型에의 意志는 新雪에 눈뜬다.

풀내나는 담배를 빨아올리면

나의 코는 두 개의 煙突

연기는 찬 바람에 명석히 나부낀다.

耳目口鼻랑 여러 局所에다

스윗치를 눌르면

오! 탈 없는 母音

무수한 破片들은 밤내

얼마나 애타게 너를 불러 왔던가.

고독한 原子들은 너를

아버지처럼 기다리고 있다.

— 〈午前 8時〉 전문

이렇게 생명을 태우면서 보다 빛나는 정착을 위한 "銀嶺의 抽象"을 찾아 미지의 세계를 뚫고 나아가는 끊임없는 정신적 추구는 인간으로서의 갈구이자 희원이다. 광원(光源)이 담긴 미지의 세계의 탐색을 그는 인간의 가장 위대한 의식작용으로 보았다. 그래서 그의 의식세계 안에서는 시(詩)의 힘으로 이상세계와 현실세계가 융합하여 새로운 현실이 창조되고 있다. 〈海邊의 音〉은 이와 같은 주제를 기하학적인 구도로써 깨끗이 처리하고 있다.

바다는 한 개

커다란 돋보기 렌즈

水平線은 나의 눈의 높이에서

나들한 弧를 그리며

나의 存在의 양켠에서 끊어진다.

보라

갈매기는 水平線을 오르내리며

나의 存在가 퍼뜨리는

꿈의 周邊에서

바다를 不滅의 것으로 맴돌고 있다.

......

하늘과 수평선의 사이가 버려질

어느날

나는 갈매기가 긋고 간

線의 모양을 생각해 볼 것이다.

—〈海邊의 音〉에서

갈매기가 지속의 정신의 상징이라고 한다면 바다와 하늘은 각각 현실과 이상세계를 나타낸다고 하겠다.

그러나 그의 의식세계에도 굴곡은 없을 수 없다. 자칫하면 젖어드는 어둠 속에서 선명하게 나타났던 것이 다시 흐려지고 열리었던 마음의 문을 닫고 먼날로 돌아가는 느낌이 들 때도 있다. 그는 또다시 다른 하나의 원을 그리기 위해서 "自己崩壞"와 "自己再組織"을 계속해야 했다. 포에지의 본질인 열, 즉 생명이 있는 한 그대로 또다시 별을 찾는 과업을 계속한다. 그는 이 열(熱)을 식힐 수 없기 때문이라고 말한다. 그래서 그는 잡을 수 없는 "黃昏을 닮은 새벽"을 향해서 생명을 불태우는 에너지의 힘으로 "풀어도 풀지 못한 中心을" 끊임없이 회전한다.

우리는 大地에 얼룩진

하늘의 그림자를

아니면 하늘에 얼룩진 大地의 悲願을

신동집 215

한참이나 더듬다 마는 것인가
또한 우리의 깊은 저 응어리에서
아물길 없이 굳어가는 傷痕과
指向없이 번져가는
波紋의 행방을
언제까지나 지키다 마는 것인가.

— 〈第二의 序詩 3의 5〉에서

짙게 젖어드는 페이소스와 밤을 향한 비탄도 없지는 않지만 자기창조를 위한 실험을 계속하면서 그는 새로운 출발을 위해 쉴새없이 발걸음을 내디딘다. 시간의 힘이 그의 육신을 빼앗아가고는 있지만 시간을 보상할 열매의 창조를 또한 끊임없이 계속한다.

나는 창조에 피곤하여 물을 마신다.
나는 소생하는 나무가 된다.

— 〈第二의 序詩 3의 5〉에서

그러나 또 하나의 원(圓)을 그리기 위해 원점에 도달한 그는 다시금 거울이라는 암흑 속으로 출발해야만 했다. 왜냐하면 그의 "詩는 끊임없는 도미난테를 지향하고" 있으며 또한 "메타모르포제는 도미난테의 原點"에서 이루어지기 때문이다. 다시 말하면, 그의 "詩의 軌道는 圓周"이기 때문이다. 이는 마치 소생하는 나무가 다시금 열매를 맺고 여물기까지는 더욱 많은 나이테를 감아야 하며 "겨울의 言語 속에서/假面의 잠을" 자야만 하는 것과 마찬가지이다. 그래서 제2의 원의 경험세계에서 환히 밝아올 것만 같았던 그의 의식세계는 다시 어두워지고 포착할 수 있을 듯한 광원의 불빛은 다시금 암흑 속으로 사라져버린 듯했다.

그러나 그의 지속정신의 추구는 나무의 뿌리가 지심(地心)으로 내려 뻗듯이 유암(幽暗)한 내면세계의 시공(時空)으로부터 존재의 원점을 탐색한다.

> 잎을 벗어버린 나무가지는
> 어찌보면 땅에서 하늘로 뻗은
> 나무 뿌리라 할까.
> 뒤엎어 놓은 밤이 대낮이라면
> 뿌리는 가지로 변해도 될 일……
> 生者를 뒤엎어 죽은 者라면
> 푸른 하늘은 무덤 속을 날아야 할 일
>
> ― 〈變身〉에서

내면세계의 흉벽에 부딪치면서 원을 그리기 위한 돌파구를 찾는 그는 다시금 《抒情의 流刑》에서 겪어야만 했던 진통을 다시 겪는다. "지붕 없는 지붕 아래"인 심층에서 그는 "말없이 피를" 흘려야만 했다.

> 보이지 않는 채찍에
> 매 자욱은 번지는 蛇紋
> 그로하여 鮮烈한
> 노여움은 存在이냐
>
> ― 〈너의 이름은〉에서

이와 같이 그의 에토스가 원환(圓環)의 궤도(軌道)를 다시 밟는 과정에서 오는 진통을 되풀이 겪어야 했던 것은 존재하는 데서 오는 아픔이며 이 아픔을 체험하는 가운데서 그의 존재, 즉 그의 인생은 더욱 여물어져간다고 믿었기 때문이다. 존재의 비밀을 원의 의미와 함께 인간 자체 내에서 찾아보려고 하는 그의 끊임없는 노력은 다분히 실존적 추구이기도 하다. 포착할 수 없는 광원을 찾는 그의 지속정신이 그의 종교이자 비전이라고 한다면, 이와 같은 추구의 과정에서 오는 번민과 그 뒤에 오는 희열의 끊임없는 반복은 적나라한 인간존재의 현실과 그 자체라고 할 수도 있겠다. 시는 승화된 인간체험이 긋고 간 궤적이며 또한 지속적인 정신, 그 자체라고 생각한다면 그의 시 가운데서 반복되는 이러한 "패턴"은 충분히 이해하고도 남음이 있다. 즉, 인생 그 자체의 신화는 끊임없는 반복, 즉 삶과 죽음, 죽음과 삶이라는 풀 수 없는 원의 도식을 회전하고 있다고 보면 시지프스의 신화를 빌려오지 않더라도 그가 계속 무엇을 이야기하려고 하는가를 짐작할 수 있을 것이다. 시집 《빈 콜라병》에 있는 〈어떤 사람〉의 예는 나중에 들더라도 그보다 초기시 〈솜菓子〉 같은 시에서 그의 시 전체의 윤곽과 그의 시가 지향하는 운동방향이 분명히 드러나 있다.

어떤 한 아이가 ─ 오, 그는 누구일까
하늘의 솜과자를 다 먹어 치우자
나의 눈은 幕내리는 오늘의 주변에서
견근히 돋아오는 별을 몇 개 본다.
나는 어딘가 비어있는 액자 속으로 들어간다.
그래선 누구인가의 肖像이 되어지나부다.
한밤 깊이 든 잠나라에서
어떤 아이가 또 한 송이 솜과자를 사 먹을 때
나는 닫히인 액자 속에서 말없이 걸어 나온다.
그리곤 담배에 불을 붙이며
죄없는 작업에 몸을 맡긴다.

─ 〈솜菓子〉에서

218

놀랄만한 기지로써 그가 〈솜菓子〉에서 "분홍빛 구름송이"의 심상을 찾은 것을 보면 〈솜菓子〉는 우리들이 결코 완전히 도달할 수 있는 어떤 동경세계의 일부분을 상징한다고 볼 수 있겠다. 우리들이 어떤 인생산맥에 도달한다면 얼마간 경험을 얻은 후에야 다시 그곳에서 내려와서 다른 하나의 산맥으로 향해야만 한다. "솜菓子"를 먹는 아이가 누구인가의 "肖像"이 된다고 한다. 즉 자신의 분신이 "솜菓子"를 사먹었을 때 그는 액자에서 걸어나와 다시 "라이터 불"이 상징하는 생명의 작업을 계속해야 한다는 것이다. "어릴 때 본 夜市의 妖術師"가 준 "동그란 알약"을 먹고 쉴 사이 없이 원을 돌고 있는 사람과도 같이 자신의 안팎 세계를 계절의 순환과도 같은 궤도에서 쉴 사이 없이 왕래한다. 이렇게 함으로써 그는 자신을 돌처럼 여물게 만드는 작업을 계속한다. 언제까지 돌아야만 하는가는 누구도 알 수 없는 비밀이다. 이와 같은 운동은 분명히 우리들 인생 그 자체의 전형적인 움직임이며 또한 보다 빛나는 정착을 위한 정신적 추구인 그의 시의 내용이라고도 하겠다.

6

이와 같은 "비전"을 찾는 그의 지속적인 추진력은 앞에서도 상술한 바와 같이 다름 아닌 생명력 그 자체이다. 그는 이 생명력의 비밀을 표현하기 위하여 그의 독특한 "메타모르포제"의 방법을 통해 우주의 기본적인 요소인 물과 불, 돌과 나무 및 새들과 같은 심상은 기본적인 생명의 요소를 나타낸다고 하겠다. 지구가 인간전체를 상징한다고 하면 지하수는 우리들의 피인 듯하다.

내 오늘 그 幽暗한 샘터로 내려가
기억에 아삼한 그네를 만나보면

변한 건 단 그네의 키뿐이다.

훗날에 또 한 번 변할 것이 있다면

그것은 그네와 나의 靜脈뿐이다.

―〈肉身의 샘〉에서

그래서 "끓는 돌"은 혈액이란 부분을 머금은 육신의 살이다. 푸른 하늘을 비상하는 한 마리의 불새와도 같은 시 정신을 낳기 위하여 그의 육신은 "炎熱"에 끓는 돌에서 불새처럼 자신을 식히며 태양계를 끊임없이 돌고 있다. 지구가 태양에서 떨어져나올 때 날아가버린 불새와도 같이 어머니의 자궁에서 우리들이 세상 밖으로 나오는 그 순간 들려오는 "들끓는 母音"과 함께 잃어버린 무지개와도 같은 시를 찾아서 생명은 식을 때까지 원주를 도는 것이다. 즉, 잃어버린 "불새"를 되찾기 위한 그의 처절한 노력은 우리들의 육신 속에서 계속된다.

炎熱에 끓는 돌이여

그늘 오문 대낮의 時間 위에서

꽃은 한여름의 熱을 앓는다.

사람은 망가진 病床에 누워

목숨의 여름을 앓고

끓는 돌의 熱 위에 앉아

나비는 石花의 꽃술을 더듬는다.

어느 수술에 잠든 豫感의 새여

일어나 끓는 돌의 가슴으로 돌아오라.

炎熱에 숨지는

나의 진한 노래를 위하여

―〈炎熱에 끓는 돌이여〉전문

꽃이 자기의 열매를 맺기 위하여 한여름의 뜨거운 열 속에서 자신의 죽음을 찾아야만 하듯이 육신의 생명은 뜨거운 체온 속에서 죽음처럼 영원한 시를 찾는다. 나비가 끓는 돌의 열 위에 앉아 "石花의 꽃술"을 더듬듯이 "목숨의 여름"을 앓아야만 한다. "豫感의 새"는 바로 그의 詩를 말하고 있다. 이와 같은 죽음의 시련 과정을 통한 그의 시의 발견은 결국 우리들 인간의 완성된 자아의 발견이라고도 할 수 있겠다. 보다 높은 자아의 자기완성을 이룩하기 위하여 그는 아! 오! 우! 으! 와 같은 뜨거운 육성인 "들끓는 母音" 속의 괴로움과 "아리는 돌의 멍"을 견디어야만 했다.

나래 뜨는
하나의 自由를 낳기 위하여
돌은 당신의 손이 필요하다.
아리는 돌의 멍을 풀어주라
며칠을 더 햇살은 남아 있을 것이니.
눈 뜨는 돌의 살의
아픔을 아파하면서
내 希願의 形態는 돌에서 풀려 나온다.

— 〈돌의 날개〉에서

자기의 내면세계에 "나르시스"의 영상과도 같은 "아리는 돌의 멍"이 마침내 풀릴 때는 자아가 "돌의 날개"처럼 창공을 나를 때이다. 다시 말하면, 그것은 우리들 인생에 있어서의 정신적인 투쟁이다. 즉 무(無)의 세계에 다 몸을 내어 맡기며 보이지 않는 광원을 찾아 자신을 태우는 일이다.

너의 가장 聖스런

눈 속의 별을 찾기 위해선
사람은
가장 잘 된 말 속의
집도 저버리지 않으면 안된다.
소용도는 眩暈의 無의 밤을 헤매면서
떠나가는 저 失性의 사나이가 되어서

―〈詩〉에서

치열한 그의 추구는 어두운 공간 속에서도 무수히 원을 끊임없이 그리고 있다.

끓는 凝視 뒤에도 능히
노래는 남아 있을까.
날이 가고 달이 가면
無緣의 사람은 잊으리오만
한 마리 불새는
끓는 돌의 稜角에
오늘은 알을 품는다.

끓는 凝視 뒤에도 능히
노래는 노래일 수 있을까.
노래도 그때는 깊은 잠이요.
달이 가고 해가 가면
無緣의 사람은 잊으리오만
光源은 허망히 그때도 소용돌이라
깊은 나의 잠 속을.

―〈끓는 凝視 뒤에도〉

응집된 어둠 속으로 시의 공간을 찾아 육신을 뜨겁게 회전해온 그는 생과 사의 "稜角"에서 그의 시가 잉태하는 것을 예감하지만 아직도 포착할 수 없는 광원은 응시에 뒤따르는 죽음 뒤에도 허망히 소용돌 것이라 생각한다. 그래서 그는 다시 "自己崩壞"와 "自己再組織"을 해야만 했다. 궤도를 긋고 간 하나의 원과 다시 창조해야 할 새로운 원을 그의 경험세계 속에서 연결짓기 위하여 변화와 유동의 징표인 "펄럭이는" 바람 속에 자신을 태우는 그는 필사의 중력을 "불붙는 傷痕"에다 주며 다시 창조에 몸을 맡긴다.

> 흔들리는 重力을 잡아 고누면
> 망가진 바람의 비탈끝에서
> 길은 한 줄기 回癒처럼 열려 나온다.
>
> ―〈또 한 번 大地여〉에서

7

그러나 "가. 나. 다. 라.……"처럼 숱한 경험의 원을 그린 뒤의 세계는 아이들이 어디론가 다 가버린 집안의 찬바람 이는 어느 가을날 下午의 풍경처럼 잔잔하다.

무수한 열띤 경험을 다져온 그는 이제 인생의 가을의 문턱에 다다른 느낌이다.

> 아이들이 갖고 놀다버린 風船이
> 떴다는 말다
> 시름없이 방 안에 뒹굴고 있다.
> 아이들엔 이미

소용없는 물건이 되었는지 모른다.

......

집안에 혼자 있으면
想念은 遊動하는 微粒子와도 같이
흔들리는 風船을 따라 움직이고 있다.
下午 한나절 해그늘은 여물고
한동안을 잠기는 라디오의 바로크.
뜰에 핀 너댓 그루 장미는
조만간 찬 바람에 시들고 말겠지만
그런대로 얼마를 더 피어서
내 눈을 적시게 해 줄 것을 바랄 뿐이다.
바람 차면 사람들은
門을 닫어 걸리라.
원컨대 透明한 玉빛 靜謐이
헐벗은 나에게도 남아 줄 것을,
叡智란 무엇인가
처음으로 일러준 스승이여,
凝視마저도 지금은 한낱 잠인가.

— 〈어느 下午〉에서

　해그늘이 여문 가을날 하오의 정밀(靜謐) 속에서 "한동안을 잠기는 라디오의 바로크"를 따라 그의 상념은 이제 진공 속에 "遊動하는 微粒子와도 같이" 조용히 그의 세계에서 순회하고 있다. 생명은 시간 속에서 여물었지만 아직도 시간이 진행되고 있고 낮과 밤의 끝없는 반복이 계속되고 있는 한, 그의 원을 그리는 작업 또한 중단되지는 않는다. 그가 그리는 원의 밀도는 이젠 미열(微熱) 속에 여물은 형태로 나타나고 있다.

덜 마른 핏덩이의 목을
뒷전의 검은 손이 쥐고 있다.
그런대로 춥기 전에 어서 문도 달고
책상도 제머리에 놓아야겠는데
그것은 해야 할 무서운 義務처럼 나를 不安케 한다.

— 〈집을 짓다〉에서

열띤 축제일이 지난 뒤와도 같이 정적 속에 정리하는 그의 마음은
〈크리스마스가 지난 뒤 어느 大學村에서〉, 〈눈사람〉, 〈酷寒의 告別〉 같
은 시에서 보는 바와 같이 청정히 가라앉아 있다.

이젠 차분한 관조의 세계에서 태어날 때 이미 그가 잃어버린 어떤 세
계를 다시 찾을 수 있는 가능성을 엿볼 수도 있는 듯하다.

8

"프루스트"의 관조세계에서 보는 바와도 같이 그는 그의 조용한 마음
가운데서 어떤 지각의 힘으로 잃어버린 경험을 불러일으키기도 한다.

탱자 가시에 찔려
내 거울 속의 손은 아프다.
부서진 한 개의 거울 조각은
어느 기억의 全景으로 復元이 되나.

— 〈春日近郊〉에서

이러한 경험의 복원(復元)이 잃어버린 그의 시의 발견을 위한 하나의
과정이 되어 있는 것도 사실이나 이러한 그의 세계에서도 근원적인 인

간경험과 존재를 지향하는 절대원(絕對圓)을 그리는 운동이 그의 주된 탐구의 대상으로 되어 있는 것은 두말할 것도 없다.

> 마지막으로 한 번 더 별을 돌아보고
> 늦은 밤의 창문을 나는 닫는다.
> 어디선가 地球의 저쪽 켠에서
> 말없이 문을 여는 사람이 있다.
> 차갑고 뜨거운 그의 얼굴은
> 그러나 너그러이 나를 대한다.
> ……
> 다음 날 이른 아침 창문을 열면
> 또 한 번 나의 눈은 대하게 된다.
> 어디선가 地球의 저쪽 켠에서
> 말없이 문을 닫는 그의 모습을.
> 나즉히 나는 默禮를 보낸다.
> 그의 잠을 이번은 내가 지킬 차롄가.
> 그의 밤을 指向없이 내가 헤맬 차롄가

― 〈어떤 사람〉에서

그와 "어떤 사람"과의 묵예(默禮)는 원이라는 반복의 패턴 속에서 이루어진다. 그러나 이 지점에 놓여 있는 그의 전체의 시세계는 "밤" 또는 "잠"이 상징하듯이 시적 죽음에 해당하는 전체원(全體圓)의 영점(零點)에 비길 수 있다고 생각한다. 그가 이 세상에 태어날 때 잃어버린 시를 찾아서 생명을 불태운 후에 다시 그는 죽음이란 무(無)의 세계로 돌아가고 있다.

하룻밤의 永遠을 얻기 위해선

하룻밤의 煉獄을 얻기 위해선

수많은 새의 목을 졸라 부칠 일이다.

—〈한 사람의 밤〉에서

　　이와 같은 밤의 세계를 낳기 위해 뜨거운 생명수를 다 마셔야 했던 그는 〈빈 콜라병〉에서처럼 "빈 自己를 생각하며" 태워버린 자기 자신으로부터 시를 누에처럼 뽑아내는 과정을 밟는다.

나의 손이 주물리는

한 덩이 진흙.

무슨 모양이 되어 나올는가.

속에 끓는 불에 녹히면

진흙은 아름다운 오브제로 변한다.

—〈物象〉에서

　　이렇게 풀려나오는 광원이 〈조기〉〈포스타 속의 비둘기〉〈靜物〉 등 일련의 물상(物象)들에 되비치는 것을 보고 광원이 지나간 흔적을 포착해 보려는 노력을 계속한다. 탁월한 화가의 눈으로 지나가는 광원의 그림자를 자기 시에 담으려고 한다.

저 사람은 간대로 나를 본떠 그린다.

모양 바른 模寫 속에

나를 가둬 둘 작정이다.

그러나 쉽게는 안될 일,

나는 나대로의 깐이 있으니까.

붓 끝에 안간힘을 그가 주면 줄수록
나의 눈은 자꾸만 딴전을 볼테니까.
저 사람은 도시 나를 무엇으로 아는지
언제 내가 저런 식으로
그려 받길 원했던가.
보아도 그에겐 잘 안 보일 나인걸.

— 〈조기 · 畫家〉에서

이와 같은 내용은 〈포스타 속의 비둘기〉에서 더욱 명백히 나타나
있다.

포스타 속에 들어 앉아
비둘기는 자꾸만 곁눈질을 하고 있다.
……
……
비둘기가 노니던 한때의 지붕마루를
나는 알고 있는데
정말이지 알고 있는데
지금은 비어버린 집통만
비바람에 털럭이며 삭고 있을 뿐이다.
포스타 속에는 비둘기가 날아볼 하늘이 없다.
마셔볼 空氣가 없다.
……
……
그는 찍어낸 포스타
수많은 複寫 속에

다친 데 하나 없이 들어앉아 있으니

차라리 죽지 못해 탈이다.

—〈포스타 속의 비둘기〉에서

　많은 비평가들이 혼동한 비둘기는 여기에서 그가 말하는 光源이다. 그리고 포스터는 그가 이러한 광원에다 질서를 부여한 그의 시라고 할 수 있겠다. 다시 말하면, 시인은 "光源이라는 고유어 혹은 절대어"에 도달할 수 없기 때문에 시인이 "자기의 대상인 물자체"에 완전히 도달한다는 것은 자기부정이 되고 만다. 왜냐하면 "시는 物象自體가 아니라 대상의 꿈이며 허상이며 추억이며 표현이기 때문이다." 그러나 그는 다만 광원의 피사물(被寫物)인 제단(祭壇)의 "양초", "인형의 실눈썹", "木馬", "마네킹" 등과 같은 일견 생명이 없는 듯이 보이는 물상 속에 잠재해 있는 신화적이고 원형적인 경험을 통해서 光源의 흔적을 찾아보려고 하는 것이다.

　그러나 영원히 "出發하는 藝術家"로서 그는 이와 같은 영점(零點)의 세계를 떠나 또 하나 다른 원을 그리기를 회원한다. 그러나 그는 다시 어두운 죽음의 겨울 세계로부터 자신이 어서 떠날 수 있기를 바라지만 그러나 지나간 경험에 대한 향수를 또한 잊지 못하기도 한다.

앞산 마루에 남은 저 눈이

녹아 오르면

겨울도 이젠 마지막이 된다.

週日前만 해도

겨울은 영 갔을 줄만 알았는데

질긴 건 사람의 마음이다.

가면 언제 또다시

新雪의 날은 돌아올는지
장담은 차마 못하게 되었다.
문을 뛰쳐 나오면 저기
혹조 候鳥는 나의 生日을 물고 돌아온다.

—〈앞산마루에〉에서

9

　수많은 작은 원으로 구성된 전체의 큰 원을 돌아온 그는 마침내 어둠을 지나 먼 길을 걸어오는 "새벽녘의 사람"이 된다. 그리하여 다시 "해 짧은 날의 들판"을 건너가야 한다. 죽음의 영점세계에서 자신의 원형인 "아버지"를 찾은 후 그는 다시 그곳을 떠나야만 한다. 시간의 흐름과 더불어 "새벽"을 지나 또다시 뜨거운 대낮으로 돌아오는 운동을 계속하면서 그는 자신을 탈피해야 했다.

가지 끝은 한창
草綠의 불을 내뿜고 있었다.
뭉게구름은 산마루에
巨人의 半身을 일으키고 있었다.
땅에는 돌에 끓는 대낮의 고요.
돌연 튕기는 돌멩이 하나
종다리는 돌에서 날아오고 있었다.

—〈아버지〉에서

　이젠 원의 여정을 돌아 분명히 그가 맨 처음 시작한 그의 시집 제목인 "대낮"으로 돌아온 듯하다. 유년시절의 무지갯빛 꿈이나 기쁨에서 오는 아픔은 없지만 이젠 "莊子"처럼 그의 마음에는 어두운 그림자가 없다. 마음은 옥빛 하늘처럼 한없이 깊고 맑다. 이젠 희비애락(喜悲哀樂)을 다 겪은 뒤에 오는 경지에서 "禪者"처럼 인생을 관조한다. 다시 말하면, 그는 영적(靈的)이며 시적인 경지에 이르렀다고 할 수 있겠다.

> 여름날 山에 올라가면
> 山神靈이 반가운 헛기침을 하며
> 로마네스크
> 彫刻의 웃음을 웃고 있다.
> ……
> 한 뭉치 푸라티나의 구름이
> 山頂에 걸려 쉬고 있다.
> 巨人의 思想이다.
>
> ― 〈山神靈〉에서

산의 뒤울림 속에 산신령의 헛기침을 들을 수 있고 "로마네스크" 조각처럼 솟은 자연의 기암절벽에서 산신령의 웃음을 찾을 수 있다는 것은 그 자신의 내적 세계가 이와 같은 경지에 이르렀다는 것을 의미한다. 다시 말하면, 산정에 걸려 있는 백금빛 구름 속에 그의 사상이 누벼져 있음을 말한다. 검지도 붉지도 않은 "푸라티나의 구름" 속에 움직이는 그의 세계는 무수한 경험의 원을 그린 뒤에 온 세계이다.

10

그러나 그는 아직 원을 그리는 영원한 작업을 중단하지 않고 있다. 또 다른 무수한 원을 그린 뒤에 올 그의 세계는 어떠한 모양이 될 것인가 하는 것은 아직도 미지수이다. 그러나 달리 생각하면 그가 남기게 될 최후의 시작(詩作)으로도 그의 전체 세계는 완전히는 나타나지 않을는지도 모른다. 왜냐하면 "월리스 스티븐스"가 말한 "描寫는 啓示이다"라는 시론(詩論)과 마찬가지로 그는 시는 "光源의 被寫物"이기 때문이다. 태양빛을 한데 모은 것이 태양이라 할 수 있듯이 광원이 한데 담긴 그의 시의 총화가 그의 세계이며 또한 인생기록이며 전체적인 의미로서의 그의 시라고 할 수도 있겠기 때문이다. 그래서 그는 시라는 이름으로 그의 지속정신의 자화상을 그리고 있으며 또한 이런 자화상을 그림으로써 그는 자신을 완성해가고 있다고 보아야 하겠다.

기하학적 상상력의 안과 밖

— 文德守의 시

소나기 뒤에 연못에는 평화처럼
맑은 허무가 내려앉는다
— 〈빗방울〉에서

1

우리 시단에서 문덕수만큼 입지(立志)적인 인물도 없다. 그는 식민지 시대에 일본에서 중학교를 마치고 조국으로 돌아왔으나 해방공간의 이 념적인 갈등과 무질서로 인해 학업을 계속하지 못하고 고향인 마산에서 중학교 교편생활을 하며 "귀향자"로서의 어려운 첫 삶을 시작했다. 그 러나 그는 6·25 한국전쟁이 일어나자 군에 징집되어 최전방 산악지대 에서 소대장으로 싸우다가 총상을 입고 후송되어 살아남았으나 오랫동 안 전상자(戰傷者)의 아픔을 겪었다. 그러나 그는 좌절하지 않고 고향으 로 돌아와서 다시 교편생활을 하면서도 불굴의 의지로써 독학을 계속해 서 대학교수직에 올랐을 뿐만 아니라, 시인으로서 예술원회원이 될 만 큼 높은 수준의 예술적 성취를 이루었다. 그러나 그는 오랫동안 문인 단체를 이끄는 일의 중심에 서 있었던 정치적인 선택 때문에, 그의 작 품이 제대로 평가받지 못한 점이 없지 않았다. 그는 실제로 우리 시단 에서 《시문학》을 재창간해서 후진 양성에 전념하면서도 오랫동안 단체 활동에 적극적인 관심을 보였다. 그가 창작생활에만 전념을 하지 못하 고 조직을 책임지는 일에 관심을 보였던 것은 성실하고 겸손한 그의 태 도와 탁월한 친화력으로 인해 그의 주변에 사람들이 모였기 때문이기도 하겠지만, 억압적인 사회 상황으로부터 소외된 시인들을 보호하기 위해서는 나름대로 힘의 규합이 필요하다는 것을 그의 치열한 삶의 여정에서 터득했기 때문인 듯하다. 물론 문덕수가 창작에만 전념을 하였을 것 같으면 지금보다 더욱 큰 시적인 결실을 거두었을 것이라는 데는 의심의 여지가 없다.

2

그러나 그가 지금까지 발표한 시와 산문들을 편견 없이 있는 그대로 자세히 살펴보면, 저널리즘에서 높이 평가되는 다른 시인들의 작품과 비견해서 조금도 손색이 없는 독특한 시세계를 구축하고 있다는 것을 발견할 수 있다. 그는 1955년 청마 유치환의 추천으로 《현대문학》에 〈침묵〉을 발표한 후 초기에는 주로 모더니즘 경향의 작품을 써 왔다. 그가 처절한 한국전쟁을 체험했음에도 불구하고 전쟁에 관한 시보다 이렇게 주지주의적인 경향의 시를 쓰게 된 이유를 다음과 같이 쓰고 있다.

한국전쟁의 충격으로 목숨의 덧없음과 소중함을 함께 조금 눈 뜨면서, 하마터면 다른 길로 들어설 뻔했던 것을 휘어잡아 시를 쓰게 되었다. 시 쓰기에 큰 의미를 두고 싶지 않지만, 시 쓰기보다 더 큰 의미가 있을 것 같지도 않다.

초기에는 내면의식(무의식)에 생명의 근원이 있는 줄 알고, 열심히 탐구했다. 바깥 세계(한국전쟁)에 하도 데어, 외부에서의 절망이 안으로 눈을 돌리게 됐는지도 모른다.

—《꽃잎세기》 책머리에서

그가 내면을 탐색하는 시를 쓰기 시작한 것은 물론 사선(死線)을 넘은 한국전쟁에서의 쓰라린 체험 때문이기도 하겠지만, 1차세계대전을 전후로 해서 서구에서 일어났던 모더니즘이라는 시대정신(Zeitgeist)이 그 당시 일본을 거쳐 우리나라에 상륙해서 시대에 뒤떨어지지 않으려고 노력했던 그에게도 적지 않은 영향을 끼쳤기 때문일 것이다.

모더니즘 시의 특색 가운데 하나는 외부적인 현실을 단순히 모방하는 것보다 그것을 넘어 상징적 이미지를 유기적으로 구성하여 작품의 독자성을 갖도록 해서 내면적 현실을 탐색하도록 하는 것이다. 그래서 모방이론의 관점에서 보면 모더니즘 시는 외면세계를 "말하는 그림"이지만, 그것은 또한 칸트가 말한 것처럼 내면적인 의미를 지닌 미학적 대상으로서 특수한 존재론적인 위상을 지니게 된다. 왜냐하면 모든 시적 언어는 외부적인 현상인 동시에 내면적인 현상이기 때문이다. 그런데 시가 독자적인 위치에서 외면적 현상과 내면적인 진실을 나타내려면 유기적인 실체로서 나름대로 완벽한 질서를 가져야만 한다. 그러므로 문학작품의 독자성을 강조하는 모더니스트들은 상상력 내지 직관을 통해 외부적인 소재를 종합하고 결합해서 질서를 부여하는 일, 즉 경험론적인 차원에서 외부적인 현상과 심리적인 현상을 조화롭게 결합하는 인식론적인 작업에 역점을 두었다. 이와 같은 구성의 미학을 달성하기 위하여 모더니스트 시인들이 상징적 이미지와 메타포는 물론 "아이러니와 패러독스"를 사용한 콘텍스트를 강조한 것도 이러한 문제와 깊은 관계가 있다. 청마 유치환의 〈깃발〉과 〈바위〉에서 적지 않은 영감을 얻은 듯한 문덕수의 데뷔작 〈침묵〉은 위에서 언급한 모더니즘 시의 특색을 탁월하게 형상화하고 있다.

저 소리 없는
靑山이며 바위의 아우성은
네가 다 들어버렸기 때문이다.

겹겹 메아리로 울려 돌아가는 靜淑 속
어쩌면 제 안으로만 스며 흐르는
音響의 강물!

千年 녹쓸은
鐘소리의 그 懇曲한 應答을 지니고,
恍惚한 啓示를 안은 채
一切를 이미 秘密로 해 버렸다.

— 〈침묵〉 전문

평론가 이승원이 문덕수 시세계의 구심(求心)인 이 작품을 두고 문덕수가 "이질적인 이미지를 병치시키며 그 이미지의 상호 충돌에 의해 돌발적인 의미의 충격을 주는 수법을 구사"하고 있다고 말하며 "언어의 아이러니" 문제를 언급하고 있는 것도 이 시가 안팎으로 유기적으로 구성되어 있다는 점을 말해주고 있다. 그러나 이러한 시적 현상은 단순한 아이러니라기보다 반어적인 성격을 지닌 시적인 패러독스라고 말해야 더욱 정확할 것이다. 다시 말해, 그가 "바위"의 침묵을 "아우성"처럼 듣기도 하고, 산곡을 울리며 지나가는 메아리를 "정숙 속으로 스며 흐르는 음향의 강물"로 느끼면서, 산이 나타내는 "황홀한 계시"를 "비밀"로 표현한 것은 두 개의 상반된 현상을 하나로 연결 지어 균형과 조화를 이루게끔 하는 패러독스다. 묵상의 인식작용을 통해 산과 바위의 침묵 속에서 "아우성"은 물론 "녹쓸은 종"의 울림마저 듣게끔 만드는 이 시는 외면이 내면과 완벽한 유기적인 조화를 이루어 우주의 내면에 대한 거울처럼 생의 의미와 우주의 신비마저 탐색하게끔 한다. 그래서 동양적인 상징체계에서 보면 독자적으로 완벽한 구성을 가진 이 시에 나타난 산과 바위는 우주의 근간에 대한 상징적 이미지로 생각할 수 있다.

이렇게 이 시의 대상(對象)인 산과 바위를 곧 "이데아"에 상응하는 우주의 기본 축에 대한 상징으로 생각한다면 문덕수의 시적 관심은 다른 무엇보다 질서의식에 있다고 할 수도 있겠다. 그가 전쟁터에서 피를 흘리는 경험을 했음에도 불구하고 내면을 추구하는 시를 쓴 것은 내면의 질서를 탐색하는 것만이 전쟁을 일으킨 무질서로부터 인간을 구원할 수 있다고 생각했기 때문인지도 모른다.

이러한 측면에서 볼 때 문덕수는 초기에 김춘수의 경우처럼 "무의미시"를 쓴다고 말했지만 그의 시는 결코 "무의미시"가 아니다. 또 그가 무의식의 세계에서 생명의 근원을 추구한 것도 이성(理性)의 뿌리인 이데아와 관계있는 질서를 추구하는 의미를 띠고 있다. 왜냐하면 모든 생명에는 영혼이 있기 때문이다. 초기에 있어서 문덕수의 대표시집《線 · 空間》(1966)에 지배적으로 나타나고 있는 "선"의 이미지가 공간에 질서를 부여하는 기하학적인 상상력을 나타내지만 그것을 신화적인 생명적 근원과 그 진화과정에 대한 상징으로 볼 수 있는 것도 이와 같은 이유 때문이다.

線이
한 가닥 달아난다.
실뱀처럼,
또 한 가닥 線이
뒤쫓는다.
어둠 속에서 빛살처럼 쏟아져 나오는
또 하나의, 또 하나의, 또 하나의
또 하나의
線이
꽃잎을

문다.

뱀처럼,

또 한 가닥의 線이

뒤쫓아 문다.

어둠 속에서 불꽃처럼 피어나는

또 한 송이, 또 한 송이, 또 한 송이

또 한 송이, 또 한 송이

꽃이

찢어진다.

떨어진다.

거미줄처럼 짜인

無邊의 網紗,

찬란한 꽃 網紗 위에

동그란 宇宙가

달걀처럼

고요히 내려앉다.

— 〈線에 관한 素描 I〉 전문

회화적이거나 기하학적인 차원에서 보면 허무를 상징하는 공간에 그어진 선은 분명히 질서를 나타낸다. 왜냐하면 허무의 공간은 선이 나타남으로써 미(美)를 창조하는 질서가 있는 살아있는 공간으로 변형되기 때문이다. 여기서 공간을 혼돈상태의 무의식에 대한 상징으로 보면 그속에서 움직이는 선은 앞에서도 지적한 바와 같이 카오스 상태에 질서를 부여하는 의식이 있는 생명의 흐름과 진행과정을 의미한다고 볼 수 있다. 실제적으로 생명의 탄생은 무의식적인 암흑세계에 햇살처럼 비치는 질서를 가져오는 것을 의미하지 않는가. 그래서 이 작품에서 연속적으로 이어지는 생명의 흐름을 나타내는 듯한 "달아나는 선"과 "빛살"
의 이미지는 모든 질서의 총화인 꽃의 이미지를 만들어 내고 있다. 여
러 가닥의 선이 허무의 공간을 거미줄처럼 짜인 "무변의 망사"로 만들
고 그 위에 낭만적인 우주의 모양과 같은 구체(球体)를 탄생시키는 것은
인간이 시간 속에서 이성적인 의지로 만들어 낸 가장 원숙하고 아름다
운 질서의 꽃을 의미한다고 하겠다. 또 다른 낭만적인 측면에서 보면
선이 정지되어 있지 않고 "꽃"을 향해 움직이는 것은 인간이 초월적인
이데아의 세계를 추구하는 상징적 체계를 형성하고 있는 듯하다. 문덕
수의 이러한 상징체계는 김춘수의 대표작 〈꽃〉과 비교할 때 적지 않은
설득력을 얻고 있다.

> 내가 그의 이름을 불러주기 전에는
> 그는 다만
> 하나의 몸짓에 지나지 않았다.
> 내가 그의 이름을 불러주었을 때
> 그는 나에게로 와서
> 꽃이 되었다.
>
> ─〈꽃〉에서

　　김춘수 세계의 콘텍스트에서 볼 때 이 시 속에 나타난 "꽃"이 식물과
같은 단순한 "물상(物象)"이 아니라, 이데아와 같은 초월적인 존재에 대
한 상징적 이미지가 되고 있기 때문에 두 시인이 사용한 꽃의 이미지는
서로가 많은 유사점을 가지고 있다. 차이가 있다면, 김춘수는 "이름"을
불러주는 것이 의미하는 주관적인 감정이나 관념을 개입시켜 인식론적
인 힘을 통해서 "하나의 몸짓"을 "꽃"으로 만드는 반면, 문덕수는 주관
과 관념을 배제하고 "꽃"을 즉물(卽物)로 포착하고 있다는 것이다. 물론

시작과정에서 사물을 인식하는 방법에 따라 문덕수의 시에 나타난 "꽃"
이 김춘수의 "꽃"과 달리 초월적인 세계에 대한 상징이 될 수 없다고
볼 수 있다. 그러나 여기서 "꽃"은 영혼을 지닌 생명력의 아름다운 결
정체를 나타내고 있고 또 꽃이 내면세계 질서를 나타내고 있다는 것은
〈꽃과 언어〉라는 작품에서 볼 수 있듯이 그것이 내면의 세계를 반영하
는 "언어"와 깊은 관계가 있기 때문에, 피안의 세계에 대한 거울이 될
수도 있겠다. 이러한 주장은 김소월이 "산에 산에 피는 꽃은/저만치 혼
자서 피어있네"라고 표현한 꽃에 대한 거리감을 초월적인 피안의 세계
에 대한 상징으로 볼 수 있다는 해석으로도 뒷받침될 수 있겠다.

기하학적 상상력으로 질서를 찾는 그의 시심(詩心)은 살아있는 생명
체에만 머무르지 않는다. 〈표말(標抹)〉에서와 같이 그는 질서를 상징하
는 선의 모양을 가진 축(軸), 즉 하나의 상징하는 푯대를 중심으로 황량
한 허무의 공간을 환상적이리만큼 아름다운 세계로 변형시켜 놓는다.
이것은 미국 시인 윌리스 스티븐스가 테네시 황야에 하나의 항아리를
가져다 놓음으로써 주변을 질서가 있는 공간으로 변형시켜 놓는 것과도
유사하다. 그러나 앞에서도 지적했던 것과 같이 그의 기하학적인 질서
의식은 선에만 머무르지 않는다. 원숙한 아름다움을 상징하는 둥근 해
가 솟아나는 〈새벽바다〉 풍경을 "보석 상자"로 만든 것은 문덕수의 기
하학적 상상력이 만들어내는 또 하나의 걸작이다.

많은
태양이 많은
쬐그만 공처럼
바다 끝에서 뛰어오른다.
일제히 쏘아올린 총알이다.
짐승처럼

우르르 몰려왔다가는

몰려간다.

능금처럼 익은 바다가 부글부글 끓는다.

일제사격(一齊射擊)

벌집처럼 총총히 뚫린 구멍 속으로

태양이 하나하나 박힌다.

바다는 보석상자다.

—〈새벽바다〉 전문

여기서 명암이 교차되는 "새벽바다" 위로 떠오르는 태양이 수면에 반사되어 사격을 하는 "총알"같이 탄력성을 지닌 직선으로 움직이는 빛을 발하는 보석상자와 같은 입체적으로 현란한 풍경을 만들고 있는 것은 시인의 기하학적 상상력이 여러 가닥의 선을 엮어서 원을 만들고, 다시 원으로 풀어서 선을 만드는 조형적인 작업을 하고 있다는 것을 증명하고 있다. 그런데 그가 이 작품의 공간을 "많은 태양", "많은 쬐그만 공", "총알", "능금", "벌집" 등과 같이 기하학적인 이미지들로 빼곡히 채울 수 있는 것은 관념과 감정을 철저히 배제하기 위해 시적인 대상(對象)을 즉물(卽物)적으로 포착하고 있기 때문이다. 이러한 그의 미학은 예술작품의 독자성을 유지하기 위한 노력에서 비롯되었지만, 기하학적인 상상력이 사물의 본질을 순간적으로 즉시에 꿰뚫어 볼 수 있는 직관적인 통찰력이 성공적으로 결합해서 만들어 낸 시적인 결과라고도 말할 수 있겠다.

3

그러나 문덕수는 시간이 흐르고 "시대정신"이 바뀜에 따라 모더니즘에 대해 시적인 한계를 느끼게 되어 그것을 극복하려는 움직임을 보이고 있다. 그래서 그가 비록 초기시에서부터 보여주었던 기하학적인 상상력은 계속 구사하고 있었지만, 그것을 통해 내면세계에서 구원의 단서를 찾기보다 겹겹이 둘러싸인 벽 속에 갇힌 부조리한 인간의 실존적 상황은 물론 포스트모더니즘 시대를 열었던 자크 데리다가 지적한 이성 중심주의가 가져온 기계문명이 생명을 억압하는 닫혀진 상황을 고발하고 있다.

수천의 발자국 소리
그것은 춤이다.

벽이
一千의 벽이 앞질러
숨어 있다가 문득 나타나 솟기도 하고
줄지어 멀리 달아나듯이 달려온다.

벽이 꺾이어 막아서기도 하고
때로는 圓陣으로 꼼짝없이 둘러싸기도 하고
벽 위에 벽이 뛰어오르고
그 위에 또 다른 벽이 뛰어오르고,
벽이 유리처럼 환해지면서
그 안에 속벽이 우뚝우뚝 솟는다.

도시는 커다란 어항
그 어항 속의 작은 어항인 빌딩도
실은 층층이 쌓아 올린 어항이다.

242

어디로 가나

나는 그 어항 속의 고기다.

—벽(壁) 전문

　이 시는 유리벽처럼 열려 있는 듯하지만 닫혀 있는, 겹겹이 둘러싸여 있는 벽은 물론 모순되고 아이러니한 존재의 비극적인 현실뿐만 아니라 현대의 도시문명이 만든 닫혀진 폐쇄공간에 대한 현실을 기하학적인 벽의 이미지로 나타내고 있다. 이 지점에 와서 그의 시에서 생명의 진행과정을 나타내는 직선의 이미지는 물론 생명이 꽃피는 원숙한 결과를 나타내는 원(圓)의 이미지는 사라지고 도시의 벽과 유리창 그리고 건물 등과 같은 사각형의 이미지가 아니면 날카로운 삼각형의 이미지들이 등장하고 있는 것은 이러한 사실과 결코 무관하지 않다. 후기시의 대표작 가운데 하나로 평가 받는 다음과 같은 작품의 경우를 생각해 보자.

빨간 저녁놀이 반쯤 담긴

유리컵 세 개.

휑하니 열린 문으로는

바람처럼 들어닥칠 듯이 차들이

힐끗힐끗 지나간다.

석 잔의 유리컵

그 세 지점을 이으면 삼각형이 되는

그 속에 재떨이는 오롯이 앉아 있었다.

열린 문으로는

서 있는 한 사나이,

길 건너 어느 고층으로 뛰어오를 듯이

서 있는 그 신사의 등이 실은

문덕수　243

유리컵을 노려보고 있었다.

석 잔의 유리컵

그 세 지점을 그으면 삼각형이 되는

그 금 밖으로 밀려나

금박의 청자담배와 육각 성냥갑이 앉아 있고

그 틈새에 죄그만 라이터가

발딱발딱 숨쉬고 있었다.

— 〈탁자를 중심으로 한 풍경〉 전문

차들이 질주하는 복잡한 도시 건물 속의 사무실 풍경을 입체적으로 그린 이 작품은 지금까지 논의해온 대부분의 그의 중요 작품들과 같이 기하학적인 구도(構圖)로 이루어져 있다. "빨간 저녁놀이 반쯤 담긴 유리컵" 세 개가 삼각형을 구성하고 있을 뿐만 아니라, 문을 열고 서 있는 사나이와 길 건너 서 있는 고층건물 그리고 그의 등 뒤에 놓여 있는 유리컵은 보다 큰 삼각형을 이루고 있다. 이것뿐이 아니다. "금박의 청자담배"와 "육각 성냥갑" 그리고 "라이터"는 또 하나의 작은 삼각형을 이루고 있다. 여기서 삼각형을 중심으로 이루어진 크고 작은 공간들은 단순히 그린 평면적인 도시 풍경이 아니라, 벽 속에 갇혀있는 실존적인 인간의 부조리한 상황과 기계적인 도시 문명이 가져온 닫혀진 삶의 절망을 은유적으로 나타내고 있다. 길 건너 어느 고층으로 뛰어오를 듯이 열린 문 앞에 서서 붉은 석양이 담겨있는 유리잔을 등뒤로 돌아보고 있는 것은 황혼을 맞이할 운명에 놓인 사람이 뛰어넘을 수 없는 벽을 바라보고 절망하여 "살아 있으나 죽은 것"과 다름없이 피곤한 삶을 사는 도시인들에게 부닥친 닫혀진 우울한 현실을 있는 그대로 나타내고 있다. 그래서 이 작품에서 시인은 앞에서 살펴본 초기시에서 볼 수 있는 생명의 근원을 상징하는 선(線)의 이미지는 물론 그것이 창조하는 꽃의 이미지도 없다. 있는 것은 열린 문 앞에 서 있는 고층건물의 벽과 삶을 불태우는 담배와 라이터 등과 같은 죽음과 관련된 이미지들뿐이다.

이렇게 지금까지 추구했던 기하학적 상상력이 초기시에 속하는 〈횡단로에서〉처럼 인간의 생명을 파괴하거나 그것을 억압하고 위협하는 현실로 가져오는 벽과 불균형, 그리고 무질서를 도시의 거리풍경을 통해 지적으로 표현한 것은 그가 모더니즘을 넘어 포스트 모더니즘의 감수성과 의식을 형상화한 것이다.

흔들리는 버스 속에서
나의 죽음은 몇 번이나
눈을 뜬다.
버스의 후미(後尾)를 꽉 물 듯이
새까만 세단이 바싹 붙는다.
그 뒤로 줄줄이 매달리듯
늘어서는 포니 맵시트럭
로이얄 봉고 버스 브리사……

일순의 아슬한 정지가 풀리면
막혔던 둑이 터지고
빌딩이 떼를 지어 달려온다.
다투듯 우뚝우뚝 솟은 12층, 13층
15층 20층 30층 50층……

흔들리는 버스 속에서
나의 죽음은 몇 번이나
눈을 뜬다.

―〈흔들리는 버스에서〉 전문

문덕수 245

이 시에서 시인이 버스를 타고 흔들리며 질주하는 차량행렬의 무질서 속에서 죽음을 경험하듯 생명에 대한 압박감은 물론 끝없이 현기증을 느낄 정도로 높이 솟아있는 위협적인 고층건물 숲이 겹겹이 벽으로 다가와서 질식할 것 같이 닫혀있다는 느낌을 갖는 것은 현대문명의 위기가 우리 인간에게 얼마나 절박하게 다가오는가를 리얼하게 보여주고 있다.

4

그 후 그는 환경파괴 문제와 함께 새로이 바뀐 "시대정신"에 따라 자연과 친화하려는 시적 의지를 보이고 있다. 그가 기회 있을 때마다 우리가 시를 써야 할 대상은 기계문명이 이데올로기 전쟁과 함께 더불어 가져온 철조망 넘어 존재하는 생명의 근원을 상징하는 자연의 보고(寶庫)인 DMZ에 있다고 지적한 것은 이러한 사실을 보다 구체적으로 나타내고 있다.

연못에 떨어지는 빗방울이 동그랗게 수면을 파면서 수만 개의 자잘한 물기둥으로 다시 솟는다 그 물기둥이 목이 석순(石筍)처럼 똑똑 잘리면서 눈깔사탕만한 투명한 구슬 방울이 된다 어떤 건 포물선으로 휘늘어진 풀잎을 뛰어넘고 어떤 건 줄기에 매달려 미끄러지고 그냥 수직으로 옥쇄(玉碎) 한다 빗줄기 틈새로 놀란 개구리, 곤충 한 마리 빗줄기 치는 잎사귀 밑에 거꾸로 붙어서 소나기를 피한다. 빨간 딱정벌레가 풀잎 위로 기어가다가 휘어져 팅기는 바람에 굴러 떨어진다 개미 대여섯 마리 귀소(歸巢) 도중에 신호체계가 무너졌는지 길을 잃고 방황한다 소나기 뒤에 연못에는 평화처럼 맑은 허무가 내려앉는다.

— 〈빗방울〉 전문

이 시는 시인이 스치고 지나가는 소나기가 내리고 끝난 연못의 자연 풍경을 동양화 그리듯이 초연한 입장에서 묘사하고 있다. 그가 초기 때부터 견지해온 이미지즘이 에즈라 파운드가 발견한 동양적인 미학과 깊은 관계가 있다면, 이러한 그의 시적 노력은 크게 놀랄 만큼 새로운 것은 아니다. 그러나 중요한 것은 이 시에서도 그가 기하학적인 상상력을 사용하고 있으나 그것이 다시 해체할 수 있을 정도로 원숙한 경지에 도달하고 있다는 것이다. 가령, 이 시에서 지배적으로 나타나고 있는 생명의 상징인 빗방울이 가장 원숙한 기하학적인 이미지인 원의 모양을 하고 있는 것은 이러한 사실을 충분히 말해주고 있다. 왜냐하면 원은 완성인 동시에 해체를 의미하기 때문이다. 그런데 여기서 더욱더 중요한 것은 "투명한 구슬방울"처럼 아름답게 묘사된 물방울이 완전한 기하학적인 미의 완성을 나타내는 원의 모양을 하고 옥처럼 아름답게 부서져서 생명의 모태이자 근원을 상징하는 연못과 함께하면서, 그곳에 살고 있는 작은 생명체들에게 삶의 경이로움을 가져다주고 스스로 큰 공간의 물속으로 해체되고 있다는 것이다. 생명의 탄력성을 가진 물방울이 직선(直線)의 모형을 가진 "석순(石筍)과 같은 물기둥을 만들고 "옥쇄(玉碎)"되어 연못이 상징하는 공간으로 해체되는 과정은 초기시집 《線·空間》에서 보여주었던 기하학적인 상상력의 구도를 역순으로 밟고 있다. 이것은 모더니즘 시절에 그가 내면적인 생명체 근원을 찾기 위해 질서를 부여하는 선을 그렸으나, 지금은 연못이 나타내는 외면적인 공간이 생명의 근원이란 사실을 깨닫고 그 속에서 "평화처럼 맑은 허무"를 발견한다. 모든 것이 해체된 연못은 허무의 공간을 나타내지만, 그것이 맑고 평화롭다는 것은 혼돈이 아닌 질서가 있다는 것이다. 이것은 서양에서 시작된 모더니즘의 세례를 받고 시를 쓰기 시작했던 문덕수가 포스트모더니즘 시대를 거쳐 허무가 혼돈의 세계가 아니라 가장 조화로운 질서인 평화의 세계라는 사실을 발견하고 자연과 친화하려는 모습을 보이고 있다.

이렇게 허무의 세계에서 그가 스스로 친화할 수 있는 숨은 질서를 발견한 것은 결코 우연한 것이 아니다. 그는 일찍부터 청산과 바위의 침묵이 나타내는 허무의 공간에서 계시(啓示)의 비밀이 나타내는 질서의 미학을 읽지 않았던가. 어느 누가 그를 무의미시만 쓴다고 질책할 수 있는가. 그가 침묵하는 자연이라는 허무의 공간에서 우주의 내면적인 질서를 발견하고, 또 그 질서가 허무의 공간 속에서 생명의 흐름과 함께 순환한다는 진실을 깨닫고 그것과 평화롭게 친화하며 평화로운 즐거움을 찾는 것은 도시 문명 속에서 척박하게 살아가는 현대인들에게는 커다란 의미로 다가오는 지혜임을 아무도 부인하지 못할 것이다.

궁핍한 시대의 토착적인 삶
— 申庚林의 시

> 가난하다고 해서 외로움 모르겠는가,
> 너와 헤어져 돌아오는 눈 쌓인 골목길에 새파랗게
> 달빛이 쏟아지는데.
> — 〈가난한 사랑 노래〉에서

1

헤겔은 각 시대마다 그것이 창조한 시대정신을 나타내는 독특한 문체가 있다고 했다. 이러한 사실은 신경림의 시의 경우를 두고 말해도 크게 잘못이 없겠다. 신경림은 김수영과 마찬가지로 한국 현대시사(詩史)에서 하나의 새로운 시대를 여는 전기를 마련했기 때문이다.

그는 1956년《문학예술》에 그 당시 한국 시단을 지배하던 모더니즘의 극복을 알리는 듯한 〈갈대〉를 발표하고 문단에 나왔으나, 다만 몇편의 작품만을 남기고, 10년 가까운 공백기간을 가졌다. 그러나 그동안 신경림은 절필을 하고 쉬고만 있었던 것은 아니었다. 그는 낙향을 해서 농사를 짓기도 하고, 광산이나 공사장에서 일을 하며 얻은 경험을 바탕으로 시를 쓰고 있었다. 그래서 그가 이 시절에 쓴 시를 엮어 1970년대 초 자비로 출판한《農舞》는 한국 현대시의 전통을 해체시킬 만큼 전위적이었다. 왜냐하면 그 당시《현대문학》을 중심으로 문단의 주류를 이루고 있던 모더니즘 계열의 시는 물론 서정주로 대표되는 전통적인 서정시의 분위기를 파괴할 만큼 강렬한 충격을 주었기 때문이다. 다시 말하면, 강렬한 사회성을 지닌《농무》는 난해하고 창백한 모더니스트 시와 "정(情)"만을 그리는 전통적인 서정시와는 달리, 5 · 16후 70년대의 한국사회가 농경사회에서 산업사회로 전환하는 시대적인 상황을 반영시키는 데 보다 적합하고 효과적이었다.

그러나 신경림은 모더니즘을 완전히 거부한 것은 아니었다. 실제로 박남수가 "신경림을 잘 몰라서 그렇지 이 사람은 모더니스트다"라고 말한 것처럼, 그는 전통적인 서정시가 가진 시어(詩語)만을 사용하지 않고, 한자와 외국어를 그의 작품 속에 사용했는가 하면, 그 자신 박목월에게 많이 배웠다고 말했듯이 과장 없이 생활에 밀착된 결곡하고 절제된 언어로써 상징적이고 신비적인 세계보다는 현실적인 삶의 풍경을 리얼하게 직접적으로 묘사하고 있다. 그래서 한국시는 신경림에 와서 모더니즘을 완전히 극복하고 포스트모더니즘의 단계에 진입했다고 말해도 크게 잘못이 없겠다. 신경림의 시적 주제는 존재론적이든, 혹은 사회적이든, 고통 받는 사람들의 비극적인 삶에 모아진 애정 있는 연민의 시선에 관한 것이다. 그의 처녀작인 〈갈대〉에서 이러한 시선은 나타나기 시작했다.

언제부턴가 갈대는 속으로
조용히 울고 있었다.
그런 어느 밤이었을 것이다. 갈대는
그의 온몸이 흔들리고 있는 것을 알았다.

바람도 달빛도 아닌 것.
갈대는 저를 흔드는 것이 제 조용한 울음인 것을
까맣게 몰랐다.

─산다는 것은 속으로 이렇게
조용히 울고 있는 것이란 것을

그는 몰랐다.

— 〈갈대〉 전문

　　이 작품을 두고, 염무웅은 "시인이 일찍이 극복하고 떠난 청년기의 에피소드"라고 말했지만, 유종호는 "초기작과 근작 사이의 연속성 — 삶이란 쓸쓸하고 슬픈 것이라는 감개의 연속성"을 보았고, 작고한 김현은 "내면화된 정적 울음"이 〈갈대〉를 넘어서 《농무》의 세계로 확대되었다고 지적했다. 전자의 주장도 일리가 있지만, 후자들의 주장이 보다 설득력이 있다. 왜냐하면 〈갈대〉의 "조용한 울음"이 내면에서 일어나는 것으로만 한정시킬 수 없기 때문이다. 가령, "언제부터인가 갈대는 속으로/ 조용히 울고 있었다"는 것은 갈대가 처음부터 조용히 흐느끼고 있었다는 것이 아니라, 그것이 삶이 외롭고 어렵다는 것을 알게 되었을 때, 울기 시작했다는 것을 의미한다고 말할 수 있겠다. 다시 말하면, 갈대의 몸을 흔들게 만드는 것이 "바람"이나 "달빛"이 상징하는 외부적인 힘이 아니라, 내면적인 "조용한 울음"의 표출 때문이라고 말하는 것은 존재에서 오는 아픔을 깨닫게 되거나 절실하게 의식하게 됨을 의미한다고 볼 수 있겠다. 여기서 "존재"라는 말은 외부적인 삶을 표백한 삶만을 의미하는 것이 아니라, 땅속에 뿌리를 박고 자유롭지 못한 상태에서 살기 위해 힘겹게 호흡을 하며 영겁의 세월 속에 끝없이 서 있어야만 하는 슬픔을 나타낸다고 볼 수 있겠다. 이러한 상태를 나타내고 있는 이 작품은 지나친 감정을 절제하기 위해 난해한 수사학적인 장치를 사용하는 모더니즘을 극복하고, 갈대에다 조용한 "감정이입"을 하며 독자들에게 직접적인 호소력을 보인다.

　　비극적인 삶의 현실에 대한 신경림의 연민의 시선은 〈墓碑〉에서 보다 명확히 나타나고 있다. "묘비"를 "갈대"의 이미지와 유사한 문맥 속에 놓고 보면, 신경림이 인간의 삶과 죽음을 얼마나 비극적으로 보았는

신경림 251

가를 알 수 있다. "갈대"가 생각하는 사람에 대한 이미지 같으면, 묘비는 개체적인 인간이 죽은 다음에 오는 허무한 현실을 나타내고 있다. 보통 사람은 죽은 후에도 세상에 자국을 남기며 기억되고 구원을 기대하지만, 그것은 불확실한 것일 뿐, 바람을 맞고 퇴색되어 슬픈 얼굴을 하고 망각 속에 묻혀버린다.

  쓸쓸히 살다가 그는 죽었다.
  앞으로 시내가 흐르고 뒤에 산이 있는
  조용한 언덕에 그는 묻혔다.
  바람이 풀리는 어느 다스한 봄날
  그 무덤 위에 흰 나무비가 섰다.
  그가 보내던 쓸쓸한 표정으로 서서
  바람을 맞고 있었다.
  그러나 비는 아무것도 기억할 만한
  옛날이 있는 것은 아니었다. 어언 듯
  거멓게 빛깔이 변해 가는 제 가냘픈
  얼굴이 슬펐다.
  무엇인가 들릴 듯도 하고 보일 듯도 한 것에
  조용히 귀를 대이고 있었다.

  ─〈墓碑〉전문

그런데 위에서 살펴본 초기 작품과 1970년《창작과 비평》가을호에 발표한 명편에 속하는 작품, 〈그날〉을 비교해 보면, 빈곤 속에 이름 없이 살다 간 이름 없는 개체인 민중의 비극적 현실에 대한 신경림의 시선과 묘사는 크게 달라진 것이 없다. 다른 것이 있다면, 전자는 이미지 중심으로 정적인 반면, 후자는 이미지보다는 인물 중심으로 직접적인 리

얼리즘을 보여주고 있기 때문에, 독자들에게 더욱더 큰 울림을 가져다
준다.

> 젊은 여자가 혼자서
> 상여 뒤를 따르며 운다
> 만장도 요령도 없는 장렬
> 연기가 깔린 저녁길에
> 도깨비 같은 그림자들
> 문과 창이 없는 거리
> 바람은 나뭇잎을 날리고
> 사람들은 가로수와
> 전봇대 뒤에 숨어서 본다
> 아무도 죽은 이의
> 이름을 모른다 달도
> 뜨지 않는 어두운 그날

—〈그날〉 전문

물론 이 작품은 산업화 시대에 황량하고 바람 부는 응달진 곳에서 비
참하게 살다가 죽은 민중들의 슬픈 죽음을 서정적으로 묘사한 풍경에
초점을 두고 있으나, 버림받은 인간의 존재 그 자체의 죽음에서 오는
비극적 현실을 함께 고발하고 있는 것 또한 숨길 수 없는 사실이다. 그
렇다면, 초기 작품과 《농무》에 실려 있는 여러 작품들은 주제적인 면에
서나 형식적인 면에서 일종의 연속성이 존재한다고 말할 수 있겠다. 그
러나 후자의 경우, 자연주의적인 단편소설의 무대에서처럼 빈곤과 사
회적인 상처가 작품 속에서 죽은 인물의 삶과 죽음을 더욱더 비참하고
처절하게 만들고 있다는 것이 보다 리얼하게 서정적으로 그려지고 있는

것이 새로운 특징이다.

2

《농무》의 여러 시편들은 6·25 전쟁이 끝난 50년대 후반에서부터 60년대까지의 무너져가는 농촌이나 폐광(廢鑛)과 같은 버림받은 벽지(僻地)의 땅에 전개되는 가난한 노동자들의 생활 풍경을 묵화(墨畵)처럼 맑고 투명한 산문에 가까운 언어로써 농밀하게 그린 작품들이다. 그래서 산업사회 이전의 우리의 고향 풍경을 그림처럼 담고 있는 이 작품들은 모더니즘 시인들과 독자들을 당황하게 만들지만, 대부분의 독자들에게는 자유롭고 신선한 미학적 충격을 가져다준다. 왜냐하면 이 작품들은 잘 끌질된 언어와 토착적인 음률이 자연스럽게 탁월한 조화를 이루도록 해서 맑고 투명한 미학적 공간을 만들어내고 있을 뿐만 아니라, 우리가 친숙했던 고향사람들이 가난이라는 고통 속에서 무너져가는 비극미를 긴 여운을 남기며 보여주고 있기 때문이다. 그러나 이 작품들이 시사하는 연민은 그것 자체를 위한 것이 아니라, 사치와 허영에 넘쳤던 도시와 대비되는 농촌이 산업사회의 희생물로 전락하는 것에 대한 안타까움을 수반한다. 《농무》의 서시(序詩)에 해당되는 〈겨울밤〉의 경우부터 살펴보자.

우리는 협동조합 방앗간 뒷방에 모여
묵내기 화투를 치고
내일은 장날. 장꾼들은 왁자지껄
주막집 뜰에서 눈을 턴다.
들과 산은 온통 새하얗구나. 눈은
펑펑 쏟아지는데

쌀값 비료값 얘기가 나오고
선생이 된 면장 딸 얘기가 나오고.
서울로 식모살이 간 분이는
아기를 뱄다더라. 어떡할거나.
술에라도 취해 볼거나. 술집 색시
싸구려 분 냄새라도 맡아 볼거나.
우리의 슬픔을 아는 것은 우리뿐.
올해에는 닭이라도 쳐 볼거나.
겨울밤은 길어 묵을 먹고
술을 마시고 물세 시비를 하고
색시 젓갈 장단에 유행가를 부르고
이발소집 신랑을 다루러
보리밭을 질러 가면 세상은 온통
하얗구나. 눈이여 쌓여
지붕을 덮어 다오 우리를 파묻어 다오.
오종대 뒤에 치마를 둘러 쓰고
숨은 저 계집애들한테
연애 편지라도 띄워 볼거나. 우리의
괴로움을 아는 것은 우리뿐.
올해에는 돼지라도 먹여 볼거나.

― 〈겨울밤〉 전문

이 작품에서 지금은 사라져서 기억 속에서만 남아 있지만, 신경림은
산업화가 되기 이전의 궁핍하고 비속했던 농촌사회의 풍경을 독자들로
하여금 짙은 향수를 느끼게 할 정도로 서정적으로 진솔하게 그려내고
있다. 물론 전통적인 시에 익숙한 사람들에게는 "협동조합 방앗간 뒷

방"은 시어(詩語)로 적합하게 보이지 않을 수 있으나, 그것은 시인이 창조한 시적 공간에서 양반들의 사랑방처럼 농촌의 마을사람들이 농한기인 겨울밤에 모여 앉아 그들의 아픔과 기쁨을 털어놓는 의사소통의 장소가 되고 있을 뿐만 아니라, 농촌사회의 내면적 현실을 구체적이면서도 총체적으로 밝혀주는 정직하고 소박한 담론의 장(場)이 되고 있다. 그래서 화자가 그곳에서 듣고 말하는 내용을 통해서 우리는 잃어버린 그 시대의 가난했던 농촌사회가 안고 있던 현실적인 어려움이 무엇이며, 그 공동체가 어떻게 무너져가고 있었는가를 생생하게 느낄 수 있다. 이 작품이 그리고 있는 그 시대의 농촌사회는 아직 산업화로 인해 공동화(空洞化)는 되지 않았지만, 대부분의 농민들이 비료값도 나오지 않는 농사일 때문에 빈곤의 악순환으로부터 벗어나지 못해, 절망과 좌절 속에 빠져있었다. 농촌사회의 지배계급에 속하는 면장의 딸은 선생이 되었으나, 가난 때문에 서울로 식모살이를 간 빈농의 딸 분이가 결혼도 하지 않고 아기를 뱄다고 하니 화자인 그의 시름이 깊고 앞날이 암담할 수밖에 없다. 그래서 그는 술에 취하고 술집 색시도 찾아가서 시름을 달랜다. 보기에 따라서는 좌절한 농민의 움직임을 퇴폐적으로 나타내고 있다고 말할 수 있지만, "우리의 슬픔을 아는 것은 우리뿐"이라는 말이 의미하듯 그는 가난하고 버림받은 그들에게서만 위안을 찾을 수 있기 때문일 것이다. 다시 말하면, 계절의 변화에서 오는 죽음의 상징인 눈이 산과 들에 하얗게 내리고 "지붕을 덮어" 그들을 파묻고 있지만, 그들이 희망을 잃지 않고 새로이 닭을 치고 돼지를 키우며 "오종대뒤에 치마를 둘러 쓰고/ 숨은…… 계집애들한테/ 연애 편지라도 띄워볼"만큼의 소박한 꿈을 갖는 것은 가난하지만 정을 서로 나눌 수 있는, 같은 처지에 있는 사람들이 그의 고뇌를 알고 그것을 함께할 것이라는 유대와 공동체의식 때문이다. 그래서 이 작품이 암시하고 있는 주제적 메시지는 토착적인 "민중의 삶"과 꿈이 민족의 뿌리와 얼을 담고 있기 때문에 우리가 시대를 초월해서 그것을 지키고 승화시키기 위한 애정과 구원의 손길을 뻗쳐야 한다는 것이다.

신경림이 무너져가는 농촌에 시선을 준 것은 가난으로 인해 좌절한 농부들의 삶의 현실 때문만은 아니었다. 그는 농촌 마을의 유지(有志)에 속하는 가난한 선비 가문이 역사의 물결에 의해 쇠락해가는 모습을 깊은 애환 속에 밀도 짙게 그리고 있다. 식민지 시대를 벗어난 해방 공간에서는 가난한 시골 선비들의 후손들이 신교육을 받고 행동하는 지식인으로서 변신해서 가난하고 고통 받는 민중들을 구원하기 위해 사회주의 운동에 몸을 던져 참여하는 경우가 많았다. 그래서 그들은 시골 마을의 소년들에게는 신비스러운 영웅적인 존재가 되었다. 그러나 그들이 당국에 의해 불온분자로 체포되어 감옥에 갇히게 되거나 도망자로서 멀리 자취를 감추어 버릴 때, 가족들은 자포자기에 가까운 좌절은 물론, 마을 전체가 지도자를 잃은 듯이 쓸쓸하고 황량했다. 작품 〈시골 큰집〉은 당시 대가족의 공동체 속에서 자란 화자인 소년의 눈을 통해서 그 시절 지식인이었던 큰집 형을 잃고 쇠락해가는 가난한 종가(宗家)집의 무너져가는 역사적 풍경을 어두운 그림자가 드리워진 흑백사진처럼 우울하게 그리고 있다.

　　이제 나는 시골 큰집이 싫어졌다.
　　장에 간 큰아버지는 좀체로 돌아오지 않고
　　감도 다 떨어진 감나무에는
　　어둡도록 가마귀가 날아와 운다.
　　대학을 나온 사촌형은 이 세상이 모두
　　싫어졌다 한다. 친구들에게서 온
　　편지를 뒤적이다 훌적 뛰쳐 나가면
　　나는 안다 형은 또 마작으로

밤을 새우려는 게다. 닭장에는
지난 봄에 팔아 없앤 닭 그 털만이 널려
을씨년스러운데 큰엄마는
또 큰형이 그리워지는 걸까. 그의
공부방이던 건넌방을 치우다가
벽에 박힌 그의 좌우명을 보고 운다.
우리는 가난하나 외롭지 않고, 우리는
무력하나 약하지 않다는 그
좌우명의 뜻을 나는 모른다. 지금 혹
그는 어느 딴 나라에서 살고 있을까.
조합 빚이 되어 없어진 돼지울 앞에는
국화꽃이 피어 싱그럽다 그것은
큰형이 심은 꽃. 새 아줌마는
그것을 뽑아내고 그 자리에 화사한
코스모스라도 심고 싶다지만
남의 땅이 돼 버린 논둑을 바라보며
짓무른 눈으로 한숨을 내쉬는 그
인자하던 할머니도 싫고
이제 나는 시골 큰집이 싫어졌다.

— 〈시골 큰집〉 전문

　　신경림이 〈시골 큰집〉에서 보여주고 있는 시골의 저항적인 지식인이
궁핍한 시대의 사회 상황으로 인해 좌절하고 분노하는 모습은 그의 대
표작에 속하는 〈제삿날 밤〉과 〈잔칫날〉 그리고 〈산읍일지(山邑日誌)〉등
에서도 탁월하게 그려지고 있다. 〈제삿날 밤〉의 화자인 소년이 시적인
느낌을 부여하기 위해 이름을 모른다고 하는 당숙이 죽은 날을 기억하

고 인간적인 결속을 유지하기 위해 겨울비를 맞으며 찾아온 마을의 젊은이들과 "두루마기 자락에 풀 비린내를 묻힌/ 먼 마을에서 온 아저씨들"의 움직이는 모습과 "칸데라를 들고 나가/ 지붕을 뒤져 새를 잡는" 잊혀진 시골 풍경을 새롭게 묘사하고 있는 가운데, "울분 속에서 짧은 젊음을 보낸/ 그 당숙"이 시대적인 상황에 저항하다가 희생된 인물임을 암시하고 있다. 앞에서 언급한 것처럼, 화자가 죽은 당숙의 이름을 모른다고 하지만, 그가 반항적인 풍운아라는 사실이 또 다른 시편 〈잔칫날〉에 뚜렷이 나타나고 있다. 이 작품에 나오는 당숙은 신부가 신랑을 자랑하고, 차일 밑이 "잔칫집답게 흥청"대는 것을 보고, 술의 힘을 빌려 신랑의 아버지가 죽을 때의 모습을 생각하라고 말하며 분노한다. 잔칫날과 같은 축제일에 신랑의 아버지의 비참했던 죽음을 기억하도록 고함치는 것은 내면에서 비등하던 저항정신의 분출이라고 보지 않을 수 없다. 탁월한 작품인 〈산읍일지〉의 화자 역시 척박한 가난으로 인한 자포자기의 좌절감 속에 머물고 있지만, 타성에 안주하는 자신을 질책하며, 저항정신을 불태운다.

아무렇게 살아 갈 것인가
눈 오는 밤에 나는
잠이 오지 않는다
박군은 감방에서 송형은
병상에서 나는 팔을 벤
여윈 아내의 곁에서
우리는 서로 이렇게 헤어져
지붕 위에 서걱이는
눈 소리만 들을 것인가
납북된 동향의 시인을

생각한다 그의 개가한 아내를

생각한다 아무렇게나 살아 갈

것인가 이 산읍에서

아이들의 코묻은 돈을 빼앗아

연탄을 사고 술을 마시고

숙직실에 모여 섯다를 하고

불운했던 그 시인을 생각한다

다리를 저는 그의 딸을

생각한다 먼 마을의

개 짖는 소리만 들을 것인가

눈 오는 밤에 가난한 우리의

친구들이 미치고 다시

미쳐서 죽을 때

철로 위를 굴러 가는 기찻소리만

들을 것인가 아무렇게나

살아 갈 것인가 이 산읍에서

— 〈山邑日誌〉 전문

　　서정적인 우수(憂愁)에 찬 신경림의 세계의 저변에 서서히 끓어오르
는 이러한 저항 정신은 〈갈길〉, 〈전야(前夜)〉 그리고 〈폭풍〉 등과 같은
작품에서 화산처럼 폭발해서 그 시대를 살았던 민중들의 저항정신을 좁
은 화폭에 서정적으로 생생하게 그리고 있다. 이렇게 좌절과 분노가 교
차하는 것은 그들을 휩쓸고 지나간 비극적인 역사에 대한 슬픈 기억 때
문이라는 사실 역시 어둠 속의 눈길을 걸어야만 하는 추방된 혁명아의
자취를 그린 〈그〉, 그리고 광산에서 일을 하다 끌려가서 돌아오지 않는
삼촌이 그리워 울분과 절망 속에서 노래한 〈폐광(廢鑛)〉 등에서 눈물로

써 증언하고 있다.

그러나 신경림의 시집 《농무》의 백미(白眉)는 낡은 필름처럼 멀어져 간 역사적 물결의 파고(波高)의 재현보다는 그것이 휩쓸고 간 폐허의 잔해 더미 속에서 가난하고 고통 받는 사람들의 슬픔을 그들의 피와 함께 전수해 온 토착적인 문화유산과 함께 탁월하게 형상화해서 꾸밈없이 엮어내는 미학이다. 이것은 우리 민족의 토착적인 풍경과 애환을 독특한 기법으로 그린 박수근의 그림처럼, 시대적인 질곡과 억압 속에서 가난했지만 끈질긴 생명력을 면면히 이어오면서 순박하게 살아온 한국인의 모습을 원형적으로 밀도 짙게 그리고 있다는 것이다. 작품 〈씨름〉은 민속적인 놀이를 상업적인 것으로 만들어 버려, 그것이 지닌 공동체적인 기능을 상실하게 만들었지만, 원래 싸움의 축소판인 경쟁적인 씨름에 얽혀 있는 기대와 배반은 물론 상실과 패배의 슬픔의 사회학을 존재론적인 의미와 함께 서정적으로 묘사하고 있다. 또 손창섭의 〈잉여인간〉을 연상시키는 실업과 가난에 지친 산업사회 이전의 농촌에 살고 있던 "민중"의 현실을 눈물이 담긴 유머와 페이소스로서 그린 〈파장(罷場)〉역시 일할 곳을 발견하지 못하고 실의(失意)에 빠져있던 버림받은 자들을 사실적으로 묘사하고 있지만, 그들 사이에서 보이고 있는 동료의식은 이 시대가 상실해버린 전통적인 인간적 자산이라는 사실을 보이지 않게 제시하고 있다. 이것뿐만 아니다. 뜨거운 여름날 누군가 "빈 교실에서" 타는 풍금소리가 들리는 학교 운동장과 두엄 냄새로 "세상이 썩는 것처럼 지겨웠던" 양조장 옆 골목을 비교한 〈어느 8월〉과 "살구꽃 그늘" 속으로 뻗은 길을 따라 "장터로 가는 조합 마차" 위에서 가난한 농부들의 웃음이 "꽃"처럼 밝기만 한 것을 노래한 〈꽃 그늘〉은 도시인들로 하여금 순수한 마음으로 돌아가, 버리고 온 고향의 아름다움에 대해 짙은 향수를 느끼게 하고도 남음이 있다.

그러나 탁월한 신경림의 시세계에서도 아쉬운 것이 전혀 없는 것이 아니다. 톨스토이의 문학론에서처럼 신경림의 문학작품이 가난한 독자들 사이에서 사람들에 대한 공감을 일으키는 데는 성공했지만, 적지 않은 시편에서 논의의 대상(對象)이 되고 있는 인물들이 현실을 능동적으로 극복하지 못하고 좌절한 끝에 자학(自虐)적인 상태에 빠져있다는 것이다. 그들의 이러한 행위가 부조리한 삶의 조건과 억압적인 사회적 현실에 대한 불만과 비판적인 의미를 지니고 있다고 하더라도 자연주의가 아닌 리얼리즘의 시각에서 보면, 결코 바람직하지 못하다. 〈실명(失明)〉의 세계는 물론, 〈눈길〉은 그의 대표작 중의 하나로 평가되고 실제로 당시의 좌절한 농촌 사람들의 궁핍한 현실을 극적으로 표현하는 데 성공하고 있지만, 생명력이 넘치는 소박한 농부들의 춤과 흥취를 다룬 작품 〈농무〉와는 달리 아무런 빛이 보이지 않고 너무나 우울하고 암담하기만 하다.

아편을 사러 밤길을 걷는다
진눈깨비 치는 백 리 산길
낮이면 주막 뒷방에 숨어 잠을 자다
지치면 아낙을 불러 육백을 친다
억울하고 어리석게 죽은
빛바랜 주인의 사진 아래서
음탕한 농지거리로 아낙을 웃기면
바람은 뒷산 나뭇가지에 와 엉겨
굶어죽은 소년들의 원귀처럼 우는데
이제 남은 것은 힘없는 두 주먹뿐
수제빗국 한 사발로 배를 채울 때
아낙은 신세 타령을 늘어놓고
우리는 미친놈처럼 자꾸 웃음이 나온다

—〈눈길〉 전문

262

그러나 이것은 시집《농무》가 그 당시 우리 사회와 시단에 던지는 변혁의 충격에 비하면 "옥에 티"에 지나지 않는다. 그 결과 신경림은 이 시집으로 1974년 제1회 만해문학상을 수상하고 이른바 "민중 문학"의 표상으로서 그 중심에 위치하게 되었다.

3

그러나 신경림은 예술가로서 탈바꿈을 하며 창조적인 작업을 계속하기 위해 새로운 길을 모색해야만 했다. 그가《농무》이후에 염무웅이 말한 "목가적인 민중문학의 형식"인 민요의 세계에 침잠하게 되었던 것은 이와 같은 이유 때문이다. 보다 구체적으로 말하면, 신경림이 민요에 관심을 갖게 된 것은 다음과 같이 두 가지로 요약해서 말할 수 있을 것 같다. 하나는 백낙청이 지적한 바와 같이,《농무》가 "민요를 방불케 하는 친숙한 가락"을 가졌을 뿐만 아니라, 그것에 교차하고 있는 서사성과 서정성이 민요의 기본적인 바탕과 크게 유사하기 때문이다. 다른 하나는 신경림 자신이 말한 것처럼, 민요는《농무》의 주제와 내용처럼 "민중의 삶과 생활 속에서 자연발생적으로 생겨난 노래"로서 민중의 고된 삶의 경험과 애환을 집단적으로 담고 있기 때문이다. 실제로 신경림은 민요가 그의 후기 시작(詩作)에 침윤하게 된 연유를 다음과 같이 밝히고 있다.

"첫째는 내 시가 또 한 번 껍질을 벗기 위해서는 민요에서 그 가락을 배워야 하고 또 참다운 민중시라면 민중의 생활과 감정, 한과 괴로움을 가장 직정적이고도 폭넓게 표현한 민요를 외면할 수 없다는 매우 의도적이요 실용적인 동기에서였으나, 민요가 보여주는 민중의 참 삶의 모습, 민중의 원한과 분노, 지배계층에 대한 비판과 풍자는 원래의 동기와는 관계없이 차츰 나를 깊숙이 민요 속으로 잡아끌었다."[1]

그러나 민요는 그의 시에 변모를 보여주었으나, 그것이 집단적인 목소리인 코러스적인 성격 때문에 《농무》가 보여주었던 절실한 개성적인 직접성이 결여됐다. 그러나 민요 가락의 형식을 사용하고 있는 후기시는, 상징적인 이미지들을 사용하고 있기 때문에 명상적이고 철학적인 면모마저 보여주고 있다. 이 지점에서 신경림이 쓴 시편들 가운데 가장 성공적인 작품으로 평가되는 〈목계장터〉의 경우를 살펴보자.

> 하늘은 날더러 구름이 되라 하고
> 땅은 날더러 바람이 되라 하네
> 청룡 흑룡 흩어져 비 개인 나루
> 잡초나 일깨우는 잔바람이 되라네
> 뱃길이나 서울 사흘 목계 나루에
> 아흐레 나흘 찾아 박가분 파는
> 가을볕도 서러운 방물장수 되라네
> 산은 날더러 들꽃이 되라 하고
> 강은 날더러 잔돌이 되라 하네
> 산서리 맵차거든 풀속에 얼굴 묻고
> 물여울 모질거든 바위 뒤에 붙으라네
> 민물 새우 끓어넘는 토방 툇마루
> 석삼년에 한 이레쯤 천치로 변해
> 짐부리고 앉아 쉬는 떠돌이가 되라네
> 하늘은 날더러 바람이 되라 하고

---

1   신경림, 〈내 시에 얽힌 이야기들〉, 《한밤중에 눈을 뜨면》(나남, 1985), 249쪽.

산은 날더러 잔돌이 되라 하네

— 〈목계 장터〉 전문

이 작품은 민요 형식의 가락은 물론 토착적인 배경 및 지나간 시대에 향수를 실어다주는 전근대적인 세목을 포함하고 있다. 그러나 이 시편에는 민요가 취급하고 있는 민중의 여과되지 않은 원색적인 감정과 익살 그리고 애절한 비통함은 찾아볼 수 없고, 처절한 경험 뒤에 찾아오는 체념에 가까운 순응과 더불어 자연과 우주 가운데 서 있는 화자가 주어진 위치와 기능에 대한 깨달음에 관한 독백만이 있다. 여기서 국외자인 떠돌이 행상으로서 외롭고 쓸쓸하게 살아가는 화자는 풍진세월을 나타내는 강물과 세찬 바람 속을 지나오면서 민중에 속하는 자신의 운명적인 역할이 "민물 새우 끓어넘는 토방 툇마루/ 석삼년에 한 이레쯤 천치로 변해/ 짐부리고 앉아 쉬는 떠돌이가"되어 "잡초나 일깨우는 잔바람"은 물론 "들꽃"이 되고 강바닥의 "잔돌"이 되어 보이지 않지만 자연을 아름답게 만들며, 뼈아픈 고독과 설움 속에서도 자신을 버리고 타자(他者)를 돕는 존재가 되는 것이라고 말하는 것은 이러한 사실을 미학적으로 표현하고 있다.

그 다음 신경림이 발표한 〈새재〉와 〈남한강〉은 비록 민요적인 틀을 사용했지만 서사를 중심으로 한 장시(長詩)이기 때문에, 그의 단시에서 볼 수 있는 밀도 짙은 경험의 치열함은 물론 미학적인 서정성도 결핍되어 있다. 즉, 이들 장시에서 공동체적인 담론의 그릇으로 사용된 민담과 민요는 이미 옛날에 사용된 문학적 형식이기 때문에, 시인이 아무리 역사적 사실을 현대적으로 재구성한다고 하더라도, 그것이 지닌 경직성 때문에 복잡하고 다양한 현대적인 경험을 자유롭고 유연하게 담기에는 한계가 있다는 것으로 나타났다. 더욱이 신경림은 이들 장시에서 복합적으로 나타나는 인간경험보다는 고착된 이념에 기초를 둔 사회사(社

會史)를 일차원적으로 엮어나갔기 때문에 독자들에게 감동을 줄 만큼 성공하지 못하고 지루하고 무미건조한 진술의 한계를 벗어나지 못했다. 훌륭한 문학 작품은 결코 이념에 관한 논리적인 담론이 아니라, 다채롭고 폭넓은 스펙트럼을 지닌 사회적이면서도 존재론적인 경험을 담은 예술이기 때문이다.

4

그러나 신경림은 예술가로서 다음 단계의 길 위에서 쌓이는 연륜과 함께 시야가 넓어짐에 따라, 규격화된 민요 형식의 틀에서 벗어나는 양상을 보였다. 그는 이 지점에서 《농무》에서 보였던 향토색 짙은 투명한 언어를 사용해서 한결 조용하고 명상적인 분위기가 있는 시를 썼다. 이러한 결과는 그에게 이전과는 다른 시적 경험을 가져다주는 상황변화 때문이기도 하겠지만, 그가 초기시를 쓸 때와는 달리 시의 의미를 직접적인 서사(敍事)나 서경(敍景)으로 나타내는 것이 아니라, 상징적이거나 은유적인 미학을 통해서 고전적인 아름다움을 창조할 수 있었기 때문이다.

그러나 더욱더 중요한 것은 그가 이 지점의 살아가는 길 위에서 발견한 시적인 대상(對象)이 《농무》의 경우처럼 황량하고 절망적인 풍경 가운데 있지 않고, 교감마저 일으킬 정도의 따뜻하고 경이로운 아름다움을 지닌 목가적인 전원의 풍경 가운데 있다는 것이다. 그래서 신경림이 그의 다음 시집 《길》에 엮어 놓은 여러 편의 탁월한 작품들은 그가 온갖 시련을 극복하고 먼 길을 걸어서 목적지에 가깝게 도달했다는 느낌마저 주고 있는 듯하다.

바닷바람은 천리 만리
푸른 파도를 타고 넘어와

늙은 솔숲에서 갈갬질을 치며 놀고
나는 기껏 백리 산길을 걸어와
하얀 모래밭에
작은 아름다움에 취해 누웠다
갈수록 세상은 알 길이 없고
— 〈초봄의 짧은 생각〉 전문

　그런데 그가 험난한 먼 길을 걸어서 찾아온 곳이 아름다운 바닷가의
흰 모래밭이 아니라도 좋다. 그가 산을 넘고 물을 건너 끝없이 찾아가
는 길 위에서 발견한 곳은 벚꽃이 활짝 핀 아름답고 평화로우며, 사람
과 사람 사이 정이 넘치는 휴식처이다.

이른 새벽 여관을 나오면서 보니
밤새 거리에 벚꽃이 활짝 피었다
잠시 꽃향기에 취해
길바닥에 주저앉았는데
콩나물 사들고 가던 중년 아낙
어디 아프냐고 근심스레 들여다본다
해장국집으로 아낙네 따라 들어가
창 너머로 우뚝 솟은 산봉우리를 본다

하늘과 세상을 떠받친 게
산뿐이 아닌 것을 본다
— 〈산 그림자〉 전문

이 작품에서 화자가 길을 가다가 잠시 머물고 떠나온 벚꽃 활짝 핀

마을에 사는 사람들은 그가 만난 아낙처럼 그들에게 주어진 삶의 무게를 혼자만이 외로이 지는 것이 아니라, 즐거운 마음으로 나누어 가지는 아름다움을 보여주고 있다. 그래서 그는 무릉도원(武陵桃源)을 발견한 듯 시 〈桃花源記 1〉에 이렇게 형상화해 놓았다.

> 길 잃고 헤매다가 강마을 찾아드니
> 황토흙 새로 깐 마당가에서
> 늙은 두 양주 감자눈을 도려내고 있다
> 울타리 옆으론 복사꽃나무 댓 그루
> 잔뜩 부푼 꽃망울들은
> 마지막 옷을 안 벗겠다고 앙탈을 하고
> 봄바람은 벗으라고 졸라댄다
> 집 앞 도랑에서 눈석임물에
> 달래 씻어 들오는 아낙네
> 문득 부끄러워 숨길래 동네이름 물으니
> 여기가 바로 도화원이란다
>
> ─ 〈桃花源記 1〉 전문

봄바람에 꽃망울을 터뜨리는 복사꽃 그늘 아래 세속적인 욕망을 모두 버리고 "감자 눈"을 도려내며 자연과 함께 호흡하는 "늙은 두 양주"와 순수의 상징인 수줍음 감추고 도랑물에 달래를 씻으며 자연과 더불어 살아가는 아낙네가 보이는 이곳은 신경림이 그토록 복원하기를 갈망하던 산업화 이전의 낙원인 잃어버린 고향 마을이다. 그래서 신경림이 여기서 발견한 그의 시적 주제가 《농무》의 그것과 같을 뿐만 아니라 그 연장선 위에 있다는 것은 쓸쓸하고 외로운 삶에서 느끼는 존재론적인 아픔과 함께 "강물 속의 조약돌"처럼 외부적인 억압과 고통을 받으며

살아가면서도 어려움을 서로 나누는 선량한 "민중"들의 고달픈 삶을
그린 그의 시세계가 추구한 곳이 종착역에 가까운 그의 "길" 위에서 발
견한 복사꽃 핀 "도화원"이란 사실이 충분히 말해 주고 있다.

"同時代 眞實"의 실천 의지
— 高銀의 시

> 죽음은 죽음만큼
> 이 세상의 길이 신성하기를 바란다.
> —〈문의(文義) 마을에 가서〉에서

1

고은(高銀)은 시대적인 상황에 대해 적극적인 사회 참여를 주장해 온 지식인일 뿐만 아니라 70권이 넘는 방대한 저술서와 창작집을 남길 정도로 활발한 창작활동을 하며 치열한 삶을 살아온 "대시인"이다. 그 결과 그의 시세계는 그 자신의 정신적 편력은 물론 우리 사회의 내면적 변화 과정을 비쳐주는 거울로서 기능을 하며, 외부 환경과 변증법적 긴장 관계를 이루면서 전개되어 왔다. 그러나 그것의 중심축은 고통과 억압으로부터 인간을 구원하려는 노력에 그 뿌리를 두고 있다.

고은이 처음 시를 쓸 때는 그를 추천한 "서정주 시대"였다. 그는 60년대까지 우리 시단을 "서정주 정부"라고 표현할 만큼 그를 옹호했다. 그 당시 이 땅은 6·25 전쟁으로 폐허가 되어 서정주를 중심으로 순수 문학에 속하는 상징주의 문학이 주류를 이루고 있었다. 그래서 서정주 시가 나타내는 존재론 내지 상징주의 색채는 고은의 "피안 감성(彼岸 感性)"의 일부와 일치된 면을 보이고 있는 것은 결코 우연이 아니다.

그런데 고은의 시적 감성이 서정주의 그것과 일치된 면을 보이면서도, 또 다른 한편으로 균열을 나타낼 수 있는 틈이 있었다. 그것은 고은이 언어적인 아름다움과 인식론적인 변화 과정에 관심을 보였던 서정주와는 달리, 중생(衆生)의 구원 문제를 생각하고 시를 썼기 때문이다. 이것은 고은이 동족상잔의 6·25 전쟁으로 마음에 지울 수 없는 외상(外傷)을 입고, 고향인 군산에서 강요된 부두노동으로 자살 충동을 느낄 정도로 좌절된 생활을 한 후 중학교 국어 선생을 하다가 방랑승 혜초(慧超)를 만나 입산을 해서 일초(一超) 스님으로 변신해서 시를 썼다는 사실과 깊은 관계가 있다. 그래서 그의 초기시에는 인간의 고통과 소멸에 대한 주제가 불교적인 상징과 은유를 통해 나타나고 있다. 실제로 그는 오랜 세월이 흐른 후 이렇게 술회하고 있다. "나의 서정시에는 아주 어설프게나마 선적(禪的)인 요소가 끼쳐들고 있었다. 그러나 이것은 어떤 시에도 거기에 반드시 내재하는 선적인 것에 비하면 유난스러운 특색(特色)이나 이색(異色)이 아닌지도 모른다. 다만 나의 직업이 선종(禪宗)의 승려이기 때문에 그런 특색으로 나를 설명하기 십상이었음에 틀림없다." (〈운명으로서의 문학〉,《고은문학앨범》, 웅진출판 1993.)

그의 시 전집(詩 全集)의 첫 장에 실려 있는 작품은 그가 스님이 된 후 유년 시절에 죽음이나 다름없는 폐결핵을 앓았을 때의 경험에 대한 기억을 바탕으로 하고 있는 듯하다.

누님이 와서 이마 맡에 앉고
외로운 파스 하이드라지드瓶 속에
들어 있는 情緖를 보고 있다.
뜨락의 木蓮이 쪼개어지고 있다.
한 번의 긴 숨이 창 너머 하늘로 삭아가 버린다.
오늘, 슬픈 하루의 오후에도
늑골에서 두근거리는 神이
어딘가의 머나먼 곳으로 간다.
지금은 거울에 담겨진 祈禱와
소름조차 말라 버린 얼굴

모든 것은 이렇게 두려웁고나

기침은 누님의 姦淫,

한 겨를의 실크빛 戀愛에도

나의 시달리는 홑이불의 일요일을

누님이 그렇게 보고 있다.

언제나 오는 것은 없고 떠나는 것뿐

누님이 그렇게 보고 있다.

언제나 오는 것은 없고 떠나는 것뿐

누님이 치마 끝을 매만지며

化粧 얼굴의 땀을 닦아 내린다.

— 〈肺結核〉에서

　　최원식은 여기서 이 시는 불교에서 말하는 "공(空)에 대한 집착으로 현상에 대한 강렬한 유혹에 견인되고 있음"을 암시하고 있기 때문에, 핵심적인 주제가 "생명의 에너지 그 자체인 에로스(Eros)"적인 욕망의 활동을 구체화한 근친상간에 관한 것이라고 주장하고 있다. 물론 이 작품에 나오는 누님이 자서전적인 실제 인물이 아니고 상상력으로 창조된 인물이라 할지라도, 이 시는 누님과 동생 사이의 금지된 근친상간에서 비롯된 애틋한 감정을 형상화하고 있음에 틀림이 없다. 그러나 또 다른 시각에서 보면, 시인은 청춘의 젊은 나이에 있는 시적 화자(話者)가 폐결핵으로 죽어가면서 누님과의 "실크빛 연애"에 시달리고 있는 상황을 비극적으로 나타내고 있다고 말할 수 있다. 다시 말하면, 이것은 "외로운 파스 하이드라지드瓶 속에/ 들어 있는 정서"처럼, 누님과 동생이 금지된 욕망의 덫에 걸려 있는 슬픈 운명 못지않게 폐결핵으로 인한 생명체의 소멸 현상을 미학적으로 구체화하고 있다. 하얗게 피었다가 순식간에 져 버리는 "뜨락의 목련이 쪼개지는" 풍경을 창문을 통해 바라다보며, 폐병으로 여윈 얼굴로 한숨 쉬는 모습과 "기도"하는 누님의 얼굴에 담긴 "소름조차 말라버린 얼굴"은 다가오는 죽음, 즉 개체로서의 인간의 소멸 현상이 얼마나 슬프고 무서운가를 인상적으로 그려내고 있다.

그런데, 중요한 것은 이 시의 제2부에서 그는 금지된 근친상간의 비극만을 말하고 있는 것이 아니라, 죽음으로 빚어진 가정적이고 사회적인 비극을 묘사하고 있다는 것이다.

형수는 형의 이야기를 해준다.
형수의 묵은 젖을 빨으며
고향의 屛風 아래로 유혹된다.
그분보다도 이미 아는 형의 半生涯,
나는 차라리 모르는 척하고 눈을 감는다.
항상 旗 아래 있는 英雄이 떠오르며
그 영웅을 잠재우는 美人이 떠오르며
형수에게 넓은 農地에 대하여 물어보려 한다.
내가 창조한 것은 누가 이을까.
쓸쓸하게 고개에 녹아가는
눈허리의 明暗을 썼고 그분은 나를 본다.
작은 카나리아 핏방울을 혀에 구을리며
자고 싶도록 밤이 간다.
내가 자는 것만이 사는 것이다.
그리고 형의 死後를 잊어야 한다.
얼마나 많은 끝이 또 하나 지나는가.
형수는 밤의 부엌 램프를
내 기침 소리에 맡기고 간다.

— 〈肺結核〉에서

여기서 시적 화자는 제1부에서처럼, 근친상간 문제를 전혀 언급하고 있지 않고 죽음과 죽음 뒤에 오는 비극적 상항을 암시적으로 말한다. 즉, 시적 화자는 많은 농지를 가지고 영웅처럼 활동했던 형이 죽게 됨으로써 형수가 집안의 무거운 짐을 짊어지고 고통과 슬픔 속에 인고의 삶을 살아야만 하는 운명을 생각하고 그것을 잊어버리기 위해 눈을 감고 잠을 자기를 원한다는 심정을 담담하게 그리고 있다.

앞에서도 지적했지만, 이 작품은 고은이 스님이 되어 어린 시절을 회상하며 쓴 것이다. 그래서 이 시편은, 그가 입산(入山)하게 된 것을 어린 시절에 그 자신은 물론 주변에서 일어나는 죽음뿐만 아니라, 인간을 인간 조건에서 오는 고통으로부터 구원하기 위함이라는 것으로 설명 할 수 있다. 그가 승려가 된 후에도 죽음과 소멸을 얼마나 의식했는지를 다음과 같은 작품에서 우리는 읽을 수 있다.

물결이여 네가 잠든 물 우의 고요에
봄비는 내려와 죽는다.
물 우 속의 어둠이 솟아올라도
물결이여
네가 잠든 물 우에 받은 봄비로
먼 데까지도 봄이게 한다.
먼 데 바위까지도 봄이게 한다.
아 너와 내가 잠든 물 우의 여기에도
한 덩어리 바위가 침묵으로 떠오른다.
허나 봄비는 내려와 죽는다.

— 〈봄비〉 전문

불교적인 측면에서 입산을 해서 승려로서 어렵고 힘든 수련을 닦는 것은 부처에게 가까이 가기 위한 노력인 동시에 중생의 고통을 대신하는 의미를 지니고 있기 때문에, 그는 승려로서 인간에게 가장 무섭고 절박한 죽음의 문제를 불교적인 문맥에서 해석하지 않을 수 없었을 것이다. 위의 작품에서 "물"을 현실 세계의 생명력에 대한 상징을 볼 것 같으면, 화자는 통합적인 바다를 의미하는 "물 우에" 떨어지는 물결, 즉 "봄비"를 죽음의 실체로 생각할 수 있다. 그러나 우주적인 차원에서 보면, 그에게 있어서 봄비는 죽지만, 새로운 창조를 위해 보다 큰 유기적인 바다에 통합되는 것을 의미한다. 그래서 봄비가 오는 것은 죽음을 위해 오는 것이 아니라, "네가 잠든 물 우에 받은 봄비로/ 먼 데 바위까지도 봄이게 한다"는 것이다.

흐르는 물의 이미지로 탁월하게 형상화한 "봄비"의 선적(禪的)인 요소와 구도는 그가 환속한 후에 민중의 해방을 위해 보여준 치열한 사회 참여를 나타내는 시집 《새벽길》(1978)에 실려 있는 〈印塘水〉에서 빗물보다 인간을 시적 대상(對象)으로 해서 보다 리얼하게 구체화시켜 나타나고 있다. 이것 역시 중생을 고통으로부터 구원하기 위해 스스로 몸을 던져 고행(苦行)길인 승려의 길을 걷게 된 그의 희생적인 의도를 간접적으로 다시금 확인시켜주고 있다고 해도 결코 지나침이 없다.

성난 구름 달려라 북소리 울려라
몽구미나루 칼물결
너와바윗장 뜯어 내어라
온 세상 눈 떠라
소경 아비 눈 떠라
쌀 삼백 석에 몸 팔려 가거라
장산곶 한복판
수장 배 칠십 척

뱃전에 나선 시악시야

네 몸이 바람 찬 세상이어라

네 몸이 떠오른 세상이어라

네 몸이 연꽃이어라

몸 하나 뜻에 던져

남치마 푹 뒤집어쓰고 장산곶 물에

온세상 깨달아라 싸움처럼 깨달아라

온백성 연장 들고 달려가는 싸움이다가

그 싸움 춤이 되어

덩실덩실 춤추어라

눈 떠서 새 세상이것다 심청아 심청아

—〈印塘水〉전문

　　여기서 "인당수"는 삼천대세계(三千大世界)인 우주적인 통합을 의미하는 "큰 바다"를 의미하고 심청은 "봄비"와 같이 개체적인 생명의 존재를 나타낸다. 그래서 심청은 가냘픈 "시악시"지만 봄비가 "물 우에" 어둠을 밝혀주고 "먼데 바위까지도 봄이게" 하듯 앞 못 보는 아버지 심봉사의 눈을 밝히는 아름다운 연꽃 같은 존재로 변신한다.

　　이렇게 고은이 추구한 것은 참선(參禪)만을 침묵 속에서 요구하는 정지된 상태가 아니라, 모순되고 부조리한 현실 세계를 바로잡기 위한 "피안의 세계"로 향한 움직임이다. 그래서 그는 승려 생활을 하면서도 항상 "물 흐르는 소리"에 귀를 기울이고 그것에 유혹을 느꼈다. 초기 시에 해당되는 〈밤의 法悅〉과 같은 조용한 음조로 씌어진 작품에서도 그는 어머니에 대한 그리움을 "물소리"를 통해서 나타내고 있다.

아 어머니는 아니 주무실 테고

밤으로

밤낮으로

흐르는 것 다 고요가 되니

가흐내 간 그 물소리 어느 만큼

아 춥고 기꺼워라. 이러하다가

어느덧 나의 몸으로부터 나아가는 물소리로

어두움아 나의 마음을 비치어 보아라.

— 〈밤의 法悅〉 전문

  이것뿐만 아니다. 이 시기에 쓴 〈誘惑〉 역시 "먹물 장삼"을 입고 승려가 된 그가 소리의 울림이 있는 움직이는 세계에 대해 강렬한 이끌림을 느낀다.

보라, 노을빛이 닿아도 울리는 소리들이

이제는 노을과 함께 어두워 갔다.

......

나는 바다로 향하였다.

모든 시내들이 개울들이 강을 이루어

이윽고 큰 바다에 가서

하나가 될 때 그 바닷가의 짠 소금 한줌이도록

나는 눈 먼 심봉사의 소금이기 위하여

그렇게도 많은 노을 같은 유혹의 방랑이 있었던가.

— 〈誘惑〉에서

  또 그는 중심이 없는 허허로운 공(空)의 세계를 이방인과 같은 시각

고은 277

으로 탁월하게 그린 〈泉隱寺韻〉과 〈山寺感覺〉을 썼으나 이들 시편들과 크게 대조가 되는 "혁명"을 주장하는 〈노래〉와 같은 시를 썼다.

2

그러나 그는 불교철학의 가르침 때문에 기독교에서처럼 절대자인 부처에 의존해서 현실 세계의 아픔을 구원하려는 노력을 보이지 않았다. 그래서 그가 스님이 된 후, 쓴 시편들을 담은 《海邊의 散文集》은 중생을 구원하기 위한 구도자적인 고뇌를 나타내고 있기보다는, 과거 속세의 경험을 바탕으로 해서, 허무와 절망 속에서 어둠 속으로 소멸되는 현실 세계를 우울하게 묘사하고 있다. 그의 이러한 시적 노력에 나타난 경험은 "지혜"로서 끝나지 못하고, 허무로서 끝나는 아쉬움을 나타내고 있기 때문에, 어떤 뚜렷한 질서를 찾으려는 독자들을 실망시킬 수도 있다. 그러나 우리들이 여기서 발견할 수 있는 것은 〈墓地頌〉과 〈喀血〉 그리고 유미주의적인 색채가 짙은 유년 시절의 누님에 대한 절망적인 슬픈 경험을 인상주의적인 이미지로 다룬 〈奢侈〉 및 〈저녁 숲길에서〉 등과 같은 시편에 나타난 운명적인 소멸과 그것에 저항하는 실존주의적인 빛이다. 그런데 중요한 것은 〈여름 강가에서〉 볼 수 있듯이, 그가 영원의 세계에서 오는 빛을 상징하는 햇빛은 물론, 시간의 흐름을 나타내는 강물이 그 쪽으로 흐르는 푸른 바다가 상징하는 피안의 세계와 접해 있는 이승의 세계를 상징하는 해변에서의 유년 시절의 아름다움과 시적인 소멸을 낭만적으로 묘사해서 우리에게 시적인 즐거움을 주고 있다는 것이다.

네 어릴 때 가서 살아도 아직 그대로인
한 달의 西海 仙遊島에 건너가고 싶으나

네가 밟는 바닷가의 단조한 고동소리

네 소라 껍질을 모아 담으면

얼마나 기나긴 세월이 그 안에서 나올까

나는 누구의 권유에도 지지 않고 섬을 그리워하네

언제나 여름은 어제보다 오늘이고

첫사랑과 슬픔에게 바다는 더 푸르네

옛날의 옷 입은 天使의 외로움을

이제 아주 잊고 건너가지 않겠네 건너가지 않겠네

......

네가 내리고 떠난 시골 驛마다

기침 속의 코스모스가 퍼부어 피어 있고

네 눈시울이 하늘 속에서 떨어졌네

밤 깊으면 별들은 새끼를 치네

네 죽음을 쌓은 비인 食卓 위에서

나는 우연한 짧은 편지를 받았네

편지는 하나의 죽음, 하나의 삶

나뭇잎이 스스로 지기보다는 바람에 져야

가을 풀밭 벌레는 화려하게 죽고

이도록 네 指紋 같은 목소리의 잎이 지고 있네

— 〈어느 少年少女의 四季歌〉에서

그래서 위에서 인용한 시편들에서 읽을 수 있듯이, 비록 일부 리얼리즘 경향의 비평가들이 "중심"이 없고 "혼란의 덩어리"라고 불만스러워하지만, 그의 초기시는 그 나름대로 삶의 중요한 일면을 나타내고 있고 또 독자들에게 즐거움은 물론 적지 않은 울림을 주고 있기 때문에 이들 시편들의 내용은 고은의 시적 전개에 중요한 일부분이 되고 있다.

3

변화의 시인인 고은은 그의 스승인 효봉 스님이 입적(入寂)하게 되자,
산 속에서 수행하는 것으로 중생을 고통과 질곡으로부터 구원할 수 없
다고 생각하고 환속을 해서 변화된 "시대정신"에 따라 "서정주 정부"에
서 벗어나 그의 시를 자연과 존재의 바깥 세계로 확대하며 대탈출을 시
도했다. 〈文義 마을에 가서〉는 이러한 사실을 분명히 말해주고 있다.

　나는 일종의 詩 精神史의 매듭으로써 내가 言語의 편인가, 事物의 편인가
또는 虛無의 편인가를 분명하게 결단할 수 없는 根本流浪 가운데서 떠돌지
않으면 안된다는 것을 확신해오고 있습니다. 이런 생활이 나 자신의 私事的
인 의미를 넘어서기를 희망하면서 나의 同時代眞實을 지향한 것인지도 모릅
니다.
　그리하여 나의 지난날에 천착했던 自然, 禪, 死者의 풍경으로부터 나의
역사의 絶壁과 상황 또는 民族 이데아, 사람과 사람 사이의 삶의 감동에 돌
아왔습니다. (〈독자에게〉, 《문의 마을에 가서》후기)

　　겨울 文義에 가서 보았다.
　　죽음이 삶을 꽉 껴안은 채
　　한 죽음을 무덤으로 받는 것을.
　　끝까지 참다 참다
　　죽음이 이 세상의 인기척을 듣고
　　저만큼 가서 뒤를 돌아다본다.
　　지난 여름의 부용꽃인 듯

준엄한 定義인 듯

모든 것은 낮아서

이 세상에 눈이 내리고

아무리 돌을 던져도 죽음에 맞지 않는다.

겨울 文義여

눈이 죽음을 덮고 나면 우리 모두다 덮이겠느냐.

— 〈文義 마을에 가서〉에서

　여기서 고은은 죽음이 이 세상과 단절되어 있지 않고 맞물려 있어서 그것을 무덤으로 받지만, 돌을 던져 확인할 수 있는 실체는 현실뿐인 이 세상이다. 죽음을 상징하는 부용꽃과도 같은 눈도 죽음은 덮지만 살아있는 "우리"는 모두 다 덮지 못한다고 탁월한 직관과 시적 감각으로 허무를 나타내는 죽음의 세계를 거부한다. 즉 그는 여기서 초기의 허무주의에서 탈출해서 현실 세계에서 중생인 민중을 고통과 억압으로부터 구원하기 위해 적극적인 사회 참여를 나타내는 시를 썼다. 이 시집에 담겨 있는 시편들은 거의 모두 다 죽음과 같은 허무의 세계는 노래하지 않고, 〈蟾津江에서〉, 〈投網〉, 〈沈默에 대해서〉 등과 같이 조국 분단의 비극 그리고 〈殺生〉 등에서와 같이 어둠을 배제하는 문제 등을 다루고 있다. 그 다음으로 씌어진 《入山》에서도 고통 받는 노쇠한 여인의 힘겨운 삶을 증언하는 〈어머니〉 그리고 죽어서도 자기가 태어난 곳을 떠나지 않겠다는 〈臨終〉 등과 같은 작품들은 모두 다 현실주의적인 시인의 결의를 나타내고 있다. 그리고 70년대의 민족주의적인 시대정신을 구현하기 위해 씌어진 《새벽길》의 여러 시편들은 우리 민족을 외세의 질곡에서 구원하기 위한 저항정신을 현실적인 역사 속에서 자리매김하고 있다. 어두운 역사를 밝히고자 하는 자신의 도전적 의지를 탁월한 은유적 이미지로 나타낸 문제작 〈화살〉은 그가 현실 문제의 해결을 위해 자

기 자신의 몸을 던질 결의가 얼마나 처절하고 단호한 것인가를 선명하
게 나타내주고 있다.

    우리 모두 화살이 되어
    온몸으로 가자
    허공을 뚫고
    온몸으로 가자
    가서는 돌아오지 말자
    박혀서
    박힌 아픔과 함께 썩어서 돌아오지 말자

    우리 모두 숨 끊고 활시위를 떠나자
    몇 십 년 동안 가진 것
    몇 십 년 동안 누린 것
    몇 십 년 동안 쌓은 것
    행복이라든가
    뭣이라든가
    그런 것 다 넝마로 버리고
    화살이 되어 온몸으로 가자

    허공이 소리친다
    허공을 뚫고
    온몸으로 가자
    저 캄캄한 대낮 과녁이 달려온다
    이윽고 과녁이 피 뿜으며 쓰러질 때
    단 한 번

우리 모두 화살로 피를 흘리자

돌아오지 말자
돌아오지 말자

오 화살 조국의 화살이여 전사여 영령이여

— 〈화살〉 전문

팽팽한 긴장감 속에서 "캄캄한" 시대적인 어둠을 뚫기 위해 산화한 영웅적인 죽음을 노래한 〈화살〉에서 보인 시적 의지는 다음 시편에서 지속적으로 나타났다. "사자(死者)의 풍경"으로부터 "사람과 사람 사이의 삶"을 지향하며 정지된 상태에서 벗어나서 민중을 억압하는 우상(偶像)을 파괴하고 질곡의 세계를 벗어나려는 그의 실천 의지는 젊은 시절 자신이 찾아갔다 절망한 불교의 세계를 상징하는 〈大雄殿〉과 같은 시편에서 절정을 이루었다. 이렇게 온몸을 던져 시대정신을 구현하려는 그의 시적인 움직임은 〈자작나무숲으로 가서〉에서 추위 속에서 옷을 벗은 나목(裸木)으로 "이 세상을 향해 정직하게 하는" 모습에 가슴 벅차하며 그것들 속에서 하나가 되기를 원한다.

얼마만이냐 이런 곳이야말로 우리에게 십여 년만에 강렬한 곳이다
강렬한 이 경건성! 이것은 나 한 사람에게가 아니라
온 세상을 향해 말하는 것을 내 벅찬 가슴은 벌써 알고 있다.
사람들도 자기가 모든 낱낱 중의 하나임을 깨달을 때가 온다

— 〈자작나무숲으로 가서〉에서

이어서 그는 《田園詩篇》에 와서는 순박하게 살아가는 농민들의 토착

적인 삶과 함께하는 신성한 노동의 가치를 예찬하고, 그것이 지닌 아름다운 진실된 가치가 도시인들에게 박탈당하는 비극을 민족주의적인 차원에서 확인하고 있다.

4

고은이 이렇게 허무주의에서 탈출해서 시대정신을 따라 현실 세계로 돌아오기 위해 감옥생활까지 하며 기울인 처절한 시적 노력은 결코 헛되지 않고《萬人譜》에 와서 기념비적인 결실을 보았다. 이 대작(大作)은 고은이 80년대 초 광주항쟁에 연루되어 남한산성에 있는 육군교도소에 수감되어 있을 때 구상하여 1988년 첫 권이 간행되기 시작한 방대한 연작시로서 스케일 면에서《토지》와 비교될 수 있다.

《만인보》는 앞에서도 언급한 것처럼, 피안의 세계와 완전히 단절하고 "사람과 사람 사이"의 역사적 풍경에 중심을 둔 현실 세계에 깊이 천착하고 있다. 고은이 여기서 한국시사(韓國詩史)에 새로운 하나의 장(章)을 마련할 만큼 크나큰 시적인 성취를 이룩할 수 있었던 것은 그가 유미주의적인 인위적 "언어 감옥"에서 과감히 벗어나서 자연스러운 토착적인 언어로써 이 땅에서 고통스럽게 살다가 아무런 비문(碑文)도 남기지 못하고 역사 속으로 사라진 민중들의 삶과 죽음을 감상에 흐르지 않는 서정적인 언어로 리얼하게 묘사해서 우리 마음에 적지 않는 미학적 울림을 가져다주었기 때문이다. 고은이 환속한 시인으로서 마지막 남은 생을 바친 이 야심찬 전작 시편들은 비록 그가 지금까지 만난 사람들에 대한 숨은 이야기를 쓴 것이지만, 그것은 개인적인 것이 아니고 그의 시작(詩作)을 통해 보편적인 것이 되고 있다.

이 전작시편《만인보》는 막말로 말해 내가 이 세상에 와서 알게 된 사람들에 대한 노래의 집결이다. 나의 만남은 전혀 개인적인 것이 아니다. 그것은 궁극적으로 공적인 것이다. 이 공공성이야말로 개인적인 망각과 방임으로 사라질 수 없는 것이며 그것은 삶 자체로서 진실의 기념으로 그 일회성을 막아야 한다. 하잘것없는 만남 하나에도 거기에는 역사의 불가피성이 있다. (《만인보》,〈작가의 말에서〉)

그래서 《만인보》의 시 한 편 한 편은 신경림의 《農舞》처럼, 단편소설과 같은 구조를 갖고, 역사 속에 묻혀 있는 강인한 민족혼을 지켜온 민초(民草)들의 삶과 죽음의 현장을 새롭게 조명하고 있다. 실제로 비록 먼 과거지만 시인의 기억 속에 살아있는 진실된 경험을 바탕으로 사실적으로 씌어진 많은 시편들은 남다른 견인력을 가진 과거 민중들이 이 땅의 역사를 이어가기 위해 온갖 질곡 속에서 얼마나 희생적인 삶을 살았는가를 감동적으로 보여주고 있다.

새터 관전이네 머슴 대길이는
상머슴으로
누룩도야지 한 마리 번쩍 들어
도야지 우리에 넘겼지요
그야말로 도야지 멱 따는 소리까지도 후딱 넘겼지요
밥때 늦어도 투덜댈 줄 통 모르고
이른 아침 동네길 이슬도 털고 잘도 치워 훤히 가리마 났지요
그러나 낮보다 어둠에 빛나는 먹눈이었지요
머슴방 등잔불 아래
나는 대길이 아저씨한테 가갸거겨 배웠지요
……

대길이 아저씨더러는

주인도 동네 어른도 함부로 대하지 않았지요

살구꽃 피는 마을 뒷산에 올라가서

…… 먼 바다를 바라보았지요

나도 따라 바라보았지요

우르르르 달려가는 바다 울음소리 들었지요

찬 겨울 눈더미 가운데서도

덜렁 겨드랑이에 바람 잘도 드나들었지요

그가 말했지요

사람이 너무 호강하면 저밖에 모른단다

남하고 사는 세상인데

대길이 아저씨

그는 나에게 불빛이었지요

자다 깨어도 그대로 켜져서 밤 새우는 불빛이었지요

— 〈머슴 대길이〉에서

　위의 작품은 빈곤층인 천민계급에 속하는 "머슴 대길이"의 삶의 모습을 소묘(素描) 형식으로 그린 것이다. 그러나 여기에서 그는 식민지 시대에 억압 받고 살았던 생명력 넘친 민중들의 건강한 삶과 꺼지지 않는 민족혼의 불길, 그리고 그들의 내면적인 분노를 탁월하게 형상화하고 있다. 그러나 《만인보》에는 민중의 저항적인 모습만을 담은 시가 있는 것이 아니라, 그들이 아름다운 것을 얼마나 사랑하며 소처럼 순박하고 평화로운가를 궁핍한 농촌 풍경을 배경으로 하여 자연스런 언어로 꾸밈없이 나타내고 있다.

　할미산에 진달래 활활 타올랐으나

그건 내가 다섯 살 때였읍니다

그 뒤로 몇 해 지나는 동안

진달래 뿌리까지 다 캐어다가

겨울 방고래 데워야 하는 신세였으니

딱한 세월이여

봄이 와도 피어날 진달래 없었습니다

사람 가난이

어찌 할미산 뒷동산 가난 아니겠습니까

어쩌다가 한두 뿌리 남아서

그것이라도 진달래라고 피어나서

우리 마을 긴 붉은 댕기 딴 앙금이

그 진달래한테 가서

그 둘레 돌멩이 주워다 울타리 치고 나서

한동안 집도 일도 다 잊고 거기 앉아 있다가

오마나! 여태 내가 여기 있었네 어쩌나 어쩌나

—〈진달래〉전문

소 눈

멀뚱멀뚱한 눈

외할머니 눈

나에게 가장 거룩한 사람은 외할머니외다

햇풀 뜯다가 말고

서 있는 소

아 그 사람은 끝끝내 나의 외할머니가 아니외다

이 세상 평화외다

죽어서 무덤도 없는

— 〈외할머니〉 전문

    지금까지 살펴보아 온 것처럼, 시인 고은은 《만인보》에서 시와 산문
의 벽을 허물어 버릴 정도로 시적 공간을 넓혀 왔다. 이렇게 그가 시 쓰
기를 통해 물결이 높은 정신적 편력을 거치면서 허무의 세계를 떠나 현
실 세계로 돌아와, 억압과 질곡 속에서 고통 받고 살아가는 사람들이
처해 있는 불행한 환경을 개선하기 위해 수많은 사람들의 면모를 시대
정신과 일치시켜 시적으로 그려 우리 마음에 큰 감동을 일으킨 것은 일
종의 시적 혁명이라 해도 크게 잘못이 없다. 그러나 시가 사회적인 현
실에만 너무 깊이 천착하게 되면, 인간의 많은 부분을 차지하고 있는
시적 영역인 정신세계 내지 혼의 문제를 도외시하는 결과를 가져올 수
있다는 염려를 해결하는 것이 고은이 다음 단계에서 풀어야 할 과제가
되고 있다는 것 또한 부정할 수 없는 사실이다.

恨의 극복을 위한 詩學
—黃東奎의 시

어둠을 자기 몸만큼씩 흔들어 녹이고
어둠과 함께 팔다리도 녹이고
끝내는 몸뚱아리까지 녹여 없애고
작고 하얀 자들이 날아다닌다
—〈겨울의 빛〉에서

1

일찍이 시인 황동규는 소월의 〈진달래꽃〉과 한용운의 〈님의 沈默〉에 대해 글을 쓰면서 별리에 대한 "恨의 극복"이 우리 문학의 과제라고 말했다.

그 당시 황동규가 대부분의 다른 시인들과는 달리 우리 시의 전통 가운데서 한(恨)을 극복해야 된다고 주장한 것은, 그것이 언제나 우리 시를 감상주의적인 늪에 빠뜨릴 위험성을 지니고 있다고 생각했기 때문인 듯하다. 恨을 한국시에 나타난 민족정서라고 생각하는 사람에게는 무척 거부감을 느끼게 만드는 말이지만, 황동규의 이러한 주장에는 적지 않은 타당성이 있다. 왜냐하면 恨과 깊은 관계가 있는 감상은 "인간을 올바르게 파악하는 태도"가 아닐 뿐만 아니라, "감상의 배제가 메마름이 아니기" 때문이다. 그래서 한국인의 의식이나 감정구조에 깊이 뿌리박고 있는 "恨"을 극복하고 사물을 있는 그대로 보려는 그의 노력은 그의 시세계를 형성하는 본질이자 그의 시학이다.

황동규의 초기시를 접하는 사람은 그의 시에 恨은 없지만, 우아한 감정과 지적인 결곡함이 있다는 것을 쉽게 발견할 것이다. 그러나 그의

시적인 출발은 소월과 한용운이 각각 〈진달래꽃〉과 〈님의 침묵〉을 쓸
때처럼 닫혀진 슬픔의 공간에서 시작되었다.

원래 그의 시작(詩作)은 그 자신의 내면적인 욕망과 외면적인 상황의
벽 사이에서 일어나는 갈등관계에서 비롯되었다. 다시 말하면 자의식
이 강하고 감수성이 남달리 예민한 시인이 시를 쓰게 되는 것은 개인
적·사회적, 그리고 우주적인 차원에서 그가 부딪치는 벽과의 갈등에
서 오는 좌절과 분노, 그리고 그 슬픔을 극복하기 위한 자기표현의 수
단으로써 이루어지는 것이라고 해도 지나침이 없다.

그는 이러한 마음의 현상학을 예술로 승화시키기 위해, 그의 독특한
시적 구조를 사용하고 있다. 물론 그것은 그가 경험하고 있는 삶 그 자
체를 구성하고 있는 여러 가지 여행 모티프에 기초를 두고 있다. 삶 그
자체의 시간과 공간을 직접적으로 나타내고 있는 여행 모티프는 그의
시 가운데 눈(雪)과 같은 이미지에도 담겨 있다. 하늘에서 내리는 눈은
피었다가 지는 꽃은 물론 공간적으로 흐르는 물처럼 시간적인 차원에서
나타나고 있는 여행 모티프를 지니고 있다. 그래서 힘겨운 삶의 여정을
독특한 감수성으로 형상화하여 시세계의 전편을 통해서 나타나고 있는
눈의 이미지는 그의 시적인 상황을 나타내고 있는 배경이 되고 있지만,
그것은 또한 그의 시세계를 들여다볼 수 있는 창은 물론 거울과도 같은
기능을 하고 있다. 사실, 눈은 우리 삶의 여정을 나타내고 있는 듯한 빗
물이 차가운 결정체로 언 것이다. 그렇다면 눈 역시 삶의 유전적인 흐
름을 나타내는 것과 같은 값을 지니고 있다 하겠다. 그런데 시인은 눈
을 통해 얼어붙으리만큼 차갑고 단절된 그의 상황을 얼음으로 표백하듯
시적으로 나타내지만, 그것은 그의 눈꽃이나 혹은 하얗게 눈이 내린 설
경처럼, 조금도 감상에 젖지 않고, 자신이 처해 있는 상황을 지적으로
승화시켜 극복하려는 결곡하고 단단한 서정을 보여주고 있다. 그래서
여기에는 실존적인 기쁨마저 깃들어 있다.

며칠내 시작한 눈 그치지 않은 어느 저녁 네가 거리로 나오면, 침묵이 있고 눈을 인 어깨가 있는 한 사내를 만나게 될 것을. 그 사내 뒤에 내리는 雪景을 만나게 될 것을. 그 雪景 속에 모든 것은 지금 말이 없다. 너는 알리라, 떠날 때보다는 내 얼마나 즐겁게 돌아왔는가. 외로운 것보다는 내 얼마나 힘차게 힘차게 돌아왔는가.

— 〈葉書〉에서

　　그의 시세계의 서시(序詩)이자 구심인 듯한 〈葉書〉라는 이 초기 서정시의 구조 역시 여행 모티프로 되어 있지만, 이 작품의 배경이 되고 있는 눈의 이미지는 그것과 탁월한 구조적인 조화를 이루고 있다. 이 시 속에 나타난 화자인 "사내" 역시 여행 모티프를 지니고 있는 눈처럼, 자기가 있는 곳에서, 만나지 못한 애인이 살고 있는 집까지 외로운 여행을 한다. 다시 말하면, 눈은 사랑하는 여인을 만나기 위해 그녀의 집이 있는 길 모퉁이에까지 갔다가 아무런 말을 하지 않고 돌아오는 "사내"의 견인적인 심정을 탁월하게 형상화하고 있다. 눈은 차갑지만, 안으로 따스한 이미지를 동시에 지니고 있기 때문에 치열하게 절제된 사랑을 나타내고 있는 것 같다. 그래서 "사내"는 말하지 못하고 얼어붙어 있는 상황에 서 있지만, 여인에 대한 사랑의 꿈을 감미로운 음악소리와 함께 내리는 눈밭 속에서 발견하고 있다.

　　꿈을 꾸듯 꿈을 꾸듯 눈이 내린다.
　　바흐의 미뉴엘
　　얼굴 환한 이웃집 부인이 올갠을 치는 소리

　　그리하여 돌아갈 때는 되었다
　　모퉁이에 서서 가만히 쌓인 눈을 털고

황동규　291

귀 기울이면 귀 기울이면
모든 것이 눈을 감고 눈을 받는 소리

말하자면 하나의 사랑은 그렇게 받는 것이 아닐 건가
그리하여 받는 사람의 얼굴이 때로 빛나서
이윽고 눈을 맞은 얼굴을 쳐들 때
오고픈 곳에 오게 된 것을 깨닫는 것이 아닐 건가

이제 돌아갈 때는 되었다
눈이 내리는 날, 이웃집 부인이 올갠을 치는 소리
고개 숙인 얼굴에 빛이 올라오는 소리
바흐의 미뉴엘

— 〈葉書〉에서

다시 말하면, 여기서 시인이 묘사한 눈은 마음의 풍경 속에서 양극적인 현상을 포괄적으로 결합하고 있기 때문에, 눈 속을 걷는 시 속의 화자는 그가 만나려는 여인을 만나지 않음을 오히려 진정한 사랑의 표현으로 생각하고 역설적인 만족을 구하고 있다. 그는 눈이 차갑지만, 누구를 사랑하는 것처럼, 부드럽게 흰 빛으로 내려서 녹는 것을 사랑의 극대화로 생각한 듯하다. 그래서 그는 눈이 내리는 것을 보고 꿈이 담겨 있는 사랑을 생각하고 그 속에서 안으로 펼쳐지는 우아하고 절제된 삶의 숨결인 바흐의 조곡(組曲)인 미뉴엘이 흐르는 것을 느낀다. 즉 마치 죽음과도 같은 침묵의 시간 속에서 삶에 대한 사랑이 소리 없이 잉태하는 것을 느끼는 시 속의 화자는 애인을 만나서 뜨거운 사랑을 불태우지는 못하지만, 그것을 한이 담긴 슬픔으로 표현하지 않고, 차갑고 따스한 미학적 거리에서 자신의 감정을 눈 속에서처럼 해체시켜 인고에서 오는 보이지 않는 실존적인 빛과도 같은 즐거움마저 느낀다.

황동규의 첫 시집《어떤 개인 날》의 〈葉書〉에 이어 씌어진 8편의 〈小曲〉 시리즈 역시 이와 유사한 주제를 가지고 있는 탁월한 서정시편들로서 위에서 살펴본 것과 유사한 얼어붙은 상황 속에서 안으로만 스며드는 침묵 속에 절제된 사랑의 미학을 나타내고 있다. 이를테면 〈小曲 1〉에서 화자가 처음에는 어떤 여인에 대한 사랑을 여행 모티프를 가지고 "불길 속을 걸어가는 것"처럼 느꼈다고 말하지만, 그는 이어서 곧 그것을 "하나의 조용함"이라고 말하고 밖으로 분출되는 불길과도 같은 감정을 죽음에 이르기까지 응축시키려 하고 있다.

타는 불 너무 조용해서 귀 속과 귀 밖이 구별 안 되는, 그러나 귀 기울이며 다가가는, 뜰에 선 나무가지의 잎 하나하나가 뒤집혀 재로 사그러지는 외로움에로…… 내 처음으로 마음속에 당신을 그렸을 때.

―〈小曲 1〉에서

이렇게 그는 임을 그리워하면서도 임에 대해 외면적으로는 처절한 집착을 보이지 않는다. 그래서 그는 시간의 흐름을 나타내는 강물 속에 흘러가는 구름과 자신을 일치시킨 후, 임이 구름 속에서 "축포처럼" 터지는 햇빛과도 같이 자신을 움직이는 힘이 된다고 생각하지만, 그는 곧 "사랑의 축포소리"가 전혀 들리지 않는다고 말한다. 이와 같이 그가 사랑의 힘과 존재를 노래하면서도 그것을 들리지 않는 묵음(默音)으로 표현하는 것은, 눈의 이미지가 나타내고 있는 것과 같은 절제의 미학을 지니고서, 그것을 반어적인 차원에서 안으로 극대화하기 위함이다. 그래서 그는 임에 대한 사랑의 한을 노래하는 전통적인 한국 시인들과는 달리, 임이 그의 "마음 안에서나 밖에서나 혹은 뒤에서나…… 피어 있었기 때문에 끝이 있는 것이 되고 싶었다"고 노래한다. 그는 결코 사랑이란 이름으로 초월적인 한(恨)의 세계를 추구하지 않고, "창밖에 문득 흩뿌리는 밤비처럼" 말없이 지나가는 상태에서 만족하고 싶어한다.

> 선창에 배가 와 닿듯이
> 당신에 가까워지고
> 언제나 떠날 때가 오면
> 넌즛이 밀려나고 싶었습니다.
>
> 아니면 나는 아무것도 바라고 있지 않았던 것을,
> 창밖에 문득 흩뿌리는 밤비처럼
> 언제나 처음부터 휘번뜩이는 거리를
> 남몰래 지나가고 있었을 뿐인 것을.
>
> ― 〈小曲 3〉에서

아무리 힘겹더라도 주어진 현실에 대한 기대, 그리고 그것에서 비롯된 절망과 초극을 눈의 이미지 속에서처럼, 절제의 미학을 통해 여물고 단단하게 결합하는 시적인 현상은 그리움과 망각이 들여다보이는 "遠近法에서 해방된 세계"를 즐기는 마음으로까지 나타나고 있다. 그래서 황동규의 초기시에서는 〈小曲 6〉에서 볼 수 있듯이 "안도와 불안"을 동시에 수용하면서 잠재우는 "기도"와도 같은 지적인 정적이 있다. 이것은 그가 사랑하는 대상에 대해 들림이 오래 갈 때는 경건하게 기도하는 마음 그 자체까지도 무거워진다고 말하고, 임이라는 대상의 실체에 접근해서 탐닉하기보다 그것이 지닌 달무리와도 같은 주변에 비친 빛과 그 배경을 사랑한다고 말하는 이유이다. 이러한 주제를 가지고 되풀이되는 그의 시 속에 나타난 화자는 사랑하는 사람을 있는 그대로 사랑할 뿐, 사랑의 뿌리를 한(恨)의 이름으로 끝까지 정복하는 것과는 거리가 멀다.

그에게 있어서 사랑이란 몸부림이나 소란스러움이 아니고, 만남 그 자체도 기대하지 않는, 있는 그대로의 사랑 속에서의 기다림을 의미한다.

진실로 진실로 내가 그대를 사랑하는 까닭은 내 나의 사랑을 한없이 잇닿은 그 기다림으로 바꾸어 버린 데 있었다. 밤이 들면서 골짜기엔 눈이 퍼붓기 시작했다. 내 사랑도 어디쯤에서 반드시 그칠 것을 믿는다. 다만 그때 내 기다림의 자세를 생각하는 것뿐이다. 그동안에 눈이 그치고 꽃이 피어나고 낙엽이 떨어지고 또 눈이 퍼붓고 할 것을 믿는다.

― 〈즐거운 편지〉에서

이러한 그의 절제미학은 겨울의 얼음장처럼 차가운 얼굴 속의 미소와 "얼음 속의 불"과도 같은 괴로운 사랑의 편력을 기록한 〈겨울노래〉, 〈달밤〉, 〈얼음의 祕密〉 그리고 〈겨울날 斷章〉 등과 같은 탁월한 시편 등에서 되풀이되어 나타나서 그 조용한 지적인 빛을 발하고 있다. 물론 전통적으로 얼음과 달빛의 이미지는 죽음을 상징하는 것으로 되어있지만, 여기서 황동규가 사용한 이들 이미지는 그의 시적인 문맥 속에서 새로운 형태로 변용되어, 대답 없는 사랑에 대한 원망이나 한에 대한 감정을 차단하는 "객관적 상관물"로서 그의 지적인 심리상태를 나타내는 표상이 되고 있다.

황동규가 그가 처해 있던 닫혀진 어려운 상황에 대한 그의 감정을 눈과 얼음 등을 통해서 얼마나 지성적으로 형상화했는가는 사랑의 감정을 빗물로서 표현했을 때와 그것을 비교해 보면 더욱더 명백하게 나타난다. 시집《어떤 개인 날》에 담겨 있는 〈小曲〉 시리즈는 대부분 눈과 얼음으로 형상화되고 있지만, 그것이 끝나는 곳에 나타나는 〈十月〉이라는 시편은 "밤 물소리"와 같은 "조용하고 슬픈 음악" 속에서 지속적인 사랑을 수용하려는 뜻을 말없이 나타내고 있다. 이러한 시적 현상은 그

의 초기시의 전편에 흐르고 있는 사랑과 그리움의 대상과 영원한 별리
를 한 것이 아니라면, 임이 끝없이 침묵을 지키는 것에 대한 순간적인
아쉬움으로 인해서 비롯된 것인 듯하다.

> 내 사랑하리 시월의 강물을
> 夕陽이 짙어가듯 푸른 모래톱
> 지난날 가졌던 슬픈 旅程들을, 아득한 기대를
> 이제는 홀로 남아 따뜻이 기다리리.
>
> —〈十月〉에서

이 시편에서 그는 모든 것을 종말로 이끄는 겨울을 재촉하는 "가을비
소리에 온 마음 끌림은/ 잊고 싶은 약속을 못다한 탓이라"라고 말하고
있다. 그래서 여기서 그는 〈小曲〉 시리즈에서와는 달리 "木琴소리"와
같은 우수가 짙은 음악소리를 들려주고 있다.

> 며칠내 바람이 싸늘히 불고
> 오늘은 안개 속에 찬 비가 뿌렸다.
> 가을비 소리에 온 마음 끌림은
> 잊고 싶은 약속을 못다한 탓이라.
>
> —〈十月〉에서

비록 시인 황동규는 〈小曲〉 시리즈에서도 단절된 상황 때문에 만나
지 못하는 임을 노래하지만, 그녀를 조용히 생각하고 그리워하는 과정
에서 오는 기쁨을 즐기는 듯한 감정구조를 보이고 있다. 그러나 흐르는
시간 속에서 임을 기다리는 데서 오는 어려움 속에는 조용한 슬픔 역시
깃들지 않을 수 없다는 것을 나타내고 있다.

아늬,

石燈 곁에

밤 물소리

누이야 무엇 하나

달이 지는데

밀물지는 고물에서

눈을 감듯이

바람은 四面에서 빈 가지를

하나 남은 사랑처럼 흔들고 있다.

아늬,

石燈 곁에

밤 물소리.

— 〈十月〉에서

깊어가는 가을, 어두운 사원(寺院)에 서 있는 석등은 영겁의 시간을 두고 생명의 불을 밝히고자 하는 "사랑의 뿌리"와도 같은 것이리라. "밤 물소리" 역시 그 이미지가 전하는 뜻은 모호하지만, 김우창 교수가 지적한 바와 같이 내면적인 사랑을 표시하고 있는 것 같다. 그래서 두 가지 이미지는 별개의 것이 아니라, 심층적인 의미에서 동일한 현실을 나타낸다고 할 수 있겠다. 이것은 빛의 본질인 임이 머무르는 곳에 대한 또 하나의 상징인 "낡은 丹靑"과도 같은 의미를 지니고 있다 하겠다. 시 속의 화자가 어둠 속에서 불빛을 그리워하며, "한 잎의 낙엽으로, 좀 더 낮은 곳으로, 내리고 싶다"고 말한 것은 하늘의 사랑을 싣고 내리는 눈의 모습과도 같다. 여기서 다른 것이 있다면 사원과 석등과 같은 종교적인 이미지가 자연의 이미지를 통해서 우주적인 차원으로 보편화되고 있다는 것이다. 화자가 그 자신을 낙엽에 비유하고, 등불에 짙은 향수를 느끼면서 그것과 일치되는 꿈을 꾸면서 낮은 곳으로 떨어지고 싶어한다는 것은 어디까지나 희생적인 기쁨을 느끼면서 빛과 하나가 될 때까지 견인적인 힘의 극한까지 사랑을 수렴하고자 하는 것은 나타낸다고 하겠다.

　낡은 丹靑 밖으론 바람이 이는 가을날, 잔잔히 다가오는 저녁 어스름, 며칠내 낙엽이 내리고 혹 싸늘히 비가 뿌려와서…… 절 뒷울 안에 서서 마을을 내려다보면 낙엽지는 느릅나무며 우물이며 초가집이며 그리고 방금 켜지기 시작하는 등불들이 어스름 속에서 알 수 없는 어느 하나에로 합쳐짐을 나는 본다.
　창밖에 가득히 낙엽이 내리는 저녁
　나는 끊임없이 불빛이 그리웠다.

　바람은 조금도 불지를 않고 들불들은 다만 그 숱한 鄕愁와 같은 것에 싸여 가고 주위는 자꾸 어두워 갔다
　이제 나도 한 잎의 낙엽으로, 좀 더 낮은 곳으로, 내리고 싶다.
　　　　　　　　　　　　　　　　　　　　　　　—〈十月〉에서

　시인이 이러한 자세를 취하는 것은 구조적인 측면으로 보아서, 바깥 세계가 가혹하게 추우면 추울수록 따스함을 즐기기 위해 내면세계로 침잠해 들어가는 상태를 나타낸다고 할 수 있다.
　그렇지만 또 다른 한편으로 이러한 그의 태도는 앞에서 말한 바와 같이 실존적인 색채를 다분히 지니고 있다. 그래서 그가 여기서 노래하는 내면적인 즐거움은 우울한 외면세계에 저항하는 자의식적인 싸움에서 얻은 薄明과도 같은 실존적인 빛에서 비롯된 것이 아닌가 한다. 그의 초기

시의 시력(詩歷)이 어떠한 과정을 내용으로 하고 있는지 정확히는 모르지만, 《어떤 개인 날》의 여러 가지 시편에서 볼 수 있듯이, 그가 실존적인 상황에 눈을 뜬 것은 어떤 연인과의 사랑의 좌절에서 비롯된 듯하다.

2

그 후 그는 그 여인과의 별리로 마음에 상처를 입고 성장하면서, 허무의식이 지배하는 상황에 부딪치게 되자, 《悲歌》에서 보는 바와 같이 그의 시는 존재론적인 문제로 확대된다. 그래서 그는 때때로 황야를 방황하는 순례자가 아니면, 존재의 벽 속에 갇혀 있는 수인(囚人)처럼 허무라는 어둠의 세계와 치열한 자의식적인 싸움을 벌인다. 그가 《悲歌》의 서시에서 다음과 같이 노래하는 것도 이와 같은 이유 때문이다.

> 꽃나무여 꽃나무여,
> 적은 열매의 약속으로
> 수많은 꽃을 밖으로 내어민
> 어둡고 어두운 憂愁여
> 그 어둠 속에
> 벌떼 울듯
> 數萬의 봄이 오래
> 集中된다.
>
> —〈悲歌 序詩〉

그래서 《悲歌》에 와서 그의 시세계의 풍경은 목탄화(木炭畵)의 그것과도 같이, 어둡고 정체상태에 있는 시인의 고뇌를 반영하고 있는 듯하다. 그래서 그는 그가 호흡하는 곳이 대기의 압력으로 연기가 낮게 피어오르는 공간 같다고 말하기도 하고, 또는 돌산이나 사막 같다고도 말한다. 특히 그가 돌베개를 베고 누워 있다든지, 어두워가는 황량한 들판에 그림자처럼 무릎을 꿇고 있다고 표현하는 것은 그가 얼마나 힘겨운 상황 속에서 벌거벗은 상태로 놓여 있는가를 충분히 말해주고 있다.

이제 너의 기다림을 어디 가 찾으리오
하늘도 땅도 소리없이
목말라 울 때
뉘 있어
네 가볍지 않은 기다림을 받아 주리오
들판에는 한 줄기 연기가 오르고
붉은 黃土길 흰 돌산에 오르고
바람 한 점 없는 들판
벌거벗은 땅 위에
그림자처럼 오래 참으며
무릎 꿇고 앉아 있었노라

— 〈悲歌 제2가〉에서

　　그러나 〈悲歌〉에서도 여행 모티프가 없는 것은 아니다. 다만 많은 시편에서 그가 가는 길이 죽음과도 같은 황혼 속에 돌산으로 뻗어 있는 황토길이고, 그의 눈앞에 전개되는 시야가 어둡고 황량한 들판과도 같기 때문에, 그는 움직이지 못하고 허무의 늪 속에 빠져 있듯이 정지상태에 머무르고 있는 현상을 나타내고 있을 뿐이다. 그러나 그의 시는 여기에 와서도 닫혀 있는 상황으로 인해 허무주의로 빠지지 않고 있다. 비록 그는 이 지점에 와서 움직이지 못하고, 존재문제에 대한 의식적인 문제로 말미암아 "태초의 허무주의"라는 덫에 걸려 있는 현상을 나타내 보이고 있지만, 그의 시는 의식의 투명함과 지성의 빛을 잃지 않고 있다. 그는 이것을 〈悲歌〉에 와서도 눈과 겨울의 이미지로 형상화하고 있다. 그리고 그는 움직이기를 원한다.

> 바람이 분다
> 한겨울날
> 그늘진 절 뒷뜰에 빛나는 얼음
> 눈맞은 느릅나무 위에 흔들리는 햇빛
> 골짜기 위에
> 며칠내 펄럭이는 하늘
> 그 속에 문득
> 이상히 아름다운
> 구름조각 흐른다
> 오늘도 해가 기울어 가고
> 혼자 사는 자의
> 장식 없는 불빛이 빛날 시간이다
>
> 步行하는 자의 평화로다
>
> — 〈悲歌 제4가〉에서

비록 그는 "때로 허무주의에 빠져 아무것도 하지 않는다. 때로 나는 존재하지 않는다"라고 말하지만, 그의 시는 정지 속에 움직임을 보이고, 죽음을 나타내는 겨울의 이미지 사이에서도 햇빛이 보인다. 이러한 현상은 그가 처해 있는 허무주의적인 상황에 대해 아무런 감상을 보이지 않고 그것을 차가운 지성으로 담담하게 수용하는 자세를 보이면서, 정지된 상태에서 그의 여정을 새로이 출발하는 자세로 나타난다.

不吉한 着手로다

때 이미 늦었노니

이제 마음 바쳐 그리워함 없고

며칠내 겁없이 바람이 불고

나무에 얹힌 눈이여

흔들리는 햇빛이여

문득 흐르는 이상한 구름조각

그 구름 생시의 細細한 몸짓

보인다 보인다 참 자상히 보인다

혼자 살다 고요히

바람의 눈시울과 뺨을 맞부비노니

이제 겁없이 부는 바람소리를

사랑할까 못 사랑할까.

— 〈悲歌 제4가〉에서

그래서 그는 인고 속에서 발견한 희미한 실존적인 빛을 겨울날 "나무에 얹힌 눈에 비친 흔들리는 햇빛"에 비유하면서 "머리 속 캄캄한 곳에 머뭇대는 이상한 빛"이라고 말하면서 성숙된 삶으로 향한 제2의 출발을 하려고 한다. 그래서 그는 새로운 출발을 위한 항구의 이미지를 찾게 된다. 그러나 그가 처해 있는 상황은 아직도 너무나 춥고 어둡다. 그러나 그는 그것을 현실로 수용하면서 지성인답게 그것을 담담하게 나타낸다.

내 노래한다 겨울 항구를,

한겨울의 우울을,

어두운 선창에는

이리저리 몰려다니는 눈
배떨어진 항구의
密集한 밤을,
水平線 위에 잠시 뜨는
水星을,
사리 무렵 달이 질 때
내 들었노라
달을 받는 큰 물의 背晋을
들었노라
저 습기찬 커다란 圓의 흔들림을

　　　　　　　　　　　　　─〈悲歌 제11가〉

　이렇게 〈悲歌〉는 수많은 질곡으로 가득 찬 부조리한 삶의 조건에 대
한 인식 때문에 김병익이 말한 "내적인 삶의 침몰"에서 외적인 움직임
을 보이지 않고 있다. 그러나 앞에서도 살펴보았듯이, 〈悲歌〉 역시 항
구와 배, 그리고 비와 눈 등과 같은 이미지들이 이곳저곳에 점철해 있
다. 이것은 그가 비록 내면적인 의식공간에 머물러 있으나, 바깥세계로
나와 움직이며 여행을 계속해야 된다는 강박관념과 당위성 때문에 나타
난 현상이다. 그래서 그는 그의 어려운 상황을 벗어나 자신을 꽃피우기
위한 욕망을 봄에 피는 꽃 속에 투영시키기도 한다.

　祭床 앞에는 꽃이 어둡게 피고
　祭床 뒤에는 서로 다른 귀신들이
　서로 혼자 왔다 만나
　잘못 다른 귀신의 이름을 부르고 취해
　드디어 鬼子를 떼어 버리고

당당한 神들처럼 피는 꽃을 바라본다.

— 〈悲歌 제12가〉에서

3

그러나 《太平歌》에 와서 여행 모티프들은 《어떤 개인 날》 못지않게
두드러지게 나타나고 있다. 이전까지 그의 시에 나타난 여행 모티프는
알레고리적인 성격을 지닌 이미지 등에서 볼 수 있는 것과 같이 미시(微
視)적인 현상으로 나타났으나, 이 지점에 와서는 김병익이 지적한 바와
같이 보다 구체적인 삶의 현실로 나타나고 있다. 이것에 대한 대표적인
예가 〈寄港地 1〉이다.

    걸어서 항구에 도착했다.
    길게 부는 寒地의 바람
    바다 앞의 집들을 흔들고
    긴 눈 내릴 듯
    낮게 낮게 비치는 불빛
    紙錢에 그려진 유치한 그림을
    주머니에 구겨 넣고
    반쯤 탄 담배를 그림자처럼 꺼버리고
    조용한 마음으로
    배 있는 데로 내려간다
    정박중의 어두운 龍骨들이
    모두 고개를 들고
    항구의 안을 들여다보고 있었다

어두운 하늘에는 數三個의 눈송이

하늘의 새들이 따르고 있었다.

—〈寄港地 1〉 전문

여기서 시인은 오랫동안 암울하고 허무주의적인 영역에 갇혀서 외롭게 칩거해 있다가 새로운 출발을 하기 위해 항구에 도착해서 배를 타고자 한다. 이 지점에서도 그가 처해 있는 상황 또한 밝은 것은 되지 못하고 있다. 그러나 그가 처해 있는 상황이 아무리 어렵다고 하더라도, 그것을 슬퍼하는 감상적인 태도를 전혀 보이지 않고, 자신을 하늘에서 내려오는 눈송이와 그것을 따라 겨울하늘을 나는 새들로 형상화하고 있다. 눈송이는 겨울 항구의 아름다운 풍경을 나타내고 있지만, 상징적인 무게를 지니고서, 주인공이 추구하는 지적인 이상을 나타내고 있는 듯하다. 그래서 그의 영혼 및 정신을 나타내는 새들이 그 눈송이를 따라 잿빛 하늘을 날고 있다. 그러나 삶이라는 그의 항해는 그가 생각하는 것만큼 그렇게 평탄하고 꿈같이 아름다운 것은 아니다. 그래서 항해를 하다가 남해안(南海岸)에 도착해서 그가 발견한 현실은 그의 정신세계가 발견하려던 그것이 아니고 황량하고 단절된 현실이었다. 그래서 그는 미래를 꿈꾸는 그의 새가 "망가졌다"고까지 말한다.

사직동에 숨은 너의 집에

전화 벨이 울던가

다섯평 미만의 얼굴

때묻은 눈 남은 너의 마당에

꿈처럼 울던 鐵絲의 새들

나의 새는 망가졌다

황동규 305

방법의 차이다
시계의 초침이 멎었다
동백이 떨어지고 사흘
편지 한장 띄우지 않았다
航海를 단념한다
......
꿈에 보이는 군중들은 말이 없다.
꿈과 생시는
의자 위치만 바꾸어도 銃聲이 들릴 것 같은
그런 距離다.

— 〈南海岸에서〉에서

　　아마 그가 항해하기를 단념한 곳은 그가 주둔해 있었던 병영인지도
모른다. 삶의 여정에서 발견하는 어려움은 역설적인 의미를 지닌 〈太平
歌〉로 표현되듯이, 우리 시대에 누구나 겪어야만 했던 외지에서의 병영
생활의 가혹함을 통해서 나타나고 있다. 그러나 시인은 언제나 춥고 단
절된 현실 가운데서도 인간의 존엄성과 지적인 존재가치를 상징하는 눈
을 맞으려고 한다. 왜냐하면 눈은 앞에서도 누누이 지적한 바와 같이
차가운 대기와 가혹한 추위 속에서도 조금도 감상에 물들지 않고 스스
로 어려움을 견디고 아름다운 눈꽃을 피우기 때문이다.

　　羊皮手匣 낀 손을 내밀면
언제부터인가
눈보다 더 차가운 눈이 내리고 있다.

— 〈太平歌〉에서

그런데 눈에 대한 이미지가 여행 모티프와 결합해서 그것이 지니고 있는 상징적인 가치가 절묘하게 나타나고 있는 것은 억압과 수난 속에서 젊은 날을 보내는 자신을 비운의 풍운아 전봉준과 포개어놓고 있는 〈三南에 내리는 눈〉에서이다.

> 琫準이가 운다, 무식하게 무식하게
> 일자 무식하게, 아 한문만 알았던들
> 부드럽게 우는 법만 알았던들
> 왕 뒤에 큰 왕이 있고
> 큰 왕의 채찍!
> 마패없이 거듭 국경을 넘는
> 저 步馬의 겨울 안개 아래
> 부챗살로 갈라지는 땅들
> 砲들이 얼굴 망가진 아이들처럼 울어
> 찬 눈에 홀로 볼 비빌 것을 알았던들
> 계룡산에 들어 조용히 밭에 목매었으련만,
> 목매었으련만, 대국낫도 왜낫도 잘 들었으련만,
> 눈이 내린다, 우리가 무심히 건너는 돌다리에
> 형제의 아버지가 남몰래 앓는 초가 그늘에
> 귀 기울여 보아라, 눈이 내린다, 무심히,
> 갑갑하게 내려앉은 하늘 아래
> 무식하게 무식하게.
>
> ─〈三南에 내리는 눈〉 전문

여기서 "무식하게 무식하게" 내리는 눈은 전봉준의 삶과 그가 걸어갔던 길을 상징적으로 나타내고 있다. 전봉준은 비록 무식하지만, 민족의 자존을 외세로부터 지키고 민중의 고혈을 짜는 탐관오리들에게 저항하기 위해서 동학란을 일으켜 싸우다가 감옥에서 이슬로 사라졌다. 그러나 그는 죽음 앞에서 조금도 두려워하지 않고, 눈물 흘리는 감상이나 슬픔을 조금도 보이지 않고 깨끗하게 의연히 사라졌다. 시인 황동규가 이 시의 마지막 부분에서 눈이 "무식하게" 내리고 있다고 묘사한 것은 눈이 아예 애련에 물들지 않고, 투철한 저항정신으로 의롭게 살았던 전봉준의 희생적인 삶을 상징적으로 말해주고 있기 때문이다. 또 이것은 전봉준처럼 험난한 시대적인 상황 속에서 살면서도 의연히 살아가는 민중의 정신적 지도자들의 희생적인 삶을 조명해주고 있다.

4

《熱河日記》는 비록 그 시집 제목이 18세기 조선조시대의 사회상황을 나타내어주는 것이지만, 그것은 시인이 살고 있는 시대는 물론, 그가 건너가야 했던 생의 뜨겁고 험난한 노정과 시간의 강을 시적으로 형상화하는 틀을 마련해주고 있다.

시인이 건너야만 했던 시간의 강물이 "熱河"와도 같았지만, 그는 계속 힘겨운 시간의 강을 건너야만 했다. 그래도 여기서도 하늘에 흘러가는 구름, 계절 따라 먼 나라로 날아가는 철새, 먼 바다로 떠날 돛대로 가득 찬 항구, 피었다가 지고 다시 피어나는 꽃과 식물, 그리고 "견고한 달구지의 행렬" 등과 같은 여행 모티프가 빈번히 나타나고 있으나, 가장 많이 눈에 띄는 것은 아마도 눈의 이미지이다. 그런데 아직 구름들은 여름하늘의 뭉게구름처럼 빛나지 않고, 자유를 상징하는 새들은 눈 속으로만 날고 있다.

날으는 새는 자유의 상징이라지만

자유를 주지 못하리
이제 나에게 어떠한 상징도

저녁 눈 희끗희끗 날리는 거리를
나는 창의 全部를 열어 놓고
라디오의 볼륨
바흐의 전부를 죽여 놓고
들여다본다

창 앞에 서 있는 앙상한 낙엽송 가지에
참새 한 마리가 앉아
예비적으로 떨고
눈 속으로 날아간다.

— 〈새〉 전문

  그런데 중요한 것은 자유를 상징하는 새가 자유가 주어지지 못해 날
지 못하고 눈 속으로 날아간다고 표현한 부분이다. 여기서 눈은 차가움
을 나타내는 부정적인 일면을 지니고 있지만, 그것은 또한 깨끗하고 정
결함을 동시에 나타내고 있다. 그래서 새는 자유로운 공간으로 날지 못
하고 앙상한 낙엽송에 앉아 외롭게 떨고 있지만, 그가 눈 속을 날고 있
는 것은 그것이 온갖 어려움 속에서도 눈이 상징하는 또 다른 상징적인
면, 즉 깨끗하고 우아한 인고의 삶을 영위하고 있다는 의지를 나타내고
있다. 눈이 나타내고 있는 이러한 상징성은 여행 모티프와 연결되어,
역사를 움직이는 힘에 대한 이미지를 탁월하게 나타내는 〈나는 바퀴를
보면 굴리고 싶어진다〉, 〈바다로 가는 자전거들〉, 〈눈 내리는 포구〉와
〈계엄령 속의 눈〉에 나타나 "거듭 밟히는/ 흙빛 눈"은 물론 "조그만 사

랑 노래"에 담겨 있는 "땅 어디에 내려앉지 못하고/ 눈 뜨고 떨며 한없이 떠다니는/ 몇 송이 눈"의 모습과 더불어 황동규 시에 나타난 눈의 의미를 더욱 선명하게 나타내고 있다.

> 그대 어깨 너머로 눈 내리는
> 세상은 본다
> 석회의 흰빛
> 그려지는 生의 답답함
> 귀 속에도 가늘게 눈이 내리고
> 조그만 새 한 마리
> 소리 없이 날고 있다
>
> ― 〈눈 내리는 포구〉에서

여기서도 눈은 차가운 현실을 표면적으로 나타내지만, 그것은 또한 시인 황동규가 그리워하는 정의로움으로 가득 찬 지적인 세계를 나타낸다고 할 수 있겠다. 그는 눈이 내려 더럽고 때묻은 세상을 덮고 있는 섬이 그가 희구하는 듯한 땅으로 생각하는 듯하다.

> 포구로 가는 길이
> 이제 보이지 않는구나
> 그 너머 섬들도
> 자취를 감춘다
> 꿈처럼 떠다니는 섬들,
> 흰빛으로 사방에 쏟아져
> 눈 맞는 하늘
> 자취를 감춘다

그대와 나만이 어깨로 열심히 세상을 가리고

아니 세상을 열고⋯⋯
그대의 어깨를 안는다
섬들보다도 가까운
어떤 음탕하고 싱싱한 空間이
우리 품에 안긴다.

― 〈눈 내리는 포구〉에서

　김우창 교수도 지적한 바와 같이, 내리는 눈으로 만들어진, 아니 눈
으로 덮여진 세계는 원시적인 색채마저 지닌 이상적인 낙토(樂土)를 상
징하는 듯하다. "음탕하다"는 말이 다소 모호함을 지니고 있지만, 이것
은 그의 지적인 패러디로서 감상적인 요소를 배제하기 위한 지적인 재
치일 뿐, 이어서 나타난 "싱싱한 空間"을 강조하는 수사학이다. 사실
그는 섹스의 억압을 인간성의 억압으로 보았다. 이러한 시적 현실은 이
시집 속에 나타난 눈과 반대되는 비의 이미지로 또 한 번 설명되고 있
다. T. S. 엘리엇의 〈황무지〉와도 같은 불모의 땅에 내리는 비는 전통적
으로 인식되어온 바와 같이 생명력을 나타낸다.
　그러나 황동규 시에 있어서 비는 지적인 요소와는 반대되는, 절제되
지 않은 자연주의적인 욕망은 물론 우리가 입은 옷을 적시게 만드는 짓
궂은 행위처럼 억압적인 이미지로 나타나고 있다.

下流 끊긴 江이 다시 범람한다
세 번 네 번 범람한다
외우지 않기로 한다
― 물이 지우는 몇 개의 섬

신문을 읽지 말고
혹은 읽으면서 잊어버리고
몇 번 재주 넘어
―천천히 참새가 된 나와 아내

비가 내린다
물이 거듭 쳐들어 온다
새는 지붕 간신히 막아놓고
아들아, 아빠가 춤을 춘다

창 틈으로 날아들었다가
머리를 바람벽에 부딪치고 눈앞이 캄캄해져서
참새가 참새가 춤을 춘다

― 〈장마 때 참새 되기〉 전문

또 〈金洙暎 무덤〉에서도 비는 약한 자를 억압하는 심술궂고 욕심 많
은 폭군의 이미지로 부각되고 있다.

우산을 잠시 묘비에 세워 놓고
젖은 마음을 잠시
땅 위에 뉘어 놓고
더 붙들 것이 없어 나는
빗소리에 몸을 기댔다
등에 등을 대어 주는 빗소리

빗소리 속에도 바람이 부는지

풀들이 흔들리는 것이 보인다
나뭇잎들이 흔들리고
가지들이 흔들리고
이 악물고 그대가 흔들리고
마지막으로 다시 풀들이 흔들린다.
뿌리 뽑힌 것들은 흔들리지 않는다.

—〈金洙暎 무덤〉에서

시 속의 화자는 죽은 시인의 무덤 위에 사정없이 내리는 비를 엎드려서 온몸으로 막으면서 등에 비를 맞지만, 비바람이 약한 자를 상징하는 것들을 흔들고 있다는 것을 고발하고 있다.

그런데 눈의 이미지를 통해 그가 생각하고 있는 삶의 자세와 그것을 통해서 이룩한 시세계를 나타내려는 노력은, 비록 대단히 난해하고 한국시로서는 다소 긴 편에 속하지만, 황동규 시의 또 하나의 특징을 나타내고 있는 〈겨울의 빛〉 속에서 그 절정을 이루고 있다. 즉 이 시는 황동규가 하회(河回)라는 유서 깊은 곳을 찾아간 여행길에서 발견한 주제의식에서뿐만 아니라, 형식과 스타일 면에 있어서 자연 가운데 있는 인간적인 요소를 그의 상상력을 통해 예술로서 형상화하고 있다. 감정을 가능한 빙점(氷點)에까지 제거하려고 한 이 시는 "겨울의 빛"과 "지성의 빛"을 일치시키면서, 차갑고 흰 눈의 이미지를 통해 시의 본질과 인간의 본질을 원형적인 문맥 속에서 추적하고 있다. 시인이 "잠긴 창"을 열고 내다본 어둠 위로 내리는 흰눈은 "河回"를 싸고 도는 강물과도 동일하다고 생각한다. 그러나 그의 상상력 속에서 눈이 "河回"의 물과 다른 것은 그것이 여러 개의 "水晶깃"을 달고 어둠을 녹이는 하얀 결정체란 것이다. 인간의 지성을 상징하는 흰 눈송이가 우리들의 눈에 보이는 것은 샤머니즘과 같은 자연적인 혼돈으로부터 벗어나서 그

것대로의 가치, 즉 인간 가치 내지 지적이고 예술적인 가치를 주장하기 때문이다. 그래서 눈은

> 어둠을 자기 몸만큼씩 흔들어 녹이고
> 어둠과 함께 팔다리도 녹이고
> 끝내는 몸뚱아리까지 녹여 없애고
> 작고 하얀 자들

— 〈겨울의 빛〉에서

로만 날아다닌다. 그래서 그것은 시인과 더불어 "小白山脈의 안 보이는 浮石寺가 되어 떠다니다/ 보이는 浮石寺"라는 예술의 눈과 만나게 된다. 창의 안과 밖, 눈빛과 물빛, 흰 꽃과 흰 나비 등의 이미지를 조형적인 언어로 결합해서 이룩한 이 예술의 얼음탑은 황동규의 시에 새로운 전환기를 가져다주고 있다.

　시인이 〈겨울의 빛〉에서 노래한 눈이 때 묻은 세상을 하얗게 만들기 위해서 어둠을 녹이며 하늘에서 땅으로 머나먼 여행을 했다는 사실은 앞에서도 누누이 지적한 바와 같이 여행 모티프를 통한 그의 역사의식과 깊은 관계가 있다. 그래서 그는 그의 대표작 가운데 하나인 〈燃燈〉에서 허위적이고 반인간적인 귀면(鬼面)을 벗기기 위해서 역사의 진행을 상징하는 인간 행렬의 흐름은 물 흐르듯 이어져야만 하고 중단되지 말아야만 된다는 것을 부드러운 서정 속에서 무리 없이 노래한다.

> 나무들 허물없이 옷 벗을 때
> 우리 얼굴 벗고 만나고
> 나무들 옷 걸치고 무리지어 설 때
> 우리 다시 鬼面달았다

홀러라 鬼面이여, 우리 사랑은

수상하게 사월 파일 연등놀이에도 끼고

긴 줄 서서

마음 독하게 걷기도 하지만

남들처럼 웃으며 걷기도 하지만

불 꺼트리고

길 속에 길 잃고 서서

흐르지 않기도 한다

길 잃은 동안만 우리는 흐르지 않는다

……

물 흐르지 않는 소리

들린다, 우리 감춘 마음도

들린다, 아무 것도 없이 허약하게

불마저 꺼트리고,

홀러라 鬼面이여, 우리는……

— 〈燃燈〉에서

그래서 〈망초꽃〉과 같은 시에서 여행 모티프가 보다 현실적으로 직접 나타나 보이는 것은 결코 우연한 일이 아니다. 그가 여러 사람들과 더불어 주어진 삶을 살아가는 것은 그것이 아무리 피곤한 일이라 하더라도 유토피아를 상징하는 "無量淨土"를 찾아가기 위함이다.

郡 이름은 잊었지만

無量面 淨土里

그런 곳이 없다면

……

이따금 돌조각이 저절로 굴러내리는

절벽 앞을 걷다가

흰 빨래로 걸려 있는 구름 앞에서

그 흔한 망초꽃 속의 어느 눈썹 섭섭한 망초 하나와 만나

인사를 주고 받겠는가

〈듣고 보니 우린 꿈이 같군,〉

〈끝이 환했어,〉

— 〈망초꽃〉에서

5

그러나 그가 처해 있는 시대적인 상황과 삶에 대한 인식으로 인해 《나는 바퀴를 보면 굴리고 싶어진다》 이후의 시세계는 다소간 변모를 보이고 있다. 그의 삶이 흐르는 시간 속에서 계속해서 이어지기 때문에, 그의 여행 모티프는 눈과 꽃, 들풀과 구름 등으로 엮어지고 있으나, 술의 이미지와 함께 삶에 대한 긴장관계가 나타나고 있다. 여기서 말하는 시적인 긴장관계는 그가 시가 "극적인 구조"를 가지고 있기 때문에 생겨난 현상이지만, 그가 생을 "幸福 없이 살 수 있는 자세"로서 있는 그대로의 삶을 즐기려 하고 있기 때문이다. 이러한 현상은 그가 생의 입사의식(入社儀式)을 거치고 난 후에, 원숙한 삶의 현장에서 만나게 되는 달관에 가까운 마음자세와 밀접한 관계를 지니고 있다. 그래서 그는 그의 주변에서 일어나는 현상이나 사물에 대해 마음의 문을 열고 그것들을 수용하며, 현실 세계에 대해 실존주의적 태도와 무관하지 않은 스토이시즘을 나타내는 경향을 보이고 있다.

아무튼 우울한 시선으로 세상을 보았던 그의 시선이 눈빛처럼 밝아지고 있음은 고마운 일이 아니라고 할 수 없다.

사방에서 벌이 잉잉거릴 때
꽃들은 먼발치서 달려오는 벌을 맞으러
하나씩 문을 열 것이다
꽃송이 하나하나가
마침 파고든 벌을 힘껏 껴안는
이 팽팽함!

배나무와 벗나무 上空에서
새들은 땅 위에서 환한 구름이 일어나는 것을 보고
잠시 天上과 地上을 잊을 것이다.

— 〈꽃〉에서

   그래서 그는 삶에 취한 모습을 나타내며, 길을 가다가 벽 틈에 피어
난 노란 풀꽃에 대해 남다른 애정을 보이기도 하고 못생긴 새들에 대해
서도 정겨운 인사를 한다.
   그러나 이러한 삶에 대한 태도를 더욱 분명하게 보인 것은 〈魂 없는
者의 혼노래〉 시리즈에 속하는 여러 편의 시작들이다. 여기서 시인은
앞에서도 지적한 바와 마찬가지로 여행 경험을 투명한 스케치 형식으로
전개시키고 있다. 그는 어딘가 이상적인 것을 찾아 먼 곳으로 가지만,
현실로 돌아오고 만다. 이를테면, 그는 인간 도시를 떠나 자연을 찾아
산 속의 풀섶 사이를 거닐지만 다시금 그의 아파트로 돌아온다. 그가
여행할 수 있는 가장 먼 곳은 "눈에 보이지 않는, 혼이 있는 자가 혼자
머물고" 있는 초월적인 세계가 아니라, 마음을 비운 혼이 없는 자가 오
염되지 않은 깨끗하고 아름다운 현실세계이다.

   눈 털며 웃는 속리산 갈대들을

눈 비비며 보듯이
반쯤 미쳐서, 넋을 잃고
자갈밭에 물흐르는 소리를 듣는다

취하자는 친구의 청 뿌리치고
멀쩡하게 술만 퍼마시고
눈 온 후에 자갈들이 숨지 않고 숨쉬는
냇가를 찾아가
(어흥!)
낮달이 미친 듯 떠 있는 것을 본다.
— 〈魂 없는 者의 혼노래 2〉

  그래서 그는 인간의 운명 때문에 낮은 곳에 머물러야만 하고 시간의
흐름에 따라 죽어야 하지만, 그들의 삶이 꽃처럼 지거나 혹은 싸락눈
혹은 점박이 눈처럼 깨끗이 땅 위로 내려앉는 것의 모습을 사랑하고 그
것에 대해 남다른 속 깊은 애정을 나타낸다. 그래서 황동규는 험난한
세파에 짓밟혀 〈점박이 눈〉처럼 상처를 입고, 자신이 꿈꾸던 "꿈나라의
한 귀퉁이"에 머물고 있다고 생각되는 비극적 시인 김종삼의 마지막 순
간을 깨끗하고 아름다운 서정으로 묘사하고 있다. 그러나 그가 〈점박이
눈〉처럼 살다 간 김종삼의 삶을 애도하는 간절한 시를 썼지만, 슬픔에
물든 한과도 같은 혼탁한 감정을 조금도 나타내지 않고, 그의 격조 높
은 감정으로 승화시키고 있다.

그대 세상 뜨고
길음聖堂 안팎의 늦추위
점박이 눈이 내리고

......

영결미사가 시작되고

합창이 막을 열었다

신부님이 종을 흔들자

그대는 하느님의 이상한 아들이 되어 신발 한 짝 끌고

聖歌 속에 잠시잠시

숨었다 나타났다 했다

몰래 따라 들어가 보면

그대는 막 출발하는 버스에 매달렸다.

......

눈이 껌벅여지지 않았다

추위 때문인가

입을 벌려도 숨이 답답했다

(마음이 얼얼하면

몸 속이 환해지리)

그대 탄 버스 앞길에 자욱이 내리는 눈

점박이 눈이었다.

— 〈점박이 눈〉에서

다시 말하면, 시인 김종삼은 가난에 짓밟히며, 길음 시장의 목판 위에서 "눈 껌벅이며/ 자세히 보면 껌벅이지 않는/ 모두 입벌린/ 생선" 처럼 희생되었지만, 황동규는 그의 죽음을 단순히 누추한 죽음으로 보지 않고 흰 눈처럼 성숙해서 활짝 핀 꽃으로 보았다. 이 지점에 와서 黃東奎는 깨끗하고 값진 죽음을 성숙된 성스러움을 나타내는 눈은 물론 향기 짙은 꽃과도 일치시키고 있다.

첫눈 내렸다
관음죽 옆의 유도화가
갑자기 나타나 꽃을 피웠다
진한 향내

— 〈벌도 나비도 없이〉에서

이러한 그의 시적 마음자세는 〈風葬〉 시리즈에 와서 예술로서 그 절
정을 이루고 있다. 그의 시세계에 있어서 새로운 변화를 보여주고 있는
듯하다. 이와 같은 사실은 풍장(風葬)이란 말 그 자체가 장례식에서 볼
수 있는 우울하고 엄숙한 분위기를 지니고 있기 때문인지도 모른다. 그
러나 이들 시편들의 내면적인 구조를 들여다보면, 앞에서 살펴본 시의
구조와 연속선상에 있다는 것을 발견할 수가 있다. 〈風葬〉은 죽은 시체
를 땅 속에 묻는 것이 아니고, 시간 속에서 장례식을 치르는 것을 말하
기 때문에, 엄격한 의미에서 삶의 여정 그 자체를 나타내는 이미지를
안고 있다. 사실 〈風葬 1〉의 시편 속에서 여행 이미지를 무수히 담고
있다. 시 속의 화자는 자신이 죽었을 때를 가정하고 쓴 시이지만, 죽은
후에도 자기가 이상향으로 생각되는 섬으로 옮겨가고자 하는 강한 욕망
을 보여주고 있다.

내 세상 뜨면 풍장시켜다오
섭섭하지 않게
옷은 입은 채로 전자시계는 가는 채로
손목에 달아 놓고
아주 춥지는 않게
가죽가방에 넣어 전세 택시에 싣고
群山에 가서

검색이 심하면
곰소쯤에 가서
통통배에 옮겨 실어다오

가방 속에서 다리 오그리고
그러나 편안히 누워 있다가
선유도 지나 무인도 지나 통통 소리 지나
배가 육지에 허리 대는 기척에
잠시 정신을 잃고
가방 벗기우고 옷 벗기우고
무인도의 늦가을 차가운 햇빛 속에
구두와 양말도 벗기우고
손목시계 부서질 때
남몰래 시간을 떨어뜨리고
바람 속에 익은 붉은 열매에서 툭툭 튕기는 씨들을
무연히 안 보이듯 바라보며
살을 말리게 해다오
어금니에 박혀 녹스는 白金 조각도
바람 속에 빛나게 해다오

바람을 이불처럼 덮고
化粧도 解脫도 없이
이불 여미듯 바람을 여미고
마지막으로 몸의 피가 다 마를 때까지
바람과 놀게 해다오.

— 〈風葬 1〉

유종호 교수가 지적했듯이 연작시 〈風葬〉에서 가장 많이 노래하고 있는 것은 죽음이지만, 그것은 결국 "삶에 대한 명상"이다. 그는 자연주의적이고 결정론적인 현실을 수용하지만, 자연법칙이 지배하는 범위 내에서 실존적인 차원에서 인간의 가능성을 최대한으로 꽃피우고, 그 결실의 열매를 얻고자 하는 것이다.

〈風葬 1〉에서 시 속의 화자는 죽음으로 가장하지만, 결코 죽은 상태에 있는 것은 아니다. 그가 죽은 후의 상태를 가정해서 명상을 하고 있지만, 그것은 살아 있는 상태에서 이루어진 것이다. 그뿐만 아니라, 그가 노래하고 있는 것은 어디까지나 육신이 존재하는 현실에 대한 것에만 해당되는 것이지, 초월적인 세계를 탐색한 것은 아니다. 그래서 〈風葬〉 시리즈에서 강조하고자 하는 것은 비극적인 현상이지만, 자연주의적인 상황 속에서 성숙되고 이상적인 상태를 구축하기 위해 육신이 해체될 때까지 최선의 노력을 다하려는 의지를 보이는 것이다. 다시 말하면, 시 속에서 화자가 자신을 풍장시켜 달라고 유언을 하고 있지만, 그는 그것을 통해서 그의 인간의지를 상징적으로 말하고 있다. 그가 땅 속에 묻히지 않고, 통통배에 실려 "선유도 지나" 어느 육지에 도달하고 싶다는 것은 그가 꿈꾸는 이상을 말하는 것이 될 것이다. 그리고 그는 그의 시간이 끝나는 순간에 자신을 완성시키겠다는 의지를 보이고 있다. "손목시계 부서질 때/ 남몰래 시간을 떨어뜨리고/ 바람 속에 익은 붉은 열매에서 툭툭 튕기는 씨들을/ 무연히 안 보이듯 바라보며/ 살을 말리게 해다오"란 말은 바람 속에 아름답고 원숙하게 익은 붉은 열매의 씨와 자신을 일치시키거나 혹은 그것을 동경하는 모습을 나타내고 있다. 그러나 그가 자연법칙에 의해 소멸되고 파괴된다고 예측하지만, 인간적인 의지가 자연법칙과 시간의 힘을 초극하겠다는 의지는 "어금니에 박혀 녹스는 白金 조각도/ 바람 속에 빛나게 해다오"란 말로 나타내고 있다. 그렇지만, 앞에서도 밝힌 바와 같이 19세기 영국시인 셸리가 노래한 것처럼, 바람이 상징하고 있는 시간의 변화를 수용하면서, 그 속에서 자신의 인간적인 의지를 마지막 순간까지 실현하고자 하는 것이다.

〈風葬 2〉에서도 바람 속에 마멸된 육신의 눈에 나타나 보이는 것이 "색깔들의 장맛비", "바다빛 바다!" 등으로 모두 다 실존적인 상황에서 얻어지는 인간의지의 결실을 말해주고 있다. "바다빛 바다! 그 위에 떠다니는 가을 햇빛의 알갱이"는 술에 취해서 인간의 가능성을 초월적인 영역에 접할 수 있을 정도로 확대시키는 데서 얻어지는 현상들이다.

> 소주가 소주에 취해 술의 숨길 되듯
> 바싹 마른 몸이 마름에 취해 색깔의 바람 속에 둥실 떠……
>
> ― 〈風葬 3〉에서

또 〈風葬 3〉에서 술을 마시고 느낀 기분을 노래하는 것은 인간의 비극적인 상황을 유머로 받아넘기려는 뜻을 나타내고 있지만, 그것은 인간의 의식을 확대시키면서 결정론적인 상황을 극복하려는 실존적인 인간의 몸짓으로 나타나고 있다.

계속해서 이어지고 있는 〈風葬〉 시리즈에서 황동규는 여행 이미지로 이룩된 시적 구조를 견지하면서 변화 속으로 열린 힘겨운 인생길을 나타내기 위해서 인간이 이룩한 지성적인 업적과 예술적인 업적을 그의 투명한 언어가 지니고 있는 독특한 이미지 등을 통해 조용하게 형상화하고 있다. 〈風葬 4〉는 이것에 대한 하나의 예로서, 변화 속에서 완성을 추구하고 발전된 결과를 선명하게 나타내고 있다.

> 쓸쓸한 길 화령길
> 어려운 길 石川길
> 般若寺는 초행길

黃澗 지나 막눈길

돌다리 위에 뜬 어리숙한 달
(그 달?)
등지고
난간 위에 눈을 조금 쓸고
목숨 내려놓고

부처를 만나면 부처를 죽이고
루카치 만나면 루카칠
바슐라르 만나면 바슐라르를
놀부 만나면 흥부를……

이번엔 달을 내려놓고.

— 〈風葬 4〉

    그런데 연작시 〈風葬〉이 결코 죽음을 노래하지 않는 것은 〈風葬 5〉
에서 더욱더 선명하게 나타나고 있다. 이 시의 배경과 틀은 시신(屍身)
을 유기하여 비바람에 쐬어서 자연히 소멸시키는 원시적인 장례식을 사
용하고 있다. 그러나 이 작품의 화자 역시 결코 죽은 자가 아니다. 다만
그는 들판에 시신처럼 누워 있다가 까마귀에게 한 눈을 파 먹히고 난
후, 한쪽 눈으로 가을에 나타난 자연현상을 바라보며, 자연의 변화과정
을 구름 속에서 살핀다. 그리고 "아직 목과 입이 남아" 있다고 말하면
서 "나머지 한 눈까지 내어맡길까/ 아니면 헌 신발을 머리에 얹고/ 덩
실덩실 춤추며 내려가볼까" 하고 도전적이며 초인적인 말을 읊조린다.
시인은 풍장의 형식을 빌렸기 때문에, 이 작품 속에서 살아있는 주인공

은 죽은 자가 행하는 말과도 유사한 초극적이고 체념적인 면을 지니고 있다. 그러나 그것은 살아있는 자의 속마음을 나타내는 말소리다. 그렇다면 이러한 말 속에는 무슨 뜻이 담겨 있을까. 그것은 육신을 빼앗아 가는 자연법칙이나 결정론에 대한 저항적인 목소리다. 분명히 그는 자연법칙에 대해 모든 것을 다 빼앗겼지만, 그러한 상황 속에서 그는 역설적인 실존적인 기쁨을 발견한다. 이러한 시적인 문맥은 "시원 너덜"한 구멍 난 주머니와도 같은 꿰맨 살이 터져 뼈가 보이는 곳과 침묵의 틈새에서 피는 아름다운 풍란(風蘭)에도 적용되고 있다.

옷 꿰맨 곳 터져
살 드러나고
살 꿰맨 곳 터져
뼈 드러나는가

가만,
말 꿰맨 곳 터질 때
드러나는 말의 뼈

실과 바람 사이
바람과 蘭 사이
風蘭과 향기 사이
에서 흰 빛깔과 초록 빛깔이 알록달록 가벼이 춤추는
뼈들이 골수 속에 코를 박고 벌름대는
이 향기.

— 〈風葬 7〉에서

시간의 변화를 상징하는 바람이 생명체를 마멸시키고, 사물을 퇴색시키거나 녹슬게 하지만, 이것이 침묵 속에서 아름다운 풍란을 꽃피우게 하고, "콘크리트 터진 틈새로/ 노란 꽃대를 단 푸른 싹"이 돋아나게 하는 것과 같은 신비스러운 힘으로, 사물이나 혹은 대상을 표백해서 그 것의 진수를 나타낸 지성의 빛과도 같은 청결한 빛을 나타나게끔 한다.

> 바람이 어디로나 제 갈 데로 불듯
> 瑞山 마애불을 만나러 갔다
> 마을마다 댓잎 가장자리는
> 늦겨울 가뭄에 白銅색으로 익고
> 열었던 길은 처음으로 녹으며
> 춤추는 봄눈을 대숲으로 날려주었다
> 마른 오징어와 함께 가서
> 오징어는 먹고 소주는 몸속에 뿌리고 왔다.
>
> ―〈風葬 9〉

이 시편에서도 바람은 댓잎 가장자리를 백동(白銅)색으로, 빗물을 춤추는 봄눈으로 만들어 "대숲으로 날려주었다". 그런데 많은 독자들은 마지막의 오징어와 소주에 관한 부분이, 시의 분위기와 주제의식을 깨뜨린다고 생각할 수 있으리라. 그러나 이것은 연작시 〈風葬〉의 전체를 통해서 흐르는 부분과 밀접한 관계를 지니고 있다. 시간의 힘을 실은 바람이 되는 마른 오징어로 상징되는 육체의 마멸과 "몸속에 뿌린 소주"로써 상징되는 의식의 확대가 복합적으로 나타나서 마애불의 아름다움과 봄눈의 흰빛을 가져온다. 독자에 따라서는 격조 높은 자연의 이미지를 천하고 리얼리스틱한 이미지로 결합시켰다는 것에 불만스러워하겠지만 그것은 〈風葬〉의 주제와도 깊은 관계가 있을 뿐만 아니라, 보들레르나 엘리엇처럼 낭만적인 분위기를 깨뜨리고 시적 세계의 한계를 현실로 끌어내어, 자연적인 현상을 인간적인 문맥 속에서 생각하게 하는 데 결정적인 역할을 하고 있다.

아무튼 연작시 〈風葬〉이 추구하는 시적 주제는 그것이 지니고 있는 언어의 명료성이 말해주듯, 허위적인 환상을 벗고, 현실 즉 성숙한 단계의 현실 세계를 추구하는 것이다. 그가 여행 모티프를 통해서 끝없이 추구하려는 것도 이러한 의미를 강하고 뚜렷하게 나타내고 있다.

그래서 〈風葬 10〉에서 여행을 하는 다음과 같은 현상을 영상으로 형상화하고 있다.

> 나무다리 위에서
> 돌다리를 본다
> 돌다리 위에 올라가
> 돌을 본다.
>
> — 〈風葬 10〉에서

그래서 〈風葬〉 시리즈에서 시인 황동규가 노래한 것은 죽음의 상황에 대한 명상을 삶의 차원에서 노래한 것이란 사실은 아무리 강조해도 잘못이 없겠다. 이들 시편에서 황동규는 죽음을 생의 종말로 보지 않은 것은 아니지만, 그것을 죽음 그 자체로 보지 않고 황홀한 성숙으로 보았다. 그래서 그는 이러한 시적 현상을 인간의 삶의 현실에서뿐만 아니라, 우주 가운데 있는 여러 가지 사물 가운데서도 발견하고 있다.

시집 《악어를 조심하라고?》에 실려 있는 〈風葬〉 시리즈 마지막 작품에서 그는 밤하늘에 황홀하게 불타며 사라지는 별들과 만조 때에 밀려오는 밤물, 그리고 하늘에서 내려오는 밤비 뿌리는 소리에서 찬란한 아름다움과 함께 마음의 평화를 느낀다. 이것은 떨어지는 모든 것이 여행의 종말에서 맞게 되는 허무한 죽음 그 자체가 아니라, 성숙한 상태에서 오는 실존적인 황홀함을 나타내고 있는 듯하다.

6

시집 《沒雲臺行》에 나타난 〈風葬 17〉에서 인간의 생명을 상징하는 물방울이 땅에 떨어지는 모습을 두고 시인은 다음과 같이 노래하고 있다.

> 땅에 떨어지는
> 아무렇지도 않은 물방울
> 사진으로 잡으면 얼마나 황홀한가?
> (마음으로 잡으면!)
> 순간 튀어올라
> 왕관을 만들기도 하고
> 꽃밭에 물안개로 흩어져
> 꽃 호흡기의 목마름이 되기도 한다.
>
> 땅에 닿는 순간
> 내려온 것은 황홀하다
> 익은 사과는 낙하하여
> 무아경(無我境)으로 한번 튀었다가
> 천천히 굴러
> 편하게 눕는다.
>
> ─〈風葬 17〉 전문

그는 주어진 시간의 끝머리에서 실현하는 종말을 죽음 그 자체로 보지 않고, 우주의 중심과 긴장관계가 있는 것으로 보고, 그것이 구체화되어 우리 눈에 나타나는 것이 무지개이고, 꽃이고 또 작열하는 붉게 타는 아름다운 단풍잎들이라고 말했다.

아 번역하고 싶다.
이 늦가을
저 허옇게 깔린 갈대 위로
환히 타고 있는 단풍숲의 색깔을,

생각을 줄줄이 끄집어내
그 위에 얹어
그냥 태워!

— 〈風葬 19〉에서

불타는 현상이 언제나 저항과 긴장력의 갈등관계에서 이루어진다는 것은 여기서 아무리 강조해도 잘못이 없다. 그래서 시인은 우리가 무심코 지나쳐버리는 우주 가운데서 움직이는 모든 생물체나 아니면, 형체를 지니고 있는 모든 물체의 대상 가운데서도, 생명을 극한까지 불태우는 상황에서 나타나 보이는 아름다움을 발견한다. 〈風葬 20〉에서 그는 삶과 죽음을 함께 수용하는 신비스러운 공간을 상징하는 듯한 해가 출렁이는 바다의 물결 위에 떨어지는 아름다운 광경을 바닷가에 핀 해당화와 포개어 생각하고, 그러한 현상을 "인간의 눈 속"에서 찾으려고 한다. 왜냐하면 인간의 눈이란 치열하게 타는 의식의 불꽃이 비치는 창이기 때문이다. 이렇게 인간이 지니고 있는 견인력에 대한 시인의 치열한 의식은 비록 살아있는 상태에서만 국한되어 있는 것은 아니다. 자연현상에 대한 그의 집요한 인간적인 저항의식은 〈風葬〉에서 화장(火葬)에까지 이어지고 있다.

　　아버님이 말씀하신다.
　　"화장(火葬)하면 두 번 죽는 것이니
　　양지 바른 곳에 그냥 묻어라."

　　물론이죠, 허나 속으로 생각한다.
　　두 번 죽으면 어떠리.
　　세 번, 네 번은?
　　화장불 한 번 견디면
　　지옥불, 초대형 연탄, 마냥 따시리.

　　언덕 위로 머뭇머뭇 흐르는 한 줄기 연기.

　　그래서 풍장은 여기서도 그 말이 지닌 장의식(葬儀式)을 의미하지만, 그것은 죽음을 슬퍼하는 노래가 아니라, 생명체나 사물이 지니고 있는 열기를 통해서 어둡고 추한 것을 맑고 투명한 아름다운 빛이 창조되는 과정에서 나타난 승화된 인간 의지를 축하하는 것이라고 말할 수 있겠다.

　　걸음 멈추면
　　소리내던 모든 것의 소리 소멸(消滅),
　　움직이던 모든 것의 기척 소멸,
　　문득 얼굴 들면
　　하얗게 타는 희양산 봉우리,
　　소리 없이 환한.

　　　　　　　　　　　　　　　　— 〈風葬 25〉에서

330

그래서 연작시 〈風葬〉은 "옷을 벗어버린 눈송이들이 우주의 변두리에 내리는" 것으로 끝을 맺고 있다. 그런데 〈風葬〉이라는 이름의 연작시가 시 속에 나타난 화자의 시신이 바람 속에서 산화하는 과정을 노래하는 것에서부터 시작한 것이 겨울날 도시의 변두리에 내리는 눈송이를 노래하는 것으로 끝나는 것을 의아하게 생각할 것이다. 그러나 눈이 전통적으로 죽음의 이미지로 생각된다는 사실을 염두에 두면, 특별한 어려움 없이 이해가 가능할 것이다. 그런데 눈의 이미지는 김수영의 시〈눈〉에서 볼 수 있는 바와 같이 눈 그 자체를 의미하기도 하겠지만, 그 말소리, 즉 그 "音"이 같은 사람의 눈과 연결되어 있고 맑고 깨끗하여 차가운 지적 의미를 지니고 있기 때문에, 하늘에서 내려오는 눈은 자신을 혹한상황에서 얼게 만들어, 추하게 보이는 땅을 하얗게 만드는 데는 치열하게 불타는 성숙된 지성과 의식이 함께 작용한다는 것을 나타내고 있다. 눈이 하늘에서 내려오면서 차가운 공기를 만나 얼어서 하얗게 된다는 것은 물방울이 외부적인 현상과 대결해서 성숙한 꽃을 피운다는 의미를 지니고 있기 때문에, 성숙된 인간 모습과 깊은 관계가 있는 지성의 빛을 여기서 나타내주고 있다는 것을 또다시 강조해도 잘못이 없겠다. 정말이지, 하늘에서 땅으로 내려온 눈이 맑고 아름다운 여섯 개의 수정깃을 가진다는 것은 생명을 구성하고 있는 핵심적 요소인 물줄기가 하늘로부터 여행을 시작해서 땅 가까이 왔을 때, 치열한 자기절제를 통해서 응축시킨 투명한 결정체를 구축했기 때문에 나타난 현상이다.

옷을 벗어버린 눈송이들이
지구의 하늘에서보다 더 살아 춤추는
우주의 변두리,
……
확대경 속에서처럼

큰 눈송이들이

......

속옷도 모두 벗어버리고

속살 그대로 날으며 춤추는

춤추다 춤추다 몸째 춤이 되는 그곳으로.

여섯 개의 수정(水晶)깃만 단 눈송이들이.

— 〈風葬 34〉에서

7

〈風葬〉 이후의 황동규의 시세계는 얼마간의 변모를 보이고 있지만, 실존적인 상황에서 발견되는 역설적인 문맥 속에서 기쁨을 발견하려는 시적인 노력에는 아무런 변화가 없다. 시인은 이 지점에 와서 이미지들을 장자(莊子)의 세계에서 가져오는 경우가 많다. 그래서 몇몇 비평가들은 그가 대부분의 한국 시인들과 달리 현실사회와는 다른, 다소 거리가 있는 동양적인 달관의 시세계로 들어가고 있다고 말한다. 그러나 이와 같은 시적 현상은 단순히 동양적인 허무의 세계를 나타내고 있는 것 같지만, 그것은 어디까지나 생명력을 강조하기 위한 수사학이나 은유라고도 할 수 있고, 기계문명으로 인한 환경파괴를 비판하기 위한 시적인 표현이라고도 생각할 수 있겠다.

현 단계에 와서 황동규의 시세계가 이러한 변화를 보이는 것은 결코 현실사회를 외면하고자 하는 것이 아니라 인간과 사회를 구성하고 있는 생명력 그 자체의 소중함을 강조하기 위함이다. 아일랜드의 민족시인 예이츠의 시를 리얼리즘 시각에서 보는 것도 이와 유사하다고 하겠다. 그동안 몇몇 비평가들은 예이츠 시의 일부가 지나치게 환상적인 세계에 빠져 있다는 비판을 해왔다. 그러나 예일대학의 해체주의 학파를 비판하고 있는 리얼리즘 비평가인 프랭크 렌트리키아(Frank Lentricchia)는 일찍부터 예이츠가 그의 시세계의 일부를 신비주의에 바탕을 둔 것은 과학에만 기초를 두고 있는 기계문명이 인간 정신과 생명력을 파괴하고 있는 무섭고 위협적인 현실을 무너뜨리기 위함이라고 지적했다.

시인 황동규가 삶의 존엄성에 관심을 두게 된 것은 그가 쌓아올린 성숙한 연륜에서 오는 확대된 시선과 삶과 생명력과 깊은 관계가 있는 환경파괴 등에서 오는 비판정신이 합쳐진 결과가 아닌가 한다. 사실, 시인 자신도 "이즘에 와서 피부에 닿는 것은 인간의 존엄성이 아니고 삶의 존엄이다. 최근에 피부가 민감해졌다. 불행의 뒷문은 행복이다. 단 뒷문이 있다면"이라고 말했다. 이러한 말은 죽음보다는 삶의 소중함을 노래한 연작시 〈風葬〉을 발표한 뒤에 오는 당연한 결과이다.

혼자 몰래 마신 고량주 냄새를 조금 몰아내려
거실 창을 여니 바로 봄밤.
하늘에 달무리가 선연하고
비가 내리지 않았는데도
비릿한 비 냄새.
겨울나 화초들이 심호흡하며
냄새 맡기 분주하다.
형광등 불빛이 슬쩍 어두워진다.
화초들 모두 식물 그만두고
훌쩍 동물로 뛰어들려는 찰나!

— 〈봄밤〉에서

이 작품 속에서 시인의 관심은 "고량주 냄새"로 상징되는 오염된 공기와 대조를 이루고 있는 새로운 생명력을 가져오는 봄밤의 "비릿한 비 냄새"에 있다. 겨울 동안 죽음을 이겨낸 화초들의 풋풋한 생명력을 나타내는 비 냄새를 맡기 위해 "역동적"인 움직임을 보이는 것은 김주연이 주장한 바와 같이 황동규 시의 중심적인 요체이다.

황동규에게 있어서 풍요로운 생명력이 절제의 아름다움 속에서 넘쳐 흐르는 자연세계는 그가 추구하고 있는 이상적인 세계에 대한 현실적인 은유로 볼 수 있겠다. 화초가 동물로서 어둠 속으로 뛰어드는 것은 불가능하다. 그러나 이러한 표현은 그의 다른 시편들과 함께 센티멘털리즘을 배제하고 위트와 아이러니를 통해 생각과 느낌을 결합하기 위해 필요하다. 그는 초월적인 힘으로 "존재의 고리(The Chain of Being)"에서 또 하나의 높은 단계로 비상하려 하고 있다. 화분 속에 뿌리를 박고 있는 동물로 변신해서 어둠 속으로 뛰어 들어가는 것은 죽음 속으로 뛰어드는 것과도 같은 행동을 의미한다. 그러나 진실로 살아남기 위해 죽음과도 같은 처절하고 극한적인 상황을 극복해야만 된다는 것이 보편적인 진실이자 황동규의 시적 비전이다.

황동규의 시세계 전편에 되풀이되어 나타나는 이러한 패턴은 이상세계를 찾아가고 있는 듯한 황동규의 여행 모티프가 중심적인 구조를 이루고 있는 작품 〈沒雲臺行〉에서 대단히 극적으로 나타나고 있다. 어느 평론가는 이 작품의 핵심은 마지막 부분, 그러니까 제4부에만 있고 1·2·3부는 다만 평범한 여행 풍경을 묘사하고 있다고 말하지만, 필자의 눈에는 삶과 죽음의 치열한 대결이 전편에 걸쳐 나타나고 있는 것으로 보인다. 제1부에서 시인은 "사람 피해 사람 속에서 혼자" 죽은 과거의 추억을 되씹는 게으른 세계를 박차고 피서를 하는 듯한 몸짓으로 폐광(廢鑛)을 찾아 나선다.

사람 피해 사람 속에서 혼자 서울에 남아

호프에 나가 젊은이들 속에 박혀 생맥주나 축내고
더위에 녹아내리는 추억들 위로
간신히 차양을 치다 말고
문득 생각한 것이 바로 무반주(無伴奏) 떠돌이.
폐광지대까지 설마 관광객이?
지도에서 사라지는 길들의 고요.

— 〈沒雲臺行〉에서

폐광은 일반적으로 기계문명을 일으키는 데 근원이 되는 광물을 지니고 있었던 지역으로서 죽음을 나타낸다. 그런데 시 속의 화자가 그곳을 찾아가는 것은 죽음을 찾아가는 것이 아니라, 폐광으로 가는 길과 폐광에 남아 있는 삶의 존재가 "흑인 영가"에서처럼 죽음과 얼마나 치열한 싸움을 벌이며 그것이 어떻게 이기고 있는가를 보기 위함이다.

흑인 영가의 어두운 음을 끼고
에어콘 끄고도 헐떡이는 차를 천천히 몰아
온갖 생물학이 모여 썩고 있는 쓰레기 날가리를 돈다.
아! 폐광 하나가 검은 입을 벌리고 비탈에 박혀 있다.
입술 위로 너와지붕이 튀어나오고
그 위엔 다듬지 않은 풀들이
수염처럼 자라고 있다.
빠지고 남은 이빨처럼 녹슨 쇠기둥 두 개가 박혀 있고
녹슨 밀차 한 대가 굴 밖으로 나오려다 말고
뒤틀린 선로 위에 심드렁하게 서 있다.
들이밀면 머리부터 씹힐 것 같아
목을 움츠리고 슬쩍 몸을 들이민다.

귀가 먹먹
아 사람 사라진 사람 냄새!
천장에서 물 한 방울이
정확히 머리 위에 떨어진다.

— 〈沒雲臺行〉에서

　여기서 폐광에서 화자가 맡는 "사람 사라진 사람 냄새"는 모호한 점이 없지 않다. 그래서 김주연은 이러한 표현을 두고 이율배반으로 보일 수밖에 없다고 하며, 앞의 사람은 사회적인 인간이고 뒤의 사람은 본원적인 인간일 것이라고 분석하고 있다. 시각에 따라 폐광에 나타난 사람의 흔적을 "사람 사라진 사람 냄새"라고도 읽을 수 있을 것이다. 그러나 이러한 표현에 대한 김주연의 해석이 더욱더 설득력이 있다. 왜냐하면 김주연은 자세히 밝히지 않았지만, 바로 그 시행 뒤에 "천장에서 물한 방울이/ 정확히 머리 위에 떨어진다"는 말이 있기 때문이다. 물은 전통적으로 생명의 존재를 상징하고 있는 데다가, 그것이 바로 머리 위에 떨어진다고 표현한 것으로 보아 인간을 상징한다고 보아야 할 것 같다. 그런데 폐광의 천장에서 떨어지는 물을 원형적인 인간에 대한 상징으로 보면, 그것은 폐광이 나타내는 죽음과 싸워서 승리한 인간의 모습을 나타내는 것이 아닐까 하는 생각이 든다.

　또 제3부에서 시 속의 화자가 가파른 고개를 넘어, "자장(慈藏) 율사가 진신사리를 봉안했다는 정암사 가는 길" 위에 오를 수 있었던 것도 그가 죽음을 상징하는 폐광을 지났기 때문이다. 그가 아름다운 자연 풍경이 열리는 강원도의 높은 산정으로 오르고 있는 것은 산을 오르는 역경의 힘을 통해 또 한 번의 보다 높은 단계로 비상하고자 하는 의지를 나타내는 것이다. 그는 여기서 그 자신의 행로를 사원을 떠나 더욱 높은 세계로 비상하고자 했던 자장(慈藏)과 의상(義湘) 등과 같은 고승(高

僧)의 이미지 등과 일치시키고 있다. 이러한 사실은 그가 "소나무와 전나무…… 가문비나무의 물결 사이사이로 난 순살결"과 같은 비포장도로를 달리면서 바라다본 날것을 부러워하는 것으로 알 수 있다. 그가 불교의 높은 고승과 날것을 비유하면서 서로 혼합시키는 것은, T. S. 엘리엇이 시적인 언어와 구어체를 혼합시켜, 거기에서 오는 아이러니와 위트로써 사유와 감정을 혼합시키고자 한 것과 같은 효과를 얻고자 함이다. 그가 환한 구름이 펼쳐진 길 끝에 있는 몰운대(沒雲臺)에서 꽃가루가 절벽 아래로 떨어지는 아름다운 광경을 보고, 그것이 단순한 낙화가 아니라, 비상이라는 것은 그곳을 나는 새는 물론 모기들의 이미지와도 일치시키고 있다. 그래서 그 자신이 절벽 아래 강물 위로 떨어지는 꽃가루와도 같은 경지에 도달하기 위해서는 또 한 번 더 높이 날기 위해서 어려움을 겪어야만 된다는 것을 "(날것이니 침을 놓지!)"라는 지극히 일상적인 은유를 통해서 탁월하게 형상화하고 있다.

이러한 그의 시적 주제는 또 다른 연작시 〈시인은 어렵게 살아야〉 등에서 지속적으로 나타나고 있다. 그는 탁월한 시인들이 높은 예술적인 경지에 도달한 것을 그들 모두가 온갖 시련을 겪고 있었기 때문이라고 보았다. 그래서 그는 그것을 눈보라 속에 열리는 풍경 속에 맨발로 나는 새 한 마리 등과 비유하고 있는가 하면 위대한 시인이 영겁의 세계와도 같은 반열에 오른 것을 생각하면서, 언제나 험한 길을 걸어온 신발과 신발을 벗은 맨발이 지녔던 아픔 속에서 느끼는 시적인 아픔을 노래한다. 그래서 그의 시들 가운데 나타난 신발의 이미지는 우리 주변의 아름다운 풍경과 대조를 이룰 만큼 외로워 보이지만, 그것이 그의 시적 환경과 배경을 구성하는 구심이 되고 있는 것은 결코 우연이 아니다. 그것은 언제나 여행 이미지와 연결되고 있기 때문이다.

이백(李白)은 꿈속에 고향땅 밟다가

채석강 가에 신발 벗어놓고
달빛 되어 물 속으로 사라지고
백여 년 뒤 최치원(崔致遠)은 온갖 구석 떠돌다
가야산 홍류동, 타오르는 단풍 속으로 증발했다.
바위 위에 신발 한 켤레.

— 〈시인은 어렵게 살아야 2〉에서

민박집 입구에서
방금 친구 차에 밟힌 벌레가 신선하게 꿈틀댄다.
꿈틀대는 것이 별나게 환한 이 저녁
민박집 마당에는
저세상 꽃처럼 핀 선홍색 개복사나무.
섬돌 위엔
보이지 않는 신발 한 켤레.
산벚꽃성(城) 너머론
신발 신고 뜬구름 한 조각.

— 〈시인은 어렵게 살아야 3〉에서

　황동규가 이 지점에 와서 높은 경지에 다다른 시인이 신발을 벗어 놓고 사라진 것을 노래한 것을 읽다 보면, 우리는 그의 시가 장자(莊子)의 세계로 들어가는 듯한 인상을 받을 수 있다. 그러나 연작시 〈風葬〉을 잘못 읽으면 삶이 아닌 죽음을 노래하는 시로 보게 되는 것처럼, 그러한 잘못된 현상을 진실된 현상으로 받아들이게 되면, 그것은 크나큰 착각일 것이다. 그가 노래한 위대한 시인들의 고행 길과 그 길의 종말은 자연에 대한 일종의 인간 의지의 표현인 동시에 저항이다. 시인이 자연 속에 몸을 던지거나 산화될 순간 느끼는 "환한 빛"은 자연의 빛이 아니라, 인간 의지의 확대를 의미하는 빛이다. 이는 "가시관 온몸으로 쓰고"서도 편안히 누워 있는 〈엄나무〉와 〈편한 덩굴〉 등에서도 잘 나타나고 있다. 온갖 어려움 속에서도 살아남는 덩굴이 꽃을 피우는 것은 곧 비극적인 자연주의적인 상황에서 굽힐 줄 모르는 인간 의지의 표현이라고 볼 수 있겠다.

> 개모밀덩굴
> 남해 바다에서 만난
> 개모밀덩굴
> 가다가 뿌리내리고, 가다가 뿌리내리고
> 또 기고,
> 분홍빛 필 때는 잎도 분홍으로 물들고.
>
> 분에 심으면
> 분보다 더 낮은 곳으로 내려와
> 마루 위로 기면서
> 뿌리를 못 내려도
> 베개에 편히 머리를 얹듯이 꽃을 들어올리는
> 개모밀덩굴.
>
> — 〈편한 덩굴〉에서

개모밀덩굴이 피우는 꽃은 다른 꽃들과 시들어 죽을 때까지 함께 피는 허허로운 "병꽃"들과 더불어, 단순히 꽃 그 자체를 나타내고 있는 것이 아니라, 죽음과도 같이 어려운 상황 속에서 인간 의지의 확대를 형상한 이미지들이다. 이러한 이미지들이 황동규의 시를 자연 그 자체나 혹은 신비주의 쪽으로 몰아가지 않는다는 것은 이들 시편들의 문맥 속에서 안타깝게도 요절한 평론가 김현의 삶과 죽음, 그리고 그의 인간 정신을 노래한 〈K에게〉란 시에서 그 절정에 달하고 있기 때문이다. 인간은 자연법칙에 의해 마멸되어가지만, K로 상징되는 인간이 어두운 세상을 눈처럼 시야를 밝게 만들려 한다고 그는 말한다. 그래서 어느 누군가 그의 노력은 미완성이라 말하고, 또 미완성이 아름답다고 말한다. 그러나 그는 어둠을 밝히는 지성을 상징하는 눈이 땅에 떨어져 녹아버리거나 흙발에 짓밟힌다고 하더라도 땅 위로 내리는 것처럼, 인간은 완성을 향해 노력한다고 말한다.

> 아니다,
> 우리는 완성할 수 있다.
> 금방 쓰러질 것 같지만 89년 큰물에도 살아남은
> 소쇄원 시냇물 속에 차곡차곡 쌓은 돌기둥.
> 오히려 옆의 담이 무너지지 않았던가?
>
> — 〈K에게〉에서

이렇게 그가 자연 속으로 사라진 위대한 시인에 대해 노래하는 것은 동양적인 허무의 세계를 수용하거나 그 전통을 계승하려는 것이 아니라, 위에서 밝힌 바와 같이 미완성세계를 완성하기 위해 자연이라는 이름의 별과 싸우는 인간의 의연한 모습과 인간 의지가 확대하는 공간을 확인하기 위함이다.

> 죽음 앞에서 파괴되지 않는 것은 아름답다.
> 전쟁 영화에서도
> 무너지지 않고 죽는 인간들은 아름답다.
> 무너질 듯 무너질 듯 범람하지 않고 흐르는

견고한 그대 12음 기법,

그 속을 걸어서 발광체(發光體)가 되는

저 긴 인간 꾸러미.

  ─〈쇤베르크의 '바르샤바에서 온 생존자'를 들으며〉에서

이러한 시각은 〈고려장〉 그리고 〈移徙〉 등과 같은 시편 등에서 지속적으로 확인되어 나타나고 있다. 그래서 그는 역사의 수레바퀴가 길섶에 핀 아름다운 꽃에 상처를 입히지 않고 비켜가기를 바라며 폭력에 수반하는 맹목적이고 기계적인 이념이 인간이 설 자리와 꿈을 위태롭게 하는 것에 대한 당황함을 〈관악일기〉 시리즈에서 노래하고 있다. 이를테면, 〈관악일기 4〉에서 꽃으로 상징되는 학생들을 찾아온 교수가 강의실이 텅 빈 것을 발견하고, 자신의 처지를 창밖에 활짝 핀 꽃을 찾는 벌한 마리가 어떻게 열려진 창문 블라인드로 들어왔다가 당황해하는 모습을 보고 어떤 일치감을 느끼는 것은 결코 우연한 시적인 발상이 아니다. 자신의 모습이 그곳에 투영되어 있기 때문이다.

또 〈移徙〉에서, 시인이 육중하게 무거운 피아노를 옮기는 늙은 도인의 "환한 얼굴"을 찬양하는 무신론자의 입장을 견지하는 것도 인간 의지에 관한 그의 남다른 관심을 나타내어주는 훌륭한 예가 되고 있다.

그래서 처녀시집 《어떤 개인 날》(1961)에서 차갑지만, 아름답고 우아하며 따스하게 느껴지는 눈의 이미지와 더불어 시작된 성숙으로 향한 여행 모티프는 시인으로 하여금 힘겹지만, 어려움 속에 고통과 기쁨을 함께 느끼게 하면서, 최근에 발표된 시집 《沒雲臺行》(1991)에까지 이어지고 있다. 그 결과 위에서 살펴본 〈移徙〉는 표면적으로 이 시집의 끝부분에 실려 있는 〈茶山草堂〉과 전혀 관계가 없는 별개의 작품으로 보이지만, 구조적이고 심층적인 측면에서 볼 때 동일한 문맥 속에 있다. 작품 〈茶山草堂〉은 시인이 눈발 날리는 먼길을 힘겹게 밟고 와서 도착

한 곳이다. 그래서 이 작품에서 언급되고 있는 처소(處所)는 시인이 찾아 헤매는 이상향을 나타내고 있을지도 모른다.

그러나 그곳은 환상적인 세계가 아니라, 차가운 눈이 상징하고 있는 죽음과도 같은 자연법칙과 싸우는 의지적이고 정신적인 세계를 나타내고 있다. 다시 말하면, 〈茶山草堂〉이 그 맑고 고매한 위엄을 유지하고 있는 것은, 그것이 눈처럼 차가운 추위를 이기고 견디면서 치열한 자기절제 속에 스스로 우아하고 따스한 지적인 빛을 발하고 있기 때문이다.

> 정석(丁石) 바위가 정답고
> 다산동암(茶山東庵)도 산방(山房)도 두루 마음에 들지만
> 놀라운 것은 동편 언덕마루에 있는 천일각(天一閣)
> (다산이 붙인 이름치고는 좀 촌스럽지만)
> 강진만을 한눈에 내려다보며 서 있었다.
> ......
> 붉은뺨멧새 두 마리가 마음놓고 푸드덕거리다 날아간다.
> 새가 날아간 자리에서
> 한 사내가 세상을 마주하고 앉는 공간이 완성된다.
> 하늘에 다시 날리는 눈발
> 눈송이 몇은 천천히 내장(內臟)에서 녹이리라.
>
> ― 〈茶山草堂〉에서

이렇게 역사 속에 묻혀 있으면서 현재 이 시간에도 살아 숨쉬고 있는 다산(茶山)의 선비정신이나 《어떤 개인 날》의 서시인 〈葉書〉의, 설경 속의 고통 속에서 어깨에 눈을 이고서도 들려오는 피아노 소리에 환한 얼굴을 하고 즐거워하는 사내의 얼굴은 같은 마스크를 쓰고 있고 또 완성으로 향한 길의 대장정의 연장선상에 앞뒤로 서 있다. 왜냐하면 그들

은 모두 다 부조리한 현실의 벽에 갇혀 있으면서도 감상적인 슬픔 속에
한을 노래하지 않고 견인적인 인간의 실존적인 기쁨을 안으로 안으로
함께 나누고 있기 때문이다.

자연과 交感의 세계
─鄭玄宗의 시

자연은 살아 있는 기둥들에서
때때로 알 수 없는 말들이 새어나오는 寺院
인간은 친밀한 눈으로 자신을 지켜보는
상징의 숲을 가로질러 간다.
─보들레르

1

평론가이자, 〈四季〉의 同人이었던 김현은 "鄭玄宗이 시인으로서 주목을 받은 것은, 소위 金春洙류의 내면탐구와 金洙暎류의 현실비판적인 시가 문화의 앞면과 뒷면을 번갈아가며 이룰 때 그 두 유파의 어느 것에도 항복하지 않고 새로운 독자적인 길을 열 가능성을 가진 시인으로 비쳤기 때문"이라고 했다.

이렇게 정현종의 시가 독특한 가능성을 가지게 되는 것은 위에서 지적한 60년대의 두 시인 외에 황동규가 지적한 바와 같이 이상(李箱)의 모더니즘에 크게 영향을 입었기 때문인 듯하다. 이를테면 그의 초기시를 모아둔 《고통의 祝祭》에 나타난 난삽한 언어구조와 한자를 사용한 표현 방법 등은 이상의 색채를 짙게 풍기고 있다.

그대의 숨긴 極致의 웃음 속에
지금 다시 좋은 일이 더 있을 리야
그대의 疾走에 대해 궁금하고 궁금한 그 외에는
그대가 끊임없이 마루짱에서 새들을 꺼내듯이

344

살이 뿜고 있는 빛의 갑옷의
그대의 서늘한 勝戰 속으로
亡命하고 싶은 그 외에는.

— 〈和音〉에서

  여기서 시인 정현종이 사용한 "極致"와 "疾走"는 이상의 〈烏瞰圖〉에 나오는 말들이다. 또 그 문장구조 역시 이상의 그것과 크게 유사하다는 것은 어느 정도 비평적인 눈을 가진 사람이라면 쉽게 발견할 수 있을 것이다.

  그러나 무엇보다 중요한 것은 정현종의 초기시에 나타난 주제의식이 이상의 그것과 크게 유사하다는 것이다. 정현종이 "知性의 極致"를 나타내기 위해 문장을 난삽하게 만든 것에서 볼 수 있듯이, 그의 시적 주제는 《고통의 祝祭》라는 그의 시집 제목처럼 육체의 아픔에서 비롯되는 변증법적인 기쁨을 그 내용으로 하고 있다.

  그러나 이 말은 정현종 시의 내용이 이상 시의 그것과 일치한다는 것을 의미하지는 않는다. 다시 말하면, 이상은 닫혀진 공간 속에서 병이라는 이름의 덫에 걸려 있었기 때문에 육체를 학대하는 데서 오는 "쾌감"이 어둠의 벽을 넘어뜨릴 만큼 치열하지 못하고 자연주의적인 법칙에 의해 거미줄처럼 얽힌 삶의 현실을 저주했다. 그러나 정현종은 우리의 삶을 지배하고 있는 자연적인 현상을 수용하면서 그것에서 비롯되는 고통을 실존적인 기쁨으로 승화시키고 있다. 그래서 그의 시세계는 〈烏瞰圖〉가 되지 않고 희열과 기쁨이 고독 속에 스며서 넘쳐 흐르고 있는 〈獨舞〉로 승화되고 있다.

  沙漠에서도 불 곁에서도
  늘 가장 健壯한 바람을, 한끝은

정현종 345

쓸쓸해 하는 내 귀는 생각하겠지.

생각하겠지 하늘은

곧고 强靭한 꿈의 안팎에서

弱點으로 내리는 비와 안개,

거듭 동냥 떠나는 새벽 거지를.

— 〈獨舞〉에서

　정현종 시에서 나타나고 있는 바람의 이미지는 셸리의 〈西風〉처럼 우주에 존재하는 모든 개체를 관통해서 움직이는 어떤 역동적인 힘과도 같은 것이라 말할 수 있겠다. 다시 말하면, 그것은 자연적인 힘과도 같은 것이리라. 자연적인 힘은 항상 움직임 속에 있기 때문에, 생성(生成)하고 또 사멸한다. 그래서 어떤 사물이나 개체가 바람을 그 속에 안았을 때는 "건장"한 것으로 나타나지만, 그것의 끝에는 죽음의 그림자가 스치고 지나간다. 그래서 김현은 정현종의 시세계를 논하는 《바람의 現象學》에서 "시인의 밖에서 바람이 불 때 그것은 삶의 무미건조함을 극복하려는 정신의 치열함과 관계를 맺고 있으며, 시인의 내부에서 바람이 불 때, 그것은 죽음이라는 육체적 조건과 관계를 맺고 있다"고 말했던 것 같다.

　그런데 시인 정현종은 인간이란 바람으로 상징되고 있는 자연의 일부로서 그것을 수용하면서도 거부해야 하는 운명에 놓여 있는 비극적인 존재로 파악하고 있다. 그는 그의 시 속에 나타난 화자는 자연을 치열하게 수용하면서도, 그것이 나타내고 있는 죽음의 그림자와 치열한 대결을 한다.

심술궂기도 익살도 여간 무서운

亡者들의 눈초리를 가리기 위해

밤 映窓의 해진 구멍으로 가져가는

確信과 熱愛의 손의 運行을.

— 〈獨舞〉에서

　시 속의 화자는 자연의 풍요로운 바람의 진폭을 안고 독무(獨舞)를 추고 있으면서, 그것이 지닌 죽음의 자락을 뿌리치는 모습을 전통적인 혼례식날 밤에 전개되는 침실 안팎의 민속적인 풍경을 통해서 탁월하게 형상화하고 있다. 즉 그는 자연의 산물이면서도 자신으로부터 자신을 지키기 위해, 자신과 치열한 "고통의 祝祭"를 벌인다. 그가 죽음의 종말을 예견하면서도 "바람의 核心" 속에서 독무를 추듯 침실에서 머물고자 하는 것은 그 속에서만이 별을 발견하고 별과 일치될 수 있는 "刹那"의 세계가 있기 때문이다.

　지금은 律動의 方法만을 생각하는 때,
　생각은 없고 움직임이 온통
　춤의 風味에 沒入하는
　靈魂은 밝은 한 色彩이며 大空일 때!
　넘쳐오는 웃음은
　……나그네인가
　웃음은 나그네인가, 왜냐하면
　孤島 세인트·헬레나 等地로 흘러가는 英雄의
　榮光을 나는 허리에 띠고
　王國도 情熱도 빌고 있으니. 아니 왜냐하면
　비틀거림도 나그네도 향그러이 드는
　故鄉하늘 큰 入城의 때인
　저 낱낱 刹那의 딴딴한 發情!
　靈魂의 집일뿐만 아니라 香油에

젖은 살이 半身임을 벗으며 鴛鴦衾을 덮느니.

낳아, 그래 낳아라 거듭
自由를 지키는 天使들의 오직 生動인
불칼을 쥐고
바람의 核心에서 놀고 있거라
별하나 나하나의 占術을 따라
먼지도 七寶도 손 사이에 끼이고.

— 〈獨舞〉에서

　　바람 속에 깃든 죽음의 그림자와 그 물결을 온몸의 율동으로 밀어내기 위해, 그는 춤과 웃음 그리고 "香油에 젖은 살이 半身임을" 벗고 하나가 되는 결혼의 성의식(性儀式)을 중심으로 한 강한 바람의 축제를 벌이는 것은 어떻게 보면 에피큐리언적인 언어의 제전(祭典)인 듯하지만 모순된 존재의 현실을 극복하기 위한 실존적인 현상학이다.
　　그래서 그가 "발레리나"를 대상으로 쓴 시를 "和音"이라고 제목을 붙인 것은 위에서 살펴본 주제가 그의 시세계 속의 어디에서나 편재해 있다는 사실을 명확하게 나타내주고 있다.

그대 불붙는 눈썹 속에서 日光
은 저의 머나먼 航海를 접고
火焰은 타올라 踊躍의 발끝은 당당히
내려오는 별빛의 서늘한 勝戰속으로 달려간다
그대 발바닥의 火鳥들은 끽끽거리며
수풀의 寢床에 傷心하는 제.

— 〈和音〉에서

〈獨舞〉가 성적인 이미지로 가득 차 있다면 "발레리나"를 향해 쓴 〈和音〉에서 그는 영(靈)과 육(肉)이 하나가 되는 정열적인 춤을 추는 무희(舞姬)의 눈썹 속에서 어두운 그림자를 쫓을 수 있는 "勝戰"의 빛, "日光"을 발견하고, 도약하는 그녀의 발끝에서는 화염에서 서늘한 별빛으로 달려가는 빛을 발견한다. 그러나 그는 그것이 재가 되어버리는 현실을 알기 때문에, 계속 시를 쓰면서 타오르는 "五感의 絃琴"을 치열한 화음 속에 뜨겁게 울리고자 한다. 그 결과 그는 큰 힘으로 흐르는 시간을 입체적으로 세워 그 단면(斷面)마저 보는 기쁨을 누린다.

　이렇게 그가 "바람의 核心"을 안고 있는 자연이 부여하는 육체를 통해, 밀도 짙은 율동 속에 움직이는 데서 오는 생명의 빛과도 같은 찬란한 빛을 발견하기 때문에, 어떤 양의 무게를 가진 사물들은 그것대로의 내면적인 꿈을 가지고 있다고 생각하고 그것에 대해 정다움을 느낀다. 의식이 없는 곳에 죽음이 있다는 것을 경험한 그는 의식의 잠을 일깨워주는 사물의 내면이나 혹은 그것에 투영된 마음을 읽는 데 남다른 관심을 보인다. 그래서 그는 "무의미하지 않은 달밤 달이 뜨는/ 宇宙"를 참 부드러운 사건들이라 말하며, 물방울 속에서 "무지개 나라"를 발견하고서, 기억이 얼마나 풍부한 진폭을 지니고 있는가에 대한 깨달음과 함께 공중에 놀고 있는 바람의 내면적인 움직임이 지니고 있는 자유로운 환희를 읽으려고 한다. 사실, 사물의 꿈이라는 것은 생동과 율동의 파장과도 같다. 그래서 그는 이것이 얼마나 큰 희열과 아픔 그리고 슬픔을 지니고 있는가를 다음과 같이 노래하고 있다.

　　물로 되어 있는 바다
　　물로 되어 있는 구름
　　물로 되어 있는 사랑
　　건너가는 젖은 목소리

건너오는 젖은 목소리

우리는 늘 안보이는 것에 미쳐
病을 따라가고 있었고
밤에 살을 만지며
물에 젖어 물에 젖어
물을 따라가고 있었고

눈에 불을 달고 떠돌게 하는
물의 香氣
불을 달고 흐르는
원수인 물의 향기여

— 〈술노래〉

그래서 자연의 한가운데서 자연이 부여한 꿈을 실현시키고자 하는
현상을 축하하고 노래하는 것이 정현종의 시가 지닌 대명제라고 할 수
있다. 이것을 보다 짙은 서정 속에 구체적으로 노래한 것이 연작시 〈事
物의 꿈〉이다.

그 잎 위에 흘러내리는 햇빛과 입맞추며
나무는 그의 힘을 꿈꾸고
그 위에 내리는 비와 뺨 비비며 나무는
소리 내어 그의 피를 꿈꾸고
가지에 부는 바람의 푸른 힘으로 나무는
자기의 生이 흔들리는 소리를 듣는다.

— 〈事物의 꿈 1(나무의 꿈)〉 전문

사랑하는 저녁 하늘, 에 넘치는 구름, 에 부딪쳐 흘러내리는 햇빛의 폭포,
에 젖어 쏟아지는 구름의 폭포, 빛의 구름의 폭포가 하늘에서 흘러내린다,
그릇에 넘쳐흐르는 액체처럼 加熱되어 하늘에 넘쳐흐르는 구름, 맑은 감격
에 加熱된 눈에서 넘치는 눈물처럼 하늘에 넘쳐흐르는 구름.

— 〈事物의 꿈 2(구름의 꿈)〉 전문

그렇다면 시인이 간직하고 보존하고 싶은 지대와 영역은 생명이 치
열하게 꽃을 피우는 제한된 공간이다. 그래서 이 지대를 "꽃피는 애인
들"로도 형상화하고 있다.

겨드랑이와 제 허리에서 떠오르며

킬킬대는 滿月을 보세요

나와있는 손가락 하나인들

욕망의 흐름이 아닌것이 없어요

어둠과 熱이 서로 스며서

깊어지려면 밤은 한없이 깊어질 수 있는

고맙고 고맙고 고마운 밤

그러나 아니라구요? 아냐?

그렇지만 들어보세요

제 허리를 돌며 흐르는

滿月의 킬킬대는 소리를.

— 〈꽃피는 애인들을 위한 노래〉 전문

그래서 그는 사물 가운데 있는 꿈이라는 이름의 진폭과 에너지를 넓
히려고 노력하는가 하면 다른 한편으로 그것의 내면을 깊이 탐색한다.
비의 본질이 물이지만, 그것이 집단무의식과도 일치되는 모성의 이미

지를 나타내고 있을 뿐만 아니라, 항구의 등불처럼 "新生"을 잉태시키는 생명의 바다가 되고 있다. 그래서 씨앗의 본질과 사물의 핵심에 관심을 가지고 있는 그는 청각적인 요소, 즉 소리의 심연은 물론 그것의 파장, 또는 그것의 역(逆)인 침묵의 핵심까지 그의 인식을 확대시키고 있다. 놀라운 것은 침묵을 이미지로 형상화시켜 그것을 우리들의 눈으로 볼 수 있게끔 하는 것이다. 그러나 그가 침묵에 관심을 보이는 것은 살아 있는 현실을 나타내기 위한 대위법(對位法)인지도 모른다.

> 나는 피에 젖어 쓰러져 있는
> 한 무더기의 고요를 본다
> 고요는 한때 빛이었고 고요 자신이었고
> 침묵의 사랑하는 전우였다.
>
> 나는 피에 젖어 쓰러져 있는
> 한 떼의 침묵을 본다
> 말은 침묵의 꼬리를
> 침묵은 말의 꼬리를 물고 서로
> 기회를 노리고 있다
> 죽도록 원수처럼 노리고 있다.
>
> ─ 〈소리의 深淵〉에서

그런데 정현종은 "사물의 꿈"이란 살아 있을 때만 그 파장을 넓히고 존재하는 것이기 때문에, 그것을 노래하고 축하하는 반면, 그것을 살해하는 어둠의 힘에 대해 항상 위협을 느끼고 그것에 대한 슬픔을 노래하는 것으로써 그의 시를 랩소디(狂詩曲)로 만든다. 그 결과 그는 죽음의 씨앗과 그림자를 시간 속에서만 찾을 뿐만 아니라 비 속에서도 찾고 있

352

다. 비는 황량한 사막을 적셔주는 풍요의 이미지를 나타내고 있지만 그
것은 또한 바람의 이미지와 함께 죽음의 이미지를 나타내고 있다.

> 왜 新衣를 입고 나간 날의
> 검은 비 있지
> 나의 新衣와 하늘의
> 검은 비가 헤어지고 있는 걸
> 알고 있지.
> 알지 문득 깬 저녁잠 끝의
> 純粹 외로움의 無限 고요,
> 그대 마음속의 비인 자리가
> 결국 모든 사람의 自然인 달빛이나
> 時間의 恩惠로써 채워질 뿐임을,
> 가도 머리 둘 곳이 없는 기러기나
> 아득한 종달새가
> 모두 天空으로 떨어졌을 때
> 땅에는 겨울 눈이 내리고
> 죽음도 내리어
>
> ─〈여름과 겨울의 노래〉에서

비와 바람이 생명력을 지니고 있으면서 또 그것들이 죽음의 그림자
를 지니고 있다는 사실에 대해 두려움마저 느끼고 그것을 차단하는 방
법을 생각하기 위해 시간을 표백하기도 하고 외부적인 힘으로 사물의
꿈과 시간의 정수를 닫혀진 공간 속에다 넣고 "집"을 짓기도 한다.

> 떠나는 길과 끝나는 길이

만나서

모든 途中의 하늘에

별을 빛나게 하고

흘러가는 모든 것들을

한 번의 瀑布로 노래하게 한다.

— 〈집〉에서

이것만이 아니다. 그는 죽음을 가져오는 물리적인 시간을 배제한 순수한 시간을 상징하는 "自己의 房" 속에서 생명의 물결을 만나 그것들의 소리를 들으며 시간의 흐름을 나타내지 않는 듯한 밤과도 같은 공백지대에서 그것과 함께 머무르고자 한다.

정현종은 파도처럼 살아 숨쉬는 생명의 숨결과 그 빛을 너무나 사랑했기 때문에, 그것이 빛을 잃고 사물의 꿈을 잃는 죽음의 상태에 머문다는 것은 생각할 수가 없다. 그가 생명이 없는 물체를 철면피한 물질이라고 부르는 것은 이와 같은 이유 때문이다.

끝없는 물질이 능청스럽게 드러내고 있는

물질이 치열하고 철면피하게 기억하고 있는

죽음.

내 귀에 밝게 와서 닿는

눈에 들어와서 어지럽게 흐르는

저 물질의 꼬불꼬불한 끝없는 迷路들,

아무것도 그리워하지 않으려는 애쓰는

능청스런 치열한 철면피한 물질!

— 〈철면피한 物質〉 전문

그러나 그는 죽음을 이렇게 거부하지만, 그의 시는 그것 없이는 존재할 수 없기도 하다. 왜냐하면 그의 시의 핵심은 삶과 죽음, 의식과 무의식의 치열한 갈등 속에서 탄생하기 때문이다. 그의 시에서 빛과 어둠의 갈등은 이렇게 치열한 것이지만, 그것이 그만큼 고통스럽기 때문에 그 축제가 그만큼 더 서정적인 아름다운 노래로 흐르고 있다.

밤이 자기의 心情처럼
켜고 있는 街燈
붉고 따듯한 街燈의 情感을
흐르게 하는 안개

젖은 안개의 혀와
街燈의 하염없는 혀가
서로의 가장 작은 소리까지도
빨아들이고 있는
눈물겨운 욕정의 親和.

— 〈交感〉 전문

어둠과 등불은 서로 갈등하는 대상이지만, 이렇게 서로 "親和"를 하며 녹아내리는 것은 갈등의 이면(裏面)에 기쁨이 있다는 것을 나타내어 주고 있다. 다시 말하면, 이 시에서 시인이 어둠을 해체시켜 등불을 켜고 어둠과 등불이 서로 "교감"하도록 하는 것은 어둠이 빛의 근원이란 사실을 나타내고 있을 뿐만 아니라, 어둠이 스스로 불 밝힌 듯한 등불에 의해 유인되어 해체되는 과정에서 "슬픈 욕정"과도 같은 모순된 희열을 느낀다는 것을 나타내어주고 있다.

이러한 측면에서 볼 것 같으면, 정현종 시의 대상은 허무 그 자체가 아니라, 허무를 창조적으로 수용하고 의식화하는 과정이라고 말할 수 있겠다. 이러한 현상은 자연에다 의식을 투영시켜 예술과도 같은 또 다른 현실을 만들어내려는 의도에서 비롯된다. 이것은 그가 잘 사용하는 거울의 변증법에서 가장 잘 나타나고 있다.

사물은 각각 그들 자신의 거울을 가지고 있다. 내가 나의 거울을 가지고 있듯이. 나와 사물은 서로 비밀이 없이 지내는 듯하여 각자의 작은 목소리까지도 각자의 거울에 비추인다. 비밀이 없음은 그러나 서로의 비밀을, 비밀의 많고 끝없음을 알고 사랑함이다. 우리의 거울이 흔히 바뀌어 있는 것을 발견한다. 거울 속으로 파고든다. 내 모든 감각 속에 숨어 있는 거울이 어디서 왔는지 나는 모른다. 사물을 빨아들이는 거울. 사물의 피와 숨소리를 끓게 하는 입술式 거울. 사랑할 줄 아는 거울. 빌어먹을, 나는 아마 시인이 될 모양이다.

— 〈거울〉 전문

"사물을 빨아들이는 거울"은 시인의 의식과도 같은 것이다. 그래서 시인이 사물의 비밀을 빨아들인다는 것은 의식을 통해 그것을 제3의 물체로 창조하려는 의미를 지니고 있다고 하겠다. 시인 정현종이 자기 자신을 "별아저씨"라고 말함은 이러한 사실을 가장 투명하게 형상화하고 있다.

나는 별아저씨
별아 나를 삼촌이라 불러다오
별아 나는 너의 삼촌
나는 별아저씨.

나는 바람남편

바람아 나를 서방이라 불러다오

너와 나는 마음이 아주 잘 맞아

나는 바람남편이지.

— 〈나는 별아저씨〉에서

　　시 속의 화자인 "나"는 자연의 힘을 친밀하게 수용해서 별을 창조하는 매체가 되고 있다. 이러한 현상은 그가 침묵을 받아들인 뒤 침묵 속에 말을 창조하는 과정과 다를 바가 없다.

나는 그리고 침묵의 아들

어머니이신 침묵

언어의 하느님이신 침묵의

돔(Dome) 아래서

나는 예배한다

우리의 生은 침묵

우리의 죽음은 말의 시작.

— 〈나는 별아저씨〉에서

　　그래서 시인의 상상력을 담은 말은 인간의 의지는 물론 인간의 의지가 투영된 자연의 모습을 복합적으로 담고 있다.

사람이 바다로 가서

바닷바람이 되어 불고 있다든지,

아주 추운 데로 가서

눈으로 내리고 있다든지,

사람이 따뜻한 데로 가서
햇빛으로 비치고 있다든지,
해지는 쪽으로 가서
황혼에 녹아 붉은 빛을 내고 있다든지
그 모양이 다 갈데없이 아름답습니다.

— 〈갈데없이……〉에서

그러나 시인은 자연이 지닌 아름다움만을 그의 상상력을 통해 인간
적인 것으로 변형시키는 것이 아니라, 죽음과도 같은 고통스러운 현실
을 새로운 창조를 위한 밑거름으로 만든다.

우선 나는 그대들의 건강과 영광을 빈다. 아울러 그대들의 죽음을 축하한
다. 그대들의 꿈 같은 좌절과 화려한 지옥을 축하한다. 모든 것은 절대로
좋고 절대로 나쁘다 — 그 점을 축하한다.

— 〈내 사랑하는 人生〉에서

그는 기계적인 죽음 그 자체에 대해서는 노래하지 않지만, 재생을 전
제로 한 죽음에 대해 축하하면서 그것에다 인간적인 의미를 〈새벽의 피〉
에서처럼 수혈하고 있다. 그래서 그는 남다른 의식과 감수성을 가지고
죽음 가운데서 삶을 발견하고 그것을 추구하는 작업을 계속한다. 그의
상상력이 무생물과 같은 사물에다 생명력을 부여하는 것은 모두 다 이
와 같은 이유 때문이다.

생명 있는 건 돌뿐이었습니다
생명 있는 건 쇠뿐이었습니다
우리야 돌 속의 돌이요 쇠 속의 쇠였습니다

— 〈痛史抄〉에서

바람 소리 한 가닥
모래 위에 떨어져 있다
그걸 주워서 만져보고
귀에도 대 본다
달 뜨는 소리 들린다

도덕의 원천이신 달이여 파도여
달 뜨는 눈앞에서 내 웃음은
파도 소리를 낸다

—〈도덕의 원천이신 달이어〉 전문

　　그런데 그가 모래 속에서 생명력을 상징하는 바람소리를 듣고, 그 속에서 생명의 원천을 나타내는 달의 이미지를 발견하고 그 속에서 생명의 물결인 파도소리를 듣는 감수성을 보인 것은 그의 의식이 그것과 결합해서 치열한 인간적인 의미를 창조하기 때문이다. 실제로, 자연과 인간이 결합해서 제3의 현실을 창조하는 현상은 그의 실존주의적인 시적 주제와 밀접한 관계를 가지고 출발했다. 그러나 그는 실존주의에서와 같이 자연을 부정하는 것이 아니라, 그것과 "親和"하며 그것에서 살아가는 철학과 지혜마저 배우고자 한다. 이를테면 시인은 〈덤벙덤벙 웃는다〉와 같은 시에서 자연을 확대하거나 부정하는 데서 오는 쾌감을 추구하기보다는 그것과 어우러져 "親和"하는 데서 오는 여유 있는 웃음을 보인다.

　　파도는 가슴에서 일어나
　　바다로 간다

바다는 허파의 바람기를 다해
덤벙덤벙 웃는다

여기선 몸과 마음이 멀지 않다
서로 의논이 잘 된다

흙의 절정인 물
물의 절정인 공기

물불 가리지 않는 육체
의 가락에
자연의 귀도 어우러진다

고통의 뺄셈
즐거움의 덧셈

슬픔없는 낙천이 없어
덤벙덤벙 웃는다

— 〈덤벙덤벙 웃는다〉 전문

　이상(李箱)은 그가 지닌 "知性의 極致" 때문에 실존적인 자아의 기쁨은 물론 생명을 가져다주는 자연현상마저 거부했지만 정현종은 그것을 수용하고 그것을 인간적인 의지와 결합시켜 변형시키는 데서 오는 즐거움을 발견하고 있다는 것은 이미 누누이 지적해온 바이다. 그러나 그의 시세계가 전개됨에 따라 시인은 자연의 "법"을 배우게 되고, 그것에 의해 부정적인 것을 능동적으로 껴안음으로써 자아와 합쳐진 실존적인 기쁨을 맛본다. 물론 이것은 인간의 의식으로만 얻어질 수 있는 영역이다.

> 사람들 사이에 섬이 있다
> 그 섬에 가고 싶다

— 〈섬〉 전문

2

지금까지 살펴보았듯이 허리에 떠오르는 "滿月"과도 같은 빛을 찾기 위한 정현종의 시적 추구는 언제나 자연과 그것이 나타내고 있는 생명력을 전제로 하고 있다. 그것이 파괴되었을 때는 그가 지향하는 "사람 사이의 섬"도 없고 그의 상상력을 펼칠 대상도 없게 된다.

그래서 그는 그의 시력(詩歷)의 후반부에 와서 생명의 바탕이 되는 자연이 기계문명에 의해 파괴되는 현상을 보고, 그것을 다시금 회복하기 위해서 자연과의 친화를 중심으로 집요한 노력을 보인다.

이산(怡山)문학상을 그에게 안겨준 시집《한 꽃송이》의 세계는《고통의 祝祭》의 그것과는 다른 면모를 보이고 있다. 즉 그가 초기시에서 추구한 것은 어둠 속에서 번쩍이는 실존적인 광휘(光輝)였지만, 후기시에 속하는《한 꽃송이》에서 나타난 빛은 대낮처럼 밝고 가을빛처럼 투명하다.

그것은 시인이 지천명(知天命)의 이치를 터득할 단계에 이르렀기 때문이기도 하다. 다시 말하면, 그는 여기서 젊은 시절의 어지러운 육체를 불태우면서 오는 "고통의 祝祭"를 즐기는 것이 아니라, 자연과 일정한 거리를 두고, 그것과 스스럼없는 교감을 통해서 오는 잔잔한 변증법적인 기쁨을 발견한다.

정현종 361

더 맛있어 보이는 풀을 들고
풀을 뜯고 있는 염소를 꼬신다
그저 그놈을 만져보고 싶고
그놈의 눈을 들여다보고 싶어서.
그 살가죽의 촉감, 그 눈을 통해 나는
나의 자연으로 돌아간다.
무슨 充溢이 논둑을 넘어 흐른다.

—〈나의 자연으로〉 전문

여기서 시인이 느끼는 "充溢"이라는 기쁨은 그의 시의 다른 곳에서와 마찬가지로 접합과 교감에서 이루어지고 있다. 이를테면, 염소가 풀을 뜯어 씹으면서 풀과의 마찰에서 오는 기쁨을 느끼듯이, 시 속의 화자는 로렌스의《무지개》의 첫 부분에서처럼, 염소의 살가죽을 만지고 염소의 눈을 들여다봄으로써 자연과 결합하는 "充溢"의 기쁨을 느낀다. 그가 여기서 느끼는 기쁨을 충일이라고 표현함은 그것이 생산과 확대의 의미를 포함하고 있기 때문이다. 결국 접합과 결합 그리고 교감의 행위는 단순한 접촉의 기쁨에서 끝나는 것이 아니라, 새로운 생명의 탄생과 비밀의 문을 여는 것과 같은 확대의 의미를 지니고 있다.

늦겨울 눈 오는 날
날은 푸근하고 눈은 부드러워
새살난 듯 덮인 숲속으로
남녀 발자국 한 쌍이 올라가더니
골짜기에 온통 입김을 풀어놓으며
밤나무에 기대서 그짓을 하는 바람에
예년보다 빨리 온 올봄 그 밤나무에는

362

여러 날 피울 꽃을 얼떨결에

한나절 다 피워놓고 서 있었습니다.

—〈좋은 풍경〉 전문

위의 시에서 눈이 상징하는 죽음의 이미지와 대조를 이루는 밤나무
가 상징하는 거대한 생명력의 줄기는 그 밑에서 청춘남녀가 벌이는 섹
스의 촉매작용에 의해 내밀한 확대를 일으켜 폭발적으로 꽃을 피운다.
그래서 시인은 생명력의 신비스런 확대가 꽃에서 이루어지고 또 그 꽃
은 두 개의 상이한 요소가 결합해서 이루어진 꿈의 실현과정이란 것을
알고 꽃이 피고 열매가 맺히는 곳이면, 어디에서나 나타나 그것이 벌이
는 화려한 축제에 참여하고 있다.

진달래꽃 불길에

나도

탄다.

그 불길에 나는 아주

재가

된다.

트는 싹에서는

간질 기운이 밀려오고

벚꽃 아래서는 가령

탈진해도 좋다.

숨막히게 되는 꽃들아 새싹들아

너희 폭력 아래서는 가령

무슨 일을 해도 괜찮다!

—〈봄에〉 전문

정현종 363

그래서 시인은 사다리 위에서 잘 익은 사과를 따면서, 풍요로운 가을의 열매와 접촉하는 기쁨을 누리는 순간 벌에 쏘이는 것을 자연의 "광활함 속에" 자신의 몸을 섞는 것이라고 말하며 아픔 속에서 우주를 관통하는 듯한 오묘한 느낌을 가진다.

자연에 대한 그의 이러한 시각에서 볼 때 그가 산허리를 돌아가는 "길"에서 생명력의 흐름을 발견하고, 복도를 지나가는 여인의 다리에서 예감의 꽃이 피는 것을 발견하는 것은 결코 우연이 아니다.

복도에서
기막히게 이쁜 여자 다리를 보고
비탈길을 내려가면서 골똘히
그 다리 생각을 하고 있는데
마주 오던 동료 하나가 확신의
근육질의 목소리로 내게 말한다
詩想에 잠기셔서……
나는 웃으며 지나치며
또 생각에 잠긴다
하, 쪽집게로다!
우리의 고향 저 原始가 보이는
걸어다니는 窓인 저 살들의 번쩍임이
풀무질해 키우는 한 기운의
소용돌이가 결국 피워내는 생살
한 꽃송이(시)를 예감하노니……

─ 〈한 꽃송이〉 전문

그 결과 그는 기계문명이 자연의 생태계를 파괴하는 것을 보고, 슬퍼

함은 물론 그것에 대해 그의 특유의 유머 섞인 풍자적인 감수성을 보인다. 시인이 "생명의 흙을 디디고 서 있는 총각"들을 등지고 죽음의 도시로 몰려오는 처녀들을 질책하는 〈이 나라 처녀들아〉에 사용한 "이수일과 심순애" 시대의 계몽주의적인 어법에는 싱싱한 풍자와 슬픔이 함께 깃들어 있다. 어찌 이것뿐이랴. 그는 〈사람으로 붐비는 앎은 슬픔이니〉와 〈들판이 적막하다〉 등과 같은 시편들에서 인간에 의해 파괴된 자연의 모습이 얼마나 슬픈 것인가를 정직하고 솔직하게 고발하고 있다.

시인은 이러한 노력과 함께 파괴된 자연의 생태계를 구원하기 위해 짓밟힌 자연의 아픔과 호흡을 같이함은 물론 자연이 지닌 아름다운 빛과 또다시 교감하며 그것의 순진함과 아름다움에 대해 축복에 축복을 거듭한다. 예를 들면, 〈장수하늘소의 인사〉에서 시인은 지리산 기슭에서 비닐봉지에 갇혀 있는 장수하늘소를 풀어주고 그와 인사를 나눈 후 흐뭇한 마음으로 산행을 계속하는가 하면, 〈갈대꽃〉에서는 광섬유와 같은 섬광적인 빛을 발견하고 놀라움을 금치 못한다.

황폐한 자연을 구원하기 위한 이러한 시적 추구는 〈바보 만복이〉에 와서 그 절정을 이룬다. 이름마저 문명에 때묻지 않은 만복이는 "거창학동"에 살고 있는 바보이기 때문에, "시내나 웅덩이에 사는 물고기"떼와 대화를 나눌 수 있는 기쁨을 가진다. 시인이 여기서 바보 만복이를 주인공으로 설정한 것은 그가 기계문명의 오염지역과 먼 곳에 살고 있기 때문이 아니라, 성자(聖者)와도 같은 바보의 마스크를 쓰고서 문명의 침략에 대해 저항적인 이미지를 나타내 보이기 때문이다.

그가 기층적인 자연이 지닌 아름다움을 이렇게 강조하여 노래하는 것은 생명을 억압하는 이성중심주의에서 비롯된 경직된 권위주의를 무너뜨리기 위한 그의 시적인 전력과 깊은 관계가 있다. 〈장수하늘소의 인사〉와 〈바보 만복이〉와 같은 시편에서 그가 집요하게 추구하고 있는 것은 앞에서도 말한 바 있는 "환한 빛" 즉 생성의 빛을 창조하는 데 바탕이 되는 생명과 그 근원의 뿌리이다. 그가 이 시편에서 순진무구한 자연의 기층적인 아름다움을 구김살 없는 소박한 언어로 노래하고 축하하고 있음은 사신(死神)과도 같은 이성중심주의에서 비롯된 기계문명에서 벗어나고자 하는 처절한 몸부림이다. 그가 너무나도 쉬운 담론체 언어로 〈우상화는 죽음이니〉,〈權座〉 그리고 〈구두들!〉과 같은 시편들을 쓴 것은 이와 같은 사실을 크게 뒷받침해주고 있다. 그가 근원적인 자연의 소중함을 강조한 것은 이것만이 아니다. 그가 〈보살 이유미〉에서 "밥"을 신앙의 원천으로 형상화하고 있다든가, 또는 〈석탄이 되겠습니다〉와 〈빵〉 등과 같은 시에서 그가 기층민에 대해 보인 사회학적인 관심은 모두 다 기계문명으로부터 근원적인 생명력을 보존하고자 하는 욕망에서 비롯된 것이다.

또 그가 기계문명에 의해 파괴된 "생명의 황금 고리"를 슬퍼하며 매 순간 죽음이 그에게 다가옴을 남달리 민감하게 느끼는 것은 모두 다 위에서 말한 생명주의에 대한 그의 관심과 깊은 관계가 있다.

새벽에,
마악 잠 깼을 때,
무슨 슬픔이 퍼져 나간다
퍼지고 또 퍼진다,
생명의 저 맹목성을 적시며
한 없이 퍼져나간다

메뚜기가 보고 싶다

　　　　　　　　　　　　　　 ―〈무슨 슬픔이〉 전문

그러나 그는 결코 죽음에 대한 감상적인 슬픔의 늪에 쉽게 함몰되지 않는다. 초기시에서 그가 허무의 늪을 〈獨舞〉에서와 같이 생명체에 대한 자기 탐닉에서 오는 실존적인 기쁨과 그 긴장을 통해서 성공적으로 건넜듯이, 이 지점에 와서 그는 기계문명에서 오는 생명의 위협을 풍자와 유머로 된 이른바 "장난"의 전략으로 극복하고 있다. 그가 자유로운 생명력을 억압하는 이성중심주의적 권위의식을 파괴하기 위해 쓴 〈장난기〉와 같은 시에서 셰익스피어의 위상을 패러디한다든가 또는 〈요격시〉에서 인간의 순수한 마음을 형상화한 여러 가지 철새들과 같은 생명체로 하여금 폭탄과 같은 전쟁무기를 방어하도록 하는 데는 어린이 놀이에서 볼 수 있는 장난기가 적지 않게 담겨 있다. 새들과 같은 연약한 동물이 거대한 힘을 가진 살상무기를 요격한다는 것은 현실적으로 대단히 불가능하다. 그러므로 시인은 그의 상상력 속에서 새들이 무기와 얼마나 처절한 싸움을 벌였는가를 승리라는 장난기 어린 말로 덮어버렸지만, 새들이 그의 시적 공간에서 전개하고 있는 저항적 의미가 얼마나 심각한 것인가를 우리는 너무나 잘 안다. 시인이 이 시집 《한 꽃송이》에서 살아 있는 생명의 언어들과 함께 나타내어 보여주고 있는 해학적 유머와 "넉넉한 사랑"은 그가 땅위에서 추구하고 있는 "무지개"의 근원이 되는 생명을 구원하기 위해 기계문명이라는 거대한 사신(死神)과 저항하는 마지막 수단이다. 왜냐하면 여기서 장난은 유종호가 지적한 바와 같이 "낯설게 하기"와 무관하지 않은 문학적 전략으로써 낡고 때묻은 것 가운데서 원시적인 순수함을 구원하기 위한 "어린 왕자" 같은 몸짓 바로 그것이기 때문이다.

그러나 이 시집에서 시인이 자연과의 친화를 위해 사용하고 있는 문학적 전략인 "장난"은 어디까지나 이성적인 영역과 무관하지 않은 지적인 행위이기 때문에, "장난기" 그 자체가 경직된 이데올로기처럼 기계적으로 굳어져버릴 위험이 없지 않음을 지적하고 싶다.

시인 정현종은 60년대의 암담한 실존적인 상황에서 이상의 영향을 받고 시작 활동을 시작했다. 그러나 그는 오늘날 자연의 모순된 현상에 대해 자기의식적인 권태를 느끼고 생명력 그 자체를 희화화(戱畵化)하고 또 거부하려 했던 이상과는 달리, 자연과 더불어 살기 위한 친화력을 남달리 보여주고 있다. 이것은 그가 아마 후기산업사회에 살고 있기 때문인지도 모른다. 아무튼 그가 이상과의 이러한 차이를 이룩한 것은 문학사 속에서 그의 몫이며 그의 존재가치이다.

자연시의 아름다움과 메타모르포제

— 劉庚煥의 시

바람이
산을 흔들 수 없어
물을 간즈리면
물 속의 산 흔들린다
—〈서문〉에서

1

유경환은 언론인이자 시인이며, 아동문학가이다. 그는 이렇게 여러 분야에서 얼굴을 보이고 있지만, 그의 이름으로 발표된 모든 글들은 시에 가깝고, 시 그 자체이다. 그가 급변하는 사회 현상에 노출되어 있고, 또 그 변화의 흐름을 올바르게 이끌어 가기 위해 글을 쓰는 저널리스트로서 발표하는 칼럼까지도 모두 시에 가깝다.

그가 이렇게 항상 살아서 움직이는 산문의 세계에서도 시를 써야만 하는 이유는 무엇일까. 산문의 세계를 시적으로 변용하고 "낯설게" 해서 새로움의 변화를 주기 위함이라고 생각할 수 있지만, 그것은 유경환 자신만이 알고 아무도 모를 일이다. 그러나 한 가지 확실한 것은 그가 세속의 일들을 비판하는 거대한 산문의 바다에서도 고집스럽게 자연을 대상으로 쓴 글들이 일급 기사 못지않게 새롭다는 것이다.

현실 문제에 깊이 천착해야만 하는 리얼리즘의 세계 속에서도 세속을 초월한 자연을 묘사한 그의 글이 독자들에게 항상 신선하게 느껴지는 것은 잃어버린 자연에 대한 우리의 그리움을 일깨워주기 때문이기도 하겠지만, 그것은 아마도 그가 탁월한 시적인 상상력과 수사학을 통해서 자연에 숨겨진 아름다운 비밀을 재발견해서 우리들에게 새롭게 전해 줄 뿐만 아니라, 자연 그 자체를 글쓰기를 통해서 변형시키거나 재창조하기 때문이다. 이러한 사실은 아마도 월리스 스티븐스가 "묘사(描寫)는 계시(啓示)다"라고 말한 것과 크게 다를 바가 없을 것이다. 유경환이 바쁘게 생활하는 언론인이면서도 훌륭한 시인이 될 수 있었던 것은 무질서한 현실 세계를 바로잡기 위해 쓰는 그의 산문마저 시로 나타나기 때문이다.

시작(詩作)의 경우도 마찬가지이다. 그는 단순히 자연의 아름다움을 묘사한 다른 자연주의 시인들과는 달리, 그것을 그의 독특한 시적 감수성을 통해 인간적인 차원에서 새롭게 변형시키고 있다. 비록 그는 자연을 대상으로 시를 쓰지만, 그가 묘사한 시적인 현실은 자연 그 자체와 다르다.

사람들은 내 詩를 읽고
역곡 원미산 약수터엘 찾아온다

그러나 가슴 깊은 유방 없으며
비단바람도 없고
맑은 물도 거짓이라 불평한다.

그들 눈엔 골짝의 굴곡 안 보이며
그들 뺨엔 숨소리 안 닿으리

겨울에도 눈부신 영혼들의 숨소리
나무 사이 숨어서 말하는
별도……

작은 웅덩이에 산가슴 묻고
새벽마다 발씻고 눕는 알몸의 숲

밤하늘 어루만지는 손에
은빛가루 묻어나는 걸
알지 못하고 손을 뒤집는다.

— 〈원미산, 나의 애인〉 전문

  위와 같은 현상이 일반 독자들에게 일어나는 것은 그의 시가 단순히 현실을 묘사한 것이 아니라, 그의 독특한 상상력과 인식 과정, 그리고 미학을 통해 이루어진 언어예술이라는 사실을 모르기 때문이다. 실제로 《원미동 시집》 전체에서 나타나고 있는 가장 특징적인 현상은 언어의 힘을 통한 자연의 메타모르포제이다. 시인 유경환이 자기의 시론(詩論)을 밝히지는 않았지만, 어떻게 생각하면 여기서 말하는 메타모르포제는 모네가 그의 유명한 〈수초(水草)〉를 그릴 때와 같이, 그의 상상력이 시적인 대상에 작용했을 때 나타나는 인식론과 미학, 그리고 형이상학의 영역에 속한 것이라고 할 수 있겠다. 유경환이 김소월에서부터 시작해서 박두진을 거쳐 내려오는 자연을 대상으로 이루어진 순수한 한국 현대시의 맥을 이어가고 있지만, 그들과 차별화를 이루고 있는 것은 그가 자연을 아름답게 묘사할 뿐만 아니라, 그것을 그의 독특한 예각과 상상력을 통해서 변형시키고 있기 때문이 아닌가 한다.
  그런데 그가 자연 가운데 보금자리 삼은 원미동에서 시도한 시적인 메타모르포제는 기계문명으로 황폐해진 도시를 떠나 자연으로 돌아가서 그 속에서 잃어버린 꿈을 다시금 되찾아 구체화하는 방향을 지향하고 있다.

마을 노오랗고
하늘 노오란 동네
밤꽃 필 때

달걀 속처럼 노오란 놀
가득 내리는 마을
밤꽃 향내

닭들 뛰고
염소 매애매 울고
사람들 빨래 걷고
저녁비 소나기 질 걸
모두 안다

금붕어처럼
술래잡기 하는 아이들만
모르고 논다

놀꽃 구름 무늬 속에
빠진 밤꽃마을은
멈춰진 내 유년의 뜰

— 〈밤꽃마을 그리고 꿈〉에서

그가 이 작품에서 그리고 있는 원미동 마을은 보통 사람의 눈에 비친 단순한 현실이 아니다. 그것은 늦봄에 노오랗게 핀 밤꽃의 이미지와 그 향기를 통해 그 마을을 아름답게 채색, 변형시킨 새로운 시적 현실이다. 여기서 그가 밤꽃으로 원미동 마을을 변형시킨 것을 "유년의 뜰"과 일치시키고 있는 것은 그의 시 속에서 언어의 힘으로 구축하고 있는 세계가 잃어버린 낙원을 다시금 복원하고 있다는 사실을 나타내는 것이다. 왜냐하면 "유년의 뜰"이 나타내고 있는 것은 어른들에게 있어서는 누구에게나 기억 속에 있는 유토피아이기 때문이다. 그런데 무엇보다 중요한 것은 그가 이 작품 속에서 구축한 낙원의 세계가 추억을 더듬은 과거지향적인 것이 아니라, 그것이 현실 세계에서 미래지향적으로 구체화하고 있다는 것이다.

> 새해엔
> 어떤 좋은 일 되돌아올까
> 눈 깜빡이며 새 달력을 미리 넘겨 본다
> 새해엔 첫날부터
> 밤꽃 향내 퍼질 때까지
> 좋은 일만 있어라.
>
> — 〈밤꽃마을 그리고 꿈〉에서

그가 "자연의 시"에서 "봄의 힘"을 유난히 강조하면서 그것에 우리의 시선을 머물게 하는 것은, 시인의 언어가 "봄의 힘"과 함께 잊혀지거나 황폐해진 자연을 복원시키고 있기 때문이다.

> 풀꽃의 가는 실뿌리
> 꽃버선 깁던
> 할머니 명주실처럼
> 흙 밀치는 봄의 숨결 듣는다

산에서 내려오고 싶어하는
개나리, 진달래
색동 햇살 모아
꽃나팔 쥐고 있지만

너른 들 부드럽게 푸는 것은
들판의 하얀 실뿌리
그 고마운 숨결 은은하게 듣는다.

— 〈뿌리에게〉 전문

　풀꽃의 가는 실뿌리가 "흙 밀치는" 봄의 숨결과 함께 죽음의 들판에 꽃을 피우면서 푸르게 만드는 것을 노래한 것은 잃어버린 자연을 다시 찾아서 낙원으로 가꾸고자 하는 "혁명의 나팔 소리"와도 같을 것이다.

　그러나 새로운 창조와 구원을 위한 메타모르포제를 지향하며 사계(四季)의 자연을 노래한 그의 시는 봄에만 국한된 것이 아니다. 〈오솔길 · 여름〉에서 별을 잡기 위해 지붕들이 비낀다든지 또는 〈오솔길 · 가을〉에서 "소나기 지나가면서/ 우리 마을 씻어 줄 때/ 나무들 비 맞은 아이처럼 깔깔대고/ 지붕들 미끄럼틀처럼 허리 굽혔고/ 빨래줄에 걸린 옷자락 깃발되었고/ 위에서 쏟아지는 소나기 대신 밑에서 피어나는 숲안개" 등과 같은 표현은 모두 다 자연의 현실을 시적으로 변형시킨 입체적인 그림이다. 자연과 함께하는 산골 마을의 평화를 다시금 찾기 위한 〈오솔길 · 겨울〉에서도 현실 세계를 시적으로 변형시켜 사물에 생명력을 부여한 입체적인 표현이 맑고 투명한 서정적 숨결 속에 풍성하게 나타나 있다.

　할아버지들 술잔 기울일 때

잔마다 놀 쏟아졌다.

맛있는 안주로 이야기 풍성했고

그 냄새에 이끌려

그 주위 맴돌았다.

곁듣는 할아버지의 할배들 옛얘기

전나무 소나무 도토리나무

모두 귀 밑으로 웃는 것을

눈썹 끝으로 몰래 보면서

장독대 뒤나

헛간에서

아낙네들도 못본 척 듣는 것도 곁눈질하면서

마을의 평화라는 것을

이제사 깨닫는 일도

아마 내 늦둥이인 탓이어라.

—〈오솔길·겨울〉 전문

이것뿐만이 아니다. 그는 (도시인들에게 잊혀져가는) 여름의 끝자락과 이어지는 가을의 자연 풍경 가운데 그 어디에서나 쉽게 볼 수 있지만, 아무도 눈을 주지 않는 꽃망울을 터뜨리는 봉숭아꽃의 의미와 하늘로 손짓하는 "붓꽃"에서도 황폐한 현실을 보다 나은 이상 세계로 변형시킬 수 있는 힘과 꿈을 싣고 있다는 것을 발견하고 창조적인 의미를 지닌 시적인 그림을 그린다.

남빛 가슴 한오큼 뭉친

붓꽃

하늘에 칠하고 칠해도
그려지지 않는

바람이 불어도 불어도
건드릴 수 없는

들내에 반짝이는 여울뿐인
어둠 속
촛불 한 자루로 서 있는

그 향기 다 하도록
가늘어진 그리움
안으로 타는 영혼

— 〈붓꽃〉 전문

붓꽃이 가을의 산야에서 쉽게 발견할 수 있는 억새꽃처럼 바람에 춤을 추는 것을 보고 더 높은 쪽빛 하늘을 향하거나 그것을 배경으로 그림을 그린다고 시인 유경환이 묘사하고 있는 것은 의식에 눈먼 상태에서 기계적인 삶을 되풀이하는 도시인들이 무감각하게 보는 자연의 풍경을 시적으로 변형시켜, 아름다운 풍경화를 그리고 있는 것은 하늘이 상징하는 이상 세계에 대한 인간의 욕망과 꿈을 펼치기 위함인 듯하다. 이러한 사실은 낮에는 "햇볕이 눈부시고", 밤에는 별들이 바둑판처럼 심어져 있는 "은총이 가득 찬" 하늘을 향해 부챗살처럼 팔을 벌리며 영겁의 시간 속에 외로이 서 있는 나무를 노래한 〈나처럼 혼자인 나무는〉과 〈하느님 손끝은 양털붓〉 등과 같은 묵상의 시편 중에서도 나타나 있다.

376

2

　헛된 물질적인 욕망에 눈먼 사람들에 의해 파괴되고 버림받은 자연 속에 위치한 원미동에 살며 글을 쓰는 시인이 그의 탁월한 언어의 힘으로 자연의 빛과 그 아름다움을 변형된 모습으로 그린 것은 자연 가운데서 인간에게 필요한 도덕적인 교훈을 찾을 수 있기 때문이다.

　　여름은 이렇게 꼬리 남기고
　　빈 마당에 성큼 들어서는
　　가을볕
　　산다는 것에 뒤쫓겨도
　　우리들의 영혼
　　깨꽃만큼 하얗게
　　얼룩을 거부한다.

　　　　　　　　　　　　　　　　　　— 〈깨꽃〉에서

　　속상한 일들
　　산시내로 다 쏟아 버리고
　　언제나 목안이 산뜻하게 산다
　　우리 동네 원미산
　　참으로 긴 날 두고
　　얼마나 가슴 태우며
　　익혔는가
　　그렇게 삭인 줄 알게 되기까지
　　아직 타고 있는
　　동짓달의 골짝 단풍.

　　　　　　　　　　　　　　　　　— 〈동짓달 단풍〉 전문

그가 자연 가운데서 우리의 삶에 도움을 주는 도덕적인 교훈을 찾은 것은 워즈워드와 노자 및 장자의 상상력과 닮은 점이 없지 않다. 또한 그의 시가 이렇게 낭만적인 색채를 지니고 있는 것은 산업사회 속에서의 자연 파괴에 저항하는 포스트모던한 이상과도 무관하지 않다. 그렇지만 그의 시작(詩作)은 결코 위에서 언급한 시인들에게 영향을 받은 결과나 혹은 시대정신과 결합된 현상이라기보다. 그가 황폐한 불모의 도시에서만 숨쉬고 있는 사람들과는 달리 "원미동 마을"에 살며 다른 사람들이 잠을 자는 신새벽에 일어나 산으로 올라가서 자연과 친화하며 내밀한 대화를 나누었기 때문인 듯하다.

그가 바람소리는 물론 물소리와 대화를 나누면서 이승과 저승 사이를 흐르는 시간의 이미지를 지니고 있는 산시내와 물소리의 전설을 들을 수 있고 고요함의 움직임과 그 속내를 들여다볼 수 있었던 것은 그가 자연과 그만큼 깊이 시적인 교감을 나누고 있기 때문이다. 이렇게 자연과 가까이하기 때문에 비록 자연과 함께 있지 않더라도 그것은 언제나 그의 의식을 가득 채우고 있다. 〈원정〉이라는 탁월한 시편은 이러한 사실을 증명하고도 남음이 있다.

꽃잎 틈으로
밀고 들어가는
고요
짙은 향기의
숲 속으로 빨려들어가
한없이 깊은
우물과 만난다.

잠 속에서

우물 바닥에 앉아
내 몫의 하늘 껴안고
내 가진 것 모두를 뽑어
고요를 채운다.

—〈원정〉 전문

집 뜨락에 있는 정원에서 꽃과 유기적인 관계를 맺고 있는 정적(靜寂)의 교훈적인 움직임을 인지하고, 그것에서 삶의 교훈을 얻는 것은 시인 유경환의 몫이다.

혹자는, 왜 유경환이 현실 세계를 비판하는 저널리즘에 종사하면서도 사회성 짙은 시를 쓰지 않고 순수시만을 쓰는가, 불만스러워할지도 모른다. 그러나 자연을 주제로 한 유경환의 시는 사회성이 짙은 그 어느 시보다 무질서하고 혼탁한 현실 사회를 바로잡을 수 있는 힘을 우리에게 가져다주고 있다. 왜냐하면 의연한 자연의 모습과 그것이 안고 있는 숨은 질서는 그 어느 것보다 교훈적이기 때문이다. 아니 자연을 노래한 그의 아름다운 시는 다른 어떤 현상을 노래한 것보다 더욱 큰 기쁨을 가져다주기 때문이다. 어떤 의미에서 "시의 목적은 자연의 모방을 통해서 우리를 기쁘게 하는 데 있다"는 말은 결코 잘못된 표현이 아니다. 더욱이 그는 자연을 메타모르포제의 끌질을 통해서 한결 더 아름답게 묘사했을 뿐만 아니라 아무도 발견하지 못한 숨은 진실을 눈에 보이게 부각시키고 있다. 사뮤엘 존슨이 말했듯이 "시는 진리를 기쁨과 함께 만드는 예술"임에 틀림없기 때문이다.

美와 존재의 의미
─吳世榮의 시

> 날카롭고 곧은 연필처럼 살아왔다.
> 살을 깎는 칼처럼 살아왔다.
> ─〈정답〉에서

50년대와 60년대에 비평의 주류를 이루었던 신비평에서는 작가와 문학 작품은 전혀 별개의 것으로 생각되었다. 그러나 그 이후 이러한 접근방법은 문학 작품을 이해하고 분석하는 데 많은 문제점을 지니고 있다는 사실이 발견되었다. 다시 말하면, 어떤 하나의 작품을 이해하는 데 시대상황과 자서전적인 요소가 적지 않게 필요하다는 사실이 실증적으로 밝혀졌다.

시인 吳世榮의 시작(詩作) 활동과 그의 시세계의 형성은 그의 자전적인 요소와 밀접한 관계가 있는 것 같다. 그가 무녀독남으로 세상에 태어났을 때, 그의 아버지는 돌아가시고 없었다. 그래서 그는 백여 일이 지난 뒤에 외가로 가서 유년시절을 보낸 후, 외가의 중시조를 배향한 장성의 필암서원(筆巖書院)으로 보내졌다. 이러한 그의 성장배경은 그의 정신세계를 형성하는 데 크나큰 영향을 끼쳤다. 시인 자신이 외가에서 본 여러 가지 법도는 그에게 선비를 동경하는 마음을 심어주었고, 고독했던 그의 환경은 그에게 "예술적 동경"을 잉태시켰다. 그래서 그의 시세계의 구심(求心)은 그의 유년시절에서 느끼고 체험했던 정신적인 바탕에 그 깊은 뿌리를 두고 있다. 다시 말하면, 그가 유년시절에 느꼈던 고독은 그로 하여금 "자신의 존재론적인 조건을 허무하고 비극적인 것으로 인식"하게 해서 시를 쓰게 했고, 그의 외가에서 흡수했던 선비정신의 분위기가 허무주의의 늪으로부터 그의 시를 구해주었다.

그 결과 당시에 지배적으로 나타났던 모더니즘적인 경향이 그 시세계의 방향 및 취향과 일치하게 되었다. 왜냐하면 모더니즘의 핵심적인 특색이 선비정신과 유사한 주지주의적인 표현과 경구적인 반전을 거듭하는 아이러니에 그 기초를 두고 있기 때문이다.

그의 초기 시집 《反亂하는 빛》에 실려 있는 여러 작품들은 앞에서 그가 그의 시적인 출발점이라고 말하는 "삶이 불완전하며, 허무함을 슬퍼하고 괴로워하는 것"과 "우리가 쌓아올린 문명사가 인간성을 붕괴시키는 데 좌절과 분노를 느끼는 것"을 내용으로 하고 있다. 그러나 이들 시편들은 간결하고 여문 지성적인 언어와 이미지를 통해서 작품의 소재에서 비롯될 수 있는 감상적인 것을 눈금의 끝까지 차단하고 있다. 이를테면, 불을 주제로 하고 있는 연작시는 어둠을 밝히려는 인간의 노력이 오히려 불씨를 피우고 있는 인간성을 말살하는 아이러니컬한 현상에서 빚어진 모순과 허를 다루고 있다.

타버린 정신은 어디 갔을까……
實用의 새는 날 수 있을까.
어두운 내 얼굴을 날아서 찬서리 내린 굴뚝과 機械들이 죽은 무덤을 넘어서
달에 도달할 수 있을 것인가.
電線에 걸린 달, 인간의 숲속에서
電話가 울고, 아흔아홉 마리의 새가 운다.

—〈불·1〉 전문

全州에서 본 여자가 메스를 들고
차갑게 울고 있다.
염려 없다면서, 없다면서

빼앗는 내 눈의 불.

剝製된 幼年의 깊은 밑바닥에
알콜에 적신 내가 누워 있다.

—〈불·2〉전문

도무지 喝采를 모르는 사람들 눈에서
불이 꺼지고 헛간에 켜 둔 램프가
意識을 태운다.
낡아가는 한 時代의 필림.
어리석은 사내에게 몸을 맡긴 계집은
밤새워 지나가는 트럭소리를 듣고
졸린 눈의 수학을 보았다. 결국 벗을
것인가 흰옷.

—〈불·3〉전문

정유공장 뒤뜰에서 가을은
타오르는 인간의 불을 끈다.
불꺼지는 나다.

—〈불·4〉전문

이들 시편들에 나타난 "實用의 새", "기계", "박제된 유년", "트럭
소리", "정유공장 뒤뜰", "화약 냄새", "醫師", "이성의 손톱" 등은 우
리가 어둠을 밝히기 위해서 이성으로 쌓아올린 문명이 아이러니컬하게
생명의 불씨인 인간성을 파괴하는 것으로 나타나고 있다. 작품 〈날개〉
는 이러한 반어적인 모순된 현상에 대한 의문을 기하학적인 구도 속에

서 선명하게 형상화하고 있다.

내가 쏘아올린 화살은 어느때
새를 맞춘다.

타버린 意識體가 되어 언덕 너머
떨어지는 落果.
번득이는 비늘로 휩싸이는 疑問들.

— 〈날개〉에서

그래서 그는 연작시 〈가을〉에서 어둠을 밝히려는 존재의 빛과 노력,
그리고 그 아름다움이 꺼지거나 재로 변하지 않고 결실로 남아 있기를
바라고 또한 그 풍요로움을 축하하며 아쉬워하고 있다.

우리 모두
10월의 능금이 되게 하소서.
사과알에 찰찰 넘치는 햇살이
그 햇살로 출렁이는 남국의 바람.
……
10월에는 우리 모두
능금이 되게 하소서

— 〈가을 · 2〉 전문

아아, 거기에 아름다운 不在가
한잔의 그라스엔 찰찰 넘치는 욕망이
그리고 분홍빛 미움으로 입술을 적시며,

오세영 383

빠삐용의 축제를 향해 떠나는
마지막의 汽笛을 듣고 있겠지.
그때 당신 돌아와 에프론 걸치고
빈잔에 포도주를 따르고 있었지.

—〈가을·3〉 전문

오세영의 연작시 〈가을〉에 와서 이렇게 많은 변모를 보이기는 했지만 그의 시가 너무나 난해하고 또 이미지 등은 관념적인 범주를 벗어나지 못하고 있다.

그러나 그는 제2시집 《가장 어두운 날 저녁》에 와서는 모더니즘적인 경향을 완전히 벗어나지 못했지만 서정성을 강하게 보이면서 관념의 혼미에서 벗어나 비극적인 삶과 존재의 현실을 보다 간결하고 부드러운 이미지로 형상화하는 데 성공하고 있다. 물론 여기서도 오세영은 존재의 허무와 모순된 구조를 노래하고 있다. 즉 그는 "가장 어두운 날 저녁에서" 느낀 고뇌와 처절한 아픔 속에서 존재의 의미를 찾으려 하고 있다.

化石 속엔 한 마리
새가 난다.
결코 地上으로 내려오지 않는 새.

내가 흘린 눈물도
쥬라기 地層 어느 하늘 아래
하나의 寶石으로 반짝거릴까.
가령 죽음이라든가,
죽음 앞에서 초롱초롱 빛나던 눈.

"化石 속에 나타난 한마리 새"와 지층 아래 보석으로 굳어진 눈물의 이미지는 존재의 고통 속에서 생겨난 정신적 회열의 보석들이다. 또 〈밤비〉 등과 같은 시에서 나타난 바와 같이 사랑의 인식에 의해 영혼이 눈뜨는 것은 고통과 슬픔, 그리고 죽음 등을 나타내는 빗속에서 가능한 것이다. 삶의 모순된 구조에 대한 그의 처절한 인식은 《矛盾의 흙》의 여러 시편에서 그 절정을 이루고 있다.

살아 있는 흙이 접시가 되기 위해서는, 즉 존재의 어떤 형체를 갖추기 위해서는 물로 반죽이 되고 불에 그슬려야 하듯이 처절한 어려움을 거치고 인고의 노력이 있어야만 하고, 또 그 노력이 완성되었을 때, 파멸이 온다는 것이다. 이것은 우리들이 항상 성경에서 인용하는 "한 알의 밀알"에서도 그 비유를 쉽게 찾아볼 수 있다. 희생과 인고 뒤에 오는 모순의 꽃은 〈蘭을 기르며〉란 시에서 잘 나타나 그 아름다움의 극치를 나타내 보이고 있다.

蘭을 기르며
한 겨울 난다.

밖에는 女人의 怨恨같은
서릿발 치고
사는 것이 서럽다고 서럽다고
눈보라 에누는데.

病든 지어머니의 머리맡을
다소곳이 지키는 한 포기의
蘭.
蘭은 겨울을 먹고 사는 꽃이다.

꽃을 꺾기 위하여
사랑하는 사람들은
蘭을 기를 일이다.

여윈 암노루
麝香 찾아 떠나는 빈 골을
싸늘한 香氣로 피어나는
꽃
蘭을 기르며 보내는 한 철은
서러운듯 서러운듯
아름다워라.

이 시는 겨울에 난(蘭)을 키우는 것을 이야기하고 있는 듯하지만, 이 시 속에 "난"은 겨울의 아픔이 있기에 핀다는 것이다. 다시 말하면, 여인의 원한과도 같은 원한으로 지어미가 몸을 저미며 아팠기에 난은 피어난다. 그런데 시인이 난을 피게 하는 아픔을 고통과 슬픔으로만 생각하지 않고, 아름다운 슬픔으로 본 것은 존재의 감정구조를 서정적으로 나타낸 것이라고 말할 수 있겠다. 이밖에도 짙은 서정성을 띠고 있지만, 결코 감상에 젖지 않는 다채로운 이미지들이 삶의 고뇌에서 얻어진 우수의 슬픔을 담은 〈꿈꾸는 病〉, 〈密會〉, 〈3人家族〉, 그리고 〈車票〉 등에 담겨 있다. 특히 이천 사백 칠십 원이란 눈물이 담긴 돈을 지불했기에 죽음으로, 아니 영원으로 가는 차를 탈 수 있다는 〈車票〉의 시정은 정말 짙은 서정이 넘쳐 흐르고 있다.

그런데 《無明戀詩》에 와서 시인 오세영은 지금까지의 허무로 향하던 그의 시적인 편력을 중단하고, 정적과 침묵 속에서 존재의미를 터득하고 달관상태에서 발견되는 의식을 노래한다. 다시 말하면, 〈戀詩〉가 말

해주듯 그는 무(無)의 상태를 사랑함으로써 인식의 단계에 도달하고자
했다. 그래서 그는 불교에서 있는 것이 없는 것이고 없는 것이 있는 것,
즉 〈一은 多요 多는 一이다〉라는 허무에 대한 철학을 그의 시세계에 가
져오고 있다. 이러한 시세계는 무지개와도 같은 감수성이 사라져간 그
의 연륜과도 깊은 관계가 있는 것 같다.

    님은 가시고,
    꿈은 깨었다.

    뿌리치며 뿌리치며 사라진 흰옷,
    빈손에 움켜쥔 옷고름 한짝,
    맺힌 인연 풀 길이 없어
    보름달 보듬고 밤새 울었다.

    열은 내리고
    땀에 젖었다.

    휘적휘적 사라지는 님의 발자국,
    江가에 벗어논 헌 신발 한짝,
    풀린 인연 맺을 길 없어
    초승달 보듬고 밤새 울었다.

    베갯머리 놓여진 藥湯器하나
    이승의 봄밤은 열에 끓는데,

    님은 가시고
    꿈은 깨시고

시 속에서 화자는 달관의 세계를 찾는 과정을 병을 앓고 난 환자 가운데서 형상화하고 있다. 여기에 나타난 '님'은 한용운이 말하는 님과 크게 다를 것이 없다. 그래서 이제 시인은 아름다운 꽃을 피우기 위해 뜨겁게 자신을 불태우거나 치열하게 번뇌하지 않고 자신을 해체시켜 "한줌의 재"로 만들고 있다. 시집《無明戀詩》가운데 가장 탁월한 시라고 말하는 〈꽃씨를 묻듯〉은 이러한 그의 마음 상태를 회화적인 풍경 속에 아름답게 형상화해서 그리고 있다.

꽃씨를 묻듯
그렇게 묻었다.
가슴에 눈동자 하나,
讀經을 하고, 呪文을 외고,
마른 장작개비에
불을 붙이고
언 땅에 불씨를 묻었다.
꽃씨를 떨구듯
그렇게 떨궜다.
흙 위에 눈물 한 방울
돌아보면 이승은 메마른 갯벌,
木船 하나 삭고 있는데
꽃씨를 날리듯
그렇게 날렸다.
강변에 잿가루 한줌.

시인은 이 시의 "다비의식(茶毘儀式)"에 나타난 한줌의 잿가루는 잿가루가 아닌 여름 꽃을 피우는 꽃씨에 비유하고 있다. 다시 말하면, 그는 꽃을 피우기 위해서 처절하게 무엇을 얻으려고 탐하지 않고 자신을 재로 해체시켜버려야 하는 형이상학을 노래하고 있다. 슬프지만 아름답게 읽혀지는 시다. 만일 어떤 목적과 대상이 있다면 그것은 이 시에 그려진 아름다운 광경 그것밖에 없다.

선(禪)의 경지를 중심으로 한《無明戀詩》의 시세계에 너무나 오랫동안 머무르면, 삶에 대한 체념현상이 일어나서 도덕성을 상실하기 쉬운 결과를 가져오기 쉽다.

그래서 시인 오세영은〈그릇〉시리즈에 와서 정체현상을 극복하고, 존재의 균형을 유지하려는 새로운 변모를 보이고 있다.《無明戀詩》가 인간의 고뇌에서 벗어나 해탈과 달관의 상태에 도달하기 위한 자기 내지 자아 해체라는 정체과정을 노래하고 있는가 하면,〈그릇〉시리즈는 여기서 한걸음 더 나아가서 해체된 자기를 복원해서 균형을 유지하려는 재구성의 미학을 보여주고 있다.

그는〈그릇 1〉에서 "깨진 그릇은 칼날이 된다"고 하며 "절제와 균형의 중심에서 벗어난 힘이며, 부서진 원"이라고 말한다. 다시 말하면, 맹목적 사랑의 추구를 나타내는 깨어진 그릇은 존재에 상처를 입히는 칼날이 된다는 것이다. 성숙된 자아, 즉 혼은 칼날처럼 공격적이 될 수도 있다는 것이다. 그렇다면 허무의 공간에서 시인 오세영이 생각한 유일 존재의 의미는 그릇이라는 형상 그 자체에 있다는 것이다. 그릇은 혼을 담는 그릇, 존재 그 자체를 의미하는 것이라 말할 수 있다. 즉 그는 그릇이 있어야만 생명의 근본을 상징하는 물과 불을 담을 수 있다고 생각한다. 그는 이러한 개념을 구체화하기 위해 꽃을 담는 화분과 물을 담는 물그릇, 그리고 불을 담는 화로, 사람을 싣고 가는 수레 등을 노래하고 있다.

흔히
가슴에 불덩이를 안았다고 말한다.

겨울에 언 손을 녹여주는 화로.
잿 속에 묻힌 불씨를
찾으며 밤을 지샌다.
목숨이란 불 담긴 그릇

그릇에 담길 때
물은 비로소 물이 된다.
存在가 된다.

잘잘 끓는 한 주발의 물
孤獨과 分列의 울 안에서
정밀을 다지는 秩序

그것은 이름이다.
하나의 아픔이 되기 위해서
인간은 스스로를 속박하고
지어미는 지아버지 앞에서
빈 盞에 茶를 따른다

엎지르지 마라.
엎질러진 물은 불이다.
이름 없는 욕망이다.
욕망을 다스리는 靈魂의
形式이여, 그릇이여

좀더 구체적으로 설명하면, 〈그릇 · 8〉에서 시인이 말하듯이 그릇은 무(無)의 공간에 모아진 인간 정신의 결정체이다.

　　정한수 한 대접과 쌀밥 한 그릇.
　　꿇어앉은 그 앞에서 촛불은 타고.

　　合掌한 두 손이 움켜진 空間
　　기도하는 손도 그릇이다.
　　어질고 간결한 그 言語.

　　여기서 그릇이 말하는 언어는 미이다. 그렇다면, 허무한 공간에서 인
간이 할 수 있는 것은 그릇을 만들어 순간적이나마 그것이 깨어질 때까
지 물과 불, 그리고 영혼을 담는 행위이다. 다시 말하면, 그릇은 월리스
스티븐스의 시 〈항아리〉처럼, 황량한 무의 공간에 적절한 형식을 부여
하며 미를 창조하는 행위와 같은 것이다.
　　그렇다면, 인간이 존재하는 동안 할 수 있는 것은 그 존재 자체를 허
무의 공간 속에 설정하고 그것을 얼마 동안 유지하도록 하는 것이다.
허무의 공간 속에서, 물과 불을 담도록 흙을 사용해서 조화 있는 그릇
을 만드는 행위는 곧 미를 창조하는 행위이다. 이 행위는 곧 무에 언어
의 질서를 부여하는 시와도 같은 것이다. 따라서 시인 오세영에게 존재
의 의미는 미의 창조, 즉 시를 쓰는 것에 있다고 하겠다. 사실, 미라는
것은 인간이 구할 수 있는 최상의 진리로서 카오스 상태에다 이상적인
질서를 부여하는 비전이다. 우리가 이러한 시점에서 생각해볼 때, 순수
한 존재 이유는 말과 관념의 유희가 아니라, 이데올로기와는 다른 조화
롭고 균형된 미를 창조하는 데 있다.
　　시인 오세영이 이와 같은 그의 시세계를 구축할 수 있었던 것은 그가
일생을 두고 시작 활동을 하고 대학에서 시를 가르치면서 모더니즘 및

무의미의 시를 깊이 연구한 결과이기도 하겠지만, 그것 못지않게 그가 유년시절을 보내던 유서 깊은 그의 외가에 귀속된 필암서원에서 알게 모르게 터득한 유교사상, 즉 자연적인 현상 가운데서 인간질서와 위엄을 주장하는 선비정신에 힘입은 바가 크다고 하겠다.

빛과 어둠의 변증법적 순환구조

─姜恩喬의 시

날이 저문다.
먼곳에서 빈 뜰이 넘어진다.
─〈自轉〉에서

1

시인 강은교는 1968년, 그러니까 그의 나이 23세가 되던 해 〈순례자의 잠〉으로 《사상계(思想界)》 신인상 수상자가 되어 우리 문단에 나왔다. 그의 시는 종래의 여류시인들의 작품들과는 달리 대담한 상상력과 참신한 이미지, 그리고 "안개의 깃"과도 같은 주술적인 언어를 통해 독특한 시적 풍경을 창조하고 있었기 때문에 당시 한국 시단에 적지 않은 미학적 충격을 주었다. 그래서 그의 부군인 임정남은 "아내의 詩選" 《붉은 강》을 편집하고 난 후 그의 발문(跋文)에 다음과 같이 썼다. "아내는 성차별이 인습화된 이 땅에 태어나 한 여성시인으로 시를 발표하는 순간부터 많은 사람들의 주목을 끌었다…… 그는……시를 쉽게 쓰면서도 능히 사상적 깊이를 추출해 내고 있고, 그 사상적 깊이를 한국의 전통적 가락인 무가(巫歌)적 운율에 의지하면서 아내 자신의 독창적 경지를 구축해 놓았다는 사실이다. 70년대 초 이래의 활발한 시작 활동의 결집체로 《虛無集》,《풀잎》 등의 시집이 발간되었을 때 관심 있는 선배들이 '삭막한 여류시단의 지평위에 떠오른 강은교라는 새롭고 찬란한 별'이라고 한 것이나, '강신(降神)의 시인'이니 '천부의 강은교'니 '처녀작으로부터 계시를 받을 수 있는 소수의 한 사람'이라는 등의 격찬을 받게 된 이유도 모두 아내의 시 작업에 대한 노력이 당시 한국 시단의 풍토에서는 일종의 돌발적인 성격을 지닌 것이었기 때문이다."[1]

강은교가 이러한 시적 성취를 거둘 수 있었던 것은 감수성이 남달리 예민하던 여고 시절에 그를 그렇게도 사랑했던 "훌륭한 아버지를 잃은" 경험과 더불어 영국 시인 딜런 토마스(Dylan Thomas)와의 만남과 무관하지 않은 것 같다. 시인 자신이 밝혔듯이 토마스 시는 방황하던 시절, 그의 시적 주제와 방향을 설정하는 데 결정적인 역할을 했다. 그는 산문집《追憶祭》에서 "시를 열던 시절"을 회상하며 토마스의 시가 그로 하여금 시를 쓰도록 만드는 데 어떠한 계기를 마련해 주었는가를 소상하게 밝히고 있다.[2] 그는 여기서 토마스의 대표작 두 편의 시를 번역 소개하고 있는데, 특히 〈초록의 퓨우즈 속으로 몰고 가는 힘〉은 강은교의 시 창작에 적지 않은 영향을 끼쳤다.

> 초록의 퓨우즈 속으로 꽃을 몰고 가는 힘이
> 내 초록의 나이를 몰고 간다.
> 나무뿌리를 시들게 하는 힘이
> 나의 파괴자
> 허리 구부러진 장미에게 내 차마 말을 할 수 없구나
> 내 젊음 또한 같이 황량한 열병으로 기우는 것을.
>
> 바위 속으로 물 흐르게 하는 힘이
> 내 붉은 피를 흐르게 한다.
> 흘러드는 강물 말리는 힘이
> 내 피를 밀랍처럼 굳게 한다

---

1 임정남, 〈아내의 詩選을 마치고〉, 《강은교 시집: 불의 강》, 165~166쪽.
2 강은교, 《추억제: 강은교 대표 산문집》, (청년사, 1984), 15쪽.

내 차마 말할 수 없구나, 핏줄들에게
그 입으로 산 속의 샘물을 어떻게 마시고 있는지를.

이 시편에서 볼 수 있듯이, 토마스는 프로이드와 바이블 또는 그 자신의 무의식으로부터 어떤 하나의 이미지를 가지고와서, 그것과 반대되는 이미지와 암시적으로 대조시켰다. 서로 상반되는 이 이미지들의 상호작용은 제 3 혹은 제 4의 이미지를 산출한다. 시적 변용에 속하는 이러한 변증법적 과정의 결과는 토마스가 말하는 이른바 "순간적인 평화, 〔즉〕시"가 된다. 토마스의 시는 한편으로, 섹스와 탄생, 그리고 성장에 대한 관심에서, 다른 한편으로, 죽음의 힘에 대한 관심에서 비롯된 산물이다. 주제적인 측면에서는 물론 구조적인 측면에서 현세와 내세, 밝음과 어둠이 서로 단절되어 있는 것이 아니고, 서로 상호관계를 맺고 있다는 것을 성공적으로 형상화한 토마스의 시는 그의 아버지가 죽었지만 벽 저쪽 어딘가에서 살아 있을 것이라고 믿는 시인의 무의식적인 강박관념에 의해 적지 않을 정도로 억압을 받고 있는 그의 상상력을 자극하기에 충분했다. 그의 데뷔작 〈순례자의 잠〉의 경우부터 살펴보자.

바람이 늘 떠나고 있네.
잘 빗질된 무기(無機)의 구름 떼를 이끌면서
남은 살결은 꽃물 든 마차에 싣고
집 앞 벌판에 무성한
내 그림자도 거두며 가네.

비폭력자 마틴 루터 킹 목사가 죽은 아침
싸움이 끝난 사람들의 어깨 위로

하루낮만 내리는 비
낙과(落果)처럼 지구는 숲 너머 출렁이고
오래 닦인 초침 하나가
궁륭 밖으로
장미 가시를 끌고 떨어진다.
……
위대한 비폭력자
마틴 루터 킹 목사와 함께 가는 아침
돌아옴이 없이 늘 나는〔飛〕
바람에 실려
내 밟던 흙은 저기 지중해쯤에서
또 어떤 꽃의 목숨을 빚고 있네.

　"순례자의 잠"은 종교적인 색채가 짙은 언어적 표현이다. 이것은 구
도자가 어둠의 벽을 초월해서 성지(聖地)를 찾아가는 과정에서 시의 발
견과 더불어 만나게 되는 축복 받은 "순간적인 평화"를 의미한다. "순
례"는 영적인 목표를 향한 인간의 끝없는 여정을 나타내기 때문이다.
또 여기서 바람은 영국 시인 셸리의 시 〈西風賦〉에서처럼 생명력과 함
께 움직이는 유동적인 "우주 정신"을 나타내고 있는 듯하다. 아름다운
이 시편의 첫 연은 아직도 청춘인 시적 화자의 생명력이 시간의 흐름과
더불어 무너져 죽음을 상징하는 우울한 어둠의 세계로 사라지는 풍경을
탁월한 이미지들을 통해서 나타내고 있다. 둘째 연과 마지막 연은 이러
한 경험을 시적 화자의 개인적인 것에만 한정시키지 않고, '비폭력자
마틴 루터 킹 목사의 죽음'을 통해 세계적인 것으로 보편화시키고 있다.
그런데 이것 못지 않게 중요한 것은 이 시편의 마지막에서 킹 목사의 죽
음이 종말을 의미하는 죽음으로 끝나는 것이 아니라 딜런 토마스의 시

적 구조에서 볼 수 있듯이 재생의 길을 밟는 순환 과정으로 이어지게 하는 제식(祭式)과도 같은 것을 암시하고 있다는 것이다. 다시 말해서 위의 작품이 실려 있는 초기 시집《허무집》에 실려 있는 대부분의 작품들에서 볼 수 있는 바와 같이 그의 아버지가 머물고 있을 것이라고 믿는 허무의 세계는, 그의 상상력 속에서 객관화되어 현실 세계가 그 속으로 무너져 유전(流轉)하는 형이상학적 세계이다.

날이 저문다.
먼 곳에서 빈 뜰이 넘어진다.
무한천공(無限天空) 바람 겹겹이
사람은 혼자 펄럭이고
조금씩 파도치는 거리의 집들
끝까지 남아 있는 햇빛 하나가
어딜까 어딜까 도시를 끌고 간다.

날이 저문다.
날마다 우리나라에
아름다운 여자들은 떨어져 쌓인다.
잠 속에서도 빨리빨리 걸으며
침상(寢牀) 밖으로 흩어지는
모래는 끝없고
한겹씩 벗겨지는 생사(生死)의
저 캄캄한 수 세기(數世紀)를 향하여
아무도
자기의 살을 감출 수는 없다.

집이 흐느낀다.

날이 저문다.

바람에 갇혀

일평생이 낙과(落果)처럼 흔들린다.

높은 지붕마다 남몰래

하늘의 넓은 시계 소리를 걸어놓으며

광야에 쌓이는

아, 아름다운 모래의 여자들

부서지면서 우리는

가장 긴 그림자를 뒤에 남겼다.

— 〈자전(自轉) I〉 전문

이 시편은 시인 강은교가 명암이 교차하며 회전하는 지구의 움직임을 시적으로 표현한 것이지만, 시간의 흐름과 더불어 일어나는 개체의 죽음을 허무의 공간으로 떨어지는 "낙과(落果)"의 이미지와 은유적으로 일치시켜 입체적으로 나타내고 있다. 그래서 샤갈의 그림을 연상시키는 이러한 시적 풍경은 독자들의 마음에 지울 수 없는 깊은 인상을 남긴다. 시는 추상적인 것을 표현하는 예술이 아니라, 느낌과 같은 절실한 경험에 기초를 두고 있기 때문에, 이러한 시적 표현이 주는 시적인 효과는 실로 크다고 하지 않을 수 없다. 이것뿐이 아니다. 그가 "풀잎"과 같은 개체가 되어, "눈비" 속의 아픔을 뼛속 깊이 느끼면서 영겁으로 부는 바람 속에 죽음을 예감하며, 흘러가는 인간 행렬에 대한 슬픔을 노래한 것 또한 우리에게 많은 공감을 불러일으킨다.

부는 바람을

나는 알고 있어요.

아주 뒷날 눈비가

어느 집 창틀을 넘나드는지도.

늦도록 잠이 안 와

살(肉) 밖으로 나가 앉는 날이면

어쩌면 그렇게도 어김없이

울며 떠나는 당신들이 보여요.

누런 베수건 거머쥐고

닦아도 닦아도 지지 않는 피(血)를 닦으며

아, 하루나 이틀

해 저문 하늘을 우러르다 가네요.

알 수 있어요. 우린

땅 속에 다시 눕지 않아도.

— 〈풀잎〉 전문

　　그러나 이것은 앞에서 논의한 〈순례자 잠〉의 마지막 부분이 보여주고 있는 동양적인 윤회사상의 일면과 조용한 관계를 맺고 있다. 그래서 그는 뇌수술을 받고 생사(生死)의 갈림길을 헤매다 다시 건강을 회복한 경험에 힘입었기 때문인지, 《허무집》에 수록 되어 있는 〈嬉遊曲〉, 〈비리데기의 旅行 노래 중에서〉, 그리고 〈黃昏 曲調〉 시리즈, 〈下棺〉, 그리고 〈回歸〉 등과 같은 여러 시편들에서 죽음을 극복하고 재생에 대한 꿈을 노래하고 있다. 이러한 주제의식과 그의 시 정신을 가장 성공적으로 나타낸 작품이 〈우리가 물이 되어〉이다.

　　우리가 물이 되어 만난다면

　　가문 어느 집에선들 좋아하지 않으랴.

우리가 키 큰 나무와 함께 서서
우르르 우르르 비오는 소리로 흐른다면.
……
만리 밖에서 기다리는 그대여
저 불 지난 뒤에
흐르는 물로 만나자.
푸시시 푸시시 불꺼지는 소리로 말하면서
올 때는 인적 그친
넓고 깨끗한 하늘로 오라.

　　여기서 물의 이미지가 시간의 경계를 초월해서 흐르는 생명의 줄기를 상징적으로 나타내고 있기 때문에, 그것은 개체의 죽음이 단순한 "죽음"으로 끝나는 것이 아니라 "키 큰 나무와 함께 서서／ 우르르 우르르 비오는 소리로" 흐르는 순환적인 움직임처럼 "넓고 깨끗한 하늘"이 상징하는 보다 나은 세상으로의 회귀 및 재생을 의미한다고 볼 수 있다.
　　그러나 이 지점에서 강은교가 인식하게 되는 또 다른 하나의 진실은 끝없이 무너지고 이어지는 존재의 순환적 움직임의 목적은 어둠 속 깊이 묻혀 있는 빛을 찾기 위한 것이라는 데 있다. 다시 말하면, 그는 하나의 꽃이 떨어지는 것처럼, 육체의 상징인 하나의 무덤이 무너지는 의미는 더 많은 꽃과 무덤을 탄생시키기 위한 것이라는 사실을 알게 된다. 그러나 그의 의식을 집요하게 지배하는 것은 어둠과 죽음이 언제 어느 구석에서나 가까이에서 오고 있다는 강박관념이다. 우리는 이러한 현상을 대낮에는 보지 못한다. 하지만 그는 이것을 눈물과 피 속의 소금기 속에서 느끼고, 그가 살고 있는 천장에서도, 겨울밤 귀뚜라미 소리 속에서도, 그리고 흐르는 물, 부는 바람, 날아다니는 먼지 속에서도 느낀다고 노래한다.

2

그러나 강은교는 《貧者의 日記》에 와서 놀라운 변모를 보인다. 지금까지 그는 인간의 비극적인 운명을 우주의 자연적인 변화 과정과 관련지어 은유적으로 표현했으나, 언어가 한결 여물어진 이 시집에서 그는 물리적인 우주 현상의 변화보다는 우주 가운데서 인간이 처해 있는 부조리한 인간 상황에 대해 집중적인 시선을 준다. 그가 〈구걸하는 한 여자를 위한 노래〉를 한국시사(韓國詩史)에서 보기 드물게 훌륭한 시편들 가운데 하나로 남을 수 있게 만든 것도 "허무의 세계" 보다 인간과 인간의 슬픈 운명, 즉 존재의 처절한 아픔과 기쁨의 모순된 이중주(二重奏)를 짧은 시적 공간 속에 전음계(全音階)로 담았기 때문이다.

우리는 언제나 거기서 머리를 조아리고 있었다. 혀와 혀를 불붙게 하며 눈물로 빛과 빛을 싸우게 하며 다정한 고름 고름 속에 오래 서 있는 허리를 무너지게 하며, 황사 날아가는 무덤 가장자리에서.

그곳 천장은 불붙은 태양이었고 바닥은 썩은 이빨의 늪이었다. 싸우는 이마 갈피로 등뼈 갈피갈피로 언제나 종이 울렸다. 식사 시간을 알리는 종이. 언제나 종이 울렸다. 황혼을 알리는 종이. 언제나 종이 울렸다. 임종을 알리는 종이. 그러나 시간은 언제나 그보다 먼저 흘러갔다. 늦은 손목 눈짓 사이에서, 번쩍이는 번쩍이는 허리띠, 황금 돛대들 사이에서 흘러가고 돌아오지 않았다.

하늘에는 불붙은 태양이 있고 땅에는 죽음의 먼지인 황사(黃砂)가 날고 "썩은 이빨의 늪"인 무덤이 가까이에서 기다리는 폐허의 황무지에서 옷고름 속에 묻혀 뜨겁게 불타는 슬픈 육체의 눈물 속에서 종소리처럼 울려오며 느껴지는 즐거운 사랑의 빛을 찾으려는 "우리"의 모습은 신에게 구원을 기도하는 듯 하지만 부조리한 상황에 처해 있는 인간이 실존적인 빛을 찾기 위해 몸부림치는 처절한 모습이다. "싸우는 이마 갈피로 등뼈 갈피 갈피"로 울리는 종과 임종을 알리는 조종(弔鐘)도 모두 다 현실과 영원을 이어주는 섬광과도 같은 실존적인 빛을 음향으로 나타낸 것이다. 그러나 전율적인 환희의 종소리를 가져다주는 빛도 시간과 더불어 사라져버린다. 그러나 그들은 실존적인 허무의 세계에서 현실적인 뜨거운 생명의 호흡 소리를 어디까지나 긍정적으로 받아들이고 삶에 대한 애착을 사랑의 이름으로 노래한다.

> 아아 돌아오지 말라 사랑하라, 그대 아버지가 그대에게
> 앵기는 독(毒), 그대 나라가 그대에게 먹이는 독, 물의 독,
> 공기의 독, 흙의 독.

> 다만 우리는 머리를 조아리고 있었다. 여기서, 한 고름에
> 다른 고름을 접붙이며 즐겁게 즐겁게, 할 일은 그뿐, 구걸
> 하고 시들어 구걸하는 일뿐, 그러므로 결코 일어서지 않았
> 다. 잠들지도 않은 채.

강은교는 시대적인 상황에 자극을 받았기 때문인지, 〈스스로를 기억하는 노래〉, 〈春香이의 꿈노래〉, 그리고 〈삯전 받는 손을 위한 노래〉 등의 시편에서도, 모래알과 같은 실존적인 상황에서 살아야만 하는 인간들이 형제애로서 그들의 처절한 고통을 어떻게 함께 나누며, 희미하게 들리다 어둠 속으로 사라진 신의 소리를 듣기 위해 얼마나 비극적으로 희생되었는가를 감동적인 언어와 탁월한 이미지를 통해서 처절하게 계속 노래하고 있다. 특히 그가 비극적인 운명을 인간에게 부여한 신에

대한 원한과 분노, 그리고 육체의 아픔을 민요가락으로 풀고 있는 〈虛塚歌〉는 주술의 시인으로서 강은교의 또 다른 면모를 보여주고 있다.

그 후 그는 삶의 무게가 가져다 준 인식적인 경험을 통해서 변모를 거듭하는 모습을 보였지만 또 다시 "허무"라는 이름의 원점으로 돌아가 그것을 부정하지 않고 그것과 일치됨을 보이며 더욱 깊이 그 속으로 천착하려는 모습을 보였다. 그 자신이 밝혔듯이 "허무는 삶 속에 드리워져 있는 실패의 내재성에 대한 일종의 저항적인 무기"였기 때문이다.[3] 다시 말하면, 그는 드디어 어둠을 허무의 세계로 보지 않고 빛과 생명의 근원으로 보고 거기서 새로운 예술적인 창조를 꾀하려고 했다.

> 어둠 속에는
> 내가 처음 보는 게 있어요
> 흑보석처럼 반짝이는
> 빛
> 새벽 종소리
> 누가 웃는지 뒤켠에서
> 자꾸 웃어요.
>
> — 〈어둠 속에는〉에서

> 아주 기인 어둠이 날 손짓하고 있네
> 아주 검은 날개가 시방 날 부르네
> 등덜미에선 자꾸
> 부끄런 피들이 멈칫대구
> 내 가락지 황홀한 가락지

---

3 강은교, 앞 책, 28쪽.

심장을 조이네

— 〈춘향이의 꿈노래〉에서

흘러라 어둠아

가득하라 밤아

네 검은 살빛

세상에 차고 차

떠오르라 달아

이 방 속속

킬킬거리며

킬킬거리며

오랜만이다 참

우리

— 〈밤의 노래〉에서

어떤 의미에서 여기서 그의 시는 에른스트 카시러(Ernst Cassirer)가 말한 내면에서 솟아나온 생명의 음악이며 그 빛의 면모를 보이기까지 한다.

3

이렇게 강은교 시 세계는 허무가 허무로 끝나지 않고, 위에서 논의한 것처럼 신화적인 문맥에서 생명의 근원을 상징하는 무의식과 일치되는 어둠의 세계와 시적인 관계를 맺을 때, 그것은 죽은 세계가 아니라 살아 있는 세계가 된다. 그래서 강은교 시의 뿌리이자 샘이 되고 있는 허무의 세계는 죽음을 나타내는 듯하지만, 그것은 역설적으로 "깊디 깊은 강"처럼 재생을 위한 창조 과정이 일어나고 있는 근원이며 총체적인 생명이 숨쉬는 시적 공간으로 변형되어 나타난다. 그가 어둠을 때로는 축출할 대상으로 묘사했다가, 때로는 살아 있는 빛의 근원으로 표현하는 것도 이와 같은 이유 때문이다. 만일 강은교의 시가 변증법적 존재의 순환과정을 표현하는 것에만 머물렀다면, 그것은 한국시단에서 그렇게 주목 받지 못했을 것이다. 다시 말하면, 그의 시가 우리의 주목을 받게 된 것은, 그가 시집《오늘도 너를 기다린다》에서처럼 어둠의 힘과 일치시킨 생명력의 근원을 사회와 역사의 발전을 위한 원동력으로 보고, 그것을 구원하기 위해, "자아의 개인성으로부터 사회성·역사성으로의 시야 확장"을 보였기 때문이다.

이러한 그의 시적 움직임은 이 땅에 살고 있는 지식인의 당위(當爲)로서 80년대의 시대적인 상황과 밀접한 관계가 있다. 시인 강은교는〈얼음의 꿈〉에서 노래하고 있는 것처럼 그 당시 쿠데타를 일으켰던 군부 세력이 인간의 자유를 억압했던 행위를 생명력의 움직임을 정지시킴은 물론 얼어붙게 만드는 것으로 보았다. 그래서 그는 얼어붙은 땅을 녹일 수 있는 길을 찾기 위해 연작시 "소리" 시리즈를 쓰기 시작했다.

어서 가요, 어머니
이 햇빛 따라가요, 어머니
벌판의 풀들도 전부 일어서는데.
바라보면 동으로 동으로
힘주어 흔들리는데.
꽃이란 꽃에 다 물들고
바위란 바위에 다 물들고도
흥건히 남아 우리 얼굴 비추는

이 햇빛 따라가요.

……

아, 이제 보이네요
벌판 따라 일어나는 길 저 끝으로
춤추며 반가운 아리라.
피멍 맺힌 뼈
마디 마디마다
첨 보는 꽃들 웃으며 오고
한숨 수북 쌓여 있는 가슴에선
신천지라 신천지라
잔물결 이는 소리.

— 〈소리 1〉에서

그러나 시대적인 상황이 더욱 경직되고 우울해지게 되자, 강은교는
침묵을 지키고 있는 누워 있는 우주를 움직이는 근원적인 힘에 뿌리를
두고, 그것을 생명의 빛으로 변형시킬 수 있는 "풀"이 잠에서 깨어나
새로운 세상을 열어 줄 것을 갈구하며 보다 적극적인 노래를 부른다.

일어나라 풀아
일어나라
이 세상 숨소리 빗물로 쏟아지면
빗물 마시고
흰 눈으로 펑펑 퍼부으면
가슴 한아름
쓰러지는 풀아
영차 어영차

빛나라 너희

죽은 듯 엎드려

실눈 뜨고 있는 것들.

— 〈일어서라 풀아〉에서

　여기서 "풀"을 민중에 대한 상징으로 읽으면, 이 시편이 동토(凍土)의 땅에 혁명을 일으키기 위한 민중봉기를 독촉하는 노래가 될 수 있다. 이 시점에서 강은교가 쓴 〈진눈깨비〉와 〈붉은 강〉은 혼돈상태에 있는 시대적인 상황과 외상(外傷)으로 피를 흘리는 생명의 흐름을 상징적으로 표출하고 있지만, 〈내 만일〉은 물론 〈가자 가자 어이 가자〉와 〈저렇게 눈떠야 한다〉, 그리고 〈파도〉 등의 작품들은 새로운 세상을 열기 위한 결의를 담은 사회·역사적인 담론에 대한 시적 표현이 된다. 그는 80년대 당시에는 어둠을 밝음으로 열지 못했지만, 새로운 세상이 열리는 비전을 봄날에 이 땅을 붉게 물들이는 〈진달래〉를 통해 탁월하게 형상화하고 있다.

나는 한 방울 눈물

그대 몰래 쏟아버린 눈물 중의

가장 진홍빛 슬픔

땅속 깊이 깊이 스몄다가

사월에 다시 일어섰네

나는 누구신가 버린 피 한 점

이 강물 저 강물 바닥에 누워

바람에 사철 씻기다

그 옛적 하늘 냄새

강은교　407

햇빛 냄새에 눈떴네

달래 달래 진달래
오 산천에 활짝 진달래

— 〈진달래〉 전문

그러나 억압적인 시간이 지속되고 그것과 비례해서 인간의 자유에 대한 갈망으로 불타는 생명의 물결이 성난 파도처럼 높아지게 되자, 그것을 표현하는 강은교의 시는 산문시에 가까울 정도로 리얼리즘의 색채를 강하게 띠게 되었다. 그는 합법성을 잃은 군사정부를 생명력의 자유로운 흐름을 막는 "벽"으로 생각하고, 그것에 저항해서 거리로 쏟아져 나와 질주하는 분노한 젊은이들 행렬을 혁명의 정신이 표출된 생명력의 거센 물줄기로 보고, 그것을 "바람"처럼 어둠의 벽을 뚫고 빛을 찾아 움직이는 역사의 힘으로 형상화했다. 그가 이 지점에서 발표한 연작시 〈아리랑〉 시리즈가 그의 시 세계에서 민주화의 열풍을 담은 작품으로 기억되는 것은 이와 같은 이유 때문이다. 물론 이 시절 강은교의 시 세계에서 극복의 대상이 되고 있는 "벽"은 군사정권만이 아니라, 〈어머니 말씀〉과 〈깃발〉 등과 같은 시편에서 볼 수 있듯이 조국 분단이기도 했다. 그래서 강은교 시의 중심축은 〈당신의 손〉에서 볼 수 있듯이 공시(共時)적으로는 물론 통시(通時)적으로 빛을 찾아 면면히 이어가려는 "생명의 강"과 무의식의 바다에 그 뿌리를 두고 있지만, 그것의 시적 변용은 〈터널을 지나가며〉가 말해주듯, 시간의 흐름이 가져오는 시대적인 풍경과 밀접한 관계를 가지고 있다. 그는 해일(海溢)처럼 분노의 물결이 높았던 계절을 노래하는 많은 사실적인 시를 썼으나, 시대적인 상황이 바뀜에 따라 처절하리만큼 광란적인 거칠음을 보였던 과거에 대한 뉘우침을 보이면서 생명력이 자유롭게 움직이며 꽃필 수 있는 민주화의

의 꿈을 실현시킬 수 있는 새로운 세상이 도래하기를 기다린다.

> 오늘도 너를 기다린다
> 불쑥 나타날 너의 힘을 기다린다
> 너의 힘이 심줄들을 부드럽게 하고
> 너의 힘이 핏대들을 쓰다듬으며
> 너의 힘이 눈부신 햇살처럼
> 민들레 노란 꽃잎 속으로 나를 끌고 갈 때
> 내가 노란 민들레 속살로 물들고 말 때
>
> ──〈오늘도 너를 기다린다〉에서

4

강은교는 그후 사회 환경이 정치적인 변화와 함께 발전하게 됨에 따라 쌓이는 연륜과 함께 원숙해져가는 양상을 보였다. 지난 10여 년 동안 시대적인 상황이 빚어낸 이념적인 갈등에 대한 동참의식을 시적으로 반영해왔던 그는 90년대에 와서 얼마간의 여유를 갖고 느림의 행보를 보인다. 그러나 그의 시 세계의 움직임과 전개 방향은 이전 것과 같은 궤를 밟고 있다. 특히 그는 여기서 작은 것의 움직임에 대한 남다른 관심과 애정을 보인다. 작은 것의 희생이 그것으로 끝나는 것이 아니라, 그것이 모여서 우주와 세상을 움직이는 힘이 되기 때문이다.

> '왜 나는 조그마한 일에만 분개하는가'로 시작되는
> 어느 시인의 말은 수정되어야 하네
> ......
> 파리처럼 죽은 자에게 영광 있기를!

민들레처럼 시드는 자에게 평화 있기를!

그리고 중얼거려야 하네
사랑에 가득차서
그대의 들에 울려야 하네

'모래야 나는 얼마나 적으냐' 대신
모래야 우리는 얼마큼 작으냐
'바람아, 먼지야, 풀아 나는 얼마나 적으냐' 대신
바람아 먼지야 풀아 우리는 얼마큼 작으냐, 라고

세계의 몸부림들은 얼마나 작으냐, 라고

—〈그대의 들〉에서

  그리고 또 다른 십수 년이 지난 후 그의 시는 최근 출간한 시집《초록
거미의 사랑》(2006년)에서 볼 수 있듯이 단시(短詩) 형태로 바뀌었음은
물론 언어가 한결 단단하고 여물어졌으며, 관념의 형태에서 벗어나 일
상적인 삶 속에서 발견한 보석같은 탁월한 이미지들도 가득 차 있다.
그러나 생명의 흐름에 대한 그의 주제의식은 흔들림 없이 집요하게 계
속된다.

  빗방울 셋이 만나더니, 지나온 하늘 지나온 구름 덩이들을 생각하며 분개
하더니,
  분개한 빗방울 셋 서로 몸에 힘을 주더니, 스르르 깨지더니,

  참 크고 아름다운 빗방울 하나가 되었다.

—〈빗방울 셋이〉전문

앞에서도 여러 번 강조했던 것처럼 생명의 강물이 역사적 의미를 싣고 흐르는 상징적 이미지가 되고 있는 것처럼, 하늘에서 내리는 빗방울 하나는 역사의 길을 밟아가는 개체의 고통스러운 삶의 여정을 나타내는 것으로 볼 수 있다. 하나하나의 독립된 개체를 상징하는 빗방울 셋이 "서로 몸에 힘을" 주어, "스르르 깨지"게 해서, "참 크고 아름다운 빗방울 하나"가 된다는 것은, 타자(他者)에 대한 사랑으로 자기 희생을 통해 보다 큰 하나의 물방울로 통합되는 과정을 은유적으로 나타낸 것이다. 개체의 입장에서 보면 이러한 통합은 사랑을 통한 죽음인 동시에 새로운 탄생이라는 이율배반적인 현상이지만, 이것은 헤겔이 진실이라고 말한 존재의 기본 구조이다. 강은교가 초기에서 뿐만 아니라 후기인 근년에 발표한 〈굿시·문열어라, 온갖 차별이여〉와 〈헌화가〉 등의 시편에서 현세의 통합은 물론 현세와 내세의 유기적인 결합을 위해 비극적인 인간의 한(恨)을 풀어주는 주술적인 언어 가락을 사용하고 있는 것도 위에서 언급한 것과 같은 문맥에 있다.

강은교가 상상력 속에 펼쳐 보이는 이러한 시적 세계는 생태계가 살아있는 유기적인 우주의 관계에서만 가능하다. 그가 최근에 와서 벽속에 갇힌 인간의 편지를 주제로 시를 쓰고, 아파트 벽과 같이 닫힌 현실에서 기계문명이 일으키는 소음 문제를 소재로 해서 훌륭한 작품, 〈쇳대박물관을 나와〉를 쓰게 된 것은 이러한 사실을 증언하고 있다.

시인 강은교가 어린 나이에 아버지의 슬픈 죽음을 보고 허무의 세계에 남다른 관심을 보인 것이 그의 시적 출발점이 될 수 있었을 가능성은 얼마든지 있다. 그가 유명(幽明)을 달리한 그의 아버지가 그 어딘가에서 죽지 않고 살아있으리라고 믿던 어린 시절의 무의식적 기억과 시간의 벽을 초월한 순환 구조를 가진 딜런 토마스의 시에서 발견한 이미지들을 융합시켜 창조한 그의 시의 전개와 흐름은 불가능하겠지만, 그가 이상 세계를 상징하는 별에 도달할 때까지 계속될 것이다.

> 나는 정거장, 팻말 하나 오두마니 서 있는 작은 정거장
> 정다운 기차 오늘 밤도 경적을 울리며 떠나는구나
> 서편 하늘엔, 때 묻은 별 하나, 아야아

> ―〈정거장〉 전문

지금까지 보아왔듯이 강은교는 이렇게 한국현대시사에서 찾아보기 드물 정도로 자기 나름대로의 철학을 지닌 독특한 시 세계를 구축해 왔음에 틀림없다. 그러나 그가 관념에 너무 함몰 되어 있어야만 했었고, 또 불행했던 시대적인 상황을 리얼하게 묘사하는 일에 지나치게 매달린 나머지 시의 본령인 색유리와 같은 삶의 숨은 현실, 그 속살에 대한 절실한 경험을 미학적으로 참신하게 형상화하는 창조적인 작업과 다소 멀어지는 느낌을 보여주고 있었던 것은 아쉬움으로 남는다. 그러나 이것은 그가 일생을 두고 쌓아 올린 기념비적 예술적 성취에 비하면 "옥(玉)의 티"에 지나지 않는다.

具象으로 본 인간의지

—趙鼎權의 시

누굴까, 저 까마득한 벼랑 끝에 은거하며
내려오는 길을 부셔버린 이
—〈獨樂堂〉에서

시인 조정권은 그의 시집《山頂墓地》를 발표하고 그 시의 제목에 걸맞게도 두 개의 월계관을 썼다. 그가 이렇게 탁월한 성과를 획득한 것은 그 자신이 밝혔듯이 견인력을 지니고 다시 태어나는 마음으로 그동안 시를 써왔기 때문이다.

《山頂墓地》이전에도 그는 여물고 단단한 시를 자연적인 이미지를 중심으로 상당히 많이 써왔지만, 그것들은 신이 이 우주 가운데서 어떤 완전한 것을 추구하기 위해 인간을 하나의 소모품으로 사용하는 것에 대한 비애와 절망을 서정적으로 노래했다. 이를테면, 그는 물과 나뭇잎 새 등을 통해서 이러한 모습을 눈물 없이 그렸다.

모래밭이나 파 보라.
샘물 참 맑기도 하다.

무수히 破紙를 낸 떡갈나무 하나.
아침은 그가 남긴 遺言같다.
햇살은 그가 남긴 遺稿같다.

—〈西쪽〉

여기서 물과 나뭇잎새들은 겉으로 보기에는 동떨어진 이미지처럼 나타나 보이지만, 그것들이 나무가 상징하는 듯한 진화의 대상의 밑거름이 되기 위해 아래로 흐른다는 의미에서 동질성을 나타내고 있다. 즉 나뭇잎새들도 수많은 개체를 상징하는 모래밭 아래 샘을 이루고 있는 물처럼, 나무 아래로 떨어져 흙 속에 묻힌다.

그러나 그가 "벌거숭이 山"처럼 황량한 이 세상에 태어나서 어둠 속에서 죽음으로 향해 힘겹게 걸어가는 인간의 슬픈 노래에 귀를 기울이지 않았다는 것은 아니다. 그는 다만 그것을 보다 높은 우주적인 차원으로 형상화해서 잠재우려 했을 따름이다.

空山 빈 껍데기 어둠 속으로
고른 소리로 비가 내려와
가슴을 짚어 주며
그만 자거라, 자거라, 자거라.

벌거숭이 山속에서 一泊하는 비
밤새도록 베갯머리맡을 적시며 적시며
자거라, 자거라, 자거라.

四面이 바다가 된 사내를
달래며 어루만지며
자거라, 자거라, 자거라.

— 〈벌거숭이 山에서 一泊〉

그러나 《山頂墓地》에 와서 그는 "절복(切腹)"할 것만 같은 인고의 세월을 견인력으로 살아오면서, 인간의지가 자연주의적인 상황에서 얼마나 소중한 것인가를 인식론적으로 깨닫는다. 그래서 그는 "四面이 바다"가 된 땅 밑으로 스미는 비를 노래하기보다는 산정(山頂)에 덮인 흰 눈에다 시선을 두고, 그것을 인간 정신의 표상으로 투영시키고 있다.

地上에 비내리고 山頂엔 눈내린다.
눈은 어찌하여 地上까지 오기 꺼리는가
산봉우리에 학처럼 깃들고 싶은
저 뜻 숨기기 위함인가.

—〈山頂墓地 · 22〉

다시 말하면, 그는 그의 시적인 자아를 땅 밑에 묻기보다는 그것이 썩지 않도록 눈 덮인 산 위에 "학처럼" 깃들거나 혹은 "아프리카 고산 준령 킬리만자로 山峰 쌓인 눈 속에" 누워 있는 표범과도 같이 머물기 위해 인간적인 위엄을 인간 의지를 통해 구체화시키려고 했다.

그 결과 이 시집에 실려 있는 작품들은 모두 다 그 형식적인 면에서나 내용면에서 시간의 변화를 이기면서 부패하기를 거부하는 거산(巨山)의 정신을 나타내고 있다. 실제로 이 작품 전체는 하나의 거대한 산의 모습을 나타내고 있다.

제1부 "山頂墓地" 시리즈는 호흡이 긴 시편들로 구성되어 있어서 거대한 산줄기를 구성하고 있고, 제2부 "短行 詩篇"과 "1行 詩"는 무서운 견인력으로 뻗어 올라온 산정(山頂)에 해당되는 부분으로 힘겨운 노력 뒤에 직관으로 얻은 시적인 결정체와도 같다. 제1부 산정묘지에 실려 있는 여러 시편들은 그 시형식이 나타내주고 있듯이 하늘 높이 솟으려는 고산준령(高山峻嶺)의 모습과 그것을 만들어내는 인간 의지와 위엄을 형상화하고 있다.

그래서 그는 여기서 산을 오르면서 그것을 바라보며, 변화하는 시간 속에서 변화하지 않고 어떻게 그 고고한 정신적인 자세를 지키면서 위엄을 보이고 있는가를 배운다.

> 겨울 산을 오르면서 나는 본다.
> 가장 높은 것들은 추운 곳에서
> 얼음처럼 빛나고,
> 얼어붙은 폭포의 단호한 침묵.
> 가장 높은 정신은
> 추운 곳에서 살아 움직이며
> 허옇게 얼어터진 계곡과 계곡 사이
> 바위와 바위의 결빙을 노래한다.
> 山頂은
> 얼음을 그대로 뒤짚어쓴 채
> 빛을 받들고 있다.

—〈山頂墓地 · 1〉

눈 덮인 흰 산이 그렇게 아름답게 위엄을 지키고 있는 것은 그것이 죽음과도 같은 추위에도 굴하지 않고, 오히려 그것을 이기면서 말없이 서 있기 때문이다.

그러나 산이 하늘 높이 우뚝 솟아 있는 것은 겨울에만 어려운 것이 아니다. 그것은 용암의 세계를 지나왔듯이, "가을, 봄, 여름 없이" 시간 속에는 언제나 어렵다. 그래서 시인은 산이 그 어려움 속에서도 살아 있음을 산이 지니고 있는 계절의 아름다운 풍경을 통해서 노래하고 있다. 눈으로 덮였던 산이 봄의 신록으로 푸르르고 있는 모습과, 산에서 흘러내려 대지(大地)를 적시기 위해 벌판을 달리는 5월의 강물을 산이 어둠과 싸워서 흘리는 피로써 형상화한 것은 모두 다 이러한 사실을 나타내어주고 있다.

그런데 시인 조정권이 겨울하늘 아래 높이 솟은 산 위에 있는 것을
〈山頂墓地〉로 노래하고 있지만, 그것은 단순한 죽음 그 자체로 보지 않
고, 신화적인 문맥 속에서 삶과 죽음이 만나는 하나의 원형적인 지점으
로 설정한 것은 그의 시세계의 전개를 위해서 대단히 중요하고 뛰어난
발상이다. 산정이 겨울에는 죽은 듯이 나타나 보이지만, 봄에 다시 소
생하게 되는 것은 그것이 죽음과 삶이 교차하는 생명의 시원(始原)이기
때문이라고 시인은 노래하고 있다. 그가 산정을 연어 떼가 바다로 나갔
다가 되돌아오는 모천(母川)에 비유하고 또 산 위는 산 아래보다 젊었다
고 노래하는 것은 이와 같은 이유 때문이다. 산정은 이렇게 삶과 죽음
이 만나는 곳이기 때문에, 인간이 그곳까지 오르거나 그곳을 지키는 것
은 죽음에서 다시 태어나는 것만큼이나 힘든 것으로 나타나고 있다. 그
러나 또 다른 한편으로 잔설(殘雪)이 덮인 산정은 영겁의 세월 속에 그
것 자체를 지키기가 그렇게 힘들기 때문에, 그것은 산기슭에 지란(芝蘭)
과 같은 청초한 보라 꽃을 피울 수 있고, 착하기만 한 염소들과 양떼들
이 풀을 뜯고 휴식을 취할 수 있는 샘터와 싱그러운 공간을 제공해 준다
고 말하고 있다.

아무튼 그는 겨울 산정의 모습처럼 보이기 위해서는 어떻게 살아야
만 하는가를 시를 쓰면서 경험으로 배웠다. 사실 그가 오늘날 산정에
오르기 위해서 90년대가 오도록 산 밑에 있는 타락한 세계를 노래하는
민중문학이 지배하던 시대에는 침묵 속에서 묵묵히 자기 세계를 지켜왔
다. 그래서 그는 타락한 속세에서 살아남기 위해서는 군자(君子)와도 같
이 인간적인 기개와 위엄을 지키며 청죽(靑竹)을 치듯 인간적인 의지를
발휘해야만 된다고 했다.

　　한 뿌리에서 올라온 수천의 잎

다 찢겨나고

헐벗은 나뭇가지에 언 하늘 빛 뿜을 때

언 하늘에다

竹을 치며, 竹을 치며

자신의 발등에다

스스로 얼음을 터뜨리며

스스로 맨발로 얼음 위를 딛는……

스스로 증명하는 이여

증명하는 이여.

切腹의 시대가 오고 있다.

　　　　　　　　　　　　　　　　　　—〈山頂墓地 · 5〉

　그의 시가 민중시대에 침묵을 지키고 있다가 이 지점에 와서 돋보이는 것은 자기의 문학세계 속에서 고고히 그의 지조(志操)를 지키면서 뼈를 깎는 듯한 견인력으로 시를 써왔기 때문이란 것은 여기서 아무리 강조해도 잘못이 없다.

　그런데 그는 "절복"의 시대를 살고 있었을 때, 그의 내면세계를 표출시킬 수 있는 이미지를 산정에만 제한하지 않았다. 그래서 그의 눈은 산정과 같이 견인력을 나타내고 있는 모든 사물에 대해서 불타고 있었다. 그 결과 그는 "山頂 위를 헤매다가" 발 앞에 떨어진 광석 속에서 불꽃이 만들어낸 석화(石花)를 발견함은 물론 "얼음 속에서 피어난 흰꽃"의 "뿌리와 줄기"가 어디에 있느냐고 물으면서 그것이 견인력임을 확인하고 있다. 이것뿐이 아니다. 그는 "수정", "정결한 고산식물", "월계수", "벼랑 위의 소나무", "새벽 하늘을 날으다가 죽은 작은새", "늦은 저녁 소리", "석등", "閑夏의 모시발", "먼 하늘에 장작 패는 소리가 들린 山寺", "학을 기르는 仙人" 그리고 "작게 먹고 가벼운 몸매를 유지하며 자유로이 물속을 헤쳐가는 피라미" 등에서도 그가 추구하고 있는 금욕적인 절제와 견인력을 발견하고 그것을 시작(詩作)에 연결시켰다. 그러나 그의 시 정신은 완전한 단계에 있는 사물에서만 빛나고 있는 것은 아니다. 그것은 생명력과 인간의지가 보이는 어떤 것에서도 살아 숨 쉬고 있다.

밀어보다 만 벽
굴리다 만 바퀴
진흙덩이로 막힌 샘
어디선가 뿌리들이 타들어가는 냄새
해를 찌르러 간 창
수심 속 자갈바닥을 쓸고 간 물살

— 〈無題〉

유종호 교수가 지적한 바와 같이 그의 시가 민중시의 반대편에 서 있기 때문에, 평원에 사는 사람들의 삶과 무관하게 되는 것은 결코 아니다. 그것이 나타내고 있는 견인력과 기품은 우리의 현실적인 삶에 있어서, 그 가치와 질을 높여주기 위해서는 필요불가결한 것이다.

우리는
땅에서 태어나 땅에서 좌초한 인간들.

가 닿을 수 없는 높이를 추구하다가
寒氣를 끌어모아 서리를 뱉어내는 겨울땅에
결국은 드러눕는 인간들.

조정권 419

언젠가 이른봄 그대들이 찾아낸 새파란 무덤 하나.

그대를 향해 왈칵 달려드는 풀내음

그것이 우리가 끝까지 날아야 했던 이유이다.

─ 〈山頂墓地 · 19〉

　시집 《山頂墓地》에서 혹시 아쉬운 것이 있다면, 그것은 작품 27에서 볼 수 있는 바와 같이 몇 곳에서 구상(具象)을 지나친 비구상(非具象)으로 만들거나 추상화시켜, 시가 지니고 있는 언어의 생명력과 현실감을 다소 잃게 만들었다는 것뿐이다.

부정에서 긍정으로 가는 길

— 金勝熙의 시

> 나비 한 마리가 바깥으로 솟구쳐 날아가는 것을
> 누가 투쟁이 아니라고 할 것인가?
> —〈어떻게 밖으로 나갈까〉에서

1

70년대 초 〈그림 속의 물〉을 경향신문에 발표한 이래, 김승희는 천진한 태양제(太陽祭)를 여는 처녀시인으로서 또 깨끗한 산문을 쓰는 수필가로서 메마르고 진부한 우리 시단에 적지 않은 활력을 불어넣어왔다. 때때로 승희는 무서우리만큼 뜨겁고 정열적인 힘으로써 예술과 생의 비전에 몸바쳐왔기 때문에 어지러운 오늘의 현실 가운데서 퇴색되고 상실되어가는 "예술의 도시"를 구원하기 위해 새로운 태양을 온몸으로 안고 우리들에게 찾아온 원시의 여인처럼 보일 때도 있다.

환상적인 것은 비록 인간이 희원(希願)하는 낙원을 지향하는 것이지만, 감상적인 색채에 물들면 퇴폐적이고 가공적인 문학으로 흐르기 쉽다. 그러나 승희는 처음부터 지극히 간결하고 구체적인 이미지와 참신한 언어, 맑고 차가운 음악을 통해 이것을 성공적으로 형상화했기 때문에 환상적인 것이 가져올 수 있는 위험을 훌륭하게 극복할 수 있었다.

…… 샤갈은 어디 있을까…… 어린 모짤트와 金빛

해안에서…… 흰 맨발을 벗고…… 머리칼을 풀르고…… 옷깃도

나비처럼 다…… 풀르고…… 꿈처럼, 연기처럼, 色안개처럼

……이마엔 동그란 해…… 손에는 꽃, 꽃, 노란 꽃……

움직이는 푸른 숲…… 튼튼한 나무의 밑둥 부분에…… 피어오르는
幻想의 연기…… 나비, 나비, 잠자리……

　　　　　　　　　　　— 〈모짤트 主題에 의한 햇빛風景 한장〉에서

　그러나 몇몇 독자들은 그의 시가 너무나 이국적이라고 말한다. 그러
나 이국적이기 때문에 그의 시는 그만큼 강렬한 힘을 얻을 수 있었다.
왜냐하면 이국적인 것은 그의 시 가운데서 단순히 이질적인 것으로 끝
나지 않고 그의 독특한 언어와 결합해서 살아 있는 주제를 형성하고 그
것은 부분적이지만 진부해져가는 한국시에 새로운 충격을 가할 수 있기
때문이다. 물론 승희가 그의 시 속에서 우리의 시적 전통과 다소 동떨
어진 이미지를 사용한 것은 그가 남달리 외국문학을 열심히 공부한 데
서 온 결과이다. 그러나 한걸음 더 나아가서 생각해 볼 때 이와 같은 그
의 노력은 어디까지나 이질적인 것으로써 수많은 어두운 시간을 헤쳐온
그가 낡은 것에 물들지 않은 새로운 시적 세계를 구축하기 위한 것임을
알아야 하겠다. 그래서 그의 시 속에서 이국적인 것은 결코 이질적인
것이 아니라 카오스 상태의 현실세계와 상치되는 새로운 질서의 세계
즉 예술의 세계와 관계되는 것으로서 황무지에다 수로(水路)를 열고 어
두운 세계를 밝은 세계로, 죽음의 세계를 생명이 충만한 세계로 변형시
키는 기능을 하고 있다. 그의 초기시의 대표작인 〈그림 속의 물〉이 던
지는 문제점도 여기에 있다고 하겠다.

　사랑스런 프랑다스의 소년과 함께
　벨지움의 들판에서
　나는 예술의 말을 타고
　알 수 없는 그림을 그리고 있었다.

그림은 손을 들어
내가 그린 그림의 얼굴을
찢고 또 찢고
울고 있었고.

나는 당황한 현대의 이마를 바로잡으며
캔버스에
물빛 물감을 칠하고, 칠하고.

나의 의학상식으로서는
그림은 아름답기만 하면 되었다.
그림은 거칠어서도 안되고
또 주제넘게 말을 해서도 안되었다.

소년은 앞머리를 날리며
귀엽게, 귀엽게
나무피리를 깎고
그의 귀는 바람에 날리는
銀잎삭.
그는 내가 그리는 그림을 쳐다보며
하늘의 물감이 부족하다고,
화폭 아래에는
반드시 江이 흘러야 하고
또 꽃을 길러야 한다고 노래했다.

그는 나를 탓하지는 않았다.

現代의 고장난 수신기와 목마름.
그것이 어찌 내 罪일 것인가.
그러나 그것은 내 罪라고
소년은 조용히
칸나를 내밀며 말했다.

칸나 위에 사과가 돋고
사과의 튼튼한 果肉이
웬일인지 힘없이
툭, 하고 떨어지는 것이 보였다.

소년은 나에게 江을 그려달라고 부탁했다.
江은 깊이 깊이 흘러가
떨어진 사과를 붙이고
싹트고
꽃피게 하였다.
그리고 그림엔 노래가 돋아나고
울려 퍼져
그것은 벨지움을 넘어
멀리멀리 아시아로까지 가는 게 보였다.
소년은 江을 불러
내 그림에 다시 들어가라고 말했다.
화폭 아래엔 江이 흐르고
금세 금세
환한 이마의 꽃들이 웃으며 일어났다.

피어난 몇 송이 꽃대를 꺾어

나는 잃어버린 내 친구들에게로 간다.

그리고 江이 되어

스며들어

친구가 그리는 그림

그곳을 꽃피우는 물이 되려고 한다.

물이 되어 친구의 꽃을 꽃피우고

그리고 우리의 죽은 그림들을 꽃피우는

넓고 따스한 바다가 되려고 한다.

　위의 시작에서 볼 수 있듯이 승희는 "당황스러운 현대"라고 하는 황무지를, 천국이나 혹은 이상적인 예술세계에 비유되는 이국의 뮤즈인 "프랑다스의 소년"의 도움을 얻어 생명이 가득 찬 다른 하나의 풍요한 시적 현실로 변형시키고 있다. 이러한 사실은 우리들이 이 시를 자세히 분석해보면 더욱 명백해진다. 이 시 가운데서 시적인 화자가 사용하는 시상(詩想)의 화폭은 우리가 태어나자마자 그 위에 그리기 시작한 "백지"와도 같은 미경험 상태의 생에 대한 이미지로써 이 시의 프레임이 된다. 그리고 인생이 예술작업에 가끔 비유된다는 것을 생각하면 이 시의 운동방향은 생과 그것에 대한 현재의 조건 및 상태를 말한다고 하겠다. 따라서 이 시편 속에 나타난 화가의 그림은 생과 인간 형성에 관한 그의 작업인 동시에 그것에 대한 그의 욕망을 표현한 것이라 하겠다. 첫째 시적 배경은 상상 속의 캔버스이지만, 화자인 화가는 우리들이 생을 시작하는 것처럼 그림을 그린다. 그러나 화가는 올바르게 그림을 그리지 못했기 때문에, 지금까지 그려진 그림이 그 자신에 대해서 반항하고 자신의 얼굴을 찢어버린다. 그래서 화가는 상처 입고 파손된 부분을 고치고 재구성해서 그의 삶을 다시 시작하듯 그림을 계속 그린다. 그러나 이번에는 시신(詩神)인 "프랑다스 소년"의 도움을 받고 푸른 물빛 물감으로 찢어진 자화상을 다시 그린다. 상처 입은 자화상을 복원하는 데 사용한 이 물빛물감은 원형적이고 본질적인 생명의 요소를 그 속에 담고 있기 때문에 이 푸른빛 이미지가 이 작품에 부여하는 의미가 얼마나 크다는 것은 여기서 새삼스럽게 말할 필요도 없겠다. 순결한 시신인 "프랑다스의 소년"은 새로이 그린 그림을 보고 현대의 질병으로 입은 상처를 아물게 하기 위해 그림 속에다 생명의 "강"을 그려 넣어야만 된다고 말한다. 그래서 화가가 그림 속에 푸른 강을 그려 넣었을 때 어린 시신(詩神)은 신비스런 사과와 칸나, 그리고 꽃들을 사용해서 "그림 속의 물"이 어떻게 작용하는가를 우리들에게 보여준다. 과거와 현재, 그리고 미래는 물론 삶과 죽음, 그리고 죽음과 재생(再生)을 연결지우는 생명의 흐름인 江은 시간과 공간을 초월해서 흩어진 모든 인간을 하나로 결합시킨다. 그래서 이 詩 전체를 통해서 흐르는 강물은 이 작품에 통일성을 부여해줌은 물론 "피와 살"이 되고, 또 황량한 현대인에게 생명수를 마시게 해서 새로운 힘을 얻게 한다.

그래서 마지막 스탄자에서 시인은 인생을 바르게 사는 길은 인간 영혼 깊이 흐르는 "넓고 따스한 바다"를 따르는 것이라고 말한다. 이러한 강(江)의 철학은 현대인들이 배워야만 한다. 왜냐하면 오래전에 우리들은 참된 인간성을 잃어 현대는 인간애를 잃은 고장난 기계의 시대와도 같이 되었기 때문이다.

그러나 승희는 병든 현대인들을 황무지로부터 구원하기에 필요한 것은 물 이외에 태양빛이라고 생각한 듯하다. 그래서 그는 자기 몸속에서 불타고 있는 불 속에서 발견한 희열의 세계가 곧 어둠을 밝히는 태양과 일치된다는 사실을 온몸으로 느끼고 태양계의 딸이 된다. 그래서 그의 시세계에서 오직 빛으로만 향해 내닫고 있는 이러한 시 정신을 형상화시킨 〈햇님의 사냥꾼〉은 〈그림 속의 물〉 못지않게 중요한 의미를 지니고 있다. 특히 작품 〈햇님의 사냥꾼〉에서 보여준 참신한 언어와 밝은 톤은 죽음의 빛을 형상화시킨 엑스레이 빛과 대조를 이루면서 백열의 광도를 보여주고 있다. 또 티 없이 깨끗한 모차르트의 음악과 더불어 햇빛을 사냥하면서 쏘는 화살은 복합적인 기능을 하는 탁월한 이미지를 구성하고 있다. 즉 이것은 어두운 땅에서 태양을 향해 쏘아 올리는 화살도 되겠지만, 그것은 햇빛이 내려오는 방향과 모양을 동시에 표현하고 있기 때문에, 이 이미지 속에서 두 개의 세계가 성공적으로 결합되고 있다. 그래서 그가 햇빛이 무서우리만큼 투명한 〈흰 여름의 포장馬車〉를 노래할 때에는 그의 시 속에 나타난 여름은 우리들이 눈으로 보는 대낮보다 더욱 환하다. 그래서 이것은 햇빛에서 오는 빛의 光度에다 작열하게 불타는 시인의 생명에서 발하는 빛의 조도(照度)가 결합된 것처럼 느껴진다. 아마도 승희는 월터 페이터가 이야기하듯 "촛불이 탈 만큼의 짧은 시간 동안"의 삶의 목적은 생명을 불태워 희열을 느끼고 또 세상을 밝히는 일이라고 생각했으리라. 생명력을 상징하는 말(馬)이 끌고 달리는 生의 수레가 시간보다 더욱 빠르고 강하다고 느낄 때 사유(思惟)의 힘마저도 능가한다고 말한 것은 위와 같은 경험을 이야기한 것이 아닌가 생각된다.

> 하루의 들판을 무섭게 달리는 나의 馬車는
> 時間보다도 더욱 빠르고 강하여
> 나는 밤이 오기 前에
> 생각의 천막들을 다 걷어버렸네

그래서 승희는 자기에게는 관념적인 꿈은 없다고 말하고, 여름의 정열을 혜성처럼 작열하게 태우면서 어두운 죽음의 지평선으로 사라지는 것이 꿈이라고 말한다.

나에게는 꿈이 없어.

해가 다 죽어버린 바다 속의 밤이

별이 다 죽어버린 밤 속의 正午가

그리고 여름이 다 죽어버린

菊花 속의 가을이 나의 꿈이야.

콜탈이 눈물처럼 젖어 있는 가을 들판

그 들판 속의 포장마차의 황혼.

— 〈흰 여름의 포장마차〉에서

불꽃의 날아가는 맨발에 올라

내 日常은 비늘이 되고

바람이 되고.

우리는 하나의 붉은 사과를 나눠 먹으며

타오르는 해안의 太陽 옆길을 간다.

— 〈흰 나무 아래의 즉흥〉에서

그러나 아이러니컬하게도 햇님을 추구하는 그의 노력은 아무리 뜨겁고 처절했다 할지라도 태양을 향해 운명적인 비상(飛翔)을 했던 이카루스처럼 "슬픈 赤道"에서 죽음과 만난다. 망우리 묘지의 들판에 서 있는 "죽은 음악가의 데드마스크"에서 "수렵의 妖精"들이 지나가고 지상적인 순결이 사라진 자신의 얼굴을 발견한다. 그러나 그는 빛을 잃은 이러한 흉상(胸像)들 가운데서 태양을 찾기 위해 처절하게 싸우다 죽은 위대한 인간들의 모습을 읽는다. 그가 다시금 고갱의 푸른 말을 그리는 어린이들이 있는 푸른 들판을 방문할 수 있는 것은 지금 석상(石像)이 되어 서 있는 이들 병사들이 생명을 다하여 싸워 얻은 축복이란 사실을 인식한다.

428

그래서 "어떤 흑연빛 시간의 오이디푸스"처럼 변신한 그는 불과 같이 뜨거운 정열은 죽음으로 이르게 하지만, 그 죽음은 곧 새로운 생명을 탄생시킨다는 무서운 진리를 불과 얼음의 이미지와 함께 경험으로 깨닫는다. 그 결과 불의 세례를 받는 죽음의 세계에서 시원(始原)의 생명을 상징하는 "천왕성의 생각"을 하게 되고, 사색의 눈은 언제나 "망원경"처럼 은하수의 별들로 향하고 있다.

그러나 앞에서 본 처녀시절의 환상적인 밝은 세계와는 달리 무섭고 거친 언어로써 쓴 〈이 염색공장 아이들을 위해서〉라는 작품에서 볼 수 있듯이, 때때로 승희는 "宇宙(하늘)은 무심한데" 다만 염색체로 엮은 핏줄기를 유일한 끈으로 삼아 희망과 좌절, 죽음과 삶이라는 신화적인 궤도를 슬픔으로 돌며 태양이 있는 천국에 도달하기 위하여 쉬지 않고 움직여야만 하는 인간의 비극적인 운명을 생각하고 신의 침묵을 고발한다. 그러나 다른 한편으로 승희는 어린 모차르트가 울고 분홍빛 모래밭에서 알지 못할 그림을 그리기 시작하던 아이가 죽음의 화환인 "찔레꽃 冠"을 쓰고 그의 옆을 지나가는 슬프고 어두운 시간을 보았지만, 어둠이란 빛을 가져오기 위한 조건이고 또한 영원으로 향한 변증법적인 "아담의 사닥다리"라는 것을 역사적인 질서 속에서 믿으며 사랑의 힘으로 이 현실을 이겨나간다.

> 어둠이 태양을 선행하니까
> 태양은 어둠을 살해한다.
> 현실이 꿈을 선행하니까
> 그리고 꿈은 현실을 살해한다.
> 나는 감히
> 꿈꾸도다.
> 나의 生이 안개의 먹이로 환원되는 것을

나는 바라지 않기에

살기 위해 더 많이 사랑할 것을

오직 나는 바라기에

나는 감히 상상하도다.

영원의 궤도 위에서 나의 불이

태양으로 회귀하는 것을.

그리하여 *存在*의 실〔絲〕패를 태양에 감으며

신비스런 미립자의 햇빛파장이

나의 생을 태양에 귀의시킬 것을.

　그러나 스물여덟 번째의 여름을 맞으며 승희가 이룩한 예술의 집은 아직 완전한 것이 못된다. 집을 짓는 목재들에 해당되는 이미지들이 지극히 강렬하고 세련된 것이지만 때로는 서로 조화를 이루지 못하는 경우가 있다. 이를테면, 〈흰 여름의 포장마차〉의 마지막 스탄자에 있는 "콜탈이 눈물처럼 젖어 있는 가을 들판"의 경우를 보자. 여기서 가을 들판의 콜탈은 여름 동안 뜨겁고 처절하게 태운 생명의 시체, 즉 죽음의 잔재를 나타내고 있지만, 외면적으로나 구조적으로 볼 때 콜탈의 이미지와 가을 들판의 이미지는 현실적으로 서로 융합되지 못하기 때문에 시정(詩情)의 흐름을 차단해버리고 있다. 또 후기 시에서 승희는 시의 골격이 되는 시론(詩論)을 경험으로 완전히 肉化시키지 못하고 있기 때문에 관념이 밖으로 노출되어 詩의 성긴 내면구조가 들여다보이며, 독자들의 활성화된 상상력을 중단시켜버리는 例도 있다. 이를테면 작품 가운데서 변용시키지 않고 내어놓은 "平和", "存在", "自我" 그리고 "認識" 등과 같은 관념들이 그것이다.

　그러나 이러한 미학적인 문제가 승희의 시세계에서 일어나는 것은 승희의 시적 감각이 가공적인 데서 오는 것이 아니라 현실적인 경험보다 승희의 머릿속에 잠재의식적으로 자리 잡고 있는 예술 내지 시에 대한 기존관념 내지 지식에 지배되고 있기 때문이다. 훌륭한 詩作은 마음과 정신 그리고 현실의 바탕이 되는 살[肉]을 이상적으로 융합시킬 때에만 가능한 것이다. 그래서 승희가 시작(詩作)의 진통으로 슬퍼할 때 내가 할 수 있는 일이라면 살아 있는 바깥 풍경을 볼 수 있도록 창문을 열어주는 일이 될 것이다.

그러나 우리들은 승희가 스물여덟 번의 여름빛을 모아 이 "藝術의 집"을 지은 후, 다음 시를 쓰기 위해 "비잔티움으로 航海"할 때는 보다 여물고 단단한 시를 쓸 수 있으리라는 것을 의심하지 않는다. 왜냐하면 승희는 햇빛으로 투명하고 아름답고 찬란한 "예술의 집"을 참신한 언어와 새로운 테크닉으로 오래전에 훌륭하게 지어본 경험을 우리들에게 보여 왔기 때문이다.

2

경험주의자들에 의하면, 우리들의 마음은 글자가 새겨지지 않는 민무늬의 흰 타블렛과도 같고, 그 위에 그려져 있는 글씨나 모형들은 우리들이 살아감에 따라 쌓여진 경험들에 의해서 이루어진 하나의 작품과도 같은 것이다. 그래서 우리들은 가끔 인생을 흰 종이 위에다 그림을 그리는 하나의 예술적 작업에 비유한다. 그러나 우리들은 인생이라는 종이 위에다 그리는 작업을 완성하지 못하고 죽음으로 가는 마차를 타야만 한다.

이러한 시점에서 볼 때 김승희의 시집 《미완성을 위한 연가》는 인간 혹은 그녀가 추구하는 미를 완성하지 못하는 인간 혹은 자아에 대한 슬픔을 노래한 것이다. 그러나 슬픔이 무엇을 충족시키지 못한 아쉽고 말 못하는 인간감정의 표현이라면, 이 작품은 그녀의 삶이라는 예술을 완성시키기 위한 처절하고 애잔한 음악이라고 말할 수 있겠다. 그래서 김승희는 이 시집의 자서(自序)에서 다음과 같이 자신의 시세계가 지닌 미학의 비밀이 무엇인가를 스스로 이야기하고 있다.

두 번째 시집 《왼손을 위한 협주곡》을 쓸 당시 나는 절박한 순정 하나만을 가지고 삶과 죽음과 세상에 항거하였다. 그러나 더욱 오래, 더욱 깊은 시를 쓰기 위해선 절박한 순정 이외의 것이 더 필요하다는 것을 《왼손을 위한 협주곡》 이후 나는 절실히 느끼고 있었다. 글쎄, 아이러니나 혹은 패러독스와 같은 질긴 정신의 힘이 필요하지 않겠는가? 그렇지 않으면 시인은 부나비처럼 삶에 삼켜지고 말 것이다.

〈왼손의 광기〉에서 〈오른손의 슬픔〉으로 ─ 그동안의 내 삶의 궤적을 이렇게 부를 수 있을까? …… 왼손의 광기에서 오른손의 슬픔으로 오기 위해 나는 반드시 "33세의 광기"를 거쳐왔어야 했던 것이다. 광기의 마녀적 탕진, 생명의 초현실적 남용, 그리고 극단적인 자기 파괴의 끝에 새로운 생성으로서의 오른손의 슬픔은 오는 것이었다.

물론 독자들은 하나의 예술작품을 완성하기 위한 노래를 《미완성을 위한 연가》라고 이름 하는 것은 모순이고 역설이라고 생각하겠지만, 그것이 바로 김승희 시의 핵심이자 또한 미학이다. 다시 말하면, 김승희 시세계에 있어서는 부정이 긍정 바로 그것이 아닐지라도 그것으로 가는 길이다. 《왼손을 위한 협주곡》과 비슷한 이름을 가진 이 시집은 완성되지 못하고 부조리한 운명적 현실에 난파될 위험성에 놓여 있는 인간이 부르는 슬픈 음악을 지니고 있지만, 다른 한편 이것은 불완전하고 미완성적인 삶의 현실에 대한 미움을 처절하게 나타내고 있다. 그래서 김승희의 이런 시적 미학을 모르거나 외면하면, 그녀의 시가 너무나 허무적이고 도피적이라고 잘못 말하게 될 것이다.

이 시집의 앞부분에 수록되어 있는 〈피난계단〉, 〈無窮動〉, 〈우울한 사발면〉 그리고 〈무생대에 속한 사람〉 등과 같은 시편들은 비록 인간의 실존적인 운명을 여물고 단단한 언어를 통해 극적으로 묘사하고 있지만, 작품의 시적 배경과 이미지들을 부조리한 사회적 상황 속에서 구하고 있기 때문에, 우울하고 암담한 현실에 대한 저항의식까지 느끼게 하고 있다. 〈피난계단〉은 닫혀진 미로 속에서 열려진 길을 찾으며 질식해 가고 있는 비극적인 인간의 운명적인 현실을 최루탄 연막과 화염병으로 던져진 불 속에서 통로가 차단된 학교교실 건물의 계단을 오르내리는 한 사람의 국외자의 모습을 통해서 나타내고 있다. 〈무궁동〉은 이상(李箱)이 사용한 아라비아숫자의 메타포를 사용해서 끝이 없이 암담한 인간의 존재론적인 역사의 길을 노래하고 있지만, 그것은 또한 열릴 가능성이 없는 듯한 오늘날과 같은 "불확실성의 시대"의 모순성을 예리하게 지적하고 있다. 〈우울한 사발면〉은 죽음의 그림자가 드리워진 병실 복도의 풍경을 다른 나라의 세계와도 같은 병실 창밖의 아름다운 가을 풍경과 대조시키면서 짙은 페이소스 속에서도 인간의 슬픈 운명을 구조적으로 나타내고 있지만, 이 작품 속에서도 우리는 쉽게 고통 받고 있는 가난한 사람들의 슬픈 숨결소리를 아울러 들을 수 있다. 또 〈어두운 계단을 내려가며〉는 얼핏 보기에는 현실을 외면하고 죽음의 세계를 찾는 듯이 지하의 계단을 동경하는 인상을 짙게 풍기고 있다. 그러나 이 작품이 지니고 있는 또 다른 하나의 의미는 하늘이 아닌 지하, 즉 현실 도피가 아닌 현실에 뿌리를 두려는 강렬한 욕망을 담고 있다.

　　나는 천천히 계단을 내려간다
　　나의 발이 막장의 층계 속으로
　　한 발 아득히 닿고 있을 때
　　나는 그제서야 엄청난 그 무엇이

떠오르는 것을 느낀다.

......

......

그 별의 이름은 미완성이라고,

나의 발은 조용히 어두운 계단을

내려가고

나의 손은 조용히 슬픔의 채탄을 하기 위해

바닥의 하늘을

부드러이 껴안는다.

— 〈어두운 계단을 내려가며〉에서

이 시에 있어서 시인 김승희가 추구하고 있는 별이 "미완성"이라고 하는 것은 그의 시가 죽음이 아닌 현실세계에 그 뿌리를 두고 있다는 사실을 나타내주고 있다.

이렇게 김승희가 현실세계를 긍정하면서 부조리한 신의 섭리와 자연주의적인 우주법칙에 저항하는 시적 궤적은, 사회성을 강렬하게 나타내면서 순결이 무자비하게 짓밟히고 있는 모습을 참담하게 그린 제2부에서 더욱 밀도 짙게 확대되고 있다. 〈슬픔의 날품팔이〉는 물질문명에 의해 인간가치가 무참히 희생되는 모습을 산문에 가까운 리얼리즘으로 묘사하고 있는가 하면, 〈유리구두를 신고〉, 〈감전된 사람〉, 〈금수와 같이 1 · 2〉 등과 같은 시편들은 가속도적으로 다가오고 있는 시간의 무게와 인간의 자유의지를 속박하는 "유전법칙", 그리고 순수한 인간가치를 잔혹하게 짓밟는 환경의 힘을 전통적인 상징과 요절한 천재 예술가들의 편린적인 생애를 통해서 성공적으로 형상화하고 있다. 그러나 김승희 시의 문제성은 비록 그녀가 자연주의적인 소재를 선택해서 사용하고 있고, 시 속의 인물들이 부조리한 상황 속에서 희생되어 생명을 잃거나 파괴되고 있지만, 그들은 볼프강 아마데우스 모차르트와 이상처럼 어둠 속에서 별을 찾았듯이 예술적인 승리를 거두고 있는 것이다. 이것은 인간의 고뇌와 슬픔을 원시적인 춤으로 육화시킨 공옥진을 노래한 뜨겁고 해학적인 시 〈누가 나의 슬픔을 놀아주랴〉와 연꽃과 연근의 관계를 사회적인 문맥 속에서 조용한 언어로써 이야기한 작품, 〈연근을 먹으며〉의 경우에서도 마찬가지다.

제3부 〈풍선껌 권하는 세상〉에 실린 시편들은 풍선껌처럼 내용 없는 장난과 권태 속에 껍데기로 살아가는 삶을 우리들에게 강요하는 오늘의 마비된 세상을 해학적인 언어로 풍자하고 있다. 그래서 이 지점에 와서 김승희의 시는 풍자적인 어조와 지극히 일상적인 생활 속에서 얻은 소재 때문에 산문적인 색채를 짙게 풍기고 있지만, 그녀의 이전의 시가 지녔던 심각한 경직성에서부터 탈피하는 데 성공하고 있다. "오른손의 슬픔"의 시세계에서 시인 김승희가 그 이전에 사로잡혀 있었던 "광적인 무서움"과 "유아적인 동화의 세계"에서 벗어나서 성숙한 단계로 들어서게 된 것은 참으로 다행스럽고 고마운 일이다. 물론 아직도 김승희 특유의 자연스럽지 못한 행성의 이름을 나열한다든가, 괴기한 어감을 지닌 "이승"과 "저승"이란 단어의 빈번한 사용, 그리고 시신의 얼굴을 화장한 모습을 무섭고 섬뜩하게 그리는 클리쉐가 그녀의 시를 읽는 즐거움을 적지 않게 감소시키고 있다. 그러나 김승희는 전체적으로 자신의 학대를 풍자와 해학 속에서 객관화시켜 나가는 데 큰 가능성을 보이고 있음에는 틀림이 없다.

마지막 제4부 〈고도의 노래〉는 자아의 〈인테그리티〉와 자신의 순수성을 지키기 위해 스스로 소외된 모습을 노래하고 있다. 그러나 이 단계에 와서 그녀가 누리는 고독은 고독을 위한 고독이 아니라, 허위적인 것을 버리고 깊은 부드러운 서정성 가운데서 참된 벗들과 결합하려는 자연스러운 몸짓으로 나타나고 있다.

가을이면
양수리에 닿고 싶어라
가을보다 늦게 도착했을지라도
양수리에 가면
가을보다 먼저
물과 물이 만나는 것을
볼 수 있으니

가장 차갑고
가장 순결한
물과 물이 만나
그저 뼈끝까지 가난하기만 한
물과 물이 만나
외로운 이불 서로 덮어주며
서러운 따스함 하나를 이루어
다독다독
흘러가는 것을 볼 수 있으니
……
……

— 〈양수리에 가면〉에서

　이 작품 속에서 물은 모든 것을 깨끗이 씻어주는 순결의 이미지이자, 때 묻지 않은 생명력의 흐름을 나타내고 있다는 것은 새삼스럽게 밝힐 필요가 없겠다. 혹시 리얼리스트들이 이 작품을 두고 상징주의적인 작품이라 말하며, 도피적인 것이라고 말하겠지만, 물은 이와 같은 시각에서 볼 때 이 작품에다 전혀 다른 의미를 던져주고 있다. 물론 가을과 겨울은 죽음을 상징하고 있다. 그러나 작품 속에서의 물은 속세의 더러움을 씻어버리거나 벗어버린 여러 가지 실체들이 하나로 만나서 추운 날씨 속에서지만, 남아 있는 체온으로 서로서로 따스함을 나누고자 하는 시인의 내면적인 욕망을 표출시키고 있다. 그렇다면 이 시에서 김승희는 부정과 긍정의 세계가 서로 결합하는 미학을 발견하는 데 크게 성공하고 있다고 말할 수 있겠다. 또 이것이 김승희가 "자기 파괴의 끝에 생성으로 오는 새로운 슬픔"으로 이룩한 서정적 부드러움으로 오는 예술의 새로운 단계라면, 그녀는 분명히 누구 못지않게 앞서가고 있는 시인임에 틀림이 없다.

서정적 서사시의 구조적 실체
— 李晟馥의 시

창을 닫고 귀를 막아도 들리는 빗소리.
사랑하는 어머니 비에 젖으신다
사랑하는 어머니 물에 잠기신다
— 〈또 비가 오면〉에서

1

　문학이 시대를 만드는가. 시대가 문학을 창조하는가. 이러한 물음에
는 정답이 있을 수 없다. 그러나 19세기 프랑스 평론가 이폴리트 텐느
(Hippolyte Taine)에 의하면 예술 작품은 "민족, 시대, 그리고 토양이라
는 세 가지 힘의 산물이다." 또 발터 벤야민은 샤를 보들레르의 시를 두
고 현대 시장사회(market society)의 충격적인 경험을 기록하기 위한 노
력의 전달 수단이라고 했다.[1] 1977년 〈정든 유곽에서〉를 《문학과 지성》
에 발표하고 문단에 나온 이성복은 신군부 시대였던 80년대를 지나오
며 활발한 시작(詩作) 활동을 통해 당대의 가장 주목 받는 중견 시인들
가운데 한 사람으로 크게 발돋움했다. 이것은 그의 서정시가 시대적인
아픔을 한국시의 역사에 변혁의 물결을 일으킬 만큼 서사적으로 묘사하
는데 크게 성공했었기 때문이다. 실제로 그는 첫 시집 《뒹구는 돌은 언
제 잠 깨는가》를 통하여 80년대의 억압적인 사회 현실의 탐색은 물론
그것을 넘어 우주 가운데 존재하는 선과 악의 불가사의한 갈등 구조를

---

[1]　Eugene W. Holland, *Baudelaire And Schizoanalysis* (Cambridge University Press, 1993), 22쪽.

실존적인 시각으로 조명해서 같은 시대를 살았던 젊은 시인과 독자들에게 신화적인 존재로 부상됐다.

그가 전통적인 대부분의 한국 현대 시인들과는 달리 사회문제를 다룬 상징적이고 우의(寓意)적인 서사시로 형상화하게 된 것은 그가 살고 있는 시대에서 오는 외상(外傷)적인 충격 때문이기도 하겠지만, 그가 김수영은 물론 불문학을 공부하면서 초기 산업자본주의 시대의 파리 풍경을 알레고리 형식을 통해 비판적으로 그린 샤를 보들레르에게 많은 영향을 받았기 때문 일지도 모른다. 그런데 순환적이고 주기적인 구성을 가진 그의 시세계에는 역사적 변화 과정에서 나타나는 사회적 경험뿐만 아니라 그것과 관련된 개인적인 경험들이 환유적인 문맥(metonymic context) 속에 변용되어 나타나고 있다. 이것은 그의 시집들의 "자서(自序)"에서 그의 시가 시간성과 공간성을 지니고 있다는 것을 밝힌 것으로도 충분히 증명되고 있다. 그가 지금까지의 대부분의 한국 시인들과 같이 삶의 신비를 탐색하여 그 아름다움과 슬픔을 노래하는 것과는 달리, 도시를 배경으로 한 치욕스러운 삶의 아픔과 고통을 파도치는 삶의 물결처럼 때로는 상징적으로, 때로는 리얼리즘 색체가 짙은 산문시의 형태로 나타내고 있는 것 또한 이러한 사실을 뒷받침해 주고 있다. 물론 그는 삶의 어두운 면을 시적으로 형상화할 뿐, 그것의 치유 방법을 제시하지 않았다. 이것은 그가 자연주의자인 에밀 졸라처럼 사회의 병리현상을 그의 시를 통해서 보고 느끼도록 해서 사회 구성원들인 독자들로 하여금 시대적인 고통과 "아픔"을 함께 느끼며 그것에 대해 관심을 갖도록 하는 데서 그의 시적인 효과를 구하려 했기 때문인 것 같다.

2

그러면 그의 첫 시집의 서시(序詩)에 해당되는 〈1959년〉을 살펴보기로 하자.

그해 겨울이 지나고 여름이 시작되어도
봄은 오지 않았다 복숭아나무는
채 꽃 피기 전에 아주 작은 열매를 맺고
不姙의 살구나무는 시들어 갔다
소년들의 性器에는 까닭 없이 고름이 흐르고
의사들은 아프리카까지 移民을 떠났다 우리는
유학 가는 친구들에게 술 한 잔 얻어먹거나
이차대전 때 南洋으로 징용 간 삼촌에게서
뜻밖의 편지를 받기도 했다 그러나 어떤
놀라움도 우리를 無氣力과 不感症으로부터
불러내지 못했고 다만, 그 전해에 비해
약간 더 화려하게 절망적인 우리의 습관을
修飾했을 뿐 아무 것도 追憶되지 않았다
어머니는 살아 있고 여동생은 발랄하지만
그들의 기쁨은 소리 없이 내 구둣발에 짓이겨
지거나 이미 파리채 밑에 으깨어져 있었고
春畫를 볼 때마다 부패한 채 떠올라 왔다
그해 겨울이 지나고 여름이 시작되어도
우리는 봄이 아닌 倫理와 사이비 學說과
싸우고 있었다 오지 않는 봄이어야 했기에
우리는 보이지 않는 監獄으로 자진해 갔다

이 시편은 1959년 그러니까 자유당 말기의 어둡고 병든 서울의 도시 풍경을 상징적이면서도 사실적으로 묘사하고 있다. 그래서 공간적인 측면에서 50년대 말 산업사회의 그늘에서 소외된 농촌 풍경을 삽화 형식으로 그린 신경림의 《농무》와 비교할 수 있다. 여기서 죽음을 상징하는 겨울로부터 재생을 의미하는 봄이 오는 것을 알리는 복숭아꽃이 피지 않을 뿐만 아니라 살구나무가 열매를 맺지 못하고 시드는 것은 엘리엇의 〈황무지〉의 경우처럼 불임, 즉 생명을 거부하는 타락한 불모지대(不毛地帶)나 다름없는 현실을 의미하고 있다. 그 시절 부패한 이 땅에 살고 있던 사람들은 살아 있지만 죽은 것이나 다름없는 사람처럼 무감각한 상태에 있었고, 내일의 희망을 안고 발랄하게 자라야 할 어린 딸들은 생의 기쁨을 느끼지도 못한 채 유곽으로 팔려가서 짓밟혔다. 그래서 당시에 소외된 많은 사람들은 아프리카까지라도 이민을 갔었는가 하면, 또 다른 한편 봄을 잃은 적지 않은 사람들이 생명의 윤리와는 거리가 먼 죽음과도 같은 마비된 억압적인 삶을 강요하는 주장에 반대하기 위해 스스로 "보이지 않는 감옥"으로 갔다는 것은 그 시대를 살았던 저항적인 젊은 지식인들의 자화상들을 언어로 표현한 것이다.

이렇게 이성복의 시세계 화랑(畵廊)은 위에서 언급한 작품처럼 서정적인 감정을 담은 서사적인 산문시를 통해서 독자들이 쉽게 이해할 수 있을 것 같지만, 의미 포착이 결코 쉽지 않은 상징적인 이미지들로 이루어진 복합적인 풍경들을 담고 있다. 그래서 여기에 실려 있는 몇몇 모더니즘 시편들의 거미줄처럼 얽혀있는 주제들은, 몽타주 형식으로 엮은 상징적 이미지들의 내면적인 관계와 성서적인 인유(引喩) 등을 통해서 암시적으로 나타내고 있기 때문에 지극히 난해하다. 즉, 그의 시집에는 어두운 사회적인 현실을 고발한 시가 있는가 하면, 모순된 실존적인 삶을 탐색한 주제를 형상화한 시, 그리고 위의 두 가지를 혼합한 주제의식을 탐색하기 위한 이중적인 시적 구조를 담은 모더니즘 시편들이 함께 숨쉬고 있다. 이를테면, 시인 이성복의 데뷔작이자 그의 시세계의 구심적인 특징을 가장 잘 나타내고 있는 탁월한 시편 〈정든 유곽

에서)는 보들레르를 연상시킬 만큼 서정적인 감정을 대단히 지적인 상
징성을 통해서 미묘하게 나타내고 있는데, 이것은 70년대 말 산업화 시
대의 불모지에 가까운 현대적인 도시가 드리우는 어두운 그늘의 스펙트
럼을 후기인상주의와 "의식의 흐름" 등을 통해 압축적으로 나타내고
있다.

> 누이가 듣는 音樂 속으로 늦게 들어오는
> 男子가 보였다 나는 그게 싫었다 내 音樂은
> 죽음 이상으로 침침해서 발이 빠져 나가지
> 못하도록 雜草 돋아나는데, 그 男子는
> 누구일까 누이의 戀愛는 아름다와도 될까
> 의심하는 가운데 잠이 들었다

이 시편의 배경은 여자들이 자기 몸을 시장의 상품처럼 팔고 사는 유
곽이다. 왜 시인 이성복은 여기서 유곽의 풍경과 창녀를 상징하는 "누
이"를 주요 모티프로 선택했을까. 그것은 발터 베야민이 보들레르의 시
에 나타난 파리의 거리 풍경을 논의하는 과정에서 창녀를 "파는 사람인
동시에 상품"에 대한 하나의 이미지로써 취급²하고 있는 것처럼 사람의
몸을 매매하는 곳인 유곽이 산업화된 자본주의 사회의 타락한 반윤리
적인 시장에 대한 알레고리로 가장 적합하기 때문이다. 여기서 시적 화
자가 유곽의 매춘부를 상징하는 듯한 "누이"와 성적인 관계를 맺으면
서, 잡초가 우거진 정원과도 같은 타락한 관능의 세계로 빠져들게 된
다. 그래서 그는 그녀에 대한 인간적인 사랑과 연민의 정을 느끼는 그
의 감정과 삶의 파동을 의미하는 그의 음악이 "죽음 이상으로 침침해

---

2 Walter Benjamin, *Charles Baudelaire: A Lyric Poet in the Era of High Capitalism*
(London, New York, 1997), 171쪽.

져" 갔다고 말한다. 다른 "남자"가 창녀가 된 "누이"의 방인 유곽으로 늦게 들어오는 것을 보고 그가 싫어하는 것은 그 남자에 대한 질투심의 표현으로 생각할 수도 있겠지만, 그것보다 그들의 관계가 아름다운 연애의 관계가 아니라 매춘의 관계라고 생각했기 때문이었을 것이다. 그가 "누이의 戀愛는 아름다와도 될까"라고 회의적인 독백을 하며 그들의 관계에 대해 "의심하는 가운데 잠이 들었다"는 것은 그가 "정든 유곽에서" 절망과 체념 속에서 소외된 인간이 되어 무감각하고 의식 잃은 상태에서 어두운 늪의 세계로 빠져들고 있음을 나타내고 있다고 말할 수 있다.

> 牧丹이 시드는 가운데 地下의 잠, 韓半島가
> 소심한 물살에 시달리다가 흘러들었다 伐木
> 당한 女子의 반복되는 臨終, 病을 돌보던
> 청춘이 그때마다 나를 흔들어 깨워도 가난한
> 몸은 고결하였고 그래서 죽은 체했다
> 잠자는 동안 내 조국의 신체를 지키는 자는 누구인가
> 日本인가, 日蝕인가 나의 헤픈 입에서
> 욕이 나왔다 누이의 연애는 아름다와도 될까
> 파리가 잉잉거리는 하숙집의 아침에

다음으로 화자가 화려한 "음악"과도 같은 짙은 꽃향기를 뿌리며 잠깐 동안 피었다 지는 "목단(牧丹)"이 상징하는 육체의 세계, 즉 화려한 물질세계 속에 마비된 상태에서 고결한 체 안락을 취하고 있을 때, 그와 그의 "누이"가 살고 있는 조국인 이 땅이 경제 강대국들의 물질적인 침략에 조금씩 침식당해, "파리가 잉잉거리는 하숙집의 아침" 풍경에서처럼 연약한 많은 여자들이 순결을 강탈당하고 죽어가는 것을 상상력

속에 의식하게 된다. 의식 있는 젊은 "청춘"이 병든 조국을 돌보아야만 된다고 자기를 깨우는데도 부패한 냄새가 나는 "정든 유곽에서" "아름다운 연애"를 하며 죽은 체 누워 잠을 자고 있는 자신의 태도에 대해 자성을 하며 회의적인 시각을 보인다.

그래서 화자는 물질주의의 그물에 사로잡힌, "살아 있는 죽은 자"가 되지 말고, "누이"에 대한 헌신적인 인간애를 통해서 타락한 세계에 빠져 있는 그녀와 조국을 구원하기 위해 희생적인 죽음을 택해야만 된다고 생각한다. 이러한 깨달음은 매춘부인 "누이"로부터 들려오는 독백 형식의 간청과 의식의 흐름, 그리고 성적 이미지, 그리고 성서적인 인유 등이 혼합적인 결합의 미학으로 얻어진다.

　　엘리, 엘리 죽지 말고 내 목마른 裸身에 못박혀요
　　얼마든지 죽을 수 있어요 몸은 하나지만
　　참한 죽음 하나 당신이 가꾸어 꽃을
　　보여 주세요 엘리, 엘리 당신이 昇天하면
　　나는 죽음으로 越境할 뿐 더럽힌 몸으로 죽어서도
　　시집가는 당신의 딸, 당신의 어머니

그러면 여기서 "누이"가 "정든 유곽"에서 잠자는 화자를 깨워 독백 형식으로 목마르게 강요하는 성관계의 이미지가 죄를 지어 저주 받은 인간을 구원하기 위해 십자가에 못 박혀 죽은 예수의 부활을 상징하는 것으로 나타나는 것은 어떻게 설명할 수 있을까. "엘리"라는 말이 선지자인 예수를 지칭하기 때문에 다음과 같은 해석이 가능하다. 부활은 재생, 즉 새로운 생명의 탄생을 의미한다. 그래서 "누이"가 그에게 "목마른 裸身에 못박혀요/ 얼마든지 죽을 수 있어요 몸은 하나지만/ 참한 죽음 하나 당신이 가꾸어 꽃을/ 보여 주세요"라고 간청하는 것은 성적인 관계를 통해 꽃을 가꾸듯이 새로운 생명을 잉태시켜 달라는 의미를 갖게 된다. 그녀가 죽음과도 같은 그의 희생적인 사랑이 그녀로 하여금 "별"과 같이 빛나는 새로운 생명체를 잉태해서 낳는 어머니로 변신하게 만들어 구원을 가져올 수 있도록 기원하는 것은 위에서 언급한 사실을 뒷받침해준다. 별을 탄생시키기 위한 관능적인 움직임의 전후 풍경을 감각적인 호흡을 통해 입체적으로 표현한 다음 시행(詩行)은 위에서 말한 사실을 다시금 확인시켜주고 있다.

> 그리고 나의 별이 무섭게 숨 쉬는 소리를
> 들을 수 있다 혈관 마디마디 더욱
> 붉어지는 呻吟, 어두운 살의 하늘을
> 나는 방패연, 눈을 감고 쳐다보는
> 까마득한 별
>
> 그리고 나의 별이 파닥거리는 까닭을
> 말할 수 있다 봄밤의 노곤한 무르팍에
> 머리를 눕히고 달콤한 노래 부를 때,
> 戰爭과 굶주림이 아주 멀리 있을 때
> 유순한 革命처럼 깃발 날리며
> 새벽까지 行進하는 나의 별

〈당신은 짐승, 별〉에 대한 작고한 김현의 다음과 같은 분석은 이러한 해석을 또 한 번 크게 뒷받침하고 있다. "당신은 짐승 같은 육체성과 별 같은 비육체성을 동시에 갖고 있지만, 내 손가락으로 당신을 만질 때 당신은 말없이 뜨겁게 불타오른다. 그 불타오르는 관능성이 바로 타인의 이타성의 실제적 모습이다."[3]

타락하고 억압적인 모순된 현실에 대해 시인이 슬픔과 분노를 이기지 못하고 저항적으로 고발하는 시적 표현은 여기에서만 한정되어 있지 않다. 폭력적인 사회로부터의 탈출을 의미하는 〈出埃及〉과 치욕스러운 실존적인 현실에 대한 통과제의(通過祭儀) 경험을 나타내는 〈口話〉는 다 같이 성서적인 인유를 사용해서 부조리한 사회적 현실을 충격적으로 고발하고 있다. 이 두 편의 작품은 모두 충격적으로 잔혹한 현실에 대한 경험을 서사적으로 묘사하고 있어서, 처참한 갈등과 암담한 현실의 무서운 경험에 대한 탁월한 알레고리가 되고 있다.

> 그날 아침 내게는 돈이 있었고 햇빛도
> 아버지도 있었는데 그날 아침 버드나무는
> 늘어진 팔로 무언가를 움켜 잡지 못하고
> 그 밤이 토해 낸 아침 나는 울고 있었다
> 그날 아침 거미줄을 타고 大型 트럭이
> 달려오고 큰 새들이 작은 새의 눈알을
> 찍어 먹었다 그날 아침 언덕은 다른 언덕을
> 뛰어 넘고 다른 언덕은 또 다른 언덕을 뛰어 넘고
> 병든 말이 앞발을 모아 번쩍, 들었다 그날
> 아침 배고픈 江이 지평선을 핥고 내 울음은
> 동전처럼 떨어졌다
>
> — 〈口話〉에서

내가 떠나기 전에 길은 제 길을 밟고

---

3   김현, 〈치욕의 변용(해설)〉, 이성복, 《남해 금산》, 문학과 지성사, 2003, 111쪽.

사라져 버리고, 길은 마른 오징어처럼

퍼져 있고 돌이켜 술을 마시면

먼저 취해 길바닥에 드러눕는 愛人,

나는 퀭한 地下道에서 뜬눈을 새우다가

헛소리하며 찾아오는 東方博士들을

죽일까봐 겁이 난다

이제 집이 없는 사람은 天國에 셋방을 얻어야 하고

사랑받지 못하는 사람은 아직 慾情에 떠는 늙은 子宮으로

돌아가야 하고

忿怒에 떠는 손에 닿으면 문둥이와 앉은뱅이까지 낳는단다, 主여

— 〈出埃及〉에서

   앞에서 인용한 시편의 일부는 잔인하고 억압적인 힘이 지배하는 모
순된 반인간적인 현실에 대한 슬픔을 나타내고 있는가 하면, 뒤에 인용
한 부분은 닫혀 있는 황무지적인 현실에 대한 시적 화자의 처절한 절망
과 분노를 성서적인 인유와 환유적인 이미지를 통해서 리얼하게 묘사하
고 있다. 또 성경에 나오는 사치스러운 타락한 도시 바빌론 탑을 연상
시키는 고층 건물을 짓기 위해 "시멘트 포를 등에 지고 사다리를 오르
는 여인들을 생각하며 울었다"는 내용을 담은 〈여름산〉과 아름다운 강
변의 골재 채취와 탕아들이 버리고 간 쓰레기들로 오염된 강을 슬퍼하
는 울음으로 그려진 〈돌아오지 않는 江〉과 같은 작품의 시적 공간은 현
대의 도시문명이 가져온 죽음이나 다름없는 황무지 현상들이 리얼하게
분출되어 넘치고 있다.

3

그런데 그의 시세계는 앞에서도 언급한 바와 같이 똑같은 경험을 되풀이하지 않고 "차별성"을 보이고 있다고 하더라도, 파도처럼 직선적으로 움직이는 것이 아니라 순환적으로 전개된다. 그래서 그의 시세계가 점차 진행됨에 따라 현재에서 과거로 과거에서 현재로 움직이는 양상을 보이고 있다. 이것은 상징적 사회 질서(socio symbolic order)가 해체되자 시인 이성복이 동시대의 역사적 상황을 개인적인 코드, 즉 시적인 자아와 역사적 현재의 순간과의 관계를 개인적인 경험과 기질을 통해서 탐색할 필요성을 인식했다는 것을 나타내고 있다. 그래서 그는 인간의 윤리의식마저 박탈한 냉혹하고 비정적인 시대적 상황을 보다 효과적으로 전달하기 위해 복잡하고 난해한 이미지로 구성된 모더니즘에서 벗어나, 자서전적인 경험을 바탕으로 리얼리즘 색채가 짙은 서정적 서사시를 썼다. 실직한 가난한 아버지가 "손바닥만 한 땅"에 심은 생명을 상징하는 "고추나무"를 공사장 인부들에게 빼앗기고 "꽃모종하고 싶었지만 꽃밭"을 갖지 못하고 죽어서 묻힌 아버지의 "물결 높은" 삶을 노래한 〈꽃피는 아버지〉, 어린 아들인 시적 화자의 눈에 비친 타락한 도시의 불모지대에서 아버지와 싸우는 무법자들의 거친 모습을 사실적으로 묘사한 〈어떤 싸움의 記錄〉, 도시개발사업으로 인해 가난했지만 유년 시절의 슬픈 추억들이 담겨 있던 옛집에서 추방된 경험을 감동적으로 그린 〈모래내 · 1978〉 등과 같은 시편들은 모두 다 이 그룹에 속하는 작품들이다. 마지막에 언급한 작품 속에 그의 첫 시집의 제목이 씌어 있다는 사실은, 그가 누추했지만 정든 집을 떠나야만 했던 아픔이 얼마나 컸었을 것인가는 충분히 짐작하고도 남음이 있다.

　　거기서 너는 살았다 선량한 아버지와

볏짚단 같은 어머니, 티밥같이 웃는 누이와 함께

거기서 너는 살았다 기차 소리 목에 걸고

흔들리는 무우꽃 꺾어 깡통에 꽂고 오래 너는 살았다

더 살 수 없는 곳에 사는 사람들을 생각하며

우연히 스치는 질문 새는 어떻게 집을 짓는가

뒹구는 돌은 언제 잠 깨는가 풀잎도 잠을 자는가,

대답하지 못했지만 너는 거기서 살았다 붉게 물들어

담벽을 타고 오르며 동네 아이들 노래 속에 가라앉으며

그리고 어느 날 너는 집을 비워줘야 했다 트럭이

오고 세간을 싣고 여러번 너는 뒤돌아보아야 했다

— 〈모래내 · 1978년〉에서

　　그러나 이 시점에서 그가 쓴 시편들 중에 황무지의 주제를 가장 충격적으로 그린 작품은 시신(屍身)을 불태워 재로 만드는 화장장의 우울한 풍경을 흑백사진처럼 묘사한 삽화 형식의 짧은 서사시 〈벽제〉이다.

　　벽제. 목욕탕과 工場 굴뚝. 시외 버스 정류장 앞, 중학생과 아이 업은 여자.

　　벽제. 가보진 않았지만 훤히 아는 곳. 우리 아버지 하루종일 사무를 보는 곳.

　　벽제. 외무부에 다니던 내 친구 일찍 죽어 그곳에 갔을 때 다른 친구 하나는

　　화장장 事務長. 모두 깜짝 놀랐더라는 뒷얘기. 내가 첫 휴가 나왔을 때 학

교에서

　　만난 그 녀석. 몰라보게 키가 크고 살이 붙어 물어 봤더니 〈글쎄, 몸이 자꾸

　　좋아지는구나〉 하던 그 녀석. 무던히 꼿꼿해 시험 보면 面接에서 떨어지

곤 하던

　　녀석. 큰누님은 시집가고 어린 동생들, 흔들리던 살림에도 공부 잘 하다가,

　　腎臟炎. 그날, 비오던 날 친구들 모여 한줌 한줌 뼈를 뿌릴 때 〈진달래 꽃

옆에

　뿌려주면 좋아하지 않을까〉 친구들, 흙이 되기 전에 또 비맞는 그 녀석을 생각하고

울음 소리…… 벽제. 오늘 아침 우리집 집수리하는 사내,

　우리 아버지 벽제 皮革工場에

　다니신다니까 〈벽제가 우리 고향이에요. 아저씨한테 잘 말씀드려 우리 아이 취직 좀

　시켜주세요. 가죽 공장은 힘든다던데……〉 그리운 고향 벽제. 너무 가까우면 생각도

　안 나는 고향. 음식점과 잡화점, 자전거포 간판이 낡은 나라. 무우꽃이 노랗게

　텃밭에서 자라나고 비닐 봉지 날으는 길로 개울음 소리 들려오는.

　벽제. 이별하기 어려우면 가보지 말아야 할, 벽제. 끊어진 다리.

— 〈벽제〉 전문

　종착역 느낌을 주는 "버스 정류장" 기름을 불태우는 "목욕탕 굴뚝" 죽은 자의 유가족같이 보이는 "중학생과 아이 업은 여자" 고생만 하다 갑작스럽게 죽은 아까운 친구들, 죽은 소를 태워 무두질해서 가죽을 만드는 "피혁공장", "비닐 봉지 날으는 길", "개울음 소리", "자전거포의 낡은 간판" 그리고 "끊어진 다리" 등과 같은 이미지들은 모두 다 시체를 태우는 화장장이 있는 죽음의 장소인 벽제의 살벌하고 비정적인 황량한 풍경을 잘 나타내주고 있는 이미지들이다.

　그런데 이 시의 특징은 시인이 모더니즘을 완전히 탈출해서 폭력적이고 억압적인 사회적 현실보다 부조리한 실존적인 삶의 현실을 서정적으로 묘사하고 있다는 것이다. 이성복은 이 시편을 기점으로 해서, 화자의 주변과 일상적인 생활의 흐름 속에서 타락한 병적인 현상이 계속 일어나고 있음에도 불구하고 전혀 아픔을 느끼지 못할 정도로 마비된

상태에서 오는 불감증을 사실적으로 그린 작품 〈그날〉을 비롯하여, 시간의 파괴적인 힘과 예측 불가능한 운명의 법칙에 의해 새처럼 날지 못하고 마멸되어 죽어가는 개체의 비극적 현상에 대해 분노를 토해내지만 감상에 빠지지 않고, 탁월한 상징과 이미지 그리고 변화를 가져오는 시간 속에서 움직이지 않고 죽어 있어야만 하는 현상에 대한 잠언(箴言) 등으로 표현한 〈세월의 집 앞에서〉, 〈그러나 어느 날 우연히〉, 〈蒙昧日記〉와 〈세월에 대하여〉 등과 같은 삶의 모순된 구조를 형상화한 탁월한 작품들을 썼다.

> 그리고 신촌에서 멋쩍고 착한 여자와의 하룻밤. (그 여자의 애인은
> 海軍下士官이었다) 아침. 창을 열면 산, 푸른 어두운 보드라운
> 머리칼로 밀고 밀려오던 山, 아래 흰 병원 건물을 잘라내며
> 가로놓인 기차. (어떤 칸은 수북이 石炭이 실리고
> 어떤 칸은 그냥 물 먹은 검은 입) 우리의 記憶 속에 꼼짝 않는,
> 앞머리 없는 기차. 그리고 너의 눈에 물방울처럼 미끄러지던 세월.
>
> — 〈세월의 집 앞에서〉에서

> 그날 태연한 나무들 위로 날아오르는 것은 다 새가
> 아니었다 나는 보았다 잔디밭 잡초 뽑는 여인들이 자기
> 삶까지 솎아내는 것을, 집 허무는 사내들이 자기 하늘까지
> 무너뜨리는 것을 나는 보았다 새占 치는 노인과 便桶의
> 다정함을 그날 몇 건의 교통사고로 몇 사람이
> 죽었고 그날 市內 술집과 여관은 여전히 붐볐지만
> 아무도 그날의 신음 소리를 듣지 못했다
> 모두 병들었는데 아무도 아프지 않았다.
>
> — 〈그날〉에서

天國은 유곽의 窓이요 뜨물처럼 오르는
希望, 希望 늙은 권투 선수

—〈蒙昧日記〉에서

세월이여, 얼어붙은 날들이여
야근하고 돌아와 환한 날들을 잠자던 누이들이여

—〈세월에 대하여〉에서

그런데 중요한 것은 그가 〈다시, 정든 유곽에서〉라는 작품에서 볼 수 있듯이 그의 시적 도정에 많은 어려움과 아픔이 있다는 것을 알고 있지만, 그 여정의 길이 "약속의 땅"을 향하고 있다는 것 또한 틀림없이 안다는 것이다. "갈 수 있을까/ 언제는 몸도/ 마음도/ 안 아픈 나라로/ 귓속에/ 복숭아꽃 피고/ 노래가/ 마을이 되는/ 나라로/ 갈 수 있을까/ 어지러움이/ 맑은 물/ 흐르고/ 흐르는 물따라/ 不具의 팔다라가/ 흐르는 곳으로/ 갈 수 있을…까/ 죽은 사람도 일어나/ 따뜻한 마음 한잔/ 권하는 나라로/ 아, 갈 수 있을까" 그 결과 시적 화자는 그 도정(道程)에서 아직까지 견딜 수 없는 치욕을 느끼지만 역사적 상황이 단순히 기계적으로 되풀이되는 것이 아니라 변화하고 있다는 것을 발견한다. 그래서 우리는 이것이 그의 시적 전개가 은유로써 끝나는 것이 아니라 환유의 문맥에서 이루어지고 있다는 것을 아무리 강조해도 잘못이 없겠다.

4

그래서 이성복의 두 번째 시집 《남해 금산》에서 시적 화자는 나선형적인 순환 구조를 가지고 진행되는 역사의 흐름과 함께 "약속의 땅"을 향해 또 하나의 새로운 출발을 한다. 물론 이상향을 향해 그가 추구하는 길은 우리의 인생 여정처럼 미로임에 틀림이 없다. 〈序詩〉에서 화자가 "간이식당에서 저녁을 사먹고… 사랑하는 사람"이 "맞은편 골목에서/ 문득 나를 알아볼 때까지/ 나는 정처 없습니다"라고 말하는 것은 이러한 사실을 암시하고 있다. 물론 역사는 발전하기 때문에 이 시집의 앞부분에서 자연과 일치된 조화를 이루고 평화로운 여인의 모습을 그린 〈테스〉와, 얼마간의 휴식을 하는 인간을 상징하는 듯한 〈나는 식당 주인이〉이란 시편에 그려진 시적 풍경은 이전의 시집에 있는 〈벽제〉의 풍경과는 깊고 따뜻한 면에서 적지 않는 차이를 보이고 있다. 시적 화자가 이 시점에서 과거를 참혹한 풍경이 널브러져 있는 습기 찬 무덤으로 기억하고 있는 것 또한 이를 뒷받침해주고 있다.

　　기억에는 평화가 오지 않고 기억의 카타콤에는 공기가 더럽고 아픈 기억의 아픈, 국수 빼는 기계처럼 튼튼한 기억의 막국수, 기억의 원형 경기장에는 혀 떨어진 입과 꼭지 떨어진 젖과…… 찢긴 기억의 天幕에는 흰 피가 눈 내림, 내리다 그침, 기억의 따스한 카타콤으로 갈까요, 갑시다, 가자니까, 기억의 눅눅한 카타콤으로!

　　　　　　　　　　　　　　　　　　　　— 〈기억에는 평화가 오지 않고〉 전문

　그러나 우리는 그 길이 생명이 깃들어 있는 새소리나 미루나무 잎들 사이와 "무지개 긋는" 것과도 같은 생명의 잉태과정에도 있다는 것을 예감할 수 있다. 또 "하나의 정적" 속에서는 물론 순간적으로 "재의 날들"이 상징하는 희생적인 죽음 속에도 숨어 있다는 것을 감지할 수 있다. 그러나 아무도 그것을 완전히 포착하지 못하고 좌절하기 때문에, 우리는 너무나 불투명한 실존적인 인간 상황에 대해 치욕을 느낀다.

　치욕은 아름답다 지느러미처럼 섬세하고 유연한 그것 애밴 처녀 눌린 돼

지머리 욕은 달다 치욕은 따스하다 눈처럼 녹아도 이내 딴딴해지는 그것 치욕은 새어나온다 며칠이나 잠 못이룬 사내의 움푹 파인 두 눈에서,

아지랑이!
소리없이, 간단없이
그대의 시야를 유린하는
아지랑이! 아지랑이! 아지랑이!

— 〈치욕에 대하여〉 전문

화자가 "빗물 고인 길바닥의 그림자로 간다"든가, "다시 봄이 왔다"지만 "삶은 낡은 유리창에 흔들리는 먼지 낀 풍경 같은 것"이라고 말하는 것 또한, "한 그릇 쌀밥"처럼 우리들로 하여금 인간 조건에 대해 치욕을 느끼게끔 하는 우울한 그림이다. "희미한 불이 꺼지지 않았다"지만 여전히 어둡게 드리워진 풍경, 기다렸던 "약속의 땅"은 "격렬한 고통도 없이" 지나가지만 "아무 일도 약속대로 지켜지지" 않고, "사기, 절도, 살인…"이 일어나는 범죄의 땅에서 해방되지 못했다는 것 역시 분명히 치욕이었다. 분명히 많은 민초들이 시간의 흐름을 상징하는 강물이 스치고 지나가는 "강변 바닥에 돋는 풀"과 같이 가난한 속에서 태어나고 사라지는 것은 아픔만을 느끼게 하는 낭비이다. 그러나 수많은 인간의 절망 속에서도 역사적 시간의 흐름 속에서 희미하게 나타나는 손바닥만 한 희망의 불빛은 세상을 움직이게 하는 일종의 존재론적인 신비스러운 현상이지만 부정할 수 없는 실존적 현실이다.

저렇게 버리고 남는 것이 삶이라면
우리는 어디서 죽을 것인가
저렇게 흐르고도 지치지 않는 것이 희망이라면

우리는 언제 절망할 것인가

해도 달도 숨은 흐린 날
인기척 없는 강가에 서면,
물결 위에 실려가는 조그만 마분지 조각이
未知의 중심에 아픈 배를 비빈다

— 〈강〉 전문

　그러나 시인 이성복이 생명의 뿌리이자 모태이며 생명 그 자체인 어머니에 대해 남다른 애정을 보이는 것은 대단히 건강할 뿐만 아니라 의미심장하다. 화자가 물신(物神)의 덫을 상징하는 듯한 "금빛 거미"에 위협을 받았을 때도 어머니를 부르고, 또 빗물 속에서도 "미동(微動)도 않으시는" 어머니를 "임종의 괴로움을 홀로 누리시는 …성모(聖母)"와 일치시키면서 사랑을 노래한 것은 지속적인 생명의 흐름 속에서 삶의 아픔으로부터 우리를 구원해줄 수 있는 길이 있다는 것을 느낄 수가 있기 때문이다.

　　어머니 찾아가는 길 잡초 우거져 길 못 찾겠네 어머니 내 지금 못가면 우리 어머니 내 생각에 잡초 헤치며 날 찾아오실 텐데, 공중에서 길 흩어져 어머니와 나는 잡초 거츨은 숲속을 밤새내 헤맵니다

— 〈어머니 1〉 전문

　이성복이 그의 시세계의 후반부에 와서 "높은 나무 흰 꽃들은 燈을 세우고"라는 제목으로 일련의 시를 쓴 것은 생명을 상징하는 푸른 잎들이 키운 "높은 나무 흰 꽃들"이 구원을 상징하는 극점이 되고 있다는 사실과 깊은 관계가 있다. 그가 "악의 꽃"에서와 같이 자본주의 시장사

회의 타락한 도시풍경을 그린 〈정든 누각〉으로 시작한 그의 시가 생명력 넘치는 우람한 높은 나무 위에 아름다운 흰 꽃을 피우는 자연 풍경을 담은 상징적 이미지들로 귀착하게 된 것은 그것의 근본적인 주제가 생명의 근원적인 뿌리와 사랑의 믿음에 관한 것이기 때문이다.

未完成의 꿈
— 요절한 젊은 시인들

태양의 뜨거움도 겨울의 무서운 분노도
두려워 마라.
— 셰익스피어, 《심블린》에서

19세기 영국의 천재시인 존 키츠는 죽음이란 종말이 아니라 "성숙"이라고 말했지만, 그 자신처럼 25세의 나이로 가난과 질병 속에서 요절하는 것을 두고 우리는 성숙된 귀향이라고 말할 수 없다. 그래서 신의 섭리라고 말하지만, 사람이 태어나서 그의 꿈을 실현하지 못하고 너무나 일찍 사라져야만 하는 것은 무척이나 안타까운 일이다. 더욱이 어둡고 황량한 세상에 남다르게 뛰어난 감수성을 가지고 태어나서 어둠 속의 진실을 찾아 언어의 횃불을 밝히려고 했던 순수한 젊은 시인들이 그들의 노래마저 끝까지 부르지 못하고 죽어가야만 했던 것은 정말 가슴 아픈 일이라 아니할 수 없다. 만일 요절한 시인들이 노래를 끝까지 부를 수 있었다면, 우리가 살고 있는 오늘의 현실이 지금보다 더욱 풍요롭고 밝아졌지 않았을까. 그래서 우리 시대의 요절한 젊은 시인들은 우리 주변에서 대가가 된 노시인(老詩人)들처럼 크게 알려져 있지 않지만, 무난한 열정과 시적인 가능성을 지니고서 어두운 현실의 벽과 싸우다가 작열하는 불꽃처럼 산화한 요절한 그 시인들을 짧게나마 한번 살펴보는 것도 그것대로 큰 의미를 지니고 있다고 하겠다.

우리문학사에는 천재시인 이상(李箱)은 말할 것도 없고 젊어서 죽은 시인들이 적지 않다. 〈진달래꽃〉의 시인 김소월은 32세로 요절했고, 〈하늘과 바람과 별과 시〉를 쓴 저항시인 윤동주는 그의 나이 불과 28세에 세상을 떠났다. 그러나 그들은 문학사 속에서 빛나는 별들이 되어 반열에 오른 시인들이다.

그런데 산업화로 말미암아 우리의 정신적 가치가 그 어느 때보다 황폐해질 대로 황폐해진 시대에 온갖 어려움을 무릅쓰고 시를 쓰다가 요절한 일곱 사람의 젊은 시인들이 우리들의 문학 공간에서 잠깐 피었다가 풀꽃처럼 지고 잊혀져버릴 위기에 처하게 된 것은 실로 안타까운 일이다. 이들 젊은 시인들이 짧은 생을 질식할 것만 같은 산업사회 속에 살면서 참된 인간가치를 구현하기 위해 그들 나름대로의 몫을 열심히 다했다는 것은 기억에 남겨야만 한다. 비록 그들의 노래가 침묵 속의 언어로 된 작은 목소리였지만, 그들의 뜨겁고 순수한 외침마저 없었더라면 우리의 의식 세계는 물질주의(物質主義)로 말미암아 더욱더 깊은 늪 속으로 침몰했을지도 모른다. 그들의 시는 앞으로 문학사 속에서 어떻게 평가될지 모르지만, 오늘날 그들은 물 위에 떠 있는 섬과도 같이 우리의 정신세계를 파수꾼처럼 지키다가 명멸하는 언어의 순교자들과도 같은 자리에 위치해 있다.

어느 누가 "존재하는 모든 것은 그것대로의 존재 가치가 있다"고 말한 것처럼, 여기서 살펴보고자 하는 "우리 시대 요절한 젊은 시인들의 시와 삶"은 들꽃처럼 우리 눈에 쉽게 들어오지는 않지만, 그것대로의 무게와 아름다운 빛을 발하고 있다. 물론 그들 대부분은 오늘날처럼 암담한 현실을 개혁하고 이상 사회를 꿈꾸고 있었던 것을 표면적으로는 강하게 나타내고 있지 않지만, 은유적인 언어의 힘으로 때 묻지 않은 순수함을 노래하면서 어둠을 밝히는 불꽃을 지피고자 하는 욕망에는 서로 다를 바가 없다. "일출봉에 해 뜨거든 날 불러주오……"라고 노래했던 요절한 시인 김민부는 세상을 밝히는 불꽃의 신비를 너무나 좋아해서 불을 창조한 신의 노여움을 샀기 때문인지, 심한 화상으로 적십자병원에 입원중 31세의 나이로 숨졌다. 그를 잘 아는 어느 시인이 말했듯이 그는 "感性의 귀재였기 때문에, 신에게 껶인 시인"이 되었을지도 모른다. 김민부는 존재의 틈으로 신의 비밀을 들여다볼 수 있을 만큼 투명한 의식의 눈을 가지고 있었다는 것은 그의 시로써 증명되고 있다.

> 가을은
> 들메뚜기 翡翠빛 눈망울 속에서
> 燈불을 켠다.
> 가을은
> 죽은 가랑잎을 갉는
> 들쥐의 어금니에 번쩍거린다.

앞의 시에서 신이 우리들로 하여금 표면적으로 보게끔 하는 부분은 가을빛이 들메뚜기의 눈망울에 비쳐, 등불만큼이나 밝고, 가을 들판에서 가랑잎을 갉아먹는 들쥐의 어금니에 번쩍일 만큼 찬란하다. 그러나 김민부는 찬란한 햇빛이 그 아름다움 속에서 생명력을 살해하고 있다는 사실을 벼잎새를 먹는 들메뚜기와 "죽은 가랑잎을 갉아먹는 들쥐"의 이미지에 일치시켜 그것이 지니고 있는 아이러니컬한 의미를 탁월하게 형상화하고 있다. 시인 김민부가 신이 창조한 자연 가운데 숨은 이러한 현상을 발견한 것은 신이 인간으로 하여금 들여다보는 것을 허용하지 않는다는 존재양상의 틈새를 들여다볼 수 있는 눈을 가졌기 때문일지도 모른다. 작품 〈龜裂〉이 그를 문단으로 나오게 한 작품이자 대표작이 되게 한 것은 결코 우연한 일이 아니다. 그의 의식의 눈은 언제나 시의 본질 가운데 하나인 숨은 진실을 밝히기 위해서 불타고 있었다.

> 징역 사는 사람들의
> 눈먼 사투리는

밤의 소용돌이 속에
파묻힌 푸른 달빛

없는것 어둠 밑에서
흘러가는 물소리

바람묻어 아무렇게나 그려진
그것의 의미는

저승인가 깊고 깊은 속의
울음인가

더구나 내 죽은 후
이 세상에 남겨질 말씀인가

　사물과 존재의 균열을 들여다보는 눈을 가진 시인 김민부는 오늘날
이 세상을 살고 있는 사람들을 모두 다 신이 만든, 이른바 지구라는 감
옥의 수인(囚人)으로 보고 그들의 침묵이 단순한 침묵이 아니라, 〈눈먼
사투리〉처럼 내면적인 현실을 말해주는 침묵 속의 언어로써 나타내어
주고 있다. 시인은 영어(囹圄) 속의 주민들이 지니고 있는 무거운 침묵의
말소리를 "어둠의 밑으로 흘러가는 물소리"와 "깊고 깊은 바위의 울음"
과 비유해서 우리들 앞에 나타내 보여 인간의 비극적인 운명을 노래하고
있는가 하면, 그것이 누구에게 주어졌든지 간에, 부조리하고 참담한 현
실에 대해 말없이 저항하는 인간 정신을 대변하고자 노력하고 있다.
　그러나 김민부의 시세계에 나타나고 있는 목소리는 소란스럽고 피
흘리는 투쟁으로 나타난 것이 아니라, 굶주림과 고통 속에서의 순수한

아름다움만을 추구하는 달이 상징하는 내면적인 침묵과 인고의 세월과
도 같은 미학적 의식을 확대시키고 있다.

> 달이 오르면
> 배가 곯아
> 배곯은 바위는
> 말이 없어
>
> 꽃같은 거 處女 같은 거나
> 남몰래 제 어깨에다
> 새기고들 있었다.

비극적인 인간의 운명을 상징하는 바위가 영겁으로 흐르는 인고의
세월 속에서 아름다움을 상징하는 꽃을 어깨에 얹고 그 그림자를 새기
고자 하는 것은 아름다움을 추구하고 있다는 것을 나타내고 있음에 틀
림없는 듯하다. 그러나 또 다른 한편, 이러한 꽃을 안고 누워 있는 바위
는 생명을 잉태하는 이미지를 함께 지니고 있어서, 어둠, 아니 존재의
감옥 속에서도 신에게 의존하기보다 인간의 가치를 확인하기 위해, 인
간의 끈끈한 유대관계와 그 핏줄기가 지닌 생명력을 강조하는 듯하다.
또 "뜨락에 피어나는 아침 장미에서 막 잠을 깬 처녀들이 창가에 얼
굴을 내민" 모습을 발견한 뛰어난 시적 감각을 가졌으나, 지나친 생활
고에 지쳐 피지 못한 장미처럼 일찍 가야만 했던 김만옥은 말할 것도 없
고, 비운의 시인 박정만 역시 처절한 가난과 참담한 현실, 그리고 그것
으로 인한 치명적인 병고 때문에 자신이 가졌던 시적인 재능을 끝까지
제대로 발휘하지 못하고 일찍 세상을 떠났다. 하기야 그의 작품의 양은
60개의 성상(星霜)을 머리에 이고 살아온 노시인(老詩人)들의 그것보다

많다고 할 수 있다. 그러나 그것들은 치열한 사색이 담긴 경험이 의식의 거울 속에서 여과되어 비친 것이라기보다는 언제나 죽음을 바라보고 있는 시인이 제한된 시간의 강박감 때문에 용암처럼 토해 낸 분노와 감정의 덩어리였다. 그리고 몇몇 사람들이 지적해온 바와 같이 그의 수작 (秀作)들 역시 심미주의적인 색채가 짙은 허무주의가 그 주조(主調)를 이루고 있다.

<blockquote>

晴天의 하늘 아래
목마른 자의 풀은 끝없이 시들어지고
한순간의 불볕 위에
모지라진 긴 소멸의 시간.

하늘 기울고
목숨은 劫이라 이름하여도
숯불에 삭은 뼈 하나로
누구의 한 목숨을 다 비춰 볼 수 있으랴.
……

기울어진 가지 끝에서
다만 간직한 귀로 듣던
水晶의 푸른 씨앗조차 사그라지고
돌아가는 물소리에 물이 어리어
꿈길같은 꿈길같은 길이 흐를뿐.

한 평의 땅도 가진것 없이
식은 뼈도 삭아서

</blockquote>

맑은 햇빛 속
흔들리는 바람같이 민들레처럼.

— 〈風葬〉에서

그런데 앞에서도 잠시 언급한 것처럼, 그의 詩作 가운데 3백 편에 가까운 시들은 생의 마지막 순간 그가 숨쉬고 살아 있는 시간이 얼마 남지 않았다는 절박감 때문에 술의 힘으로 꺼져가는 육신의 의식에 실존적인 충전을 가해서 얻어진 것이다. 그래서 만일 그가 궁핍한 생활의 늪에서 허덕이지 않고 병마(病魔)의 사슬에 묶여서 쫓기지 않았다면, 우리가 지금 즐기는 것보다 더욱 완숙하고 절제된 시를 쓸 수 있지 않았을까 하는 아쉬움을 떨쳐버릴 수 없다.

그러나 또 다른 한편으로 생각하면, 역설적으로 그가 그렇게 척박하고 어려웠던 상황에 처해 있었기 때문에, 그만큼의 아름다운 시편을 남길 수 있었을지도 모른다. 왜냐하면 인간이 창조하는 예술이란 안식만이 있는 휴식의 공간 속에서는 이루어질 수 없기 때문이다. 다만 여기서 다시 말하고 싶은 것은 그가 살았던 시공(時空)의 사회적 상황은 그에게는 질식하리만큼 가혹했다는 것이다.

사실, 그의 많은 작품은 허무를 노래하고 있지만, 그는 그의 전 작품 세계를 통해서 허무주의만을 추구한 것이 아니다. 그는 여러 편의 시, 특히 그의 초기시에서는 생의 아픔을 침묵에 가까운 전음계(全音階)로 노래하고 있지만, 〈겨울 속의 봄 이야기〉처럼, 생명의 힘으로 어두운 현실을 밝히고 죽음의 강까지 건너려고 했다.

뒷 울안에 눈이 온다.
죽은 그림자 머언 기억 밖에서
무수한 어둠을 쓸어내리는

구원한 하늘의 說話.
나는 지금 어둠이 잘려나가는 순간의
분분한 낙화속에서
눈뜨는 하나의 나무, 눈을 뜨는 풀꽃들의
건강한 죽음의 소생을 듣는다.

— 〈겨울 속의 봄 이야기〉에서

　　그런데 시인 박정만이 노래하고 있는 죽음 속에서 부활하듯 소생하
는 생명력은 언제나 그것을 잉태하게 하는 사랑과 깊은 관계가 있다.
그래서 사랑의 이미지는 그의 시세계에 침윤해서 드리워져 있는 허무적
인 어두운 그림자를 쫓아버리거나 지우는 등불을 다시 켜고 있다.

사랑이여, 보아라
꽃초롱 하나가 불을 밝힌다.
꽃초롱 하나로 천리 밖까지
너와 나의 사랑을 모두 밝히고
해질녘엔 저무는 강가에 와 닿는다.
저녁 어스름 내리는 서쪽으로
유수(流水)와 같이 흘러가는 별이 보인다.
우리도 별을 하나 얻어서
꽃초롱 불 밝히듯 눈을 밝힐까.
눈 밝히고 가다가다 밤이 와
우리가 마지막 어둠이 되면
바람도 풀도 땅에 눕고
사랑아, 그러면 저 초롱을 누가 끄리.
저녁 어스름 내리는 서쪽으로

우리가 하나의 어둠이 되어

　　뜨는 물위에 뜬 별이 되어

　　꽃초롱 앞세우고 가야 한다면

　　꽃초롱 하나로 천리 밖까지

　　눈 밝히고 눈 밝히고 가야 한다면.

　　　　　　　　　　　　　　　　　　　　　　　　　─〈작은 戀歌〉

　이렇게 그는 어둠을 밝히는 생명력과 더불어 오는 영원한 사랑의 아름다움을 맑고 격조 높게 읊고 있다. 그러나 그는 다른 한편으로, 〈風葬〉 시리즈와 같은 탁월한 만가(挽歌) 속에서와 같이 시간이 흐름에 따라 그것들이 바람과도 같은 알 수 없는 힘에 의해 살해되어 장례 치러진다는 슬픈 인간 운명을, 인간의 성장과 소멸의 비장함을 인식론적인 언어로써 노래하고 있다. 그래서 그의 시는 재생을 위한 삶과 죽음의 변주곡과도 같은 인상을 짙게 풍기고 있다. 이러한 시각에서 볼 때, 그가 많은 부분에서 죽음을 노래하고 있는 것은 죽음 그 자체를 사랑해서라기보다 우울한 현실에 대한 저항적인 표현이고 죽음을 통한 재생의 꿈을 실현하기 위한 그의 시적 비련 때문이다. 그렇다면, 그의 시가 심미적인 색채를 강하게 지니고 있는 것은 세기말적으로 생을 부정하기 때문이라기보다 그것을 너무나 사랑하고 즐기기 때문에 나타난 시적인 현상이 아닐까. 그가 술에 취하듯이 생의 아름다움과 아픔을 누구보다 처절하게 느낄 수가 있었기 때문에 시인이 될 수 있었고, 그러한 인식을 확대시키기 위해 마지막 순간에 술을 마시고 시를 쓰면서 처절하게 죽어갔다.

　그리고 각박한 세상에 남다른 감수성으로 태어났기 때문에 언어의 꽃을 마음껏 피울 무렵 김포 들판에서 의문의 객사를 해야만 했던 송유하와 시단에 나온 지 4년도 채 되지 않는 나이에 〈별이 된 피〉를 노래해야만 했던 이경록은 모두 다 어두운 현실의 벽을 뚫기 위해 생명과 시심 (詩心)의 불꽃으로 산화한 순수한 시인들이다. 정말이지 송유하의 삶과 죽음은 "어느날 창밖으로" 던져진 "한줌의 빛"처럼, 아니 봄날에 피는 벚꽃처럼, 억압적인 현실에 저항해서 불을 밝히기 위해 "인간적 자아"라는 이름의 "꽃의 민주주의"를 부르다가 신에 의해 살해되었고, 이경록은 죽음의 현실을 극복하기 위해 시를 쓰다가 갈대꽃처럼 피었다 사라졌다. 그래서 그는 갔지만, 그의 예술은 죽음에 저항하듯 우리의 마음속 어딘가 〈산마루에 無主塚〉이 되어 남아 있다.

견실한 리얼리스트 시인 임홍재의 죽음 역시 다른 요절한 젊은 시인들의 짧았던 삶만큼이나 아쉽다. 그의 시는 지극히 이지적이고 여물고 단단했기 때문에, 그가 숨질 무렵에는 상당한 평가와 주목을 받았다. 그래서 늦게까지 그에게 좀더 많은 시간이 주어졌다면, 아마도 그는 더욱 훌륭한 많은 시를 쓸 수 있었으리라. 그의 문학적 시선은 언제나 지극히 전통적이고 토속적인 조국의 풍경에 머물면서 그 속에서 부조리한 현실과 싸우는 우리 조상들의 인간정신을 발견해서 우리들 눈앞에 조각처럼 부각시키려고 했다.

그는 우리 시대의 시인들이 짊어져야만 하는 공통적인 운명처럼 변두리적인 삶을 살면서 격심한 생활의 어려움과 질곡에 시달렸다. 그래서 그는 시를 쓰면서 언제나 그가 떠나온 고향과 잃어버린 유년시절의 공간 속에 머무르고 있는 위엄 있는 인간 풍경을 그리면서, 그에게 부닥친 현실을 여물고 단단한 언어로써 극복하려고 했다. 그의 대표작이자 그의 개성을 가장 잘 나타내고 있는 〈바느질〉은 이러한 그의 시적 요소를 탁월하게 형상화하고 있다.

한평생 닳고 닳은
눈물의 화강석

맑은 귀를 틔워

어머니 바느질 하신다.

눈썹마다 푸른 神經이 돋아

어린 빛살에 찔리며

구멍 뚫린 자루를 깁는다.

......

......

청보리 목잘려 간 황토 영마루

떠나간 할머니 喪服 깁던 바늘로

어머니 바느질 하신다.

뼈마디마다 일어서는

몸살을 안고

채워도 채워도 채울 수 없는

虛飢를 깁는다.

......

......

바람은 청솔바람

대숲에 와 머물고

댓잎소리 우수수

韓紙에 스미는 밤

머리칼 올올마다 성에가 찬데

한평생 닳고 닳은 곧은 바늘로

바느질 하신다.

— 〈바느질〉에서

시인 임홍재는 그의 마음에 항상 살아 있는 조소(彫塑)처럼 보았던 바느질하는 어머니의 이미지를 통해서 시간의 무게는 물론 현실의 어려운 역경을 극복하려는 강인한 인간적인 의지를 물샐틈없이 보이고 있다. 다시 말하면, 이 작품 속에서 어머니가 행하는 바느질은 궁핍하고 남루한 어두운 현실을 복종과 인내의 힘으로 삭히고 이겨내고 바람과 흙 속에서 살아온 한국여인의 한(恨)을 짙은 서정과 함께 담고 있음은 물론, "청보리 목잘려 간 황토 영마루/ 떠나간 할머니 喪服"을 깁는 것처럼, 인간에게 주어진 시간의 한계까지 극복하려는 끈질긴 생명력의 의지마저 상징하고 있다. 임홍재가 여기서 형상화한 저항정신은 동학군(東學軍)에 참가해서 조선낫과 죽창을 들고 왜군과 싸웠던 할아버지의 분노한 모습과 "밟아도 밟아도" 돋아나는 청보리의 이미지, 그리고 쌓이고 쌓인 울분과 한을 풀 길이 없어, 유랑의 길에 오르는 남사당 등의 넋두리를 읊은 감동적인 시편 등에서도 성공적으로 나타나고 있다. 그의 시가 지니고 있는 탁월성은 그것이 사회성을 강하게 지니고 있는 소재를 취하고 있지만, 그것에 한정되지 않고, 존재론적인 차원으로 확대되어 우주 가운데 인간이 처해 있는 위치에 심각한 물음을 아울러 던지고 있다는 점이다.

지금까지 우리들이 살펴본 바와 같이, 뛰어난 감수성과 풍부한 시적인 재능을 가지고서도 한번 그것을 마음껏 꽃피우지 못하고 요절한 시인들은 모두 다 아까운 존재들이다. 그러나《입속의 검은 잎》이란 유고집을 우리 곁에 남기고 간 젊은 시인 기형도의 죽음은 너무나도 안타깝고 슬프다. 비록 그의 짧았던 삶은 그가 죽음의 장소로 택했던 새벽의 심야극장처럼 어둠 속의 만화경과도 같은 것이지만, 그것을 그린 그의 시세계는 이름난 화가가 그린 목탄화(木炭畵)의 아름다움을 지니고 있다. 그래서 그의 시가 어둡지만, 우리의 마음을 사로잡는 것은 그것이 지닌 어둠 속의 빛 때문이다.

아침 저녁으로 샛강에 자욱이 안개가 낀다.

이 읍에 처음 와본 사람은 누구나

거대한 안개의 강을 거쳐야 한다.

앞서간 일행들이 천천히 지워질 때까지

쓸쓸한 가축들처럼 그들은

그 긴 방죽위에 서 있어야 한다.

문득 저 홀로 안개의 빈 구멍 속에

갇혀 있음을 느낄 때까지

— 〈안개〉에서

　그의 시는 이렇게 어둡지만, 감상이라고는 한 점도 없고, 오히려 어둡고 암울한 분위기 속에서, 석탄 빛과도 같은 검은 빛을 발하고 또 그것에 상응하는 언어적인 무게를 나타내고 있는 것은, 〈전문가〉, 〈白夜〉, 〈종이달〉 등과 같은 시편에서 볼 수 있듯이 생명을 억압하는 죽음과도 같은 반인간적인 무서운 현실에 대한 인간적인 분노와 저항이 깊숙이 묵음(默音)으로 스며있기 때문이다.

　그래서 어떤 면에서 그의 시는 허무주의적이라기보다 이상(李箱)의 시에서 느낄 수 있는 것과 같은 지적인 저항정신을 나타내고 있다고 말할 수 있겠다. "쉽게 잠이 오지 않는 축축한 의식" 속에 갇혀 있는 수인(囚人)처럼 머무르고 있는 그의 모습은 의식에 박제된 이상의 그것과 유사하다. 다른 것이 있다면, 이상은 신의 저주를 받은 것처럼 스스로 자신으로 하여금 피를 토하고 죽어가도록 하여 폐병 때문에 이 우주 가운데서 비극적인 인간으로서 자신의 위치를 발견하고, 그러한 현실에 대해 희화적으로 저항한 반면, 기형도는 가난과 억압적인 정치적 현실이라는 감옥 속에 자신이 스스로 폐쇄되어 있음을 의식하고 그것에 대해 허무주의적인 저항을 한다.

그래서 기형도 시에 나타난 허무주의적인 몸짓은 허무주의를 위한 퇴폐주의가 아니라, 어두운 현실을 고발하기 위한 팬터마임과도 같은 허무주의적인 저항이라는 이름의 마스크이다. 이는 그의 시가 흩어진 감정이나, 감상적인 면을 전혀 나타내고 있지 않다는 사실로써도 알 수 있다. 앞에서도 지적한 바와 같이, 그의 시가 어둡지만 그 속에서 깊고 아름다운 어둠의 빛을 우리가 느끼고 발견할 수 있는 것은 그의 의식이 어둠 속에서 치열하게 부딪치고 있기 때문이다. 그래서 우리는 그가 안개 속과도 같은 현실이지만 좀더 오랫동안 버틸 수 있는 힘을 가지고 머물 수가 있었더라면, 끝내는 어둠을 밝히는 보다 훌륭하고 밝은 시를 쓸 수 있지 않았을까 하는 생각을 갖게 된다.

　　이렇게 우리가 아깝게도 요절한 우리 시대의 젊은 시인들의 삶과 예술에 대해 짧고 단편적인 문학사를 쓰는 것은 그들이 일찍 죽었기 때문이 아니다. 그것은 그들이 짧은 인생을 살면서도 진솔하게 살았고, 반인간적인 자연주의적인 힘에 의해 그들의 시적인 꿈을 실현시키지 못하고 일찍 희생되었지만, 그들이 순수함의 깃발을 들고 상실되어가는 인간 가치를 회복하기 위해, 그들의 목숨이 다할 때까지 의연히 언어의 불꽃을 꺼뜨리지 않고 타오르게 만들었기 때문이다.

이태동 李泰東(1939~)

경북 청도에서 태어나 청도와 대구에서 성장하였다.

경북사대 부속 중 · 고등학교를 졸업한 후, 한국외국어대학 영어과를 졸업하였다.

미국 노스캐롤라이나(채플 힐) 대학원 영문과를 졸업(1970)하고,

서울대학교 대학원 영문과에서 박사학위를 취득(1988)하였다.

미국 하버드대학 엔칭연구소 초빙 연구원(1978~1979)과

스탠퍼드 및 듀크대학교 풀브라이트 교환교수(1989~1990)로 있었으며,

1972년부터 2004년까지 서강대 영문과 교수로 재직하고,

대학 출판부장 · 문과대 학장 등을 역임하였다. 현재는 서강대 명예교수로 있다.

1976년 이어령 교수 추천으로 〈문학사상〉에 평론으로 등단하였다.

평론집으로 《부조리와 인간의식》, 《한국문학의 현실과 이상》,

《현실과 문학적 상상력》, 《나목의 꿈》 등이 있고,

수필집 《살아 있는 날의 축복》, 《마음의 섬》, 《밤비 오는 소리》 등이 있으며,

그 밖에 두 권의 칼럼집과 여러 권의 번역서가 있다.

한국현대시의 실체

지은이 ___ 이태동
펴낸이 ___ 전병석
펴낸곳 ___ (주)문예출판사
신고일 ___ 2004. 2. 12. 제 312-2004-000005호
        (1966. 12. 2. 제 1-134호)

주소 ___ 서울특별시 서대문구 충정로 2가 184-4
대표전화 ___ 393-5681
팩시밀리 ___ 393-5685
E-mail ___ info @ moonye.com

제1판 제1쇄 펴낸날 ___ 2008년 4월 30일

값은 뒤표지에 표시되어 있습니다.
ISBN 978-89-310-0593-6 93800

이 도서의 국립중앙도서관 출판시도서목록(CIP)은 e-CIP 홈페이지
(http://www.nl.go.kr/ecip)에서 이용하실 수 있습니다.
(CIP제어번호: CIP2008001329)